Un

Soupçonnée à tort

DENISE N. WHEATLEY

Un refuge si fragile

Traduction française de
CHRISTINE BOYER

BLACK ROSE

HARLEQUIN

Collection : BLACK ROSE

Titre original :
THE HEART-SHAPED MURDERS

HARPERCOLLINS FRANCE
83-85, boulevard Vincent-Auriol, 75646 PARIS CEDEX 13
Service Lectrices — Tél. : 01 45 82 47 47 - www.harlequin.fr
ISBN 978-2-2804-9061-0 — ISSN 1950-2753

Composé et édité par HarperCollins France.
Imprimé en juin 2023 par CPI Black Print (Barcelone)
en utilisant 100% d'électricité renouvelable.
Dépôt légal : juillet 2023.

FSC
www.fsc.org
MIXTE
Papier issu de sources responsables
FSC® C159065

Pour limiter l'empreinte environnementale de ses livres, HarperCollins France s'engage à n'utiliser que du papier fabriqué à partir de bois provenant de forêts gérées durablement et de manière responsable.

1

Lena Love envoya valser un gros caillou sur lequel elle venait de buter avant de se baisser pour renouer les lacets de ses chaussures de randonnée.

Enquêtrice judiciaire au sein du LAPD, la police de Los Angeles, Lena était à la fois spécialisée dans l'examen des scènes de crime et experte en criminalistique. Cette double casquette lui permettait de mener des investigations sur le terrain plus fouillées qu'un simple inspecteur de police.

Passionnée par son métier, elle avait eu envie de revenir seule dans le Cucamonga Wilderness, une zone sauvage du comté de San Bernardino, en Californie du Sud. Un tueur en série y avait assassiné sa dernière victime et Lena voulait s'assurer qu'aucun indice ne lui avait échappé.

Le sentier de randonnée qui montait au lieu du drame était abrupt et accidenté, jonché de pierres, de branches cassées et d'éclats d'écorce.

Fais attention où tu mets les pieds, s'ordonna-t-elle.

Gravir cette pente raide et envahie de broussailles par endroits était ardu. Au-dessus de sa tête, l'épais feuillage des arbres bloquait les rayons du soleil, ce qui ne lui facilitait pas la tâche.

Comme elle passait près d'une corniche, elle y fit halte pour souffler un peu.

À la vue des monts San Gabriel aux sommets enneigés

qui s'étendaient à l'infini, elle prit brusquement conscience de sa vulnérabilité. Elle se sentait toute petite au milieu de cette impressionnante chaîne de montagnes couvertes de forêts.

Ce cadre sauvage pourtant sublime lui semblait soudain menaçant. Gagnée par un sentiment d'insécurité, elle resserra la ceinture de son blazer dans l'espoir de se rassurer.

Le procédé se révéla inefficace.

Lena se demanda si la dernière victime du tueur en série avait ressenti la même angoisse, la nuit où elle avait été assassinée.

Une fois parvenue sur la scène de crime, elle sortit sa lampe de poche et promena le faisceau lumineux autour d'elle, à la recherche d'indices.

— Allez, Grace Mitchell, dit-elle à haute voix, comme si la jeune morte pouvait l'entendre. Parle-moi. Raconte-moi ce qui t'est arrivé. *Montre-moi* ce qui s'est passé.

Comme une rafale de vent rabattait ses cheveux sur son visage, elle les repoussa en arrière avec agacement. Puis elle pointa sa lampe de poche vers le chêne au pied duquel avait été découvert le corps sans vie de Grace.

Lena espérait repérer des gouttelettes de sang, un mégot de cigarette, un morceau de gant en latex… *n'importe quoi* qui l'aiderait à identifier le tueur.

Lors de sa première visite sur les lieux de la tragédie, elle n'avait rien trouvé. La perspective de revenir une fois de plus au LAPD les mains vides, sans le moindre indice, la plongeait dans un profond accablement.

Grace était la cinquième victime d'un criminel que Lena avait qualifié de « tueur en série organisé ». L'homme semblait cibler les jeunes femmes minces et brunes. Leurs cadavres avaient tous été retrouvés dans des zones boisées, les mains attachées derrière le dos avec une corde torsadée à trois brins. Toutes avaient été étranglées jusqu'à ce que mort s'ensuive. Et chaque fois, les traces laissées sur les scènes de crime étaient pratiquement inexistantes.

Pourtant, elles avaient toutes été assassinées par la même personne. Sur ce point, le doute n'était pas permis.

En effet, le tueur avait apposé sur chacune sa signature. Et elle était glaçante. Après la mort de ses proies, il avait gravé un cœur sur leur poitrine, à l'aide d'une lame.

Lena frissonna en se remémorant le mode opératoire du criminel.

Tous les élus de l'État de Californie, ainsi que les familles des victimes, sans parler des médias, exerçaient une énorme pression sur le LAPD, sommé d'identifier et de capturer au plus vite l'assassin. Et voilà pourquoi Lena avait finalement été chargée de l'enquête.

Le brusque craquement d'une branche la pétrifia. Surprise, elle faillit trébucher et s'étaler de tout son long dans les feuilles mortes.

Il n'était pas rare de croiser des ours ou des pumas sur le sentier. Ainsi que des randonneurs.

Et parfois aussi malheureusement, des tueurs en série.

La gorge serrée, Lena hésita. Avait-elle intérêt à laisser tomber ses investigations, à tourner les talons et à s'enfuir en vitesse ?

Peut-être n'aurais-tu pas dû venir toute seule sur ce chemin isolé…

Mais finalement, sa détermination à progresser dans l'enquête fut plus forte que sa peur et son bon sens réunis.

Elle promena le faisceau de sa lampe de poche au-dessus de sa tête. Plusieurs branches d'arbres se balançaient sous le vent. Quoi de plus naturel, en somme ?

Rassurée, elle se détendit un peu.

Tu vois ? se dit-elle. *Ce n'est rien. Tout va bien.*

Attribuant sa peur à une petite crise de paranoïa, elle refusa de s'y attarder et décida de poursuivre ses recherches.

— Allez, Grace, répéta-t-elle tout en éclairant le sous-bois. Aide-moi. Donne-moi quelque chose pour me permettre d'avancer.

Elle s'immobilisa à la vue de deux étranges formes noires qui dépassaient du couvert d'un grand arbuste.

Poussée par la curiosité, elle quitta le chemin pour les examiner de plus près. Tout en s'enfonçant dans les bois, elle pressa le bouton de sa lampe pour accroître la luminosité.

De quoi s'agit-il ? De mottes de terre ? De roches ? s'interrogea-t-elle. *Des vestiges d'un barbecue, peut-être ?*

Mais au fur et à mesure qu'elle s'en approchait, elle se rendait compte que ces masses ne ressemblaient pas à des rochers.

Elle sortit une paire de gants en latex de sa poche et les enfila avant de s'agenouiller pour orienter le faisceau lumineux sur l'objet de son intérêt. Après quelques instants, elle finit par comprendre qu'elle regardait une paire de bottes en cuir noir.

— Bingo ! s'exclama-t-elle, ravie de mettre enfin la main sur un indice potentiel important.

Elle tenta alors de les saisir mais les bottes ne bougèrent pas.

Elle tira plus fort. En vain. Elles semblaient collées au sol.

— Qu'est-ce qui coince ? se demanda Lena à haute voix en redoublant d'efforts.

Soudain, l'une d'elles se souleva et la frappa en plein front.

— Aïe ! cria Lena en tombant à la renverse.

Elle passa la main à la racine de ses cheveux. Une bosse commençait déjà à se former.

Déboussolée, elle refusa pourtant de s'avouer vaincue. Elle voulait comprendre ce curieux phénomène. Elle se mit à genoux pour étudier les bottes de plus près.

Mais au moment où elle reposait les doigts dessus, la

botte l'atteignit de nouveau au visage et une fois de plus, elle bascula en arrière.

— Merde !

De plus en plus décontenancée, elle recula. Et alors qu'elle levait le nez, elle vit apparaître au-dessus d'elle une silhouette sombre.

Il y a un homme dans ces bottes ! comprit-elle en prenant enfin conscience du danger

Mais sans lui laisser le temps de s'échapper, l'inconnu se jeta sur elle. Elle tenta de le repousser mais il la clouait au sol de tout son poids.

Au cours de sa formation, Lena avait appris à se défendre. Elle tordit le bras de son agresseur dans l'espoir de se libérer de son emprise. Mais il était plus fort qu'elle.

Lorsqu'il lui saisit la gorge à deux mains, elle paniqua.

— Arrêtez ! cria-t-elle. Au secours !

Mais les hurlements du vent couvraient ses appels à l'aide. L'homme serrait son cou de plus en plus fort. Sous ses doigts puissants, elle sentait peu à peu ses forces l'abandonner. À moitié asphyxiée, elle prit conscience qu'elle s'était enfoncée trop loin dans les bois pour espérer être vue par d'éventuels randonneurs depuis le sentier.

Ses poumons manquaient d'oxygène et la brûlaient. Elle avait beau ouvrir la bouche, elle ne parvenait plus à inhaler le moindre souffle d'air.

Ça y est, pensa-t-elle, les larmes aux yeux. *Cette fois, je vais mourir.*

Elle n'arrivait pas à croire que sa vie allait se terminer ainsi…

Au moment où elle perdait connaissance, son agresseur la lâcha.

Elle inspira une énorme bouffée d'air. Mais avant d'avoir vraiment repris ses esprits, elle sentit l'homme ouvrir sa veste et déchirer son corsage. Des boutons nacrés volèrent.

Elle se mit à hurler et le frappa en pleine figure.

Pourtant, plus grand, plus musclé et plus lourd qu'elle, il continuait à la dominer. Sous la violence de ses assauts, les coups de Lena semblaient pathétiques, dérisoires.

Ta bombe lacrymogène, pensa-t-elle soudain. *Attrape ta bombe lacrymogène.*

Elle se démena pour mettre la main sur le spray glissé dans la poche de son pantalon. Alors qu'elle s'en emparait, elle sentit une lame froide percer sa peau.

Elle ouvrit la bouche pour crier. Mais aucun cri ne sortit.

Sans doute était-elle trop abasourdie pour émettre un son.

Non, non, ce n'est pas possible. Cela ne peut pas arriver. Pas à moi !

Comme le poignard continuait à entailler sa poitrine, elle eut la certitude que son assaillant était le tueur en série qu'elle poursuivait.

Saisie d'une brusque colère, elle se révolta soudain.

Non ! Pas question d'être sa sixième victime, se dit-elle. *Défends-toi ! Bats-toi !*

Sous la morsure de la lame, une vive douleur la traversa. Sa détermination était telle qu'elle parvint pourtant à arracher la bombe lacrymogène de sa poche. Elle l'orienta alors vers le visage masqué de son agresseur, ferma les paupières et pressa le bouton.

Avec un hurlement, l'homme s'écarta.

Lena entrouvrit les yeux.

Toujours au-dessus d'elle, il se frottait le visage de ses mains gantées.

D'un bond, elle se dégagea et se redressa. Comme il tentait de nouveau de se jeter sur elle, elle lui envoya un coup de genou dans l'entrejambe. Il se plia en deux avec un cri.

Quand il retomba à terre et se recroquevilla en position

fœtale, Lena en profita pour s'enfuir. Elle se rua vers le sentier de randonnée qu'elle dévala à toute vitesse.

Elle avait envie de se retourner pour voir si l'homme la poursuivait. Mais elle craignait de perdre l'équilibre, de glisser sur le chemin raide et caillouteux.

Alors elle continua de courir.

Elle sentait le sang couler sur sa poitrine, l'air glacé de la montagne piquer sa plaie. Mais dans l'immédiat, sa blessure était le cadet de ses soucis.

L'important était d'atteindre sa voiture et de fuir.

Alors qu'elle arrivait en bas du sentier, elle entendit des bruits de pas derrière elle. Il la pourchassait !

Plus vite, s'ordonna-t-elle. *Plus vite, plus vite !*

Après ce qui lui parut une éternité, elle atteignit enfin le parking. Il était presque désert.

D'un regard, elle balaya les alentours et un intense soulagement la souleva lorsqu'elle aperçut sa jeep.

Elle s'élança vers son véhicule. Mais à mesure qu'elle s'en approchait, des crampes aiguës commencèrent à cisailler ses mollets.

Au pire moment !

Pas question de t'arrêter maintenant, lui intima une petite voix intérieure alors que le martèlement menaçant des pas de son assaillant confirmait qu'il la talonnait. *Continue !*

Elle se força à accélérer. Tout en courant, elle extirpa ses clés de la poche de sa veste, pressa le porte-clés pour déverrouiller les portières.

Comme elle parvenait devant sa voiture, elle se retourna.

Elle aperçut une ombre à l'entrée du parking et ne put réprimer un cri paniqué.

Son agresseur arrivait.

Il se rapprocha d'elle en boitant, une main plaquée sur son entrejambe tandis que de l'autre il s'essuyait les yeux.

— Reviens, salope ! cria-t-il.

Les doigts tremblants, Lena parvint à ouvrir la portière.

Derrière elle, les pas lourds se rapprochaient. Le tueur n'allait pas tarder à arriver à sa hauteur.

— Tu as peur, non ? lança-t-il d'un ton moqueur. Tu pensais vraiment m'arrêter ? Ça n'arrivera jamais, ma pauvre chérie. Je t'aurai. Et après avoir fini de graver ta petite poitrine, je t'étranglerai !

— Restez où vous êtes ! voulut crier Lena.

Mais sa voix ressemblait plus à un couinement qu'à un ordre.

Les crampes dans ses jambes s'intensifiaient alors qu'elle s'efforçait de monter à l'intérieur de la jeep. Quand enfin, elle y réussit, elle se laissa tomber sur le siège du conducteur et mit le contact.

En proie à une indicible terreur, elle tourna la clé d'une main frénétique et démarra. La portière n'était pas complètement fermée quand elle passa la première et accéléra.

Son agresseur n'était qu'à quelques mètres de la jeep. Il courut vers elle et se mit en travers de la route.

Comme elle fonçait en avant, elle le frôla au passage et croisa ses yeux gris. Il y avait quelque chose d'étrangement familier dans ce regard froid et menaçant.

Seule certitude : il paraissait déterminé à la tuer. Et il y était presque parvenu.

Le pied au plancher, elle claqua sa portière tout en sortant du parking sur les chapeaux de roues.

D'un revers de main, elle essuya les larmes qui brouillaient sa vision et jeta un œil dans le rétroviseur. Elle vit alors avec horreur l'homme s'engouffrer dans une voiture, un bolide noir équipé de grosses roues avec des pointes chromées sur les jantes.

Il démarra et dans un rugissement de moteur se lança à sa poursuite.

La gorge serrée, Lena filait à toute allure dans la

montagne. À cette vitesse folle, il ne lui était pas facile de négocier les virages en épingle à cheveux.

Tout en roulant, elle jetait des coups d'œil dans son rétroviseur pour tenter d'apercevoir la plaque d'immatriculation du tueur. Malheureusement, il avait pris soin de la recouvrir de boue.

Reste calme. Va à l'hôpital. Reste calme. Va à l'hôpital, se répétait Lena.

Une fois au pied de la montagne, elle accéléra et parvint à un carrefour. Là, elle s'engagea à droite sur une route déserte. Elle éteignit ses phares avant de s'arrêter derrière une grande benne à ordures. Ainsi dissimulée, elle retint son souffle.

Le rugissement du moteur de son agresseur la pétrifia. La tête rentrée dans les épaules, elle gardait les yeux rivés sur son rétroviseur.

Continue, ne t'arrête pas, pria-t-elle. *Continue, roule.*

Quand elle vit le bolide foncer tout droit après le carrefour, elle poussa un énorme soupir de soulagement. Ses prières avaient été exaucées.

Par sécurité, elle attendit un moment avant de manœuvrer pour retourner vers la route principale. Son poursuivant n'était plus nulle part en vue, constata-t-elle. La voie était libre.

Elle fila alors vers l'hôpital.

Dès qu'elle arriva sur le parking des urgences, elle ouvrit la boîte à gants et en sortit une pile de mouchoirs en papier. Elle les pressa contre sa plaie. D'un blanc immaculé à l'origine, ils rougirent instantanément. La vue de ce sang et l'intense douleur qui brûlait sa gorge lui donnaient envie de hurler.

Elle baissa le pare-soleil et ouvrit le miroir pour examiner la blessure sur sa poitrine. Elle étudia le symbole incurvé.

« Après avoir fini ce que j'ai commencé sur ta petite poitrine, je t'étranglerai ! »

Les paroles du tueur résonnaient dans la tête de Lena. Le demi-cœur qu'il avait gravé sur sa peau lui rappellerait en permanence qu'elle avait failli être assassinée. Pire, elle n'avait pas été attaquée par hasard et par un inconnu. Mais ciblée par le tueur en série qu'elle tentait d'identifier depuis des semaines et qui semblait insaisissable.

À présent, la course contre la montre était enclenchée. Elle devait à tout prix l'arrêter avant qu'il ne finisse ce qu'il avait commencé.

2

L'inspecteur David Hudson posa son café sur la table de la salle de repos avec tant de brusquerie que le breuvage gicla et lui brûla la main.

Avec un juron, il souffla sur sa peau. Décidément, il avait du mal à émerger ce matin.

Depuis le hall d'accueil du poste de police où elle avait son bureau, Milly s'exclama :

— Il fallait attendre un peu avant de vous servir, David ! Le café est brûlant ! Je viens de le préparer.

Rien n'échappait à Milly, la réceptionniste qui faisait également office d'opératrice pour gérer les appels au 911. Elle voyait tout, entendait tout, savait tout ce qui se passait. Non seulement au sein du poste de police mais aussi dans la petite ville de Clemmington, en Californie. Ses collègues la surnommaient « l'œil de Moscou ».

— Oui, madame, dit David en serrant les dents.

Il agita la main dans l'espoir de soulager la douleur.

— Pourquoi ne pas sortir quelques glaçons du congélateur ? suggéra Milly.

Tout en observant le bel inspecteur du coin de l'œil, elle fit gonfler ses cheveux.

— Si vous en appliquez quelques-uns sur votre brûlure, vous n'aurez pas d'ampoule, ajouta-t-elle. D'ailleurs, je peux vous aider à…

— Cessez de flirter, Milly ! cria l'inspecteur Russ Campbell depuis son bureau. Vous êtes ridicule ! Hudson pourrait être votre petit-fils !

— Et alors ? grogna Milly. Et d'abord, de quoi je me mêle, Campbell ? Personne ne vous a sonné. Occupez-vous de vos affaires !

— Si vous ne voulez pas que je me mêle de vos histoires, arrangez-vous pour que je ne vous entende pas, répliqua Russ.

David réprima un sourire. Russ et Milly adoraient se chamailler. Ils s'envoyaient des remarques désagréables à la figure à longueur de journée et y prenaient visiblement un malin plaisir.

— Merci du conseil, Milly, dit David en la gratifiant d'un clin d'œil affectueux.

Milly lui sourit. Ses manœuvres de séduction étaient devenues une sorte de jeu entre eux. David la trouvait attendrissante avec ses multiples bracelets, ses mains ornées de bagues et ses faux ongles en acrylique.

— De rien, très cher, murmura-t-elle. Quel bonheur de savoir que quelqu'un au moins m'apprécie dans ce poste de police.

— Nous vous apprécions tous, lui assura-t-il.

Sur ces mots, David retourna dans son bureau.

Tout en marchant, il sentait les yeux verts de Milly dans son dos. Il était tellement habitué à la voir le dévorer du regard qu'il n'y prêtait plus attention.

Des années durant, ses amis avaient tenté de le convaincre de quitter Clemmington, de renoncer à poursuivre sa carrière au sein des forces de l'ordre et de tenter sa chance à Hollywood. Ils étaient persuadés qu'avec ses yeux noirs, son teint mat, son sourire chaleureux et sa carrure athlétique, il ne tarderait pas à devenir une star.

Mais David, qui n'accordait pas beaucoup d'importance

à son charme physique, n'avait aucune envie de se retrouver sous les feux de la rampe. Il aimait l'existence tranquille qu'il menait dans sa ville natale et adorait son métier d'inspecteur.

Il entra dans son petit bureau, ferma la porte et ouvrit la vieille armoire de rangement métallique remplie de dossiers écornés. Il s'empara d'une grosse chemise cartonnée et la posa sur sa table de travail.

Il s'assit lentement sur sa chaise ergonomique. Courbaturées, ses cuisses lui arrachèrent un petit gémissement. Hier, sa séance à la salle de sport avait été consacrée au travail des jambes, et ses quadriceps n'avaient pas encore récupéré.

Alors qu'il savourait une gorgée de son café, enfin refroidi, il entendit frapper. Avant d'avoir eu le temps de réagir, il vit la porte s'ouvrir.

Levant les yeux, il découvrit Miles Love, l'un des policiers les plus respectés de Clemmington, sur le seuil de son bureau. Miles avait deux ans de moins que lui et tous deux se connaissaient depuis toujours.

— Salut, David. Aurais-tu un instant à m'accorder ?

— Bien sûr, vieux. Entre.

Alors qu'il regardait son collègue et ami refermer la porte, David sentit soudain une sourde inquiétude le gagner. Miles était en général d'un naturel joyeux et insouciant. Mais ce jour-là, il semblait sombre et préoccupé.

— Que se passe-t-il ? lui demanda David. Pourquoi cette tête d'enterrement ? Tu as encore eu des problèmes avec une femme ?

— Je préférerais, crois-moi…

Miles enfonça les mains dans les poches de son pantalon d'uniforme et baissa la tête, les yeux rivés au sol.

David lui indiqua une chaise.

— Assieds-toi et raconte-moi ce qui t'ennuie, d'accord ?

Miles secoua la tête sans lever le nez.

— Merci, marmonna-t-il. J'aime mieux rester debout.

L'appréhension de David grimpa d'un cran en remarquant que Miles était livide.

— Qu'y a-t-il ? répéta-t-il. Parle, bon sang.

— Je, euh… Je suppose que tu n'as pas consulté les actualités sur ton smartphone, ce matin. Et que tu n'es donc pas au courant des nouvelles…

— Non, en effet, je ne les lis pas toujours, répondit David en s'emparant de son téléphone. Pourquoi ? ajouta-t-il en balayant l'écran du doigt. J'ai raté quelque chose ?

Miles semblait soudain avoir du mal à respirer comme s'il était en proie à une crise de panique.

— Oui… Je… euh… cela concerne Lena. Elle… euh…

Il s'interrompit et articula lentement, comme pour donner plus de poids à ses paroles.

— Elle s'est fait attaquer.

David se figea. Son smartphone lui échappa des mains et heurta le bureau avec bruit.

— Elle s'est fait… quoi ?

— Elle s'est fait attaquer, répéta Miles.

— *Quand* ? Quand est-ce arrivé ? demanda David.

Il s'efforça de maîtriser ses émotions. Lena était la sœur de Miles. Il ne voulait surtout pas l'affoler.

— Hier, répondit Miles.

— Que s'est-il passé exactement ? Qui s'en est pris à elle ? Le sait-on ?

— Lena avait décidé de revenir seule enquêter sur une scène de crime lorsqu'elle a été agressée. Le LAPD pense que son assaillant est le tueur en série qu'ils poursuivent depuis des semaines. Elle aussi en est convaincue.

Miles se laissa finalement tomber sur une chaise et prit sa tête entre ses mains.

— Ce… Cet animal… a failli la tuer.

— Je suis vraiment désolé, murmura David.

La gorge serrée, il déglutit avec difficulté. Il s'efforçait de réprimer le mélange de douleur et de culpabilité qui l'envahissait. Son esprit partait dans tous les sens et il passa sa main sur sa nuque dans l'espoir de se calmer.

— Attends, reprit-il, reportant son attention sur Miles. Si l'attaque a eu lieu hier, pourquoi l'apprends-tu seulement maintenant ?

Miles haussa les épaules avant d'émettre un profond soupir.

— Lena ne voulait pas nous inquiéter et ne nous a pas prévenus. Elle a passé la nuit en observation à l'hôpital et elle n'en est sortie que ce matin. Mais en vérité, elle n'a rien dit par fierté, j'en suis certain. Tu la connais. Ma petite sœur ne supporte pas l'idée d'échouer ou de commettre une erreur.

— Mais… vous avez donc appris cette agression par le biais des médias ?

— Malheureusement, oui. Lena est plus têtue qu'une mule…

David soupira. Entendre Miles parler de l'entêtement de Lena faisait remonter à sa mémoire une myriade de souvenirs.

Au lycée, Lena et lui étaient sortis ensemble. Ils étaient profondément amoureux et il avait cru qu'ils le seraient éternellement. Mais cet amour n'avait pas suffi pour la retenir à Clemmington.

Au départ, ils avaient pourtant prévu de poursuivre leurs études à l'université la plus proche et de vivre ensemble dans leur ville natale. Mais au cours de leur année de terminale, Lena avait soudain décidé de s'inscrire à la Pacific Western University, au sud de la Californie, pour y suivre une double formation d'enquêtrice judiciaire et d'expert en criminalistique. Elle rêvait d'intégrer les services d'une police technique et scientifique.

David avait été déçu qu'elle change ainsi d'avis. Mais il était certain qu'ils seraient capables d'entretenir une relation à distance pendant ces quatre années d'études. Malheureusement pour lui, lorsqu'elle avait obtenu son diplôme, Lena lui avait appris qu'elle avait été embauchée au LAPD et qu'elle s'installait définitivement à Los Angeles. La nouvelle avait anéanti David et peu à peu, il avait perdu sa confiance dans leur avenir amoureux.

Que Lena ne veuille pas retourner à Clemmington l'avait profondément blessé. Il avait d'autant moins compris sa décision que le père de Lena était chef du poste de police de Clemmington et que ses deux frères y travaillaient également. David avait toujours cru qu'elle souhaiterait, elle aussi, faire partie de l'équipe. La police était un peu une histoire de famille chez les Love.

Il s'était trompé.

Lena aspirait à intégrer un prestigieux service de police, et la perspective d'enquêter sur de grandes affaires criminelles à multiples facettes avait emporté sa décision. Lorsque David avait exprimé son désir de rester fidèle à Clemmington, tous deux s'étaient séparés. Leur rupture n'avait pas été facile, loin de là.

Quand Lena s'était éloignée pour de bon, David s'était senti abandonné. Et maintenant, il regrettait de ne pas avoir tout fait pour la retenir.

Miles se leva et se dirigea lentement vers la porte.

— Je ferais mieux d'aller chez mes parents pour tenter de réconforter ma mère. Peux-tu t'occuper de tout ici jusqu'à mon retour ? Mon père et mon frère sont déjà partis à Los Angeles pour récupérer Lena et la ramener à la maison.

À ces mots, David se redressa sur sa chaise.

— Attends, Lena revient ici ? À Clemmington ?

— Oui. Elle est trop traumatisée pour rester à Los Angeles. Alors elle va prendre un congé et retourner vivre quelque temps chez nos parents, le temps de se remettre de ses émotions. Mais je ne sais pas si…

David considéra Miles et fronça les sourcils.

— Tu ne sais pas quoi ?

— En vérité, je me demande comment va se passer son retour. Quand elle a décidé de s'installer à Los Angeles, les parents l'ont plutôt mal pris. Pour eux, son avenir était tout tracé au sein de la police de Clemmington. Qu'elle ait préféré le LAPD nous avait fait l'effet d'une gifle. Nous nous sommes tous sentis trahis. Cette défection a laissé des traces.

Apparemment, il n'était pas le seul à être encore affecté par le départ de Lena, songea David.

— Tu sais, commença-t-il, personne n'a été plus déçu que moi quand ta sœur a emménagé à Los Angeles. Mais à ce stade, nos colères et ressentiments n'ont plus aucune importance. Nous devons mettre nos amertumes de côté et ne penser qu'à elle. Il faut nous assurer qu'elle ira bien.

— Je suis à cent pour cent d'accord avec toi. Mais en seras-tu capable après tout ce que vous avez traversé tous les deux ?

David fut surpris que Miles évoque leur passé amoureux. Mais visiblement, il était bien conscient que le départ de Lena l'avait dévasté, à l'époque.

— Bien sûr, assura David. Il n'est pas question de compliquer sa situation avec mes problèmes personnels. En ce moment, ma seule préoccupation est le bien-être de Lena.

— D'accord. Espérons que nous y parviendrons… Nous verrons bien, ajouta Miles, d'un ton teinté de scepticisme. Bon, je ferais mieux d'aller chez mes parents, dit-il après avoir consulté sa montre. Je reviendrai plus tard cet après-midi.

— Salue ta mère de ma part. Dis-lui que je pense bien à elle et à vous tous.

— Ce serait bien que tu passes à la maison pour le lui dire toi-même. Je suis sûr qu'elle s'attend à te voir lorsque Lena sera rentrée.

David regarda Miles mais ne répondit pas. Une pointe d'angoisse lui nouait le ventre. S'il était sincèrement inquiet pour Lena, il n'était pas encore prêt à la revoir.

— J'aurai sans doute des nouvelles à te donner à mon retour, poursuivit Miles comme s'il sentait les hésitations de David. Appelle-moi ou envoie-moi un SMS s'il y a un problème ici. Cela dit, il ne se passe jamais rien dans cette ville.

— Compte sur moi. Merci de me tenir au courant.

— Bien sûr.

À l'instant où Miles sortit de son bureau, David se tourna vers son ordinateur. Son café était tiède maintenant mais il en but une longue gorgée. Puis il consulta le site web du *Los Angeles Times*.

L'histoire faisait la une et le gros titre crevait l'écran.

Lena Love, la célèbre enquêtrice, attaquée par un tueur en série !

L'estomac de David se noua à la vue du portrait de Lena qui illustrait le papier. Il s'obligea à reporter son attention sur l'article.

Alors qu'il lisait les détails glaçants de l'agression de Lena, il sentit ses sentiments négatifs à son égard fondre comme neige au soleil. Sa colère et son ressentiment se dissipaient, balayés par le désir impérieux de la protéger.

3

Assise devant la table de la salle à manger de ses parents, Lena se serrait les mains pour leur interdire de trembler.

Betty, sa mère, posa une tasse de camomille devant elle.

— Voilà, chérie, dit-elle. Fais attention, c'est très chaud.

— Merci, maman.

Une pointe de culpabilité tourmenta Lena à la vue de la pâleur de Betty, de ses yeux rouges et gonflés. Son visage était tiré d'inquiétude, ses rides semblaient plus profondes que lors de sa dernière visite. Ses cheveux poivre et sel noués en queue-de-cheval paraissaient ternes. Où était passée la sexagénaire pimpante et pleine d'entrain dont elle avait gardé le souvenir ?

Betty se mit alors à lui masser le dos comme elle le faisait autrefois quand Lena était petite et ne parvenait pas à s'endormir.

Lena ferma les paupières et poussa un profond soupir. Après quelques instants, sa mère s'interrompit brusquement et se précipita vers le vaisselier du salon.

Elle l'ouvrit, retira plusieurs verres qu'elle entreprit d'essuyer avec vigueur.

Lena se demanda quelle mouche l'avait piquée mais elle ne posa aucune question. Sans doute Betty tentait-elle ainsi de calmer ses nerfs.

Lena porta sa tasse à ses lèvres et souffla sur le liquide brûlant pour le refroidir.

Un portrait de la famille Love, accroché au mur en face d'elle, attira son attention. La photo avait été prise peu après l'obtention de son diplôme universitaire, avant qu'elle n'annonce à ses proches sa décision de s'installer à Los Angeles et de travailler pour le LAPD.

Sur le cliché, tout le monde avait l'air heureux. Mais depuis lors, leurs relations s'étaient profondément détériorées. Plus rien n'était pareil. Et ces tensions expliquaient pourquoi Lena n'était pas revenue à Clemmington depuis plusieurs années.

Elle se détourna du portrait et promena le regard dans la spacieuse maison de ses parents.

Les larmes aux yeux, elle dut reconnaître que sa mère, institutrice à la retraite, avait magnifiquement décoré la demeure familiale et l'entretenait avec soin.

Lena et ses frères y avaient grandi et, depuis son départ, peu de choses avaient changé.

Elle se remémora les nombreuses soirées passées à jouer avec ses frères et leurs amis ou à danser. Clemmington était une petite ville. Elle connaissait la plupart de ses habitants et pour elle, ils étaient comme une grande famille.

La pointe de nostalgie qui lui mordit le cœur lui fit mesurer à quel point ces soirées lui avaient manqué… sans parler de ses parents et de ses frères, bien sûr.

Du coup, elle se demanda si partir avait été une erreur.

Au moment où des images de l'attaque remontaient à sa mémoire, Kennedy Love, le père de Lena, suivi de Jake et Miles, ses deux frères, entra dans la salle à manger.

Très grands, musclés, les traits coupés au couteau, les hommes Love se ressemblaient tellement qu'ils auraient pu passer pour des triplés. Seuls son crâne chauve et son épaisse moustache différenciaient Kennedy de ses fils.

— Papa et moi avons préparé des sandwichs à la dinde, déclara Jake en plaçant un plateau sur la table. Nous, euh, nous avons pensé que tu aurais peut-être faim.

— Merci, Jake, j'apprécie, lui dit Lena, même si elle avait perdu l'appétit depuis l'attaque.

Son père restait silencieux. Avec un profond soupir, il tira une chaise et s'assit lourdement.

Voir sa famille stresser à ce point rendait Lena malade. Voilà d'ailleurs pourquoi elle ne leur avait pas parlé tout de suite de l'agression dont elle avait été victime. Entre les tensions provoquées par son départ, sa décision de travailler pour le LAPD et bien sûr, le traumatisme d'avoir été ciblée par un tueur, elle n'avait pas eu très envie de s'épancher. Et maintenant, elle avait déjà hâte de plier bagage et de retourner à Los Angeles.

Elle se détendit un peu lorsque Miles entra dans la pièce. Il était le seul des Love à être resté en contact régulier avec elle après son départ.

— Je ferais mieux d'aller jeter un œil à mon rôti, marmonna Betty avant de se hâter vers la cuisine.

Lorsque Miles s'approcha d'elle, Lena remarqua qu'il tenait une fiole d'argent à la main.

— C'est quoi ? chuchota-t-elle.

— Du whisky, répondit-il sur le même ton. Tu devrais en prendre un verre. Cela t'aiderait à te calmer.

Lena jeta un coup d'œil à son père et à Jake, tous les deux occupés à piocher dans le plateau de sandwichs. Être dans la maison de ses parents la ramenait à une époque où elle n'avait pas le droit de boire de l'alcool. Et de façon ridicule, elle se sentait coupable alors qu'elle avait largement dépassé l'âge légal.

— Une rasade de whisky est exactement ce dont j'ai besoin, dit-elle à Miles. Sers-moi, s'il te plaît.

Alors qu'il versait discrètement une bonne dose du liquide brun dans sa tasse, la sonnette retentit.

Lena sursauta sur sa chaise. Depuis l'attaque, elle vivait sur les nerfs et se sentait à fleur de peau.

— Détends-toi, murmura Miles en posant doucement la main sur son épaule. Tout va bien. C'est sans doute David.

— David ! s'exclama Lena, les yeux écarquillés. Que fait-il ici ?

— Il voulait passer. Pour s'assurer que tu allais bien. Pourquoi n'irais-tu pas lui ouvrir pendant que je vais dans la cuisine voir si maman n'a pas besoin d'aide ?

— Non, non. Je n'en ai aucune envie. Vas-y, toi…

Avant que Lena ne puisse finir sa phrase, Miles lui adressa un sourire narquois et quitta la pièce.

Elle se tourna vers son père et Jake, qui regardaient fixement leurs assiettes. Lena devina qu'ils faisaient mine d'être absorbés par leurs sandwichs pour éviter de prendre parti.

Si tous deux lui avaient demandé à plusieurs reprises si elle allait bien durant le trajet entre Los Angeles et Clemmington, ils n'avaient pas beaucoup parlé sur la route. Ils s'inquiétaient à propos de l'agression, elle le savait, mais ne voulaient pas la brusquer ni lui mettre de pression. Mais Lena se rendait également compte que les ressentiments liés à son déménagement persistaient au sein de la famille.

La sonnette retentit à nouveau.

— Tôt ou tard, tu devras lui faire face, Lena, lui dit son père. Indépendamment de votre rupture, David se soucie toujours de toi. Alors vas-y. Va lui ouvrir.

Lena voulut lever les yeux au ciel. Mais elle y renonça, hocha la tête et se leva lentement. Pour se donner du courage, elle but une longue gorgée de son infusion arrosée.

— Quelqu'un va-t-il se décider à ouvrir la porte ? cria Betty depuis la cuisine.

— J'y vais, j'y vais ! répondit Lena.

— N'aie pas peur, lança Jake, moqueur. Il ne va pas te manger !

— Oh ! arrête, rétorqua-t-elle en lui tirant la langue.

Quand il lui adressa un clin d'œil, Lena ne put s'empêcher de rire.

L'atmosphère glaciale commence à se réchauffer, pensa-t-elle, soulagée.

— Arrête de taquiner ta sœur, dit Kennedy.

— Merci, papa.

Lena se dirigea vers l'entrée en traînant les pieds. En chemin, elle s'arrêta devant le miroir accroché au mur et passa la main dans ses cheveux.

Que fais-tu ? se demanda-t-elle en considérant son reflet d'un air exaspéré. *À quoi bon te recoiffer ? Tu n'as plus rien à faire de David !*

La sonnette retentit une troisième fois.

— J'arrive ! cria-t-elle avant qu'un des membres de sa famille ne puisse émettre un nouveau commentaire.

Elle prit une profonde inspiration, réajusta son chemisier blanc dans son jean et ouvrit enfin la porte.

À la vue de David, elle faillit tomber à la renverse.

Elle ne l'avait pas revu depuis qu'elle avait quitté Clemmington. Avec les années, il s'était musclé et avait pris de l'assurance. En vérité, il était devenu irrésistible.

— Bonjour, Lena, dit-il d'une voix douce. C'est, euh, je suis heureux de te voir.

— Salut. C'est… oui… euh… c'est sympa.

David lui tendit un bouquet de roses jaunes.

— J'espère qu'elles t'aideront à retrouver le moral.

— Tu t'en es souvenu, murmura-t-elle en plongeant le nez dans les fleurs pour s'enivrer de leur parfum. Merci.

— Bien sûr que je m'en suis souvenu. Comment aurais-je pu oublier tes fleurs préférées ?

Tous deux se dévisagèrent en silence pendant un long moment. Une émotion inattendue envahit soudain Lena.

Que se passe-t-il ? se demanda-t-elle. Elle ne s'attendait pas à ressentir quoi que ce soit à la vue de David. Pour elle, leur amourette de lycéens était de l'histoire ancienne.

Le charme fut rompu lorsque sa mère arriva.

— David ! s'exclama Betty. Merci d'être venu. Entre, entre. Puis-je t'offrir quelque chose à boire ?

— Oh non, madame Love, dit-il en franchissant le seuil. Je passais en coup de vent pour saluer Lena et tout le monde.

— Viens quand même t'asseoir un instant.

Comme il entrait dans la maison, David effleura par inadvertance le bras de Lena. Elle recula mais quand il la regarda, les fragrances de son eau de toilette boisée chatouillèrent ses narines, en ravivant une myriade de souvenirs. Aussitôt, de longs frissons la parcoururent.

— Tout va bien ? demanda-t-il.

Lena aurait pu jurer avoir entendu une pointe d'amusement dans sa voix.

— Oui, oui, très bien.

Betty s'approcha de David et l'embrassa avec chaleur.

— Que tu sois venu me touche beaucoup. Je vous laisse seuls un instant tous les deux pour aller surveiller mon rôti. David, pourquoi ne resterais-tu pas dîner ?

David hésita, puis se tourna vers Lena.

À son expression, elle se rendit compte qu'il lui demandait silencieusement la permission.

Elle hocha la tête.

— Merci, madame Love, répondit David. Je serais ravi de partager votre repas. Si Lena est d'accord.

— Bien sûr que je suis d'accord, répondit-elle avec plus

de vivacité qu'elle ne l'aurait voulu. Je… je veux dire, oui, pas de problème.

— Bien, dit Betty. Je ferais mieux d'aller chercher ces sandwichs dans la salle à manger avant que ton père et tes frères ne les finissent. Et tiens, continua-t-elle en prenant le bouquet de fleurs de Lena, je vais mettre ces belles roses dans un vase. Elles ont certainement soif, elles aussi.

— Merci, maman.

Betty posa les yeux sur David puis sur Lena. Le grand sourire sur son visage en disait plus qu'un long discours.

— Merci, maman, répéta Lena en serrant les dents.

Betty comprit manifestement qu'elle était de trop et sortit de la pièce.

Lena se tourna vers David et émit un petit rire, gênée par le comportement de sa mère.

— Désolée pour ça, dit-elle avant de désigner le sofa. Assieds-toi. Es-tu sûr de ne rien vouloir prendre ? Une bière ? Un thé ? Un verre d'eau ?

— Non, merci. J'ai bu près de trois cafetières aujourd'hui.

Tous deux s'installèrent sur le canapé. Lena s'efforçait de garder ses distances dans l'espoir d'arrêter les frissons qui lui parcouraient toujours l'échine. Quand elle remarqua que David la dévorait des yeux, elle se creusa la cervelle pour trouver quelque chose à dire. Elle n'avait aucune envie de revenir sur son attaque.

— Je dois t'avouer quelque chose, lâcha-t-elle enfin.

— Oui ?

— Je buvais de la camomille arrosée de whisky avant que tu n'arrives ici.

— Oh non. Pas toi, Lena ! Au lycée, tu étais la plus sobre de nous tous. Que s'est-il passé ? demanda-t-il d'un ton faussement accablé.

— J'ai longtemps bu de l'eau, c'est vrai. Mais après tout ce que j'ai vécu, j'avais besoin d'un petit remontant.

Adresse-toi à Miles si tu veux faire des reproches à quelqu'un. C'est lui qui me l'a donné.

— Je vois que rien n'a changé chez les Love, grogna David. Comme d'habitude, tu rends tes frères responsables de tes écarts.

— Et tant que le procédé me permettra de m'en tirer, je continuerai.

Lena fut surprise de constater à quel point elle se sentait détendue avec David. Malgré leur passé compliqué et leur rupture mal digérée, tout coulait de source entre eux.

Mais comme elle levait les yeux vers lui, à la vue de son expression peinée, elle devina qu'il se remémorait la manière cavalière dont elle l'avait plaqué autrefois. Et elle fut soudain prise de remords.

La façon dont elle avait quitté Clemmington l'avait blessé, elle le savait. Mais là, elle découvrait qu'il n'y avait pas que de la tristesse ou du ressentiment dans son regard. Elle sentait qu'il était surtout bouleversé par son agression.

— Alors, plus sérieusement, dit-il, comment vas-tu ?

Elle baissa les yeux et considéra ses mains comme pour y lire la réponse. Elle se rappela soudain pourquoi elle était revenue à Clemmington.

Le moment où l'assaillant de Lena l'avait jetée au sol s'imposa brutalement à sa mémoire.

Arrête, se dit-elle en secouant la tête dans une tentative désespérée pour effacer ce terrible souvenir.

— Je tiens le coup, répondit-elle. Je suis encore un peu secouée, mais ça va.

Elle s'interrompit et serra les poings pour empêcher ses mains de trembler.

— Je n'arrive pas à croire ce qui s'est passé sur cette scène de crime. Comment ai-je pu me faire surprendre par le tueur que je poursuis depuis des semaines et manquer de peu d'être tuée et…

Lorsque la voix de Lena s'éteignit, David se rapprocha d'elle.

— Es-tu sûre que l'homme qui t'a attaquée était ce tueur en série ? demanda-t-il. Ou pourrait-il s'agir d'une agression perpétrée par quelqu'un d'autre dont tu aurais été victime par hasard ?

Lena s'éclaircit la gorge et prit une profonde inspiration, une main sur sa poitrine. Ses doigts pressèrent l'épais bandage qui couvrait la cicatrice sous son chemisier. Cette blessure en forme de moitié de cœur signait le crime. Son assaillant était bien leur tueur en série, personne au LAPD n'avait le moindre doute à ce sujet.

La police n'avait pas révélé les détails de cette attaque aux médias, en particulier les éléments concernant sa cicatrice. Et Lena n'était pas non plus prête à en parler avec David.

— L'agression n'était pas due au hasard, lui dit-elle. Les responsables de la ville ressentent une pression intense pour résoudre cette affaire qui a déjà provoqué la mort de cinq jeunes femmes. Il y a quelques semaines, le maire a tenu une conférence de presse et m'a présentée comme la nouvelle responsable de l'équipe chargée de l'enquête. Après avoir mentionné quelques dossiers très médiatisés que j'ai aidé à résoudre dans le passé, j'ai juré de retrouver le tueur. Et voilà pourquoi il s'en est pris à moi.

— Tu penses donc qu'il t'a suivie jusqu'à cette dernière scène de crime sur laquelle tu es revenue mener des investigations ?

— J'en suis certaine. Il surveillait probablement le laboratoire criminel où je travaille. C'était là que je me trouvais avant de me rendre au sentier de randonnée de Cucamonga Wilderness.

David secoua la tête.

— Je n'aime pas la façon dont les responsables de la ville de Los Angeles ont géré cette situation. Pas du tout.

— Que veux-tu dire ?

— Cette conférence de presse t'a mise en danger. Nous faisons les choses différemment à Clemmington. Nous protégeons les nôtres. Nous n'aurions jamais braqué les projecteurs sur toi comme ça.

— Oui, ce n'était sans doute pas très malin de leur part, marmonna Lena en se frottant la nuque.

David perçut sans doute son regain d'angoisse parce qu'il demanda :

— Ça va, Lena ?

— Je vais bien, répondit-elle en omettant une fois de plus d'évoquer la moitié de cœur gravée sur sa poitrine.

— Bien. Je suis content que tu sois de retour à Clemmington. J'espère que tu vas rester un moment. Repose-toi et accorde-toi un peu de temps pour te rétablir. Ce que tu as vécu est extrêmement traumatisant. Peut-être devrais-tu envisager de laisser un autre enquêteur prendre l'affaire en charge.

Lena s'appuya contre le dossier du canapé.

— Ce serait sage, en effet, mais je ne suis pas sûre d'être capable de rester longtemps assise, les bras croisés, sans rien faire. Et je ne me vois décidément pas laisser tomber le dossier. J'enquête sur ce tueur depuis des semaines et je suis trop près de l'avoir pour tout lâcher maintenant.

David la dévisagea avec une petite grimace.

— Tu as toujours été trop ambitieuse pour suivre mes conseils, lui rappela-t-il.

— J'aime aller jusqu'au bout, finir ce que j'ai commencé. Voilà tout.

— Sauf quand il s'agissait de nous, répliqua David au moment où Betty revenait dans la pièce.

— Tout le monde est prêt à passer à table ? demanda-t-elle joyeusement.

— Oui, répondit Lena, en sautant du canapé pour se diriger vers la salle à manger.

Que David ait débarqué sans prévenir l'ennuyait déjà. Elle n'avait aucune envie de revenir, en prime, sur leurs problèmes passés non résolus.

Il se leva et lui emboîta le pas.

Elle sentait son regard dans son dos.

— Cette conversation n'est pas terminée, murmura-t-il.

Elle leva les yeux au ciel.

Dans quoi me suis-je embarquée ? Pourquoi suis-je revenue à Clemmington ? Quelle erreur j'ai commise !

4

Dès qu'il arriva au poste de police, David se dirigea vers la salle de repos pour se servir un café.

Milly, assise à son bureau encombré de dossiers, lui sourit.

— Bonjour, inspecteur Hudson. Vous avez l'air en forme, ce matin.

— Vraiment ? demanda-t-il, surpris.

Mais au fond, il savait très bien à quoi Milly faisait allusion. Depuis le retour de Lena, son moral était au beau fixe et il se sentait plein d'énergie.

Milly l'observait avec attention tout en jouant avec ses faux ongles.

— Oui, renchérit-elle. Vous semblez déborder de joie de vivre et d'entrain. Et je me demandais si votre enthousiasme avait quelque chose à voir avec ce qui se passe dans le bureau du chef Love.

Perplexe, David fronça les sourcils.

Il s'apprêtait à lui demander des éclaircissements lorsqu'il posa les yeux sur l'horloge murale. Il n'avait plus le temps de bavarder, comprit-il. Il devait faire le point avec le chef au sujet d'un acte de vandalisme survenu dans le centre-ville pendant la nuit.

— Vous m'expliquerez ce que vous voulez dire plus tard, lui dit-il. J'ai à faire.

— À votre convenance, lui répondit Milly.

Elle entreprit de trier une pile de rapports.

— En attendant, ajouta-t-elle, j'espère que vous attrapperez le vandale qui a dégradé la façade de la magnifique galerie d'art de M. Young.

— Comptez sur nous.

David entra dans la salle de repos et salua les quelques policiers rassemblés autour de l'une des tables. Ils lui répondirent d'un bref signe de tête avant de reporter leur attention sur une vidéo qui passait sur le téléphone portable de l'officier Lee Underwood.

Après s'être servi une tasse de café, David consulta sa montre. Il était plus de 9 heures.

Il est temps de te mettre au travail, se dit-il en se hâtant vers son bureau.

Il y posa son attaché-case, sortit un calepin d'un tiroir et se dirigea à grands pas vers le bureau du chef Love.

— Entrez, entrez, inspecteur, dit le chef. Et prenez un siège. J'espère que la présence de Lena ne vous dérange pas. Elle finissait par devenir neurasthénique à force de tourner en rond à la maison. Elle a donc demandé à venir au poste de police pour profiter de la compagnie de son père adoré.

— Et pour te donner la possibilité de me demander encore et encore pourquoi j'ai quitté Clemmington, intervint Lena. N'oublie pas ce petit détail, papa.

— Hé, si tu veux avoir le privilège de passer un peu de temps avec le chef, alors tu dois accepter de parler des sujets qui fâchent. C'est le revers de la médaille.

David se mit à rire. Leur petit numéro père-fille semblait les amuser l'un et l'autre. Il fut agréablement surpris de les voir tous deux plaisanter sur une question aussi épineuse.

Lena se tourna vers David avec un geste de découragement.

— Je n'arrive pas à croire qu'après tout ce temps, mon

père et mes frères n'aient pas encore digéré mon emménagement à Los Angeles.

— Tu nous as manqué, voilà tout, lui dit son père. Prends-le pour un compliment. Et je suis sûr qu'il n'y a pas qu'à ta famille que tu as manqué, ajouta-t-il

David détourna les yeux en remarquant le sourire narquois sur le visage de son chef.

Ne relève pas et assieds-toi, s'ordonna-t-il avant de prendre place à côté de Lena.

— Quoi qu'il en soit, dit-il, il est peut-être temps de commencer cette réunion, non ?

— Tout à fait, répondit le chef Love.

Tandis qu'il feuilletait son agenda, David glissa un œil vers Lena. L'énergie qu'il ressentait depuis son retour en ville s'intensifia alors qu'il l'observait discrètement.

Habillée dans un style décontracté d'une combinaison en jean et de baskets blanches, elle avait relevé ses cheveux en un chignon faussement désordonné. Elle n'était pas maquillée, sa peau éclatante n'en avait pas besoin. Elle était ravissante et avait l'air détendue.

— Mais avant de commencer, déclara le chef Love, j'aimerais dire un dernier mot.

— Oh ! non, marmonna Lena en s'effondrant sur sa chaise. Nous y voilà…

— Lena, poursuivit-il, tu es née dans une famille dont tous les membres travaillent dans les forces de l'ordre. Nous assurons la sécurité de Clemmington, en Californie, depuis des années. Pourquoi as-tu refusé de perpétuer cette tradition familiale ?

Elle se pencha en avant, agrippa les accoudoirs de son siège.

— Ne me dis pas que tu as vraiment envie d'en reparler ! C'est dingue ! N'est-il pas possible de passer un moment tranquille sans être harcelée sur le sujet ?

Lena se tourna vers David comme pour le prendre à témoin ou peut-être en espérant qu'il intervienne.

Il baissa les yeux sur son calepin. Il préférait ne pas s'interposer entre le père et la fille. De plus, il avait besoin de se concentrer sur autre chose que son ravissant visage.

— Je plaide le cinquième amendement, répondit David. Je ne me sens pas de taille à me battre avec la famille Love. Je refuse de prendre parti.

— Oh ! allez, Dave ! insista le chef. Vous avez peut-être été le petit ami de ma fille, à une époque, mais vous êtes surtout mon inspecteur. Vous devez donc être de mon côté.

— J'ai des origines suisses, plaisanta-t-il. Je revendique mon droit à la neutralité. Maintenant, si nous nous intéressions un peu à cet acte de vandalisme ? Milly m'a dit que quelqu'un avait saccagé la façade de la galerie d'art de M. Young ?

— J'en ai bien l'impression.

Le chef étala plusieurs clichés sur le bureau.

— Jake et Miles y sont passés tout à l'heure et ont pris ces photos.

David se pencha pour les étudier.

Les mots : « Un, deux, je suis là pour toi ! » avaient été peints en noir à la bombe sur la vitrine de la galerie.

— Hmm, c'est étrange, déclara David. À quelle heure le vandale a-t-il tracé cette inscription ?

— D'après les caméras de surveillance de M. Young qui ont filmé la scène, vers 3 heures du matin.

— On y voit le visage du suspect ?

Le chef s'enfonça dans son fauteuil, les mains sur le dessus de sa tête.

— Pas vraiment. La seule certitude est qu'il s'agissait d'un homme vêtu d'un treillis et d'un masque. Je suis d'ailleurs surpris qu'il se soit donné tant de mal pour taguer une devanture de galerie.

— J'ai bien envie de faire un saut là-bas pour y jeter un coup d'œil, dit David en prenant des notes. Je verrai ce que je trouve sur place et j'espère pouvoir consulter les images prises par les caméras.

— Bonne idée, répondit le chef. Essayez d'interroger M. Young, de lui demander s'il a des ennemis et de découvrir qui, d'après lui, aurait commis un tel acte. Quand Jake et Miles y sont passés tout à l'heure, il était trop bouleversé pour leur parler.

Lena prit l'une des photos et l'étudia attentivement.

— Pauvre M. Young. C'est un vieux monsieur adorable qui ne dérange personne. Et sa galerie d'art est toute sa vie. Il s'y investit corps et âme. Il en est très fier. Je n'arrive pas à imaginer qui voudrait lui nuire ainsi.

David prit les autres photos et les regarda à nouveau.

— « Un, deux, je suis là pour toi ! » lut-il à haute voix avant de lever les yeux vers le chef. Ce message n'était peut-être pas destiné à M. Young.

— Que voulez-vous dire ? demanda Kennedy Love.

— Eh bien, pour commencer, je suis d'accord avec Lena. M. Young est un membre très apprécié de la communauté. Il n'a pas d'ennemis, à ma connaissance. Et même s'il était ému quand Jake et Miles sont passés, s'il avait eu la moindre idée de l'identité de l'auteur de ces graffitis, il l'aurait signalé, j'en suis certain.

— J'aimerais le penser, répondit le chef. Mais où voulez-vous en venir ?

— La galerie d'art est située dans l'un des quartiers les plus fréquentés de la ville et se voit de loin. Le vandale a peut-être laissé ce message là où tout le monde le verrait dans l'espoir que sa cible le recevrait…

Dès que les mots s'échappèrent de ses lèvres, David sentit son ventre se nouer.

Ce message a peut-être été laissé pour Lena…

Il la regarda, en espérant qu'elle ne lisait pas dans ses pensées. Elle étudiait toujours l'une des photos. Et apparemment, ces clichés ne provoquaient pas d'inquiétude particulière chez elle.

David reporta alors son attention sur le chef. Lui aussi examinait l'une des photos, en se frottant le menton, un geste inhabituel chez lui. David aurait été incapable de dire si son patron était sur la même longueur d'onde que lui ou non. S'il l'était, son chef n'en laissait rien paraître.

— Je me rends à la galerie maintenant, déclara David en se levant.

Il se reprochait d'en avoir trop dit. Lena avait assez souffert. Il ne voulait pas l'inquiéter davantage, sous aucun prétexte, surtout si ses soupçons se révélaient non fondés.

Lena lui attrapa le bras.

— Cela t'ennuie si je t'accompagne, David ? J'aimerais, moi aussi, y jeter un coup d'œil.

David l'observa à la dérobée. La petite lueur dans son regard lui rappela à quel point elle adorait son travail.

David se tourna vers son patron d'un air interrogateur.

Le chef haussa les épaules.

— Pourquoi pas ? Ma fille est experte en scènes de crime. Vous ne savez jamais ce qu'elle va découvrir. Et elle avait d'excellentes relations avec M. Young quand elle vivait encore à Clemmington. Avec ses frères, elle travaillait bénévolement à la galerie chaque fois qu'il avait des vernissages. Qu'elle vous accompagne ne semble donc pas une mauvaise idée.

Lena hocha la tête en regardant son père.

— De plus, si je ne reprends pas un semblant de vie normale, je risque de devenir folle.

David s'efforça de dissimuler son appréhension alors qu'elle se levait et ramassait son gros sac.

— Es-tu sûre d'être prête à retourner sur le terrain ? lui demanda-t-il. Tu sais… après ce que tu as traversé ?

— Inspecteur Hudson, dit Lena en s'arrêtant sur le pas de la porte, je suis une professionnelle. Enquêter est mon métier. Et il ne s'agit que d'un acte de vandalisme. Il n'y a pas mort d'homme. Peut-être aurais-je hésité si tu menais des investigations sur une scène de meurtre. Fais-moi confiance. Je suis capable de gérer. Maintenant, dépêchons-nous d'aller à la galerie avant que M. Young n'appelle un service de nettoyage pour faire enlever les graffitis.

David s'interrompit pour donner une dernière chance au chef. Il espérait que celui-ci conseillerait à sa fille de renoncer à ce projet. Mais Kennedy Love ne semblait pas s'inquiéter outre mesure pour elle.

— Lena a raison. Vous feriez mieux de bouger avant que M. Young ne compromette la scène du crime.

— Merci, chef, dit Lena à son père.

Quand elle sortit du bureau, David lui emboîta le pas, en proie à un mélange de frustration et d'excitation.

Milly se redressa quand ils passèrent devant son bureau.

— Où partez-vous, tous les deux ?

Son ton suggestif poussa David à se tourner vers elle.

— Nous allons enquêter à la galerie d'art de M. Young, lui dit-il.

— Oh ! très bien. Et Mlle Lena Love vous accompagne ?

— Exactement, répondit Lena. Il est temps pour moi de reprendre un semblant d'activité. Même si le poste de police de Clemmington ne se compare pas au LAPD, j'ai vraiment besoin de m'occuper.

— Alors, à plus tard, dit Milly.

Ses bracelets tintèrent bruyamment à ses bras alors qu'elle faisait signe à Lena qui s'éloignait.

— Mais vous savez, nous n’avons rien à envier à la police de Los Angeles, ajouta-t-elle.

— Si vous le dites, rétorqua Lena.

— En tout cas, je suis contente de vous voir en grande forme, déclara Milly avec sympathie. Vous avez inquiété toute cette ville.

— Merci, Milly. Je sais que beaucoup de gens ont mal vécu mon départ. Et voilà pourquoi votre réflexion me touche beaucoup.

David posa la main sur l’épaule de Lena.

— Nous ferions mieux d’y aller. Milly, nous serons bientôt de retour. Appelez-moi sur mon portable si nécessaire.

— Je n’y manquerai pas, inspecteur. Au revoir, vous deux.

Il lui lança un regard entendu alors qu’elle lui décochait un grand sourire.

Les habitants de Clemmington avaient peut-être ressenti de la rancune envers Lena lorsqu’elle avait quitté la ville. Mais ils semblaient s’être adoucis maintenant qu’elle était revenue.

Y compris toi, se dit David.

En prendre conscience lui fit l’effet d’un seau d’eau froide en pleine figure. Il avait été cruellement blessé quand elle s’était éloignée. Et il savait que tôt ou tard, elle finirait par retourner à Los Angeles.

Alors ne retombe pas amoureux d’elle…

5

Lena sentit une décharge d'adrénaline brûler ses veines dès que David s'arrêta devant la galerie d'art de M. Young.

Située dans la rue la plus animée du centre-ville de Clemmington, elle était bien visible dans tout le quartier. D'une architecture résolument contemporaine, tout en verre et en métal, l'élégant édifice tranchait avec les immeubles voisins en brique.

Cela dit, ce jour-là, le bâtiment qui abritait la galerie avait perdu une grande partie de sa beauté. L'inscription peinte en grandes lettres noires sur la façade en avait terni l'éclat. Et la présence du ruban jaune et noir de scène de crime déroulé autour du périmètre n'arrangeait rien.

— Ces tags sont monstrueux, marmonna Lena en considérant les dégâts. Je n'ai aucun mal à imaginer ce que M. Young a éprouvé en découvrant ce triste spectacle.

— Il a été dévasté, c'est certain. Et même si cette galerie d'art se trouve dans une petite ville, elle est l'une des plus réputées de Californie. M. Young y expose des artistes de premier plan, venus du monde entier. Voir cet endroit dédié à l'art et à la beauté traité comme une poubelle est vraiment écœurant.

— C'est vrai.

Lena fouilla son sac fourre-tout pour y chercher son

smartphone. Elle sortit de la voiture et commença à prendre des photos des baies vitrées taguées.

Elle entendit soudain quelqu'un s'exclamer :

— Hé ! Je suis victime d'hallucinations ou c'est bien Lena Love que j'aperçois devant moi ?

— Monsieur Young ! s'écria Lena en se précipitant vers lui. Que je suis heureuse de vous revoir !

Elle l'embrassa avec chaleur, surprise de constater qu'il paraissait plus maigre, plus fragile, que la dernière fois qu'elle l'avait croisé, quelques années plus tôt.

Son visage était livide et ridé. La somptueuse chevelure dont il s'était longtemps enorgueilli se réduisait à une courte queue-de-cheval grise.

L'âge n'expliquait pas à lui seul l'apparence de M. Young. À en juger par l'expression peinte sur ses traits, l'acte de vandalisme l'avait profondément secoué.

— Je suis désolée de ce qui s'est passé ici, lui dit Lena avec sincérité. J'espère que cela ne vous ennuie pas que je me joigne à l'inspecteur Hudson pour analyser la scène.

— Au contraire, je suis content qu'une experte telle que vous soit là et propose son aide.

David s'approcha du vieil homme et lui serra la main.

— Bonjour, monsieur. Lena et moi allons examiner les lieux et tenter de comprendre qui a saccagé votre vitrine et pour quelle raison.

— Merci, inspecteur, j'apprécie. Et puis, qui sait, je ne serais pas étonné que Lena réussisse à résoudre cette affaire toute seule. Elle a quand même à son actif le savoir-faire et l'expérience du LAPD.

Il lui tapota le bras et ajouta :

— À propos de Los Angeles, nous avons tous été anéantis en apprenant que vous aviez été agressée. Je… toute la ville… a été…

Sa voix se brisa. Submergé par l'émotion, il fut incapable de terminer sa phrase.

— Merci, monsieur Young, dit Lena. Ne vous inquiétez pas. Je m'efforce d'oublier ce terrible épisode et d'aller de l'avant. Être revenue chez moi, dans ma ville natale, entourée de ma famille et de mes amis de toujours, m'y aidera beaucoup.

— J'en suis certain, lui assura-t-il.

Un silence gêné tomba. Chaque fois que quelqu'un évoquait l'attaque dont elle avait été victime, Lena éprouvait un profond malaise. Elle joua avec son téléphone, en espérant que David dirait quelque chose pour faire diversion.

Comme s'il lisait dans ses pensées, il s'éclaircit la gorge et se tourna vers M. Young.

— Donc, si vous êtes d'accord, j'aimerais commencer par jeter un coup d'œil aux images enregistrées par les caméras. Je tiens à voir le vandale et à rassembler tous les indices susceptibles d'être extraits de la vidéo.

— Bien sûr, inspecteur. Suivez-moi. Je vais vous conduire dans l'arrière-salle où est installé le système de vidéosurveillance.

Au moment où tous trois s'apprêtaient à entrer dans la galerie, une camionnette rouge s'arrêta devant le bâtiment. Deux hommes en descendirent, chargés de seaux, de balais-brosses, de serpillières et de grosses éponges.

— Ah, parfait ! s'exclama M. Young d'un ton soulagé. L'équipe de maintenance est ici. Je leur ai demandé de venir nettoyer cette… cette horreur.

— Cela vous ennuie-t-il de les faire patienter un peu ? demanda Lena. Pour nous permettre d'examiner la scène ?

— Pas du tout. Salut, les gars, lança M. Young. La police de Clemmington doit mener des investigations sur les lieux. Accepteriez-vous de leur accorder quelques instants avant de commencer ? Que diriez-vous d'aller prendre un café en attendant ?

— Bien sûr, pas de problème, monsieur, répondit l'un des hommes en levant le pouce.

Il entraîna son collègue vers le Martha's Sip & Savor.

— Maintenant, poursuivit M. Young, allons voir les enregistrements des caméras de surveillance.

— Écoutez, dit Lena. Pourquoi ne visionneriez-vous pas tous les deux les images pendant que je jette un coup d'œil à la galerie et aux baies vitrées taguées ? Pour ne pas faire perdre trop de temps à l'équipe de maintenance.

David hésita. Il inspecta les alentours d'un bref regard.

— Es-tu sûre de vouloir rester ici toute seule ?

— Bien sûr, répondit-elle avec un petit rire. Et objectivement, je ne suis pas seule. Cette rue est très passante. Sans oublier que nous sommes à Clemmington. Que pourrait-il m'arriver ici ?

Comme David ne semblait pas convaincu, elle ajouta d'un ton taquin :

— Allez, je suis une grande fille. Et je me sens en sécurité, ne t'inquiète pas. Je vais fouiller la scène, y chercher des indices et prendre quelques photos supplémentaires des graffitis. Je vous rejoins à l'intérieur dès que j'ai fini. D'accord ?

David regarda à nouveau autour de lui comme s'il cherchait quelque chose. Un moment s'écoula avant qu'il ne réponde enfin :

— D'accord, mais fais vite. Si tu ne nous as pas rejoints dans un quart d'heure, je reviens.

— Parfait, dit-elle en recommençant déjà à photographier la façade de la galerie. À plus tard.

Une fois les deux hommes partis, Lena passa en mode « enquêtrice ». Elle glissa son smartphone dans sa poche et sortit de son sac fourre-tout des gants en latex, des sacs de scellés et une petite lampe de poche. Il faisait grand jour mais elle devrait peut-être examiner des coins sombres.

Elle entreprit d'inspecter méthodiquement la zone. Elle se sentait bien, sereine. Même si elle n'enquêtait pas sur une scène de crime très médiatisée, comme elle en avait l'habitude à Los Angeles, le simple fait de travailler lui faisait du bien.

Elle espérait découvrir un indice prometteur. Une bombe de peinture en aérosol vide ou un bouchon, susceptibles d'être porteurs d'une empreinte digitale, par exemple. Ou un vêtement oublié par le vandale. S'il correspondait à la tenue du coupable sur les images de surveillance, une telle découverte lui permettrait d'avancer.

Alors qu'elle se penchait pour examiner de plus près le bas des baies vitrées, elle entendit derrière elle un rugissement de moteur.

Comme elle se retournait, elle vit apparaître à l'angle de la rue une grosse voiture noire. Elle la regarda remonter vers la galerie d'art.

Elle s'efforça de repousser les souvenirs déclenchés par le vrombissement du moteur et s'obligea à se focaliser sur la situation présente, sur l'enquête en cours. Mais quand le bruit s'intensifia, elle reporta son attention sur le bolide qui approchait.

Glacée de peur, elle reconnut immédiatement les grosses roues ornées d'horribles pointes de chrome. C'étaient celles dont était équipée la voiture de sport noire de son agresseur au Cucamonga Wilderness.

— Non, non, murmura Lena. Ce n'est pas possible. Ce n'est pas lui. Ça ne peut pas être lui !

Le véhicule s'arrêta brusquement devant elle. Son conducteur pressa plusieurs fois l'accélérateur, provoquant un nuage de gaz d'échappement qui enfuma la rue.

Lena voulut hurler, appeler David au secours. Mais

tétanisée par l'angoisse, elle ne parvenait plus à respirer, encore moins à crier.

Les yeux rivés sur la voiture noire, elle s'efforça de regarder l'intérieur de l'habitacle. Mais elle n'arrivait pas à distinguer le conducteur à travers les vitres teintées.

Elle retint son souffle. Sans doute allait-il se jeter sur elle pour la tuer, à présent.

Cette fois, ne le laisse pas prendre le dessus. Défends-toi. Bats-toi !

Elle essaya de se positionner de façon défensive. Mais la terreur paralysait ses bras et ses jambes.

Des flash-back de l'agresseur enfonçant la lame de son couteau dans sa peau envahirent sa mémoire.

Je ne peux plus revivre ce cauchemar…

Le rugissement du moteur cessa soudain. Le conducteur ouvrit sa portière. À la vue du couteau qu'il tenait à la main, Lena sentit sa gorge se serrer.

Au moment où un pied chaussé d'une grosse botte noire glissait hors de l'habitacle et touchait le trottoir, David sortit en trombe de la galerie.

— Lena ! cria-t-il en courant vers elle.

Le souffle court, elle lui montra la voiture.

— David ! C'est le…

Mais avant qu'elle ne puisse finir sa phrase, l'homme claqua sa portière et redémarra en trombe.

David, qui n'avait pas remarqué sa terreur, arborait un grand sourire.

— J'ai une excellente nouvelle, lui dit-il. Miles vient de m'envoyer un texto. Ils ont appréhendé le vandale qui a tagué la galerie.

Lena, de son côté, pointait toujours du doigt le véhicule du suspect qui tournait à l'angle de la rue. Elle balbutia :

— Ils ont fait quoi ?

— Ils ont arrêté le suspect ! Alors qu'il passait près du

lycée, l'agent Underwood a surpris un adolescent en train de taguer des graffitis à l'arrière du gymnase. À l'aide d'une bombe aérosol de peinture noire !

— Vraiment ? s'écria Lena.

À présent, elle se demandait si son esprit lui jouait des tours. Avait-elle vraiment vu la voiture de sport de son agresseur ? Était-ce réellement un couteau que l'homme tenait à la main ? Ou avait-elle été victime d'hallucinations ?

Peut-être…, pensa-t-elle avant de se tourner vers David.

— Et qu'a donné la vidéo de surveillance ? demanda-t-elle. As-tu pu voir le suspect ?

— Je ne l'ai pas encore regardée. Miles a envoyé le SMS pour m'apprendre la bonne nouvelle au moment où M. Young et moi nous installions pour visionner les images. Mais M. Young va me confier les bandes.

— D'accord. Très bien.

Lena sentit les muscles de ses épaules se détendre un peu. Son attaque l'avait secouée, elle le savait. Mais elle commençait à comprendre que ce traumatisme la rendait paranoïaque.

— Retournons au poste de police pour interroger le suspect, dit David. Ensuite, nous examinerons les enregistrements des caméras de surveillance pour voir si le jeune homme qui apparaît sur les images ressemble au lycéen qu'ils ont arrêté. Et de ton côté, as-tu trouvé quelque chose ? Des indices ?

— Non, je n'ai rien vu.

Lena hésita à lui parler de l'homme dans la voiture de sport noire. Mais finalement, elle y renonça, de peur de passer pour une névrosée. Si elle inquiétait David, elle risquait de se retrouver enfermée chez ses parents vingt-quatre heures sur vingt-quatre.

Calme-toi, se dit-elle. *Ce type n'était pas ton agresseur. Tu es sur les nerfs, voilà tout…*

Mais alors qu'elle suivait David jusqu'à la voiture, elle avait toutes les peines du monde à s'en convaincre…

6

— J'aimerais porter un toast à mon fils Jake, dit Kennedy en levant sa flûte de champagne. Pour tout le monde, il était jusqu'à présent *officier* Love et je suis fier de l'appeler désormais *inspecteur* Love. Félicitations, mon garçon.

— Merci, papa, dit Jake, un grand sourire aux lèvres, en trinquant avec son père.

Réunie dans le salon familial, la famille Love fêtait la promotion de Jake. Quelques membres du poste de police de Clemmington les avaient rejoints, dont David.

— Félicitations, frérot, dit Lena en l'embrassant.

— Merci, petite sœur. Je suis heureux que tu sois là pour partager ma joie.

David sourit en la regardant congratuler son frère, soulagé de constater que les malentendus et les ressentiments appartenaient désormais au passé. Manifestement, la famille Love avait tourné la page et semblait plus soudée que jamais.

— Toutes mes félicitations, vieux, lança David à son tour, avant de siroter une gorgée de champagne.

— J'espère que vous avez gardé une petite place pour le dessert, dit Betty. J'ai fait un cheese-cake aux fruits rouges dont vous me direz des nouvelles.

— Le dessert préféré de notre grand frère, remarqua Miles, taquin.

— Tais-toi, répliqua Jake en riant.

Lena se pencha vers David.

— Ces deux-là sont incorrigibles, dit-elle. Quand ils étaient petits, ils se chamaillaient en permanence. Et les années n'ont rien changé à leur rivalité fraternelle.

David se mit à rire et sans y penser passa un bras autour de ses épaules.

— Et encore, tu n'as rien vu ! renchérit-il. Au poste de police, ils n'arrêtent pas de s'envoyer des piques.

— J'imagine, murmura Lena.

Comme elle le dévisageait d'un regard surpris, il retira son bras.

— Désolé, dit-il. Je ne voulais pas, euh…

— Détends-toi. Tout va bien. Nous nous connaissons depuis longtemps, ajouta-t-elle. Je nous considère comme de vieux amis. Et les amis ont bien le droit de s'enlacer à l'occasion, non ?

— Bien sûr, les amis ont tous les droits.

Il s'efforçait de prendre un air détaché, en totale contradiction avec le frisson qu'il avait ressenti lorsqu'il l'avait serrée contre lui.

Comme il posait les yeux sur elle, elle soutint son regard et ils restèrent ainsi un moment. Le temps parut suspendu. Mais la voix de Betty derrière eux rompit le charme.

— Ceux qui veulent une part de gâteau, suivez-moi sur la terrasse. Nous serons mieux dehors.

Dans leur hâte de sortir, Jake et Miles bousculèrent Lena qui faillit laisser échapper la flûte qu'elle tenait à la main. Le champagne jaillit et se répandit sur sa robe de soie.

— Pour des gentlemen, ils se posent là ! cria-t-elle en attrapant une serviette en papier pour essuyer les dégâts.

— Désolé ! répondirent-ils à l'unisson.

David ramassa quelques serviettes supplémentaires sur la table basse et les lui tendit.

— Le champagne ne tache pas, je crois ?

— Non, en effet, je ne m'inquiète pas. Mais je regrette que la gourmandise de mes frères leur fasse oublier leurs bonnes manières.

L'inspecteur Campbell s'approcha d'eux.

— Finalement, votre installation à Los Angeles a sans doute été bénéfique pour vous, lança-t-il à Lena.

Comme elle ne répondait pas, il poursuivit :

— Ce départ, vos nouvelles fonctions vous ont éloignée de vos frères, de leurs chamailleries permanentes et du reste.

David vit les yeux de Lena se remplir d'appréhension. Elle craignait que Campbell ne revienne sur l'attaque dont elle avait été victime, devina-t-il.

— Je… je ne sais pas, Russ, balbutia-t-elle.

— Que diriez-vous de sortir sur la terrasse pour nous régaler d'une part de cheese-cake ? suggéra David qui sentait son malaise.

— Bonne idée, répondit-elle très vite. Allons-y.

Alors que David l'entraînait à l'extérieur, l'inspecteur Campbell continua sur sa lancée.

— Êtes-vous au moins contente d'être revenue à Clemmington ? demanda-t-il en la dévisageant d'un air pénétrant.

— Oui, c'est sympa. Je suis heureuse de retrouver ma famille. Et comme vous le savez, mon père m'a autorisée à participer à certaines enquêtes.

— Retourner si tôt sur le terrain n'est-il pas difficile pour vous ? Après cette attaque, vous…

— Russ, l'interrompit David. Je suggère de laisser de côté les sujets douloureux, ce soir. Nous sommes réunis pour fêter la promotion de Jake. Alors trinquons, régalons-nous de cheese-cake et… oublions le reste.

Russ leva les mains en l'air en signe de reddition et tous trois sortirent sur la terrasse.

— Désolé, Lena. Je n'avais aucune envie de vous offenser. Pardonnez-moi si vous avez eu l'impression de subir un interrogatoire en règle.

— Non, non, ne vous inquiétez pas. Vous ne m'avez pas offensée, assura-t-elle. Vous savez comment est David, ajouta-t-elle en posant la main sur son bras. Il veille sur moi comme si je risquais de me briser au moindre courant d'air.

— Je serais ravi de veiller sur vous, moi aussi. Et d'ailleurs, que diriez-vous de nous retrouver tous les deux un soir de la semaine prochaine pour boire un verre ? Ou même pour dîner ? Comme vous préférez.

David serra les mâchoires pour résister au désir de le frapper en pleine figure. La réputation de coureur de Russ était bien établie. La liste de ses conquêtes était longue comme le bras. Et en vrai goujat, il s'en vantait auprès de ses collègues. David n'avait aucune envie que Lena ait le cœur brisé à cause de lui.

Il se tourna vers Lena et attendit anxieusement sa réponse.

Elle sourit à Russ.

— Merci, votre invitation me touche. Mais pour le moment, j'essaie de me remettre de ma mésaventure. Je n'ai pas tellement envie de sortir.

— Cela veut dire « non », alors ?

Incapable de dissimuler son sourire narquois, David répondit :

— Lena ne s'est-elle pas exprimée à haute et intelligible voix ?

— Très bien, Lena, dit Russ. Peut-être une autre fois…

L'échange qui devenait gênant fut heureusement interrompu par Betty qui leur tendit à chacun une assiette de cheese-cake.

— Je voulais m'assurer que vous en ayez tous les deux une tranche avant qu'il n'en reste plus une miette, dit-elle. Kennedy et les garçons en ont déjà pris deux fois.

— Cela ne m'étonne pas d'eux, dit Lena en riant. Merci, maman.

— De rien, ma chérie.

Betty se pencha et embrassa Lena sur la joue.

— Je regrette les circonstances qui t'ont poussée à revenir, Lena, mais avoir tous mes poussins à la maison me rend folle de joie. Et j'avoue être très heureuse de ton retour.

— Moi aussi, dit David.

Comme Lena et sa mère se tournaient vers lui, l'air surpris, il s'éclaircit la voix.

— Je veux dire, moi aussi, je suis content que Lena soit revenue. Son expertise et son expérience au sein du LAPD nous seront précieuses au poste de police. Elle nous aidera beaucoup, j'en suis sûr…

— C'est ce qui s'appelle se raccrocher aux branches, mon cher, marmonna Betty en lui tapotant le bras avant de s'éloigner.

— Merci pour le cheese-cake. C'est un délice ! lui dit-il avant de jeter un coup d'œil à Lena. Ta mère est vraiment une femme extraordinaire.

— Je sais, tu n'as pas besoin de me le dire. Rien ne lui échappe. Les années qu'elle a passées à enseigner lui ont forgé le caractère.

Tout en savourant son morceau de gâteau, David regarda la famille Love réunie sur la terrasse. La pelouse verdoyante, les parterres de fleurs, les haies de rhododendrons et d'arbustes à papillons étaient charmants. Leur jardin était un cadre magnifique pour fêter un événement familial.

— Alors, lança-t-il à Lena. Vas-tu accepter l'invitation de Russ ou pas ?

— Russ Campbell ? Tu plaisantes ? Il ne m'intéresse pas du tout. Je fuis ce genre de type. Il est sorti avec quelques collègues du LAPD *en même temps* ! Et quand elles ont compris qu'il était en relation avec plusieurs femmes à la fois, il a entendu ses oreilles siffler, crois-moi.

David prit une profonde inspiration avant de continuer :

— Et, euh, à propos de domaine amoureux, tu vois quelqu'un ?

La question parut tellement surprendre Lena qu'elle s'en étouffa presque.

— Moi ? Tu me demandes si j'ai un amoureux ? Non, loin de là. Depuis que j'ai rejoint le LAPD, j'ai été tellement absorbée par mon travail que je n'ai même pas eu le temps d'envisager de sortir avec quelqu'un.

Elle s'interrompit et le regarda en face, les yeux plissés.

— Et toi ? Tu vois quelqu'un ?

— Non. J'ai rejoint le club des célibataires endurcis.

— Comme moi alors ! constata-t-elle avant d'éclater de rire.

Il s'esclaffa.

— Oui, répondit-il. Comme toi, je suis totalement concentré sur le travail.

— Hum… intéressant…

Il vit Lena s'humecter les lèvres et un brusque désir s'empara de lui.

Calme-toi, s'ordonna-t-il. *Rappelle-toi que tu es chez ton patron…*

David sentit soudain une sourde angoisse se réveiller au plus profond de lui. Il devait se ressaisir. Et vite. Il n'était pas question de retomber amoureux d'elle

Tu dois partir d'ici et tout de suite…

— Euh, écoute, dit-il. Je, euh, je ferais mieux d'y aller.

— Déjà ? Et le feu d'artifice ? Tu vas le rater. Tu sais que mon père et Miles vont surprendre Jake avec ce qu'ils appellent « l'exposition pyrotechnique la plus formidable de tous les temps ».

— J'en suis désolé mais je suis obligé de vous laisser.

Je, euh, j'ai promis à ma sœur de l'aider à ranger son sous-sol avant le passage des encombrants.

David ne mentait pas vraiment. Il s'était bien engagé auprès de sa sœur pour lui donner un coup de main. Mais en réalité, sa cadette ne l'attendait pas à une heure précise et il avait prévu de ne s'y rendre que le lendemain.

— D'accord, dit Lena avec un soupir. En tout cas, merci d'être venu fêter la promotion de Jake avec nous.

— Merci de m'avoir invité.

— Puis-je t'accompagner jusqu'à ta voiture ?

— Non, non, répondit brusquement David. Je veux dire, ça ira. Reste ici et profite de la fête.

Il espérait qu'elle n'avait pas senti d'agressivité dans sa voix. Mais il éprouvait un besoin urgent de sortir de cette maison avant de se ridiculiser.

— Alors à demain, au poste de police ? demanda Lena.

— Oui, à demain.

Et sur ces mots, il fila sans dire au revoir à personne.

7

La journée commençait à peine lorsque David et Lena furent appelés pour une intervention urgente. L'épicerie de luxe de Nancy avait été cambriolée durant la nuit.

Lena s'agrippa à la poignée de la portière tandis que David démarrait en trombe. Il négocia l'angle de la rue sur les chapeaux de roues avant de foncer sur Robinson Avenue. Arrivé devant le Country Mart, le magasin de Nancy, il pila à côté d'une autre voiture de patrouille.

Tous deux bondirent sur le trottoir et se précipitèrent vers l'entrée du magasin. Ils passèrent sous le ruban jaune et noir délimitant la scène du crime.

— Quelqu'un a été blessé ? demanda David à Russ, qui se tenait devant la porte.

— Pas à ma connaissance mais vérifie auprès de Jake et de Miles. Ils sont en train d'interroger Nancy à l'intérieur. Près de la caisse.

Pendant que les deux inspecteurs se parlaient, Lena recula de quelques pas pour examiner l'extérieur de la boutique. Nancy avait découvert le cambriolage lorsqu'elle était arrivée pour l'ouverture.

Construit en bois et peint en rouge, le Country Mart ressemblait à une ancienne grange. Des balles de foin ornaient chaque côté de la porte et des citrouilles bordaient l'allée qui menait à l'entrée.

L'intérieur était charmant avec ses poutres apparentes, son plancher de chêne peint en blanc et ses étagères en bois. L'éclairage donnait à l'ensemble une atmosphère authentique, un indéniable cachet.

Si, à l'origine, Nancy y proposait uniquement des fruits et légumes de qualité, avec les années, elle avait élargi sa gamme de produits. Désormais, elle proposait également de l'épicerie de luxe, de la charcuterie fine, des fromages, des pains spéciaux et des grands vins. Un coin abritait aussi des jouets et des cadeaux originaux, des cosmétiques haut de gamme et de ravissants bouquets de fleurs en tissu.

Le Country Mart était un incontournable de Clemmington et avait été pendant des années l'un des commerces préférés de Lena.

Ce jour-là, cependant, l'endroit faisait peine à voir. Les vitrines avaient été brisées, les murs tagués, les rayonnages renversés. Une multitude d'objets, la plupart cassés, jonchaient le sol. Des panneaux avaient été arrachés.

— Lena, as-tu pensé à apporter ton matériel ? lui demanda David.

— Bien sûr, lui dit-elle en sortant une grosse trousse de son sac. Je sors rarement de chez moi sans ma mallette.

— Formidable. Comme nous avons quitté le poste de police très rapidement, je craignais que tu ne l'aies oubliée. Je vais parler à Nancy et aux autres policiers. Pendant ce temps-là, pourquoi ne commencerais-tu pas à examiner la scène du crime ?

— Je m'en occupe, répondit Lena en sortant une paire de gants en latex de la poche de son jean.

Comme David restait là et avait l'air d'attendre quelque chose, elle tira une autre paire de son blouson et les lui tendit.

— Merci d'être plus prévoyante que moi, dit-il.

— Pas de souci.

Elle fouilla dans sa trousse, s'empara de quelques paires de couvre-chaussures jetables.

— Tiens, mets ça aussi. Mieux vaut éviter de contaminer la scène.

Quand il attrapa les chaussons, Lena sentit les doigts de David frôler les siens. Un frisson incongru la traversa alors, frisson qu'elle préféra ignorer. Elle enfila les protections sur ses bottes.

— Tu arrives, Hudson ? lança Russ, une pointe d'impatience dans la voix.

Lena leva le nez et se rendit compte que David se tenait toujours devant elle à la dévorer du regard.

— Oui, oui, je viens, répondit-il à son collègue sans la quitter des yeux.

Elle passa devant les deux hommes.

— Je ferais mieux de m'y mettre, dit-elle. David, je reviendrai vers toi dès que j'aurai fini d'inspecter la boutique et recueilli quelques indices susceptibles de nous permettre d'avancer.

— Très bien. Merci encore de nous aider, Lena. Je radote un peu, je le sais, mais j'ai conscience de notre chance. Bénéficier de ton expertise et de ton expérience sur le terrain nous ouvre des perspectives.

Elle se tourna vers lui et hocha la tête.

— Merci de le dire, David, cela me touche. Mon retour à Clemmington me fait beaucoup de bien, à moi aussi.

— Je suis heureux de l'entendre.

Tous deux continuaient à se dévisager, comme incapables de se quitter du regard.

Agacé, Russ finit par se racler la gorge.

— Il est temps de commencer, dit-il à David.

À en juger par l'air renfrogné de Russ, Lena devina que sa réflexion reflétait sa jalousie. Mais elle recula, consciente que l'enquête méritait toute leur attention.

— À plus tard, dit-elle à David.

Il était temps pour elle de passer en mode « enquêtrice judiciaire »…

Elle enfila une paire de lunettes de protection, puis sortit un flacon de poudre dactyloscopique de sa petite mallette. Elle en saupoudra les cadres des baies brisées, de la porte défoncée et la poignée. À l'aide d'une brosse douce, elle retira l'excédent de poudre noire. Lorsque des empreintes digitales apparurent, Lena les photographia et les releva avec soin en utilisant du ruban adhésif spécial.

Du coin de l'œil, elle observait David. Elle remarqua que, s'il parlait à deux policiers, il était en réalité focalisé sur elle.

Après quelques instants, il s'approcha.

— Comment ça se passe ? demanda-t-il. As-tu besoin d'aide pour quoi que ce soit ?

— Non, tout va bien, merci.

David s'inquiétait de son état psychologique après l'attaque, devina-t-elle. Cette réaction était touchante mais elle tenait à lui prouver qu'elle était tout à fait capable de travailler sur le terrain.

— J'ai recueilli plusieurs empreintes digitales, poursuivit-elle tout en plaçant avec soin les bandes adhésives sur une carte de relevés. Nous allons les entrer dans les fichiers d'identification automatisée du FBI et trouver, j'espère, une correspondance.

— Très bien.

David hésita mais finit par lancer :

— Alors, euh, tu es sûre que …

— Que fais-tu encore ici ? l'interrompit Lena. Tu ne devais pas interroger Nancy à propos de l'effraction ?

David leva les mains dans un geste de reddition et recula d'un pas.

— J'y vais, j'y vais. Je voulais seulement… euh…

m'assurer que tu te sentais bien. Il ne s'agit pas de simples tags, cette fois. L'escalade criminelle est indéniable.

— Crois-moi, j'ai déjà vu bien pire. Je vais bien, ne t'inquiète pas pour moi. Je ne ressens ni peur ni anxiété. Alors va faire ton travail et laisse-moi finir le mien. Je te rejoins bientôt.

— Oui, madame.

Une fois David parti, Lena entra dans le magasin et se dirigea vers les casiers à vins. Ils étaient tous renversés ou détruits. Des bouteilles brisées jonchaient le sol au milieu d'immenses flaques rouges.

Comme Lena remarquait un tesson taché par quelque chose qui semblait plus collant que du vin, elle le ramassa pour l'observer de plus près.

Il s'agissait de sang.

Formidable, se dit-elle, en espérant que cet indice les aiderait à identifier un suspect.

Elle enveloppa l'éclat de verre avec soin avant de le glisser dans un sachet de scellé judiciaire qu'elle ferma avec du ruban adhésif rouge.

Lena poursuivit l'examen méthodique des lieux. Un bout de métal qui dépassait d'un présentoir cassé attira son attention. Apparemment, il s'agissait d'un élément du support qui avait été arraché d'une gondole.

Elle s'avança avec précaution mais quand elle voulut s'en emparer, elle s'aperçut qu'elle tenait un morceau de tuyau en acier.

— Qu'as-tu trouvé ? lui lança Miles derrière elle.

Lena se retourna. Son frère se tenait près des présentoirs de bouquets et l'observait. À l'expression peinte sur son visage, elle devina que lui aussi s'inquiétait pour elle.

— Notre suspect s'est servi de ce tube métallique pour démolir les présentoirs et faire un maximum de dégâts, lui dit-elle en le brandissant. Nous allons l'analyser.

Elle s'exprimait d'un ton assuré pour lui faire comprendre qu'elle allait bien.

Miles leva un pouce et elle lui sourit avant de reporter son attention sur la scène.

Comme elle glissait le cylindre dans un sac en papier et le scellait avec du ruban adhésif, elle entendit des sanglots derrière elle. Elle se retourna et découvrit Nancy, en larmes, près de sa caisse avec sa fille Sarah. Cette dernière lui frottait le dos d'un geste réconfortant.

Pauvre femme, pensa Lena. Elle était si fière de son épicerie.

Lena se dirigea vers la caisse.

— Nancy, je suis vraiment désolée de ce qui vous arrive.

La malheureuse leva la tête. Son visage était ravagé. Ses cheveux bruns, si parfaitement coiffés d'habitude, étaient en désordre.

— Oh ! Lena, gémit-elle. Que je suis contente que vous soyez là. Je vous en prie, aidez-moi à retrouver les monstres qui ont saccagé ma belle boutique !

— Je vous promets de tout faire pour les identifier. Avez-vous déjà appelé votre compagnie d'assurances ?

— Pas encore, répondit sa fille Sarah. Je vais m'en occuper dès que ma mère sera un peu calmée.

— Très bien. Votre assureur enverra certainement un expert pour évaluer les dégâts. Une fois qu'il en aura mesuré l'étendue, vous pourrez contacter des artisans pour tout réparer. Ils se chargeront de remettre votre charmant Country Mart en état dans les meilleurs délais, j'en suis sûre.

Nancy regarda autour d'elle d'un air accablé.

— Merci de vos encouragements et conseils. Avez-vous déjà recueilli des indices susceptibles d'identifier un suspect ?

— Quelques-uns, oui. J'ai dans ces sacs des objets qui pourraient nous aider à retrouver le ou les coupables. J'en saurai plus lorsque nous les aurons envoyés au laboratoire criminel et qu'ils auront été analysés.

— Ne vous faites pas trop d'illusions à ce sujet, intervint Russ.

Lena se retourna. Debout derrière elle, l'inspecteur Russ prenait des photos d'une vitrine de bijoux explosée.

Avec un haussement d'épaules, il ajouta :

— Je préfère être honnête avec madame.

Lena le fusilla du regard dans l'espoir de le faire taire. Elle savait aussi bien que lui que la plupart des laboratoires criminels étaient débordés. Non seulement ils étaient surchargés de travail mais ils manquaient de personnel. Avant d'obtenir des résultats d'analyses, il fallait souvent patienter des mois. Mais elle ne voulait pas que Nancy entende ce genre de remarques. La pauvre était déjà bouleversée.

Lena reporta son attention sur la propriétaire du magasin.

— Je sais que vous avez déjà été interrogée par les forces de l'ordre. Mais j'aimerais vous demander à mon tour si vous avez une idée de l'identité de votre vandale ?

Les yeux dans le vide, Nancy se mordait les lèvres pour les empêcher de trembler.

— Non, pas la moindre. Peut-être s'agit-il d'un autre lycéen, camarade de celui qui a abîmé la galerie d'art de M. Young. Mais là-bas, il s'était contenté de taguer les baies vitrées. Il n'était pas entré par effraction et n'avait pas tout détruit à l'intérieur.

Lorsque sa voix se brisa, Sarah enroula son bras autour d'elle.

— C'est bon, maman. Nous reconstruirons ta boutique. Elle sera encore plus belle qu'avant. Et en attendant, la police va enquêter et découvrir qui a fait ça.

— Comptez sur nous, confirma Lena.

— Heureusement, nous n'étions pas là pendant le cambriolage, ajouta Nancy en sanglotant de plus belle.

Sarah se tourna soudain vers Lena.

— Savez-vous si quelqu'un a déjà examiné l'extérieur du Country Mart ?

— L'inspecteur Hudson et l'un de ses collègues photographient la devanture en ce moment, oui.

— Et l'arrière ? Avez-vous vu la façade arrière ?

— Non, pas encore.

De nouveau, les yeux de Nancy se remplirent de larmes.

— Je vous en prie, allez voir. Le sauvage y a tracé des mots en énorme à l'aide d'une bombe aérosol. C'est horrible. Il faudra repeindre le mur dans son intégralité !

— Et l'inscription qu'il a laissée est très étrange, ajouta Sarah.

— Vraiment ? demanda Lena. Quelle est-elle ?

Sarah se frotta le menton en regardant le plafond.

— Je ne suis pas capable de me remémorer les termes exacts. Mais le texte donnait un peu l'impression d'une comptine bizarre. Vous verrez vous-même quand vous sortirez.

— D'accord. Je vais tout de suite y jeter un œil, dit Lena intriguée.

— Merci, marmonna Nancy avant de se blottir contre sa fille.

Voir la propriétaire du Country Mart si désemparée provoqua une vive colère chez Lena. Elle rangea ses mises sous scellés et sortit pour aller regarder l'arrière du magasin.

À l'exception de quelques bennes à ordures, la ruelle était déserte.

Lena recula pour mieux voir le mur en bois rouge de la boutique. De grosses lettres noires dénaturaient en effet le charme rustique des lieux.

Une main en visière pour protéger ses yeux du soleil, elle décrypta l'inscription.

TROIS, QUATRE, J'AI ENFONCÉ TA PORTE !

— Tu as fait bien pire, grommela Lena.

Elle sortit son appareil et entreprit de prendre des photos. Mais soudain, elle se remémora l'inscription laissée sur la vitrine de la galerie de M. Young et se pétrifia.

UN, DEUX, JE SUIS LÀ POUR TOI !

Au moment où elle commençait à établir un lien entre les deux messages et à voir dans ce nouveau graffiti la suite de la comptine glaçante, le rugissement d'un moteur de voiture la fit sursauter.

Elle se figea, submergée par une vague de panique. Affolée, elle tourna la tête à droite et à gauche, scruta chaque extrémité de la ruelle.

Il n'y avait aucune voiture.

Ce n'est rien, se dit-elle. *Ton imagination te joue encore des tours…*

Avant qu'elle parvienne à s'en convaincre, le moteur rugit à nouveau.

Cela recommence. Tout recommence. Encore.

Glacée de peur, elle voulut courir se réfugier à l'intérieur. Mais comme dans un cauchemar, elle eut soudain l'impression d'être transformée en statue de sel. Une sourde terreur s'infiltrait dans ses membres et les paralysait comme un venin.

Retourne dans le Country Mart. Retourne dans le Country Mart !

Les mots résonnaient dans son esprit. Mais ses jambes refusaient de coopérer.

Au bord du malaise, elle s'adossa au mur et ferma

les paupières. Elle tenta de se rassurer. Aucune voiture n'approchait.

En revanche, elle entendit des bruits de pas.

David et ses collègues reviennent enfin par ici. Tout va bien...

Rassurée, elle prit une profonde inspiration afin de recouvrer ses esprits. Mais soudain, elle comprit que les pas ne venaient pas de l'épicerie. Mais de la ruelle...

Elle sentit son cœur s'accélérer brutalement dans sa poitrine. Le martèlement des bottes sur le bitume lui rappela le moment terrible où le prédateur l'avait poursuivie sur le sentier de randonnée de Cucamonga Wilderness.

Tétanisée, elle ne parvenait plus à respirer.

Les pas se rapprochaient et Lena se força à ouvrir les yeux.

Un homme vêtu d'un treillis militaire s'avançait vers elle à vive allure. Son visage était dissimulé par une cagoule. Des gants et des bottes complétaient sa tenue.

Quand il planta les yeux dans les siens, Lena se sentit blêmir. Il serrait les poings et en la voyant, il accéléra.

Ça y est. Je vais mourir. Des policiers de Clemmington sont tout près. Mais ils ne se doutent de rien et je vais mourir.

Alors que le type en tenue de combat n'était plus qu'à quelques enjambées de Lena, David surgit par la porte de derrière.

— Devine ce que je vais t'apprendre ! cria-t-il.

Incapable de parler, Lena se jeta dans ses bras.

— Que se passe-t-il ? lui demanda-t-il au moment où l'homme en treillis s'approchait d'eux.

— Hé, quoi de neuf, Lena ? lança ce dernier.

Elle le regarda, éberluée. Il arracha sa cagoule, révélant un beau visage barbu qui souriait largement.

— Ryan ! cria-t-elle. Tu m'as fait une peur bleue ! Pourquoi me chargeais-tu comme ça ?

— Pardon. J'étais à l'entraînement quand j'ai appris que ma mère avait été cambriolée. Alors je suis venu aussi vite que possible.

— Et que fais-tu dans cette tenue ? lui demanda David. Tu te prépares pour ta formation ?

— Oui, monsieur. Je passe le concours à Fort Benning à Columbus, le mois prochain. Je veux être prêt.

— Fort Benning ? répondit David. Alors tu t'enrôles dans l'infanterie ? Ça va être assez dur, tu sais.

— Je sais. Mais pour revenir à cette intrusion, inspecteur Hudson, qui a fait ça ? En avez-vous une idée ?

— Pas encore, lui dit Lena qui s'était ressaisie. Mais nous y travaillons.

— J'espère que vous attraperez bientôt ce fumier.

— C'est notre objectif, lui assura David.

Dès que Ryan entra dans l'épicerie de sa mère, Lena se tourna vers David. Elle avait envie de lui dire à quel point elle avait été terrifiée en regardant Ryan foncer dans la ruelle.

Non, tais-toi, s'ordonna-t-elle. *Il se demande déjà si tu es en état de travailler...*

— J'ai de bonnes nouvelles, annonça David.

— J'adore les bonnes nouvelles, surtout en ce moment.

— Après avoir entendu Russ expliquer qu'il fallait des mois aux laboratoires criminels pour donner des résultats, Nancy a piqué une grosse colère.

— Oh non ! J'ai essayé de le faire taire à ce sujet. Nancy était déjà bouleversée. Il n'était pas utile d'en rajouter.

— Eh bien, sa fureur m'a poussé à appeler le laboratoire et à demander si nous pouvions apporter les indices là-bas et les analyser nous-mêmes.

— Vraiment ? Et qu'ont-ils dit ?

— Ils ont accepté.

— David, c'est génial ! Je ne peux pas le croire. Ils nous donnent un accès au laboratoire.

— La directrice de l'établissement était plus que réticente jusqu'au moment où je lui ai précisé que la célèbre Lena Love traiterait les scellés. C'était le sésame. Elle a immédiatement changé de ton et assuré que nous étions les bienvenus dans son laboratoire.

— C'est gentil de sa part. Je suis flattée. Alors, merci.

— Je n'ai fait qu'énoncer les faits. En revanche, elle nous conseille de venir sans tarder parce qu'ils sont très occupés. As-tu pu trouver des indices autres que les empreintes ?

— Oui. Je te montrerai tout, une fois au labo.

Alors qu'ils retournaient à l'intérieur du magasin, David s'arrêta net en découvrant l'arrière du bâtiment tagué.

TROIS, QUATRE, J'AI ENFONCÉ TA PORTE !

Il croisa les bras, les sourcils froncés.

— Cette inscription est la suite de celle peinte à la bombe sur la vitrine de la galerie de M. Young. Tu t'en souviens ?

— Je m'en souviens, oui. En fait, j'étais en train de m'interroger à ce sujet quand Ryan est apparu. Qu'est-ce que ça signifie à ton avis ? Que notre suspect a une vendetta personnelle contre M. Young et Nancy ?

Les mâchoires serrées, David ne répondit pas tout de suite.

— Je ne sais pas, dit-il enfin. Mais nous allons le découvrir. En attendant, retournons à l'intérieur du Country Mart pour finir de traiter la scène avant de nous rendre au laboratoire criminel.

— Allons-y.

8

— Tu sais, dit Lena, j'avoue avoir été déçue de ne pas avoir découvert d'indices aux alentours de la galerie d'art de M. Young.

— Certes mais tu en as trouvé dans le Country Mart de Nancy et tu vas donc avoir la possibilité de nous aider à découvrir qui y est entré par effraction, lui dit David. Alors vas-y.

Tous deux avaient pris place dans le laboratoire criminel et Lena s'apprêtait à analyser les différents objets qu'elle avait recueillis sur la scène de crime.

Elle enfila une paire de gants en latex, ouvrit l'un des sacs de scellés et en sortit le tube métallique.

Néophyte en la matière, David la regardait faire avec attention en veillant à ne rien toucher.

— Notre suspect s'est sans doute servi de ce bout de tuyau pour briser les baies vitrées et vandaliser l'intérieur du magasin, dit-il.

— Je le pense aussi, répondit Lena en plaçant le cylindre à l'intérieur d'un appareil qu'elle referma avec soin.

— Explique-moi ce que tu fais, lui demanda David. Joue les professeurs ! J'adore m'instruire. À quoi sert ce four à micro-ondes ?

— Il s'agit en réalité d'une « chambre de développement »,

d'une enceinte hermétique dans laquelle il va être possible de chauffer une substance chimique.

— D'accord…

— Comme tu le sais, quand une personne appose son doigt sur un objet, elle y laisse une empreinte, le plus souvent invisible à l'œil nu, composée d'eau, de sels, de corps gras, d'acides aminés et éventuellement d'ADN. Pour la faire apparaître, la méthode la plus employée est la « fumigation », c'est-à-dire la vaporisation dans cette « chambre de développement » d'un produit appelé « cyanoacrylate », une sorte de colle. Le procédé consiste à chauffer cette colle pour provoquer des vapeurs qui vont venir « polymériser » les empreintes en y laissant un dépôt blanc.

Lena jeta un coup d'œil à David. L'expression captivée peinte sur son beau visage la toucha. Il semblait boire ses paroles.

Concentre-toi, s'ordonna-t-elle avant de reporter son attention sur son exposé.

— Ce dépôt permet d'en tirer une image exploitable, poursuivit-elle. Le résultat obtenu sera photographié, enregistré et surtout introduit dans la base de données du FBI. Si une correspondance apparaît entre ces empreintes digitales et celles d'une personne déjà condamnée présente dans le fichier CODIS, notre suspect sera identifié.

— C'est fascinant, déclara David d'un ton admiratif avant de l'applaudir.

Avec un sourire, elle esquissa une petite révérence.

— Merci beaucoup.

Dès que Lena eut lancé le processus de fumigation, elle prit enfin le temps de promener les yeux autour d'elle. Une grande animation régnait dans le laboratoire.

Les laborantins et les techniciens de la police scientifique, tous vêtus de blouses blanches et de lunettes de protection, s'activaient devant de longues tables carrelées de blanc.

Ils injectaient des produits chimiques dans des éprouvettes, observaient des échantillons au microscope, scannaient les résultats et les transmettaient aux logiciels.

— Sais-tu si Nancy a déjà remis les images captées par les caméras de surveillance de son magasin à quelqu'un ? demanda Lena.

— Aucune idée. Je me renseigne.

David sortit son smartphone et passa un doigt sur l'écran.

— Oh ! Miles vient de m'envoyer un texto, s'exclama-t-il. Ils ont les enregistrements. Ils sont en train de les visionner.

— Parfait.

Lena prit un autre sac en papier brun et l'ouvrit.

— Dommage qu'il n'y ait pas eu de témoins oculaires.

— Peut-être qu'il y en a eu. Nous avons publié un communiqué au sujet de l'effraction, sur le site web de la police de Clemmington ainsi que sur les réseaux sociaux. Nous y avons indiqué une hotline pour donner aux gens la possibilité de téléphoner pour témoigner, y compris de façon anonyme. Et maintenant que Nancy a offert une récompense à toute personne permettant l'arrestation de son vandale, tout est possible.

— La police obtient souvent de bonnes pistes en proposant des récompenses, c'est vrai.

Lena changea de gants et commença à traiter le tesson de bouteille.

— À en juger par la quantité de sang sur cet éclat de verre, notre suspect doit avoir une vilaine coupure aux mains.

— Sans doute, oui. Et elle permettra peut-être de relier un suspect à la scène du crime.

Lena plaça le morceau de verre sur une coupelle.

— Explique-moi ce qu'est ce truc ? demanda David. On dirait un scanner de supermarché.

— En fait, il s'agit d'un spectromètre à fluorescence à rayons X. Il sert à identifier les éléments chimiques qui composent un matériau. En d'autres termes, il recueille des indices biologiques susceptibles d'être « parlants ».

— Compris. Tu sais, je n'avais jamais eu l'occasion de regarder ces procédures d'analyses. Le domaine de la police technique et scientifique est encore très mystérieux pour moi. Tu n'imagines pas à quel point je suis impressionné.

— Merci. Mais je fais seulement mon travail.

— Et si je peux me permettre, tu le fais très bien…

Lena jeta un coup d'œil à David. Son sourire en coin était complice. Il flirtait avec elle.

Elle s'éclaircit la gorge et reporta son attention sur sa tâche.

— Tu te rends compte que nous avons dû rouler près de soixante-dix kilomètres depuis Clemmington pour rejoindre ce laboratoire, dit-elle. Il dessert plusieurs comtés, et le manque de spécialistes dans ce secteur d'analyses assez pointu explique le temps d'attente incroyablement long nécessaire au traitement des scellés. Cette situation est ridicule. Tu devrais suggérer à mon père de s'équiper d'un minimum de matériel. Afin de mettre en place un petit laboratoire dont bénéficierait la police de Clemmington.

David lui jeta un regard en biais.

— Et qui payerait pour ça ?

— Je suis sûre que le budget de la ville est suffisant pour couvrir une telle dépense. De plus, mon père est très ami avec le maire.

David montra d'un geste le laboratoire.

— Clemmington n'aura jamais les moyens de s'offrir tous ces appareils…

— David, l'interrompit-elle. Clemmington n'a pas

besoin d'un tel équipement. Un matériel de base vous rendrait déjà de grands services.

Il poussa un gros soupir et s'appuya contre la table.

— D'accord, admettons que nous obtenions le feu vert de la mairie pour installer un petit laboratoire criminel à Clemmington. Qui s'en occuperait ? Qui le ferait tourner ? Personne au sein du poste de police ne sait comment faire fonctionner des appareils aussi sophistiqués.

Lena se détourna.

— Vous n'auriez qu'à embaucher un spécialiste en criminalistique, répondit-elle. Je suis certaine que beaucoup d'entre eux adoreraient collaborer avec la police de Clemmington.

— Et pourquoi pas toi ? Qu'en penses-tu ? Je veux dire, tu as l'air plutôt contente d'être revenue dans ta ville natale, non ? Et n'oublions pas que ton père dirige le poste de police. Ce serait cool pour toi de travailler avec lui et tes frères, surtout maintenant que vous semblez avoir dépassé vos malentendus. Sans parler de…

David hésita. Lena le vit rompre le contact visuel avec elle pour faire mine de s'intéresser à l'éclat de verre posé sur la table.

— Sans parler de quoi ? demanda-t-elle.

— Je… eh bien, j'espère ne pas parler à tort et à travers. Mais le LAPD est sans doute de l'histoire ancienne pour toi. Surtout après…

— Après l'attaque ? demanda-t-elle, le souffle court. C'est ce que tu allais dire, n'est-ce pas ?

Elle prit une profonde inspiration pour s'efforcer de relâcher la pression.

Respire. Calme-toi…

— Oui, murmura David. Après l'attaque. Après cet épisode, tu te sentiras sans doute plus en sécurité ici, à Clemmington. Non ?

— D'après toi, une autre raison serait-elle susceptible de m'inciter à revenir pour de bon à Clemmington ?

— Euh… Eh bien, peut-être… euh… moi aussi…

La sonnerie de la minuterie de la chambre de développement interrompit David.

Lena sursauta, surprise par le bruit. Et un peu déçue que cette alarme ait rompu le fil de la discussion.

Elle attendit de voir si David finirait son propos. Il ne le fit pas.

Elle consulta sa montre.

— Nous ferions mieux de nous dépêcher de traiter les autres indices avant que la directrice du laboratoire ne nous mette dehors. L'établissement va bientôt fermer ses portes.

— Je n'imagine pas un instant cette femme charmante prier la célèbre Lena Love de s'en aller ! Au contraire, je suis sûr qu'elle fera une exception pour nous et nous autorisera à rester tard.

— N'abusons pas de sa gentillesse. En plus je meurs de faim. Je n'ai rien mangé de la journée.

— Moi non plus, dit David. Pourquoi n'irions-nous pas dîner au Dearborn Grill une fois que nous aurons fini ici ? Misty a mis son fameux saumon glacé au menu de ce soir.

— Mmm, j'en ai l'eau à la bouche. Excellente idée.

— Cool. Je sors l'appeler pour réserver une table pendant que tu termines. Je reviens tout de suite.

Lena le regarda courir vers la sortie. Au moment où elle admirait, une fois de plus, sa musculature, le buzzer de la chambre de développement se fit entendre à nouveau.

Reste concentrée, se dit-elle. *Tu es ici pour te reposer et cicatriser, pas pour rallumer une vieille flamme…*

— Maintenant, à cause de toi, je ne pense plus qu'à la saveur de ce saumon glacé dont nous allons nous régaler, dit Lena. Saumon que j'accompagnerai d'un verre de riesling, bien sûr.

— Bien sûr.

David rétrograda pour négocier un virage et s'engagea dans la rue qui menait au restaurant.

— Et j'ai fini ma journée, ajouta-t-il. Tu ne pourras donc pas dire à ton père que je bois pendant mes heures de service.

— Comme si j'étais du genre à te dénoncer !

Un petit bip émanant de son smartphone signala à Lena qu'elle venait de recevoir un message sur sa boîte mail. L'adresse qui s'affichait sur l'écran était pour le moins curieuse.

Inconnu@Inconnu.com

L'objet du mail était plus troublant encore :

Cinq, six, je reviens à la charge…

Lena faillit laisser échapper l'appareil. Glacée, elle regarda droit devant elle, se concentrant sur la route, alors qu'un frisson de peur s'infiltrait par tous les pores de sa peau.

Elle se remémora la façade vandalisée de M. Young.

UN, DEUX, JE SUIS LÀ POUR TOI !

Et l'arrière du magasin de Nancy.

TROIS, QUATRE, J'AI ENFONCÉ TA PORTE !

Alors que l'évidence s'imposait à elle, elle eut soudain du mal à respirer.

Ces attaques me sont destinées, comprit-elle, tétanisée.

Elle baissa les yeux vers le téléphone. Le corps du mail était vide. Mais il y avait une pièce jointe.

D'un doigt tremblant, elle cliqua dessus. Elle retint son souffle durant le téléchargement du document électronique.

Une moitié de cœur ensanglanté apparut. Le dessin

était le pendant de celui que son agresseur avait gravé au couteau sur sa poitrine…

Au bord du malaise, elle se tourna lentement vers David.

— C'est à moi qu'il en veut, murmura-t-elle d'une voix blanche. C'est moi qu'il poursuit.

— Quoi ? Que dis-tu ?

— C'est moi qu'il poursuit, répéta-t-elle, un peu plus fort.

— Qui te poursuit ? Qui t'en veut ?

— Le tueur en série.

David s'arrêta à un feu rouge et la dévisagea.

— Pourquoi dis-tu ça ?

— Regarde ce qu'il vient de m'envoyer.

Elle leva son téléphone et lui montra le croquis.

David se pencha vers elle pour étudier l'image.

— De quoi s'agit-il ? demanda-t-il, perplexe. Quel rapport avec toi ? Je ne comprends pas.

Lena avait oublié que David ignorait que l'attaque dont elle avait été victime la ciblait, *elle*. Elle prit une profonde inspiration, refoula les larmes qui brûlaient ses paupières et s'arma de courage pour lui raconter toute l'histoire.

— Tu es certainement au courant du mode opératoire du tueur. Il grave un cœur sur la poitrine de ses victimes à l'aide d'une lame. C'est sa signature. Tu le savais, n'est-ce pas ?

— En effet.

— Eh bien, quand j'ai été attaquée, il a commencé à marquer un cœur sur moi. Mais j'ai réussi à m'enfuir avant qu'il ne le finisse. Il m'a donc laissé une cicatrice en forme de demi-cœur.

— Oh ! Lena, murmura David.

Lorsque le feu passa au vert, il appuya doucement sur l'accélérateur et lui prit la main.

— Je suis désolé. J'ignorais que tu… que ton agression avait…

Elle l'interrompit, la gorge serrée :

— Personne ne le sait. J'avais demandé au LAPD de garder cette information confidentielle. Je n'étais pas prête à en parler. C'était… trop pour moi.

— Je comprends.

— Et l'objet du mail est : « Cinq, six, je reviens à la charge. » C'est ce tueur en série qui a vandalisé la galerie d'art et le magasin de Nancy.

Lena était sur le point de s'évanouir.

Elle tentait de recouvrer son souffle mais la panique l'empêchait de respirer.

— Cela m'en a tout l'air, oui, répondit David avec calme. Le lycéen que nous soupçonnions d'avoir vandalisé la galerie de M. Young n'a jamais reconnu être l'auteur de ces graffitis. Il a seulement avoué avoir tagué le gymnase de l'école. Et comme nous ne pouvions pas avoir un visuel clair du suspect sur la vidéo de surveillance de la galerie, il n'a pas pu être inculpé pour ces délits.

Lena verrouilla son téléphone, incapable de regarder plus longtemps la moitié de cœur ensanglantée.

— Le tueur a tagué ces inscriptions pour m'avertir qu'il est à Clemmington et qu'il me poursuit, c'est évident. Nous devons mettre au point un plan d'action.

David serra les mâchoires.

— Pour commencer, tu vas devoir te faire toute petite, t'efforcer de passer inaperçue et te fondre dans le paysage. Sois prudente avec les applications que tu utilises sur ton smartphone afin qu'il ne puisse pas suivre tes déplacements. Et si tu publies quoi que ce soit sur les réseaux sociaux, assure-toi que ton suivi de localisation est désactivé.

— Je le ferai, répondit Lena, en ouvrant l'application

des paramètres sur son téléphone pour désactiver le logiciel GPS. Quoi d'autre ?

— Transfère-moi ce mail. Je vais demander à notre expert informatique d'y jeter un coup d'œil et de voir s'il peut retracer l'adresse IP de l'expéditeur. Et par précaution, nous allons te protéger vingt-quatre heures sur vingt-quatre. Est-ce que tu te sens en sécurité chez tes parents ? Sinon, tu es la bienvenue chez moi.

Son offre surprit Lena. Avant qu'elle ne puisse répondre, David secoua la tête.

— Excuse-moi, ma proposition est idiote. Ton père et tes deux frères sont policiers et tout à fait capables de te défendre. Tu es évidemment en sécurité avec eux. J'ai seulement… pensé que je devrais au moins te le proposer, mais…

— Et j'apprécie, David. Mais je ne risque rien chez mes parents. Cela dit, quand mon père et mes frères ne sont pas là, ce qui arrive parfois, ce serait bien qu'une voiture de police surveille la maison.

— Bien sûr. C'est très facile à organiser. Et il va sans dire que je garderai également un œil sur toi.

— Merci. Cela me rassure, David.

Il ralentit alors qu'ils approchaient du restaurant.

— Tu es toujours partante pour le dîner ?

— Absolument. Après ce nouveau développement, j'ai vraiment besoin d'un verre de vin. Ou deux.

— Moi aussi, reconnut-il.

David se gara sur le parking de l'établissement en s'arrangeant pour être près de l'entrée. Il coupa le moteur et se tourna ensuite vers Lena pour lui prendre de nouveau la main.

— Je veux que tu saches que je te soutiens dans cette épreuve. Et je te promets de veiller à ce qu'il ne t'arrive rien.

— Merci, murmura-t-elle.

La situation était terrifiante, pourtant un sentiment de sécurité submergea soudain Lena.

Et à cet instant, elle sut que personne ne la protégerait mieux que David.

9

David se renversa sur sa chaise et, les mains derrière le crâne, riva les yeux au plafond de son bureau.

— Je n'arrive toujours pas à y croire, marmonna-t-il. Quel cauchemar !

Assis en face de lui, Miles hocha la tête.

— Nous devons à tout prix la protéger. Il n'est pas question que ma sœur subisse une autre attaque. Ou pire…

Un petit coup donné à la porte les interrompit.

— Entrez ! cria David.

Jake se glissa à l'intérieur.

— Désolé d'être en retard, les gars. J'étais avec le chef, je le mettais au courant de ce qui se passe avec Lena.

— Comment prend-il les événements ? demanda David. Cela ne doit pas être simple pour lui.

— Il tient le coup. Mais derrière l'image de dur à cuire qu'il veut donner, il est inquiet. Et déterminé à traquer et à réduire en bouillie le psychopathe qui a osé s'attaquer à sa petite chérie.

— Tu lui as bien dit de ne pas en parler à notre mère, n'est-ce pas ? s'enquit Miles. Pas encore.

— Bien sûr. Il a promis de ne pas lui en souffler mot pour l'instant. Mais tôt ou tard, elle aura besoin de le savoir.

— En tout cas, je suis en train de mettre en place une

surveillance devant la maison de vos parents, sept jours sur sept, déclara David.

— Et mon père a demandé à ses hommes de patrouiller dans les rues, ajouta Jake. Et de rester à l'affût de toute personne ou de tout événement suspect.

— Bien.

David se redressa sur sa chaise et se tourna vers Miles.

— Tu t'es arrêté chez tes parents en te rendant au poste de police, ce matin ?

— Bien sûr, je voulais voir comment allait Lena. Et je lui ai apporté des muffins pour tenter de lui remonter le moral.

— Comment va-t-elle ?

— Elle aussi semble tenir le coup, répondit Miles en soupirant. Mais tu sais comment elle est. Elle ne nous laissera jamais deviner sa peur.

— C'est vrai, dit Jake. Mais derrière cette apparence de femme forte, je suis sûr qu'elle est terrifiée.

— Peut-être mais elle n'est toujours pas décidée à rester à la maison à longueur de journée, dit Miles. Croyez-le ou non, elle voulait descendre au poste de police pour travailler sur les indices recueillis chez Nancy.

David secoua la tête.

— Elle est folle. Je vais l'appeler et lui apprendre que Russ prend en charge les aspects scientifiques de l'enquête...

Un autre coup à la porte l'interrompit.

— Entrez ! répéta-t-il.

Bouche bée, David vit Lena faire irruption dans la pièce.

— Lena ? s'exclama-t-il. Que fais-tu ici ? Tu m'avais promis de ne pas quitter la maison de tes parents sans me prévenir...

— Nous en parlerons plus tard, coupa-t-elle en passant devant Jake et Miles. Il y a du nouveau.

Elle s'approcha du bureau de David et y posa une tablette.

— Regarde.

David se pencha sur l'écran où s'affichait la une du *Los Angeles Times*.

— Que veux-tu me montrer ? demanda-t-il.

— Là, en haut de la page… Le gros titre.

Du bout des doigts, il agrandit l'image.

— « Le tueur en série graveur de cœurs de Los Angeles a encore frappé », lut-il à haute voix. Une autre victime retrouvée assassinée.

— Quand est-ce arrivé ? demanda Miles.

— Hier, d'après l'article, répondit Lena. Le jour où le Country Mart de Nancy a été vandalisé.

— Comment est-ce possible ? s'exclama Jake. Le tueur aurait fait des allers-retours entre Los Angeles et Clemmington pour commettre ces crimes ?

— À moins que nous ayons un imitateur sur les bras, suggéra Miles. Un autre tueur qui s'inspire du mode opératoire du premier.

Lena poussa un gémissement.

— Ce serait le pompon ! Mais c'est possible, oui. Les deux hypothèses sont plausibles.

— Cette histoire devient de plus en plus déroutante, déclara David en parcourant le papier des yeux. Ce qui m'inquiète c'est qu'il semble tuer à la chaîne. Il attaque ces malheureuses dans un laps de temps de plus en plus court.

— Quels sont les détails du dernier meurtre ? demanda Jake.

— Des randonneurs ont découvert le corps de la victime au cœur du Angeles National Forest's Cooper Canyon. Pour le moment, le LAPD n'a pas révélé son identité parce que certains membres de sa famille n'ont pas encore été informés. Mais elle avait la trentaine, les cheveux bruns et un petit gabarit. Comme les autres, elle a été retrouvée étranglée, les mains attachées dans le dos. Avec un cœur gravé au couteau sur sa poitrine…

David regarda Lena. Comme ses yeux descendaient malgré lui vers sa gorge, il détourna la tête pour qu'elle ne se rende pas compte qu'il pensait à sa cicatrice.

— Oui, c'est le mode opératoire du tueur, confirma Lena qui apparemment n'avait rien remarqué. Il a suivi ce même rituel avec chacune de ses précédentes victimes. Et en effet, il est possible que le tueur ne travaille pas seul.

— Ce qui rendrait cette affaire encore plus compliquée, dit David. As-tu parlé au chef du LAPD à ce sujet ?

— Pas encore. Dès que l'article est tombé sur mon téléphone, je l'ai lu et je suis venue vous le montrer.

— Ce que tu n'aurais jamais dû faire, rétorqua Jake. Comme David te l'a expliqué, nous avons l'intention de garder un œil sur toi en permanence. Tant que nous n'aurons pas capturé ce tueur, il n'est pas question que tu te balades toute seule en ville.

— D'accord, mais je me suis dit que si le tueur était occupé à commettre un crime à Los Angeles, il ne pouvait pas être en même temps à Clemmington… Personne n'a le don d'ubiquité.

— Lena, l'interrompit David, nous ignorons ce que ce psychopathe a en tête et s'il a un complice ou un imitateur. Nous devons donc nous entourer d'un maximum de précautions. Comme dit le proverbe, mieux vaut prévenir que guérir.

— Je sais, je sais. Alors, quel est notre plan d'action ?

David lui rendit la tablette.

— Pourquoi ne commencerais-tu pas par appeler le chef du LAPD ? Pour lui demander s'il a du nouveau sur l'affaire. Ont-ils découvert des indices sur les lieux du crime ? Sont-ils plus près d'attraper le tueur ? Avant de mettre au point une nouvelle stratégie, j'aimerais savoir où ils en sont et ce qu'ils ont prévu de faire. Et…

Un coup frappé à l'encadrement de la porte lui fit lever les yeux. Le chef Love apparut, une expression sévère sur le visage.

— Que fais-tu ici, Lena ? demanda-t-il. Tu es censée être à la maison.

Elle se précipita vers son père et lui tendit la tablette.

— Voilà pourquoi je suis venue.

— Un autre meurtre, dit-il à la vue de la une du journal.

Il parcourut l'article des yeux. Plus il lisait, plus son visage s'assombrissait.

Comme il parvenait à la fin du papier, il fronça les sourcils.

— S'il a commis ce meurtre à Los Angeles hier, comment être sûr que c'est lui qui a cambriolé le Country Mart de Nancy ?

— C'est ce qu'il va nous falloir vérifier, répondit Lena.

— Tenez-moi au courant. Je suis heureux de savoir que j'ai quatre grands esprits ici qui travaillent sur l'affaire.

— Cinq avec le tien, ajouta Jake.

— Merci, fiston.

Il serra Lena dans ses bras.

— J'espère qu'avec l'aide du LAPD, nous capturerons bientôt ce psychopathe. En attendant, je dois retourner à mon bureau et rappeler Nancy qui a laissé plusieurs messages. D'après Milly, elle est impatiente de savoir si nous avons identifié un suspect. Et à ce sujet, continua-t-il en se tournant vers David, quels sont les résultats d'analyses du laboratoire criminel ?

David s'empara de son calepin et l'ouvrit.

— J'ai téléphoné à la directrice du labo, ce matin. Elle a accepté de traiter en priorité notre dossier. Je ne devrais donc plus tarder à recevoir leurs conclusions. Et Russ se charge d'introduire les empreintes digitales relevées par Lena dans la banque de données d'identification du FBI… en espérant trouver une correspondance.

— Prévenez-moi dès que vous aurez du nouveau. Et toi, Lena, ajouta son père en lui serrant doucement l'épaule, c'est la dernière fois que tu quittes la maison toute seule. Surtout sans prévenir personne. À ce stade, nous ne pouvons pas nous permettre de prendre le moindre risque.

— D'accord, marmonna-t-elle.

David regarda Lena. Il savait à quel point elle s'était investie dans l'enquête et tenait à y participer. Quelque part, il la plaignait d'en être empêchée. Mais comme le tueur l'avait dans son collimateur, Lena devait se retirer du jeu.

Le chef hocha la tête.

— Je vous laisse travailler tous les quatre pendant que j'appelle Nancy.

Dès qu'il eut quitté le bureau, Lena attrapa une chaise, s'y assit puis tira un carnet de son sac.

David, Jake et Miles s'entre-regardèrent en secouant la tête. Tous trois étaient inquiets pour elle.

Résolu à mettre les pieds dans le plat, David s'éclaircit la gorge.

— Lena ? Comment te sens-tu après avoir découvert que le tueur avait encore frappé ? Ça va ?

Elle griffonnait déjà sur son calepin.

— Oui, oui, répondit-elle sans lever les yeux. Je me sens bien et je suis surtout déterminée à avancer. Je suis prête à travailler, à dresser un plan d'action. Alors par où faut-il attaquer en priorité ?

Son opiniâtreté était à la fois impressionnante et inquiétante.

— Eh bien, pour commencer, dit-il, nous devrions commander de quoi nous restaurer. La journée promet d'être longue et nous avons besoin de carburant.

— Je suis d'accord, dit Miles. Beaucoup de travail nous attend.

Jake se dirigea vers le tableau blanc. Il s'empara du marqueur noir et écrivit :

QUE CHERCHONS-NOUS ?

— Pendant que vous réfléchissez à ce que vous voulez commander pour le repas, posons-nous les bonnes questions. Partons du suspect. Que sait-on de lui ? À quoi ressemble-t-il ? Comment s'habille-t-il habituellement ? Quel genre de voiture conduit-il ?

Ils se tournèrent vers Lena puisqu'elle était la seule victime à avoir survécu.

Elle s'éclaircit la voix et se redressa sur sa chaise.

— Je n'ai pas vu son visage parce qu'il portait une cagoule. Mais il avait des yeux froids et gris pâle. Il mesurait dans les un mètre quatre-vingts. Assez corpulent. Et il était vêtu d'une tenue de camouflage.

David devina qu'il était douloureux pour elle de se remémorer son agresseur. Sa détresse, palpable, le fit serrer les poings.

— Et il conduit une voiture de sport noire avec un moteur bruyant et d'énormes roues à pointes chromées, ajouta-t-elle. Et d'ailleurs, je, euh… j'ai vu un véhicule ici à Clemmington qui ressemblait beaucoup à celui qui m'a poursuivie, la nuit où j'ai été attaquée.

— Quoi ? s'écrièrent Jake et Miles à l'unisson. Pourquoi ne nous l'as-tu pas dit plus tôt ?

Trop abasourdi pour parler, David leva la main pour tenter de calmer les deux frères qui se précipitaient près d'elle.

— Lena, dit-il enfin d'une voix calme, pourquoi ne nous as-tu pas signalé la présence de cette voiture ? Si nous avions été au courant, nous aurions pu…

— Non ! cria-t-elle en bondissant de sa chaise.

Elle se mit à faire les cent pas, en obligeant Jake et Miles à reculer.

— Il n'était pas question de vous en parler. Vous voulez savoir pourquoi ? Parce que tout le monde aurait pensé que j'étais paranoïaque. Que je souffrais du symptôme post-traumatique. Et vous m'auriez forcée à rester à la maison, enfermée à double tour pendant des jours et des jours.

Sa voix se brisa. David se leva et fit le tour du bureau pour l'enlacer. Elle s'appuya contre sa poitrine, le nez dans son cou.

— Les gars, lança-t-il à Jake et Miles, pourriez-vous nous laisser seuls quelques instants, s'il vous plaît ?

Ils hochèrent la tête mais avant de quitter la pièce, ils lancèrent à leur sœur :

— Désolés si nous te donnons l'impression de nous liguer contre toi…

— C'est plus qu'une impression, répondit-elle d'un ton sarcastique.

— Nous sommes inquiets pour toi, voilà tout.

Comme Lena restait silencieuse, David prit la parole :

— Merci, Miles. Hé, ça te dérangerait de demander à Milly de nous commander quelques pizzas chez Ronaldo ?

Il baissa les yeux sur Lena.

— Attends, ça te dit une pizza ?

— Je n'ai pas très faim mais prenez ce que vous voulez.

— Ça marche, dit Miles avant de suivre Jake hors du bureau.

Une fois la porte fermée, David conduisit Lena vers une chaise.

— Installe-toi… Parlons.

Elle s'assit lentement, en fixant ses mains.

— David, dit-elle dans un murmure. Si, tous autant que

vous êtes, vous ne me laissez pas poursuivre cette enquête avec vous, j'ai bien peur que le tueur ne soit jamais arrêté.

David s'assit à côté d'elle et mêla ses doigts aux siens.

— Je comprends pourquoi tu en es persuadée. Tu es hautement qualifiée, experte dans ton domaine et personne ne le conteste. Mais ta sécurité est une priorité, Lena. Ce qui signifie que tu ne dois rien nous cacher. Si tu vois quelque chose de louche ou d'important, tu dois le dire. Ne laisse pas ta passion pour ton travail te tuer. D'accord ?

— D'accord.

— Et d'ailleurs, tu devrais sans doute envisager de t'éloigner quelque temps de l'enquête. T'accorder une pause. Laisse la police s'occuper de…

— Non, le coupa Lena. Je ne me retirerai pas de cette affaire, David.

Il se tut quelques instants avant de hocher la tête.

— Entendu.

David se pencha et, d'instinct, effleura doucement son front de ses lèvres. Elle leva la tête.

Au moment où il allait l'embrasser, quelqu'un frappa à la porte.

D'un bond, ils s'écartèrent l'un de l'autre.

— Entrez ! cria David, beaucoup plus fort que nécessaire.

Jake et Miles se glissèrent à l'intérieur du bureau.

— Le chef nous a renvoyés ici, expliqua Jake. Il a dit que nous n'avions pas de temps à perdre et que si nous ne nous mettions pas au travail immédiatement pour établir un plan d'action, il nous virerait tous.

— Il est impossible, dit Lena en secouant la tête.

David fit rapidement le tour de son bureau et s'assit, en espérant que les deux frères n'avaient pas remarqué leur rapprochement.

— D'accord, dit-il. Alors, au travail.

10

Lena se retourna sur son lit pour s'allonger sur le dos et regarda un moment les nuages peints sur le plafond de sa chambre.

Du bout des doigts, elle se frotta les tempes. Être enfermée dans la maison de ses parents lui donnait la migraine et finissait par la rendre folle. Et garder les yeux rivés sur cette tablette n'arrangeait rien…

Peut-être souffrait-elle de cybermalaise provoqué par une immersion virtuelle trop intense. Pourtant, incapable de s'en empêcher, elle saisit son iPad et se connecta une fois de plus au site web du *Los Angeles Times.*

Cesse de lire cet article. Cesse de lire cet article…

Mais elle ignora la petite voix dans sa tête qui l'exhortait à s'extraire de l'affaire. Pour la énième fois depuis ce matin, elle se replongea dans le dernier papier sur le tueur.

Le corps n'a pas encore été identifié mais la jeune femme est très probablement la septième victime du tueur en série.

La sixième était Lena Love, inspectrice au sein de la police technique et scientifique du LAPD, et chargée justement d'enquêter sur ce prédateur. Elle a été agressée alors qu'elle analysait la scène du crime de la cinquième victime sur un sentier de randonnée de Cucamonga Wilderness.

Contrairement aux autres proies du tueur en série, Love a survécu à cette agression. Selon Herschel Scott, le chef du LAPD, elle était alors sur le point d'attraper l'insaisissable criminel.

« Croyez-moi, Lena le talonnait et il le savait, a-t-il déclaré aux journalistes. Voilà sans doute ce qui a motivé cette attaque. Si Lena n'avait pas été agressée, l'assassin serait derrière les barreaux à l'heure où nous parlons. »

Depuis cette agression, Lena Love s'est mise en congé. Toute l'équipe du Los Angeles Times lui souhaite un prompt rétablissement.

Lena referma la tablette, repoussa sa couette et bondit sur ses pieds. Elle se mit à arpenter sa chambre à grands pas nerveux.

— Au lieu d'être enfermée dans cette maison, grommela-t-elle. Je devrais être sur les lieux, à tenter d'attraper le tueur !

— Lena ? cria sa mère. C'est à moi que tu parles ?

— Non ! Je... euh, je laissais un message vocal à quelqu'un, prétendit-elle pour que Betty ne la prenne pas pour une folle.

Même si j'ai l'impression d'en devenir une.

— D'accord, dit sa mère. J'ai préparé du café si tu en veux. Et Miles est passé te déposer tes muffins préférés ce matin en allant au travail. Ils sont dans la cuisine.

— Merci ! J'arrive dans un instant.

Lena gagna la fenêtre, écarta les rideaux et jeta un coup d'œil à la rue animée. La plupart des voisins étaient dehors, en train de tondre leurs pelouses, de faire du jogging le long des trottoirs ou de revenir chez eux après avoir fait des courses.

Voir les palmiers se balancer lui donna envie de retourner à Los Angeles pour travailler sur l'affaire.

Si seulement j'avais le pouvoir de remonter le temps, pensa-t-elle, regrettant d'être allée seule sur ce sentier de randonnée.

Elle remarqua la voiture de patrouille garée devant la maison. Sa présence permanente lui rappelait sans cesse qu'elle était pourchassée par un fou furieux.

— Secoue-toi, maintenant, s'ordonna-t-elle à mi-voix. Il est temps de revivre la même journée qu'hier…

Elle prit une douche, s'habilla d'un sweat-shirt lavande, de leggings noirs avant d'enfiler une paire de baskets.

Elle quitta sa chambre et descendit à la cuisine. Dans le couloir, elle sursauta en entendant sa mère s'écrier d'un ton hystérique :

— Où le corps a-t-il été retrouvé ? Sur le *sentier de randonnée Juniper* ? Oh non, Kennedy, ce n'est pas possible ! Lucinda et moi courions tout le temps là-bas autrefois. C'est terrifiant ! Que lui est-il arrivé, à ton avis ?

Lena se rapprocha sans bruit de la porte de la cuisine. Son smartphone collé à l'oreille, Betty, penchée au-dessus de l'évier, lui tournait le dos.

— Je n'arrive pas à croire qu'une telle horreur se soit produite ici. À Clemmington. Et tu dis qu'elle a été étranglée ? En tout cas, s'il y avait un cœur gravé sur sa poitrine, le doute n'est plus permis, poursuivait Betty. Il s'agit forcément du tueur qui a attaqué notre…

Sa voix se brisa et elle émit un long sanglot.

— Je suis désolée. J'essaie d'être forte, Kennedy. Mais j'ai si peur ! Peut-être ce malade a-t-il tué cette malheureuse en guise d'avertissement… avant de s'attaquer une fois de plus à notre petite chérie !

Lena s'écroula contre le mur. Les paroles de sa mère lui

coupaient les jambes. De violentes nausées lui secouaient l'estomac.

— Non, bien sûr que je ne dirai rien à Lena. Je ferai semblant de rien. Mais de ton côté, assure-toi que rien ne fuite dans la presse… D'accord. Appelle-moi dès que tu as du nouveau. Et fais attention à toi… Je t'aime aussi.

Comme Betty mettait fin à la communication, Lena s'éloigna rapidement de la cuisine. Elle se dirigea vers les baies vitrées du salon. Tout en regardant le jardin, elle essuya ses mains moites sur ses leggings.

— Lena ? Tu viens prendre ton petit déjeuner ?

Lena repartit vers la cuisine. À la vue des larmes qui brillaient encore dans les yeux de sa mère, elle détourna la tête.

— Oui, je veux bien un café, dit-elle.

Elle s'efforçait de s'exprimer d'une voix légère malgré ce qu'elle venait d'entendre.

— Je vais te chercher une tasse, dit Betty en se précipitant à l'autre extrémité de la pièce pour ouvrir un placard.

Lena mourait d'envie de la prendre dans ses bras. Mais elle ne voulait pas donner l'impression d'avoir surpris l'échange téléphonique entre ses parents.

Aussi retourna-t-elle dans le salon. Les mains dans les poches, elle regarda dehors à travers les baies vitrées.

La vue de sa jeep, garée devant le garage, fit naître au plus profond d'elle-même un désir impérieux et familier.

Elle serra les poings. Soudain, elle avait des fourmis dans les jambes. La maison de ses parents, le jardin, la rue, tout son environnement disparaissait dans le brouillard. Plus rien n'avait d'importance, mis à part l'envie qui la submergeait : *se rendre sans délai sur la scène de crime.*

— Lena, tu vas bien ? demanda Betty.

Elle se retourna. Sa mère posait un mug de café et une soucoupe chargée de muffins sur la table basse. Elle avait cessé de pleurer mais son expression était encore teintée d'inquiétude.

— Oui, maman. Je vais très bien.

Lena reporta son attention dans le fauteuil à bascule. Son sac y était accroché.

— Tu sais quoi ? ajouta-t-elle. J'ai bien envie de prendre mon café et mon muffin sur la terrasse. Au soleil. Cela me fera du bien.

— J'en suis sûre, chérie.

Betty passa ses bras autour de Lena pour l'étreindre avec force. Puis elle picora son visage de petits baisers comme elle le faisait quand elle était enfant.

— Maman ! cria Lena. Tu me chatouilles !

— Je sais. Et je m'en moque. Une fille n'est jamais trop grande pour recevoir les baisers d'amour de sa maman.

Lena lui rendit ses baisers avec tendresse.

Et après un moment, Betty s'écarta d'elle avec un soupir.

— Bon, j'arrête de t'ennuyer. Je ferais mieux de retirer mes bigoudis, de me coiffer et de me maquiller un peu. Je participe à une vidéoconférence qui débute dans quelques instants. Il s'agit de conseiller des jeunes femmes qui se lancent dans l'enseignement. J'ai promis de les aider à s'améliorer.

— C'est gentil de ta part. Eh bien, pendant ce temps-là, je vais m'installer sur la terrasse.

— Repose-toi bien, chérie.

Lena regarda Betty sortir de la cuisine. Dès que sa mère quitta la pièce, Lena se dirigea sur la pointe des pieds vers le fauteuil à bascule pour attraper son sac. Lorsque Betty s'enferma dans sa chambre pour débuter sa vidéoconférence, Lena se précipita dehors.

Avec un dernier coup d'œil circulaire pour s'assurer que la voie était libre, elle sauta dans sa jeep et fonça vers le sentier de randonnée Juniper.

Lena passa lentement à proximité de l'entrée du sentier. Comme il fallait s'y attendre, les forces de l'ordre avaient bouclé le quartier. Des rubans jaune et noir délimitaient le périmètre. Le petit parking était rempli de voitures de patrouille. Leurs gyrophares peignaient les alentours de rouge et de bleu.

Plusieurs policiers faisaient les cent pas sur la route qui menait vers les bois. Lorsque des gens s'en approchaient, ils leur faisaient signe de retourner chez eux.

Comment vais-je réussir à atteindre la scène de crime ? se demanda Lena.

Heureusement, elle connaissait bien les lieux. Pendant des années, elle avait sillonné cette forêt avec des amis. Il y avait plusieurs façons d'y accéder. L'entrée principale, officielle, n'était qu'une option parmi d'autres.

Elle sortit son smartphone de son sac et consulta l'écran. Elle n'avait reçu aucun nouveau texto. Que David n'ait pas jugé utile de l'informer des derniers événements la surprit et l'irrita un peu. Bien sûr, elle devinait qu'il ne lui en avait pas parlé pour ne pas l'inquiéter et pour préserver son équilibre mental.

Elle hésita à l'appeler pour lui signaler sa présencc et lui demander de la laisser travailler sur la scène du crime.

Ne sois pas ridicule, pensa-t-elle. *Il refusera, c'est évident.*

Elle s'éloigna et finit par se garer un peu plus loin, dans une rue qui aboutissait à une autre entrée. Elle promena les yeux autour d'elle. Mis à part des enfants qui jouaient dans un jardin, il n'y avait personne.

Elle descendit de voiture et gagna à grands pas le pied de la montagne. Une clôture grillagée interdisait l'accès au sentier de randonnée mais elle parvint sans trop de difficulté à l'escalader.

Bon, maintenant, il est trop tard pour revenir en arrière… Les dés sont jetés.

Une fois de l'autre côté, elle se mit en devoir de gravir la piste. L'ascension était difficile. Non seulement la pente était raide mais des grosses pierres, des racines d'arbres et des branches cassées jonchaient le sol, le rendant impraticable par endroits. En s'agrippant aux arbustes, elle réussit à se hisser jusqu'au sentier de randonnée proprement dit.

Comme elle approchait du sommet, elle entendit des hommes s'interpeller, à proximité. Elle s'arrêta. Après avoir recouvré son souffle, elle se dirigea vers ce qu'elle supposait être la scène du crime.

Bientôt, elle remarqua un ruban jaune et noir déroulé autour de quelques séquoias pour délimiter la zone des recherches.

Si de nombreux policiers s'affairaient à l'extérieur du périmètre, une dizaine d'entre eux seulement travaillait à l'intérieur.

Elle quitta le sentier pour se rapprocher discrètement. Alors qu'elle cherchait David des yeux, elle remarqua le coroner agenouillé près du corps de la victime.

Les larmes brûlèrent ses paupières quand elle le vit glisser les mains de la malheureuse dans des sacs en papier qu'il referma à l'aide de ruban adhésif. Les souvenirs glaçants de nombreuses scènes de crime sur lesquelles elle avait travaillé à Los Angeles remontèrent à sa mémoire. Submergée par une vague d'émotion inattendue, elle se mit à trembler.

— Avez-vous mis tous ses vêtements sous scellés ? demanda le coroner à l'un des policiers.

Russ s'avança vers lui, plusieurs sacs en papier brun dans les bras.

— Tout est là. J'ai également recueilli d'autres indices qui nous mettront, j'espère, sur une piste.

Lena se hissa sur la pointe des pieds et tendit le cou.

Elle aperçut Miles et Jake qui quadrillaient la zone, leurs lampes de poche braquées sur le sol.

Je veux participer aux investigations, pensa-t-elle.

Elle estimait qu'il s'agissait de *son* enquête, qu'il lui appartenait de la mener à bien, de diriger les opérations. Pourtant, elle était là, obligée de rester en arrière et de se contenter de regarder sa famille s'activer sans elle.

Au moment où le coroner dépliait un drap de lin, David et Kennedy Love s'approchèrent de lui.

— Vous vous préparez à emporter la victime à la morgue ? lui demanda David.

— Tout à fait. J'ai pris de nombreuses photos, empaqueté le cadavre avec soin pour permettre une autopsie dans les meilleures conditions. Et lui ai attribué un numéro d'identification

Lena vit son père hocher la tête et croiser les bras.

— Très bien, dit-il.

Deux hommes s'avancèrent, chargés d'un sac mortuaire qu'ils posèrent à côté de la victime.

Lena les regarda envelopper soigneusement la malheureuse dans le drap, puis la placer à l'intérieur du sac.

— Chef ! cria l'un des policiers. Venez voir.

— J'arrive, lui dit Kennedy.

Il se tourna vers le coroner et ajouta :

— Nous allons finir de traiter la scène. Je vous contacterai bientôt.

— Très bien, chef Love.

Lena hésitait sur la conduite à tenir. Dévorée de curiosité, elle avait très envie de voir, elle aussi, ce que son frère tenait à montrer à leur père. Mais elle préférait rester invisible.

Comme elle s'avançait, des feuilles mortes craquèrent sous ses baskets. Le bruit semblait énorme et les hommes tournèrent la tête dans sa direction.

Elle se baissa et réprima un cri quand elle se cogna le

front contre une branche basse. Le cœur battant, elle retint son souffle, se demandant si quelqu'un allait s'approcher. Mais heureusement, les policiers continuèrent à discuter entre eux et elle poussa un soupir de soulagement.

Elle comprit alors qu'elle avait le choix entre deux options : se montrer et demander à participer aux investigations ou rentrer chez elle.

Comme elle se remémorait la conversation téléphonique qu'elle avait surprise entre sa mère et son père, elle sut qu'en réalité, la première option n'en était pas une. Son père ne voulait même pas la mettre au courant du meurtre. Comment espérer qu'il la laisserait s'impliquer dans l'enquête ?

Tête basse, elle recula, consciente de sa défaite.

Elle jeta un dernier coup d'œil à la scène du crime. David et son père se tenaient à côté de Miles et de Jake, occupés à placer quelque chose dans un sac de scellé.

Tu ne peux peut-être pas t'approcher maintenant. Mais plus tard, tu reviendras…

Lena regarda le ciel où se mêlaient des teintes jaunes, rouges, lavande et orange en une magnifique palette de couleurs. Ce spectacle grandiose tranchait avec la sombre scène de crime qui l'attendait.

Sa mallette d'investigation à la main, elle redressa les épaules. Dès que la nuit était tombée sur Clemmington, les forces de l'ordre s'étaient retirées de la zone où la victime avait été assassinée. Et elle était seule à présent sur le sentier de randonnée Juniper.

Une fois de plus, elle était parvenue à déjouer la vigilance des policiers qui montaient la garde à l'entrée des bois. Là encore, il lui avait suffi de passer par l'arrière de la montagne. Alors qu'elle parvenait sur la scène de crime proprement dite, une décharge d'adrénaline brûla ses veines. L'envie de fouiller la zone et de voir ce qu'elle pouvait y trouver s'empara d'elle.

Elle posa sa mallette sur le sol et en sortit une paire de chaussons. Elle en couvrit ses bottes, puis enfila une paire de gants en latex et des lunettes de protection.

Elle se faufila sous le ruban jaune et noir qui délimitait le périmètre. Elle sortit sa lampe de poche et promena le faisceau lumineux sur la terre tapissée de feuilles mortes. Les yeux rivés sur le sol, elle étudia chaque centimètre à la recherche du moindre indice.

Quelques pas plus loin, elle remarqua une petite flaque de sang séché. Elle ouvrit rapidement sa mallette et en sortit un scalpel. Elle l'enfonça dans la terre en prenant soin de ramasser la partie souillée sans la toucher. Puis elle la glissa dans un sac de scellé en papier qu'elle referma avec soin.

Elle se releva et continua de recueillir des indices qu'elle se promettait d'étudier plus tard. Elle se déplaçait avec précaution. Lorsqu'une rafale de vent rabattit sa capuche, elle se rendit compte que la température avait chuté avec la tombée de la nuit. Il faisait froid soudain. En frissonnant, elle referma sa veste et poursuivit sa tâche.

Comme elle entendait soudain des craquements derrière elle, elle sentit les battements de son cœur s'accélérer dans sa poitrine. Des flash-back remontèrent soudain à sa mémoire. Elle se revit sur le sentier de randonnée à Los Angeles, arpentant seule la scène de crime avant d'être attaquée.

C'était là-bas, pas ici, se dit-elle. *Ne commence pas à paniquer. Tu touches au but, ce n'est pas le moment de flancher...*

Les derniers rayons du soleil couchant disparaissaient dans les feuillages. Mais elle avait bien l'intention de sillonner la scène jusqu'à ce qu'il n'y ait plus rien à découvrir.

Une branche d'arbre se brisa soudain tout près d'elle et

s'écrasa avec fracas sur le sol. Elle n'eut que le temps de bondir de côté pour l'éviter.

Glacée de peur, elle eut soudain l'impression qu'elle n'était plus seule dans ce bois.

Elle se raidit. Dans l'espoir de chasser de son esprit les souvenirs du tueur lorsqu'il s'était dissimulé sous un arbuste, elle inspira et expira plusieurs fois à fond.

Calme-toi, se dit-elle, convaincue que le prédateur ne pouvait pas avoir eu l'audace de retourner sur le lieu du crime, surtout maintenant qu'il était sous surveillance policière.

Néanmoins, elle retenait son souffle, s'attendant presque à ce que le tueur en série lui saute dessus.

Personne n'apparut. Avec un soupir de soulagement, elle comprit qu'elle avait simplement été témoin d'une chute naturelle de branche.

Elle reporta son attention sur le sol. Comme elle commençait à fouiller un tas de feuilles mortes, elle sentit quelque chose qui y était enfoncé. Elle tira dessus pour l'extraire. En identifiant un gant de cuir noir, elle ne put réprimer un cri de joie.

Elle le glissa dans un sac de scellé.

— Que vais-je trouver d'autre ? chuchota-t-elle, excitée.

Elle avait déjà oublié la branche d'arbre tombée qui l'avait terrifiée quelques instants plus tôt.

Soudain, des éclairs commencèrent à zébrer le ciel et au loin, elle perçut le grondement du tonnerre.

— Ce n'est pas possible, grogna Lena.

La pluie n'était pas prévue au programme et elle n'avait donc pas emporté de parapluie.

— Dépêche-toi de finir ton inspection avant d'être trempée comme une soupe, marmonna-t-elle.

Lena se glissa de nouveau sous la bande de la scène

du crime et se remit à parcourir la zone qu'elle balaya méthodiquement de sa lampe de poche.

L'odeur musquée d'un orage imminent emplissait l'air. Mais tant que la pluie restait à distance, elle continuerait ses investigations.

Comme un grand éclair déchirait la nuit en éclairant la scène, Lena crut voir une silhouette sombre se profiler près d'un arbre tout proche.

Pétrifiée, elle retint son souffle. Mais quand un nouvel éclair zébra le ciel, l'ombre avait disparu.

Ton esprit te joue des tours…

Soudain elle entendit distinctement des pas marteler le sol. Elle pivota sur ses talons, promena le faisceau de sa lampe torche autour d'elle. Elle ne vit que des arbres. Puis, ce fut le silence.

De grosses gouttes commencèrent à tomber et devinrent vite de plus en plus nombreuses. L'atmosphère était glaçante.

L'humidité ambiante embuait les lunettes de protection de Lena. Elle les retira et les fourra dans sa poche. Ses pieds s'enfonçaient dans le sol boueux.

Maintenant, la pluie mitraillait ses yeux, altérant sa vision. Elle ne parviendrait plus à rien, comprit-elle. Il était temps de partir.

Elle se précipita loin de la scène du crime en glissant dans la boue.

Au moment où elle atteignait le sentier de randonnée, des éclairs illuminèrent le ciel. Une ombre apparut alors devant elle.

Terrifiée, elle recula. Avant qu'elle ne puisse pousser un cri, l'homme cria son nom.

— Lena ? Que faites-vous ici ?

Le cœur battant, elle se rapprocha. En reconnaissant l'agent Underwood, elle faillit s'effondrer de soulagement.

— Je… je voulais fouiller la zone à la recherche d'indices, balbutia-t-elle. Comment saviez-vous que j'étais ici ?

— Votre mère a appelé le poste de police et a signalé votre disparition. Elle a pensé que vous aviez peut-être voulu inspecter la scène du crime.

Il passa un bras autour des épaules de Lena et l'entraîna.

— Venez. Je vous ramène chez vous.

11

David se gara devant la maison de la famille Love. En passant, il salua de la main le policier au volant de la voiture de patrouille en faction de l'autre côté de la rue.

Puis il se dirigea vers la porte d'entrée.

Reste zen, s'ordonna-t-il. *Garde ton calme. Ne saute pas à la gorge de Lena. Elle a déjà assez souffert.*

Mais il avait beau s'exhorter à la patience, David sentait une sourde colère monter en lui. Lorsqu'il avait appris que Lena avait été retrouvée en train d'enquêter sur le sentier de randonnée Juniper, il avait d'abord cru à une mauvaise blague. Jamais elle ne mettrait les pieds sur cette scène de crime, elle n'était pas folle.

Malheureusement, il s'était trompé.

Tu aurais dû t'en douter, pensa David.

Lena avait toujours été incontrôlable. Quand elle avait une idée en tête, rien ne l'arrêtait. De plus, à ses yeux, sa carrière était prioritaire. Et parce que cette affaire la touchait personnellement, la passion qu'elle mettait pour mener une enquête en était évidemment décuplée.

— Au point de risquer ta propre vie, idiote, marmonna-t-il en secouant la tête.

Il gravit les marches du porche mais alors qu'il s'apprêtait à sonner, il interrompit son geste en reconnaissant la voix forte de Kennedy Love à l'intérieur de la maison.

— Cela suffit, Lena ! criait le chef. J'en ai plus qu'assez de ton comportement irresponsable ! Tu te rends en pleine nuit dans une forêt sans rien dire à personne, tu décides d'enquêter dans ton coin comme si tu n'avais pas un tueur en série à tes trousses ! C'est de la folie pure. Pourquoi es-tu sortie, seule de surcroît, pour aller sur une scène de crime, le dernier endroit où tu devais t'aventurer ! Ce qui t'est arrivé à Los Angeles ne t'a donc pas suffi ? Quand vas-tu cesser de jouer avec ta vie ?

— Et avec celle de maman ! Avec tes imbécillités, elle finira par avoir une crise cardiaque, ajoutait Jake.

— Vous serait-il possible de vous calmer, tous autant que vous êtes, maintenant ? intervint Miles qui tentait manifestement d'apaiser les esprits.

La famille Love était en pleine crise, comprit David.

Il se résolut à sonner dans l'espoir d'interrompre l'échange houleux. Certes, il était tout à fait d'accord avec Kennedy et Jake mais il ne voulait pas voir tout le monde se liguer contre Lena.

— J'arrive ! cria Mme Love.

Quand elle ouvrit la porte, il remarqua que ses yeux étaient rouges et gonflés, ses traits tirés d'inquiétude.

— David, entre, je t'en prie. Je suis si contente que tu sois là.

— J'ai l'impression de débarquer en pleine guerre mondiale.

— Tu décris exactement l'ambiance qui règne dans cette maison.

David la suivit jusqu'au salon où la famille Love réglait ses comptes. Jake et Miles étaient assis sur le canapé, Lena en face d'eux sur la causeuse. Les mains dans les poches, Kennedy faisait les cent pas.

— Puis-je t'offrir quelque chose à boire ? proposa Betty à David.

Mais sans le laisser répondre, Kennedy se remit à hurler :

— Non, Miles ! Je n'ai pas l'intention de me calmer. Rien de tout cela ne serait arrivé si ta sœur avait écouté son père, si elle était restée à Clemmington pour travailler au sein de notre poste de police. Mais non. Au lieu de rester fidèle à sa famille et à sa ville natale, mademoiselle a préféré s'engager au sein du LAPD et…

— Excusez-moi, intervint Betty. Nous avons de la visite. Ce serait bien d'accueillir David comme il le mérite…

La famille se tourna vers David. À en juger par leurs visages surpris, ils ne l'avaient même pas vu entrer.

— Bonjour, tout le monde, dit-il, un peu gêné.

Ils cessèrent de s'invectiver et se turent mais l'atmosphère restait chargée de tensions. David se demandait s'il devait s'en aller. Il avait l'impression de s'immiscer dans une affaire privée et se sentait de trop.

Mais quand il vit l'expression douloureuse peinte sur le visage strié de larmes de Lena, sa colère tomba.

Elle promena les yeux dans la pièce puis montra David.

— Pourquoi lui avez-vous demandé de venir ? Pour avoir une personne supplémentaire dans votre camp ?

— Non, Lena, répondit Kennedy. Je l'ai invité parce que je l'ai désigné comme inspecteur principal sur cette affaire. Et l'inspecteur Campbell s'occupera des aspects criminalistiques de l'enquête.

Lena fusilla David du regard. Non seulement la nouvelle la contrariait, mais elle avait visiblement l'impression qu'il l'avait trahie. La mine boudeuse, elle s'enfonça un peu plus sur le canapé, s'empara d'un coussin posé sur ses genoux et se mit à jouer avec ses franges.

— Lena, reprit Kennedy, pourquoi ne parles-tu pas à David des indices que tu as découverts sur la…

Sans laisser son père finir sa phrase, elle sauta du canapé.

— Il n'en est pas question ! cria-t-elle avant de sortir en trombe de la pièce.

Miles bondit derrière elle.

— Reste ici, Miles, lui lança Kennedy. Laisse-la tranquille. Elle a besoin de s'éloigner un peu de nous. Et nous devons tous nous calmer.

Il se tourna vers David.

— Cela vous ennuie-t-il d'aller la voir ?

— Bien sûr que non.

— Merci, murmura Betty avec un sourire reconnaissant.

David traversa la salle à manger et entra dans la cuisine. Il s'attendait à y trouver Lena mais la pièce était vide. Par les baies vitrées, il l'aperçut sur la terrasse. Assise devant la table en fer forgé, elle se tenait la tête dans les mains.

Il frappa à la vitre pour attirer son attention.

Elle leva le nez et essuya ses yeux d'un revers de main. Après quelques instants, elle lui fit signe de venir la rejoindre.

Il sortit sur la terrasse et s'approcha lentement d'elle.

— Ça va ? demanda-t-il.

— Pas vraiment.

— Tu veux en parler ?

— Non.

— Entendu.

Il s'assit, étira ses jambes devant lui.

— Tu sais, commença-t-il, tu as traversé de dures épreuves, Lena. Ne devrais-tu pas en parler à un professionnel ?

— Quoi ? Tu me proposes d'aller voir un psy ? s'exclama Lena. Certainement pas. Dans mon métier, le danger est partout. Il fait partie du job.

David sentit la vague de colère revenir. Il se redressa et se tourna vers Lena.

— C'est faux, rétorqua-t-il. Ton travail d'enquêtrice au sein de la police technique et scientifique ne t'impose pas de t'aventurer sur des scènes de crime, seule et en pleine nuit, et de t'exposer au…

— Euh, désolée, inspecteur Hudson, l'interrompit-elle en croisant les bras. Je n'ai pas besoin que tu me dises en quoi consiste mon travail. Je le pratique depuis plusieurs années et avec un certain succès, je crois.

— Sans aucun doute. Mais ton point de vue est discutable, permets-moi de le dire. Vu que tu étais prête à mettre ta vie en danger pour enquêter sur une scène de crime que nous avions déjà minutieusement analysée.

Lena esquissa un sourire triomphant.

— Si je te comprends bien, tu avais l'impression de l'avoir traitée à fond, c'est cela ? demanda-t-elle. Et tu estimais qu'il n'y avait pas lieu d'y revenir.

Il devina qu'elle était sur le point de lui asséner une nouvelle qui le surprendrait.

— À en juger par ton silence, continua-t-elle, tu n'as pas entendu parler des indices que j'ai recueillis sur les lieux du crime… *après vos investigations !*

— Non, répondit-il. En effet. Ta famille était tellement bouleversée que tu te sois rendue là-bas toute seule qu'ils ne l'ont pas mentionné.

— Eh bien, grâce à moi, il y a une boule de terre imbibée de sang et un gant de cuir qui attendent d'être analysés au laboratoire criminel. J'aimerais m'en charger moi-même, mais mon père insiste pour me garder prisonnière à la maison.

— Je ne suis pas surpris que tu aies trouvé des indices qui nous avaient échappé. Tu es exceptionnelle dans ton domaine. Et je suis sûr que la directrice du laboratoire traitera tes scellés en priorité.

— Mon père lui en a déjà parlé. Elle est d'accord. Mais tu me connais. Je préférerais m'en occuper moi-même.

— Bien sûr que tu préférerais. Ton besoin de tout contrôler est viscéral.

Lena se détourna de David pour s'absorber dans la contemplation de la pelouse.

— Tout comme ma passion pour mon travail. Et ma détermination à résoudre cette affaire.

Son expression le fit taire. Il savait par expérience qu'une fois que Lena était passée en mode « buté », il n'y avait plus moyen de l'en sortir.

Rejetant la tête en arrière, elle s'appuya contre la rambarde.

— Je veux m'en aller d'ici. Je pense appeler le chef Scott et s'il est d'accord, retourner à Los Angeles. Je suis prête à reprendre le travail.

— Ben voyons !

Exaspéré, David sauta de sa chaise et la rejoignit. Comme elle persistait à l'ignorer, il se pencha pour la forcer à établir un contact visuel.

— Lena, tu ne dois pas reprendre le travail. Le tueur en série te suit à la trace. Si tu retournes à Los Angeles avec lui dans ton sillage, le LAPD ne veillera pas sur toi comme le fait ta famille. Ni comme je le fais. Il faut que tu restes ici et que tu nous laisses te protéger pendant que nous menons l'enquête.

— Mais c'est exactement ce que le tueur espère de moi, répliqua-t-elle. Que je me cache dans ma ville natale, sous la surveillance de ma famille. Il n'imagine pas que je puisse avoir l'audace de retourner à Los Angeles. Donc, pendant qu'il sera occupé à essayer de me coincer à Clemmington, je serai de retour à Los Angeles, à enquêter sur les scènes de crime pour recueillir le plus d'indices possible pour réussir à le confondre.

— Tu te moques de moi, grogna David.

— J'étouffe ici. Mon père et mes frères m'asphyxient à petit feu. Chaque jour, ils me rappellent pourquoi je ne suis pas restée à Clemmington, pourquoi j'ai refusé de travailler au poste de police avec eux et préféré m'exiler. Je ne supporte plus d'être traitée comme le bébé de la famille. Je veux exercer mon métier, capturer ce tueur et reprendre ma vie à Los Angeles.

David sentit une vieille douleur lui transpercer la poitrine. Il se remémora soudain le jour où, des années plus tôt, Lena avait obtenu son diplôme universitaire et lui avait annoncé qu'elle ne retournerait pas à Clemmington.

— Cet endroit ne t'a jamais suffi, dit-il avec amertume. Ni la ville ni ses habitants. Et il ne te suffira évidemment jamais.

Il espérait que Lena lui dirait qu'il avait tort. Comme elle ne le fit pas, il hocha la tête et retourna vers la maison.

— J'espère que tu réfléchiras avant de retourner à Los Angeles. Crois-moi, c'est une mauvaise idée.

— Attends, tu t'en vas ?

— Oui. Je t'ai dit ce que j'avais à te dire mais tu ne veux pas l'entendre. Manifestement, tu as pris ta décision. Mais comme je l'ai dit, j'espère que tu réfléchiras.

— Je le ferai, dit-elle.

— Tu feras quoi ?

— Je réfléchirai. Mais à une condition.

David marqua une pause. Sa main tomba de la poignée de la porte coulissante.

— Et laquelle ?

— Que tu demandes à mon père de me laisser analyser moi-même les indices que j'ai recueillis sur le sentier de randonnée Juniper.

David secoua la tête, exaspéré.

— Pourquoi est-ce si important pour toi ? Tu crois que le personnel du laboratoire est incapable d'effectuer ce travail ?

— Bien sûr que non, répondit Lena en s'avançant vers lui.

Elle se tenait si près qu'il sentait les fragrances de son parfum à la vanille lui chatouiller les narines.

Son expression empreinte de douceur tranchait avec ses positions extrêmes.

À ce moment-là, il aurait accepté tout ce qu'elle voulait.

— Puis-je être honnête avec toi ? demanda-t-elle.

— Bien sûr.

— Coincée ici dans la maison de mes parents, je me sens… inutile. Je finis par me demander quel est mon but dans l'existence. J'ai travaillé dur pour en arriver là où j'en suis dans ma carrière. Et le jour où je me vois confier l'enquête de ma vie, bing ! Je suis forcée d'abandonner le dossier et je me retrouve reléguée sur le banc de touche. C'est assez démoralisant, David.

Il posa avec douceur la main sur son épaule.

— Mais réfléchis à la raison pour laquelle tu as été retirée de l'affaire, Lena. Personne n'essaie de te détourner de tes objectifs. Nous savons tous à quel point tu es talentueuse. Nous essayons de te protéger, c'est tout.

Elle soupira.

— Je sais. Même si tout te semble parfaitement raisonnable, cela ne me fait pas de bien. Je ne supporte pas l'idée d'être tenue à l'écart. Après tout ce que j'ai traversé, j'ai le droit de traquer moi-même ce fumier.

David mesurait la colère dont elle était la proie. En tant qu'inspecteur, il comprenait le désir de Lena de terminer ce qu'elle avait commencé.

Pourtant, en tant qu'ami, il ne voulait que la protéger.

— Bon, dit-il en retirant lentement sa main. Je vais voir ce que je peux faire pour te permettre de traiter toi-même les indices au laboratoire. En attendant, pourquoi ne pas abandonner le sujet de l'enquête pour l'instant ? Va retrouver ta famille ! Ils semblaient assez énervés quand je suis arrivé.

— C’est le moins qu’on puisse dire.

Lena leva les yeux au ciel.

— D’accord, grogna-t-elle enfin. Mais seulement si un verre de vin est inclus dans mon retour dans cette maison.

— Je suis sûr que cela peut s’arranger, répondit-il. Et bon, promets-moi que tu n’iras plus te promener sur une autre scène de crime. À moins d’avoir obtenu le feu vert des forces de l’ordre et d’être avec l’équipe, bien sûr.

Lena se tourna pour lui faire face, les sourcils froncés.

— Je vais surtout me dépêcher de passer cet appel à mon vrai patron à Los Angeles, dit-elle mi-figue mi-raisin. Parce que quelqu’un dont je n’ai pas d’ordres à recevoir essaie de m’en donner.

Le sourire narquois sur son visage indiqua à David qu’elle plaisantait. Mais le fait qu’elle n’ait pas accepté sa requête l’inquiéta un peu.

Laisse tomber, se dit-il. *Pour l’instant*.

12

Le lendemain matin, Lena ouvrit les rideaux de sa chambre et regarda la rue. La voiture de patrouille était garée devant la maison. Elle faisait désormais partie du paysage

— Lena ! cria sa mère. Je viens de faire du café. Tu en veux une tasse ? Je pourrais aussi te préparer une omelette…

— Non, merci, maman, la coupa Lena d'une voix tendue. Je travaille, je suis occupée.

— D'accord. Je sors faire quelques courses. Tu as besoin de quelque chose ?

— Non, merci, tout va bien. À tout à l'heure.

Elle saisit son téléphone portable. Aucune nouvelle notification n'apparaissait sur l'écran. Elle en profita pour relire le dernier texto que David lui avait envoyé.

Il avait reçu un courrier du laboratoire criminel à propos des indices recueillis au Country Mart de Nancy. Les empreintes digitales et l'ADN de l'agresseur ne correspondaient à aucune des données enregistrées dans les fichiers du FBI. Une déception qui ne fit qu'accentuer la détermination de Lena à attraper le tueur avant qu'il ne frappe à nouveau.

Elle trouva le numéro de téléphone de son patron à Los Angeles et l'appela.

Il décrocha à la première sonnerie.

— Chef Scott, aboya-t-il.

— Chef, c'est votre enquêtrice préférée à l'appareil.

— Lena ! Comment allez-vous ?

— J'ai connu mieux, on va dire ça.

— Eh bien, je comprends parfaitement, répondit-il. Les derniers événements n'ont pas dû être simples à gérer. Cela dit, je vous connais bien et je ne m'inquiète pas trop pour vous. Il en faut beaucoup pour vous abattre.

— Merci, chef. J'essaie de rester forte. Lorsque j'ai décidé de m'orienter dans le domaine de la justice pénale, je ne m'attendais pas à ce que tout soit facile, n'est-ce pas ?

— N'exagérons pas les risques auxquels sont exposés les hommes et les femmes qui travaillent dans la police technique et scientifique. Ils sont chargés de collecter et d'analyser les indices sur les scènes de crime… Ils interviennent après les crimes et ne sont pas directement confrontés au danger, en principe. Cela étant dit…

Oh-oh, c'est parti, pensa Lena qui avait soudain l'impression d'entendre parler David.

— Si vous aviez suivi les règles de base des inspecteurs sur le terrain, vous n'auriez jamais été agressée. Décider de retourner sur cette scène de crime seule était une grave erreur, poursuivit Scott. Quelle mouche vous a piquée ?

— Avec tout le respect que je vous dois, chef, je ne vous appelais pas pour me faire sermonner.

— Alors vous n'auriez pas dû m'appeler du tout. Parce que vous savez comment je suis. Je vous rappellerai à l'ordre à chaque fois que vous vous comporterez en irresponsable.

Lena ferma les yeux et se massa les tempes du bout des doigts pour conjurer un début de migraine.

— Croyez-moi, vous n'êtes pas le seul à me reprocher mon côté aventureux. Mais pour tout vous dire, je suis de plus en plus frustrée par le suspect. Il se moque de moi. Qu'il ait tué une autre femme m'est insupportable. Qu'il soit encore en liberté est un échec personnel. Je finis par avoir l'impression que ses crimes sont une sorte de vengeance contre moi.

— La règle numéro un en matière d'enquête criminelle est de garder une certaine distance émotionnelle. Si vous vous impliquez au point d'imaginer que le tueur règle des comptes avec vous, vous n'en sortirez pas. Il faut garder la tête froide pour faire les bons choix. Ne permettez pas au tueur d'être plus malin que vous. Vous êtes trop douée pour vous laisser berner.

— Le fait que le coupable essaie de jouer au plus malin est en fait la raison de mon appel, déclara Lena en s'asseyant sur le lit. À présent que nous savons qu'il m'a suivie ici à Clemmington, le moment me semble idéal pour revenir à Los Angeles. Je pourrais ainsi réexaminer les scènes de crime là-bas, essayer de recueillir plus d'indices et les comparer à l'ADN que nous avons récupéré ici à…

— Stop, coupa le chef. Inutile d'aller plus loin. Il n'est pas question de vous remettre au travail maintenant. Pas après tout ce que vous avez vécu. Vous avez besoin de davantage de temps pour récupérer. Je vous conseille aussi de parler de votre agression à un professionnel. Nous pouvons vous mettre en contact avec un thérapeute spécialiste du stress post-traumatique qui vous aiderait beaucoup…

Alors que son chef insistait dans ce sens, Lena serra les mâchoires. Elle résista difficilement à l'envie de lui raccrocher au nez.

Rien de ce qu'il lui disait ne correspondait à ce qu'elle ressentait, sans parler de sa détermination à poursuivre l'enquête.

— Et d'ailleurs, quand j'ai discuté avec votre père hier soir, poursuivit le chef Scott, il m'a clairement indiqué qu'il ne voulait pas que vous retourniez à Los Angeles pour le moment. Et qu'il était encore moins question de reprendre le travail.

Lena se leva d'un bond et commença à arpenter sa chambre.

— Attendez, vous avez parlé à mon père ?

— Oui. L'un de ses inspecteurs lui a appris que vous songiez à revenir au LAPD pour continuer l'enquête. Il m'a alors appelé pour s'assurer que nous étions tous sur la même longueur d'onde. Et nous le sommes, bien sûr. Pour le moment, vous restez chez vos parents. C'est un ordre.

— Laissez-moi deviner. L'inspecteur qui a communiqué cette information à mon père était David Hudson, non ?

— En effet, c'est son nom.

Lena se précipita vers son placard et en tira un jean et une tunique jaune.

— Alors, envisagez-vous de parler à un thérapeute ? reprit Scott.

— Je vais y réfléchir, répliqua-t-elle en enfilant son pantalon. En attendant, je ferais mieux d'y aller. Ma mère m'attend pour déjeuner.

— D'accord. Merci d'avoir appelé. C'est toujours bon de vous entendre. Et Lena ? S'il vous plaît, faites attention à vous. Et évitez les ennuis.

— J'essaierai, chef. À bientôt.

Lena interrompit la communication et se précipita dans la salle de bains. Elle appliqua rapidement un peu de blush sur ses joues, de gloss sur ses lèvres et se coiffa.

Après avoir enfilé une paire de chaussures, elle attrapa son sac et sortit par la porte arrière.

Lena fit irruption dans le poste de police et s'arrêta devant le bureau de Milly

— Où est l'inspecteur Hudson ?

— Eh bien, bonjour à vous aussi, répondit Milly, calée sur sa chaise. Que se passe-t-il ?

— Pardonnez-moi, je suis très énervée. Je dois parler à l'inspecteur Hudson. Immédiatement.

Milly pointa son index vers le couloir.

— Allez voir s'il est dans son bureau. La dernière fois que je l'ai vu, il s'y dirigeait, chargé d'une pile de dossiers.

— Merci, marmonna Lena.

Elle passa devant la salle de repos. Russ et l'agent Underwood discutaient, un mug à la main. Lorsqu'elle atteignit le bureau de son père, elle ralentit. Comme elle jetait un coup d'œil à l'intérieur, Milly lui cria :

— Ne vous inquiétez pas, Lena. Votre père et vos frères sont retournés sur le sentier où cette pauvre femme a été assassinée. Ils y jettent un dernier coup d'œil pour s'assurer que tous les indices ont été recueillis.

Maintenant que j'ai récupéré ce gant, il n'y a plus rien à trouver, pensa Lena.

— Merci, Milly ! dit-elle avant de se diriger vers le bureau de David.

La porte était fermée. Elle hésita à l'ouvrir d'un coup de pied. Elle n'avait pas apprécié qu'il la dénonce. Mais consciente qu'elle n'avait plus quatre ans, elle se ressaisit, prit une profonde inspiration et frappa, quoique plus agressivement que nécessaire.

— Entrez !

Elle ouvrit la porte avec tant de force que le battant claqua contre le mur. David bondit sur sa chaise. Bouche bée, il la regarda comme s'il voyait un fantôme.

— Lena ! Que fais-tu ici ? Et comment es-tu arrivée ? Le policier qui surveillait la maison t'a escortée ?

— Non. Et avant que tu ne commences à me faire la morale, permets-moi de te poser une question. Pourquoi as-tu dit à mon père que je pensais retourner à Los Angeles ?

David gémit et se leva.

— Je t'en prie. Assieds-toi, lui dit-il en fermant la porte. Puis-je t'offrir quelque chose ? Un café ? Un verre d'eau ?

— Cesse les mondanités et réponds-moi. Pourquoi m'as-tu trahie ? Je pensais que nous étions amis. Tu n'aurais pas pu garder cette information pour toi ?

David fit le tour du bureau et s'assit. Il prit une longue gorgée de café et observa Lena avec attention.

— Tu ne m'écoutes pas, Lena. Et que tu retournes à Los Angeles en ce moment est une très mauvaise idée. Je te l'avais dit, non ? J'ai donc fait ce que je devais faire pour que cela n'arrive pas.

— Mon père et toi n'avez pas le pouvoir ni le droit de me contrôler ! Je suis majeure et vaccinée et donc libre d'aller et venir à ma guise.

— Lena, il n'est pas question de pouvoir ou de contrôle. Encore une fois, il s'agit de ta sécurité.

David secoua la tête.

— J'avais vraiment cru que la perspective de revoir l'intérieur du labo criminel aurait suffi à te calmer. Au moins pour un moment. Je suppose que j'avais tort.

— Attends, de quoi parles-tu ?

— Tu n'as pas reçu mon texto ? demanda-t-il.

— Non, marmonna-t-elle en fouillant dans son sac. J'étais tellement en colère après avoir parlé au chef Scott que je n'ai pas regardé…

David se redressa sur sa chaise.

— Eh bien, j'ai parlé à ton père ce matin et je lui ai demandé de te laisser analyser les indices que tu as récupérés sur le sentier de randonnée.

— Tu… tu as fait ça ? demanda-t-elle d'un ton surpris, comme si elle n'avait pas tout à fait compris ce qu'il venait de dire.

— Absolument.

— Mais pourquoi ?

— Parce que je sais à quel point ces investigations comptent pour toi. Et je comprends ce que tu ressens. Je n'ai pas envie que l'enquête te soit retirée. Ainsi, après avoir harcelé ton père pendant presque une demi-heure, je l'ai finalement convaincu de te laisser aller au labo.

Un léger sourire se dessina sur les lèvres de Lena.

— Merci d'avoir fait ça, David. Cela signifie beaucoup pour moi de savoir que quelqu'un comprend ce que j'éprouve.

— De rien, dit-il en attrapant ses clés. Alors, maintenant que tout est réglé, nous y allons ?

— Oui ! s'exclama Lena.

Sautant de sa chaise, elle se jeta au cou de David.

Quand il lui rendit son étreinte, elle tourna la tête et l'embrassa carrément sur les lèvres.

— Oups ! couina-t-elle en bondissant en arrière. Je suis désolée. Je… je ne sais pas ce qui m'a pris. J'ai seulement… Je suppose que j'étais seulement…

— Trop excitée pour te contenir ? demanda-t-il en riant. Pas de souci. Je l'interprète comme ta façon de me rendre grâce. Maintenant viens. Sortons d'ici.

Lena baissa la tête, mortifiée par ses actions mais reconnaissante qu'il ait fait avancer la situation.

Mais quand elle jeta un coup d'œil à David, elle remarqua une intensité dans son regard qui contredisait son ton désinvolte.

13

David tint la porte ouverte à Lena alors qu'ils sortaient du laboratoire criminel.

Elle descendit la volée de marches d'un pied léger.

— Travailler m'a fait du bien. Beaucoup de bien. Je ne te remercierai jamais assez d'avoir convaincu mon père de me laisser traiter ces scellés, David.

— Je t'en prie. Ce n'était que justice puisque c'est toi qui les avais trouvés sur la scène du crime. D'ailleurs, je ne comprends toujours pas comment la police de Clemmington a pu passer à côté, comment *nous* avons pu passer à côté…

Lena lui fit un clin d'œil et fit mine d'épousseter ses épaules.

— Je vais te le dire : je suis la meilleure, voilà tout.

— Vraiment ?

— L'ignorais-tu ?

David ne put s'empêcher de sourire devant le visage radieux de Lena. Il était heureux de la voir pleine d'entrain et d'optimisme. Qu'elle ait retrouvé sa joie de vivre le rassurait. Et il se félicitait d'avoir réussi à persuader son père de la laisser analyser les indices.

Lena se tourna vers lui alors qu'ils se dirigeaient vers sa voiture.

— Je voulais te demander… Est-ce que la femme assassinée sur le sentier de randonnée a déjà été identifiée ?

— Oui. Elle s'appelait Ashley Duncan. Bizarrement, elle ne vivait pas à Clemmington mais dans une ville voisine, à Valley Oak.

David remarqua que Lena semblait soudain moins en forme. Elle marchait d'un pas moins alerte et son visage s'était assombri.

Lorsqu'ils atteignirent sa voiture, elle s'écroula presque contre la portière du passager.

— Ça va ? l'interrogea-t-il.

— Oui, oui, je… ça va, balbutia-t-elle, une main sur sa poitrine. Mais je… je me demandais si le suspect l'avait kidnappée à Valley Oak, puis l'avait tuée ici à Clemmington, dans le seul but de me tourmenter.

David avait déjà envisagé cette hypothèse. Mais il n'en avait pas parlé à Lena de peur de l'angoisser davantage.

— En tout cas, la bonne nouvelle est que la directrice du laboratoire nous a promis de traiter notre dossier en priorité, dit-il pour tenter d'orienter la conversation dans une direction positive. Elle nous fera parvenir dans la semaine les résultats d'analyses des indices sur lesquels tu viens de travailler. Nous aurons donc alors un profil ADN du suspect. Pourvu qu'il nous permette d'identifier et d'arrêter le coupable.

— Espérons…, marmonna Lena.

— Allez. Soyons optimistes. Nous nous rapprochons chaque jour un peu plus de…

David fut soudain interrompu par une voix féminine derrière eux.

— Lena ? Lena Love ?

Il se retourna et découvrit une jeune femme brune et souriante qui se hâtait vers eux.

En la reconnaissant, Lena poussa un cri de joie :

— Katie ? Si je m'attendais à te croiser ici ! C'est incroyable ! Que deviens-tu ?

Sans répondre, la dénommée Katie serra Lena dans ses bras.

— Que fais-tu dans cette ville, si loin de chez toi ? demanda Lena.

— En fait, je viens d'être embauchée au laboratoire criminel en tant qu'experte en criminalistique.

— Vraiment ? C'est génial ! Félicitations !

Lena prit le bras de la jeune femme et se tourna vers David.

— Je te présente Katie Winters. Elle et moi avons suivi le même cursus universitaire à la Pacific Western University. Katie, voici David Hudson, un ami inspecteur au sein de la police de Clemmington.

— Ravi de vous rencontrer, Katie, dit-il en lui serrant la main. Et félicitations pour ces nouvelles responsabilités.

— Merci beaucoup.

Katie reporta son attention sur Lena.

— Et toi, comment vas-tu ? demanda-t-elle avec douceur. J'ai été bouleversée d'apprendre ce qui t'est arrivé à Los Angeles. Comment te sens-tu ?

— Je tiens le coup. Et je suis plus déterminée que jamais à coincer ce malade. David et moi étions venus ici pour analyser les indices que j'ai recueillis sur la dernière scène de crime à Clemmington.

Katie secoua la tête.

— Je n'arrive pas à croire que cet individu ait commis un autre meurtre. Et dans ta ville natale ! C'est comme s'il te suivait. Pourvu que vous réussissiez à le capturer et à le jeter en prison avant qu'il ne frappe à nouveau.

— C'est exactement ce que nous nous efforçons de faire, lui dit David.

— Eh bien, maintenant, je ferais mieux de vous laisser et de retourner au travail, dit Katie. Ma pause déjeuner s'est terminée il y a un quart d'heure. Cela m'ennuierait beaucoup de me faire virer dès ma première semaine. David, j'ai été ravie de faire votre connaissance. Lena, restons en contact et organisons un dîner un de ces quatre, d'accord ? Ton numéro de téléphone est toujours le même ?

— Oui, le tien aussi ? J'adorerais te revoir. Nous avons plein de choses à nous raconter.

— Je t'appelle bientôt.

Les deux femmes s'embrassèrent et tandis que Katie regagnait à grands pas le laboratoire criminel, Lena se tourna vers David.

— Je suis contente de l'avoir croisée, dit-elle alors qu'ils montaient dans la voiture. Non seulement elle est très sympa, mais elle exerce le même métier que moi. Nos échanges seront forcément enrichissants.

— J'en suis sûr. Mais si vous décidez de vous revoir bientôt et de partager un repas quelque part, un policier devra t'escorter. C'est plus prudent.

— Tu es sérieux ? Je me sens de nouveau comme une enfant qui ne doit jamais être laissée sans surveillance.

— Ta sécurité est une priorité, Lena. Il ne faut pas l'oublier. D'ailleurs, je vais te déposer au poste de police pour te permettre de récupérer ta voiture, puis je te suivrai jusque chez tes parents. Au cas où…

— Je sais. Au cas où le tueur me suivrait…

La tristesse de Lena alors qu'elle regardait droit devant elle n'échappa pas à David. Il posa la main sur sa cuisse.

— Lena, commença-t-il. Et si nous allions dîner au restaurant, ce soir ? Et je ne parle pas d'un repas sur le pouce dans la première brasserie venue. Mais d'un bon dîner dans un grand restaurant. Cela te dirait ?

Lena hocha la tête et se força à sourire.

— Bien sûr, répondit-elle. J'ai hâte d'y être.

— Moi aussi.

— Cette tarte à la ganache et au chocolat noir est vraiment un délice, dit David.

Il poussa son assiette vers Lena.

— Tiens, goûte. Tu vas adorer.

— Impossible ! Si j'avale une bouchée supplémentaire, j'explose. J'ai sans doute eu tort de finir mon cheese-cake à la myrtille.

David s'empara de la bouteille de riesling pour remplir leurs verres.

— J'espère que tu as laissé une petite place pour ce nectar ?

— Bien sûr, répondit Lena.

Tous deux éclatèrent de rire.

David sirota son vin tout en regardant Lena, assise en face de lui. Avec sa petite robe noire et ses cheveux relevés en un chignon sophistiqué, elle était sublime.

David avait sorti de son placard un élégant costume gris. Il avait complété sa tenue d'une chemise d'un blanc immaculé et d'une cravate en soie.

Mais bien entendu, sa ravissante compagne attirait tous les regards de la salle.

— J'ai passé une excellente soirée, lui dit-elle. Je n'avais pas passé un aussi bon moment, aussi chaleureux et détendu depuis…

Lorsque sa voix s'éteignit, il lui fit un clin d'œil complice.

— Depuis longtemps ? demanda-t-il.

— Depuis très, très longtemps. Je n'ai pas envie de rentrer tout de suite chez mes parents.

— Moi non plus.

— Que proposes-tu ?

— Pourquoi ne pas aller chez moi ? Pour écouter de la musique. Et ouvrir une bonne bouteille que je gardais pour une grande occasion.

David se remémorait le moment où, plus tôt dans la journée, Lena l'avait embrassé dans un élan d'allégresse.

Il se demandait si, une fois seuls chez lui, ils allaient reprendre les choses là où ils les avaient laissées.

— Tu considères donc cette soirée comme une grande occasion ? demanda-t-elle.

— Certainement.

Elle tapota les commissures de ses lèvres de sa serviette et ramassa sa pochette.

— D'accord alors. Allons-y.

David paya l'addition puis l'entraîna hors du restaurant. Lorsqu'elle passa son bras sous le sien, il eut soudain l'impression d'avoir remonté le temps, d'être de nouveau lycéen et de sortir en amoureux avec la plus jolie fille de la classe.

Il prit place avec Lena dans la voiture. Mais au moment où il démarrait, la sonnerie de son smartphone retentit, brisant le charme.

— Ne réponds pas, dit Lena. Je ne veux pas que notre merveilleuse soirée soit interrompue par des bêtises.

— Moi non plus. Mais malheureusement, je dois prendre l'appel. Il s'agit peut-être d'une urgence.

Il passa le doigt sur l'écran de son téléphone et découvrit la nouvelle notification.

— C'est ton père qui m'envoie un texto, annonça-t-il.

— Que veut-il ? S'interroge-t-il sur le restaurant où tu m'as invitée ? demanda Lena. Il sait que nous sommes sortis dîner.

— Peut-être veut-il s'assurer que je me comporte bien, plaisanta David tout en commençant à lire le message.

RV à Roble Park. Nous avons un autre meurtre sur les bras. Jeune femme brune. Étranglée. Un cœur gravé sur sa poitrine. Arrivée depuis peu en ville, elle travaillait au laboratoire criminel. Identifiée comme étant Katie Winters.

Un frisson glacé parcourut l'échine de David.

Lena se tourna vers lui.

— Que se passe-t-il ? Tu es tout pâle. Ça ne va pas ?

— Euh, je…

Trop abasourdi pour parler, il tendit son téléphone à Lena.

Au bout de quelques instants, elle poussa un cri.

— Je suis désolé, dit David avant d'écraser l'accélérateur et de foncer vers Roble Park.

14

Lena tremblait de tout son corps et claquait des dents alors qu'elle gravissait le sentier aux côtés de David. Ils s'étaient précipités vers le parc pour gagner la scène de crime au plus vite et n'avaient pas pris le temps d'aller se changer. Heureusement, David avait dans le coffre de sa voiture des coupe-vent et des couvre-chaussures qu'ils enfilèrent en vitesse.

Comme Lena promenait les yeux dans les bois autour d'elle, elle se tendit. La vue du ruban jaune et noir enroulé autour des sycomores raviva aussitôt des souvenirs de sa propre attaque.

Ne t'effondre pas, ce n'est pas le moment, s'ordonna-t-elle, consciente de tenir là l'occasion de revenir travailler au sein de l'équipe chargée de l'enquête.

Que son amie ait été tuée la ravageait. Mais au-delà de son traumatisme, ce nouvel assassinat la rendait plus déterminée que jamais à attraper le tueur.

Comme s'il lisait dans ses pensées, David se tourna vers elle et lui demanda avec inquiétude :

— Tu es sûre de pouvoir supporter la scène de crime ?

— Je suis un peu secouée, je ne vais pas le nier. Je n'arrive pas à croire que Katie soit morte alors que je l'ai croisée il y a quelques heures. La probabilité qu'une de mes amies fraîchement installée dans le coin se fasse assassiner était quasi nulle. Il ne s'agit pas d'un hasard.

— Je ne le pense pas non plus. En tout cas, j'espère que ton père ne va pas me reprocher de t'avoir amenée ici.

— Je suis sûre que non. Il savait que nous étions ensemble. Et comme il t'a demandé de te rendre sur les lieux le plus vite possible, tu n'avais pas le choix.

— C'est vrai. C'est ce que je dirai s'il me fait la moindre remarque.

Lena lui jeta un coup d'œil à la dérobée. Les traits crispés, il marchait en regardant droit devant lui. Quand il commença à accélérer le rythme, elle fut presque obligée de courir pour rester à sa hauteur.

Devinant sa nervosité, elle posa doucement la main sur son bras.

— Ça va, David ?

— Oui, oui. J'ai simplement hâte de me mettre au travail.

Visiblement, il subissait une certaine pression. Maintenant qu'il avait été nommé inspecteur principal, il devait tout faire pour résoudre l'affaire.

— Nous allons y arriver, David, assura-t-elle, malgré ses propres inquiétudes et doutes. Ensemble.

— Merci, répondit-il en lui couvrant la main de la sienne. J'avais besoin de l'entendre. À présent, voyons ce que nous avons.

Tous deux s'approchèrent de la scène du crime.

De gros projecteurs télescopiques éclairaient la zone. Les policiers qui s'activaient avaient revêtu des combinaisons, des gants en latex et des lunettes de protection. Lena avait du mal à distinguer qui était qui.

David, qui avait déjà retiré sa veste et sa cravate, retroussa ses manches.

— Hé ! cria-t-il. Où est l'inspecteur Campbell ?

— Ici ! répondit Russ en agitant la main.

Campbell s'approcha d'eux. Il portait une mallette d'investigation dans une main et des sacs de scellés en papier brun dans l'autre.

— Aurais-tu des combinaisons de protection pour nous ? lui demanda David.

— Oui mais elles sont dans mon autre mallette. Je vais les chercher.

Russ s'arrêta pour examiner David et Lena.

— Dites donc, vous êtes sur votre trente et un, ma parole. D'où venez-vous, tous les deux ?

— Plus tard, Campbell, grogna David. Peux-tu te contenter s'il te plaît de nous apporter ces combinaisons pour nous permettre de travailler ?

— Bien sûr, bien sûr, vieux, répondit-il. Pas besoin de t'énerver. C'était seulement une question, ajouta-t-il avant de s'éloigner.

Lena le regarda un moment avant de lancer à mi-voix à David :

— Si, au beau milieu d'une scène de meurtre, Russ n'a rien de mieux à faire que de s'interroger sur le programme de notre soirée, ça prouve qu'il n'est pas à la hauteur de la situation. Je n'en suis pas étonnée. En tout cas, inutile de perdre ton temps à lui expliquer tes priorités. Il est incapable de les comprendre.

— Tu as raison, répondit David. C'est un bon inspecteur mais il se comporte souvent comme s'il avait quinze ans d'âge mental.

Lena se dressa sur la pointe des pieds et tendit le cou pour tenter de voir par-dessus les policiers qui s'activaient près du corps de Katie. Quand elle aperçut la jambe nue de son amie, elle recula et se détourna, glacée.

Au bord du malaise, elle prit plusieurs respirations et s'éventa le visage de la main.

Ressaisis-toi. Ne commence pas à paniquer devant tout le monde.

— Ça ne va pas ? lui demanda David.

— Mais si, tout va très bien.

Rapidement, elle essuya quelques larmes qui avaient réussi à s'échapper de ses yeux.

— Hé, vous avez besoin de combinaisons de protection tous les deux, non ? Les voici.

Lena leva le nez et vit Miles approcher, chargé des équipements demandés.

— Merci, répondit David. Russ n'a donc pas été capable de les apporter lui-même ? Il t'a prié de t'en occuper ?

— Tu sais comment il est… Il a prétendu que le chef lui avait demandé de terminer d'examiner la scène de crime.

— Je préfère ne pas faire de commentaire, marmonna David.

Il prit les combinaisons et en tendit une à Lena.

Miles se tourna vers elle.

— Lena ? Que fais-tu ici ? Papa est au courant de ta présence ?

— Je l'ignore, répondit-elle en enfilant rapidement la tenue. Mais il savait que David et moi étions sortis dîner et c'est lui qui lui a ordonné de se rendre au plus vite sur place. David n'avait donc pas d'autre choix que de m'emmener.

— Et ça ne te bouleverse pas trop d'être ici ? insista Miles. Parce que… je veux dire… Katie était une de tes anciennes camarades de fac. Vous étiez amies, toutes les deux. Et je pensais que le tueur l'avait peut-être…

— … assassinée pour m'envoyer un message ? demanda Lena d'une voix blanche. Cette éventualité me fait froid dans le dos, Miles. Savoir qu'il nous a probablement suivis depuis le laboratoire criminel, qu'il m'a vue parler à Katie, puis l'a traquée et tuée, est insoutenable. Mais ça me donne aussi encore plus envie d'aller jusqu'au bout et de le coincer à tout prix. Alors allons-y.

— Allons-y où ? lança une voix derrière eux.

Lena se retourna et vit son père s'approcher d'eux.

— Allons-y où ? répéta Kennedy Love.

— Je tiens à participer à l'enquête, répondit finalement Lena. Je suis experte dans ce domaine et donc susceptible de faire la différence.

— Désolé, chérie, mais il n'en est pas question. Pas après ce que tu as vécu. J'ai chargé l'inspecteur Campbell de superviser le travail de la police technique et scientifique. Alors, ne te mêle de rien et reste à l'écart jusqu'à ce que je puisse libérer quelqu'un qui te reconduira à la maison, Lena.

— Mais, papa, je…

— Chef Love, intervint Russ. Excusez-moi de vous contredire. Mais l'aide de Lena pour analyser la scène de crime me serait utile, en fait. De plus, j'ai fini de recueillir des indices sur le corps et le légiste est en route pour procéder à l'enlèvement.

Russ jeta un coup d'œil à Lena et elle articula en silence le mot « merci » avant de se tourner vers son père.

— Tu vois, papa ? L'inspecteur Campbell a besoin de moi. Et maintenant que le corps de Katie va être emporté à la morgue, le plus dur est fait. S'il te plaît, laisse-moi vous aider.

Le chef fusilla sa fille d'un regard noir.

— Je n'aime pas ça, dit-il. Pas du tout.

Il s'interrompit pour observer Lena avec attention. Elle se tenait bien droite, comme un soldat au garde-à-vous. En la voyant aussi déterminée, il se tourna vers Russ.

— Je vous conseille de veiller sur elle, lui dit-il. Si vous percevez le moindre signe de malaise, vous l'écartez immédiatement de la scène de crime. Suis-je clair ?

— Très clair, monsieur.

Le chef Love lança un dernier regard à Lena avant de se tourner vers David et Jake.

— Inspecteur Hudson, Jake, venez avec moi. Je veux vous exposer la façon dont nous allons fouiller la ville à la recherche de ce psychopathe.

— Oui, monsieur.

Lorsqu'il passa devant Lena, David lui sourit mais son visage s'assombrit dès qu'il reporta son attention sur Russ. À son air renfrogné, elle comprit que le fait qu'elle travaille en tête à tête avec l'inspecteur Campbell le contrariait au plus haut point.

— Il y a un problème ? demanda Russ à David tout en tendant à Lena une paire de gants.

Sans attendre la réponse de David, il prit Lena par les épaules et l'entraîna vers la scène du crime.

Tandis qu'ils s'éloignaient, elle sentit le regard furieux de David dans son dos. Mais à ce stade, elle refusait de s'impliquer dans leurs querelles d'écoliers, indignes d'inspecteurs de police. Pour sa part, elle était passée en mode « enquêtrice scientifique » et était prête à travailler.

— Que savons-nous jusqu'ici ? demanda-t-elle à Russ. Mis à part le fait que la victime a été étranglée et qu'un cœur a été gravé sur sa poitrine ?

— Elle avait les mains liées dans le dos avec une corde torsadée à trois brins.

— C'est le mode opératoire de mon tueur, dit Lena. Avez-vous recueilli la corde ?

— Bien sûr. Elle est tachée de sang. J'ai également photographié une empreinte de chaussure découverte près du corps.

Russ tendit une lampe de poche à Lena. Alors qu'ils s'approchaient du sac mortuaire, elle tâtonna autour de l'interrupteur comme si elle avait du mal à l'actionner.

— Avez-vous besoin d'aide ? demanda Russ.

— Non, non, dit Lena, d'une voix légèrement altérée.

— Le sac mortuaire a été fermé et scellé, précisa-t-il avec douceur. Vous ne verrez donc pas votre amie, ne vous inquiétez pas. Et d'ailleurs, je vous présente mes condoléances. Je suis sincèrement désolé que ces événements vous touchent de si près.

— Merci, Russ. J'apprécie vos paroles.

— Écoutez, je n'ignore pas que j'ai… la réputation d'un tombeur. Mais j'ai un cœur aussi.

— Je le sais.

Le légiste et son équipe s'approchaient de la scène. Lena poussa un soupir, soulagée que le corps de Katie soit enlevé.

Dès que le coroner eut pris le relais, Russ prit la main de Lena et l'entraîna.

— Ça va aller ? demanda-t-il.

— Oui, oui. Ne vous en faites pas.

— Bien. Êtes-vous toujours d'accord pour fouiller la scène de crime avec moi dans l'espoir de recueillir d'autres indices ?

— Bien sûr. Allons-y.

Russ resserra son emprise sur sa main.

— Très bien alors. Allons voir cette zone par ici, suggéra-t-il en la conduisant vers un coin cerclé du ruban noir et jaune. Je ne l'ai pas encore examinée.

Tout en marchant, Lena sentait des yeux sur elle. Elle se retourna et aperçut David qui les regardait.

Elle lâcha aussitôt la main de Russ. Mais il était trop tard. David les avait vus.

— Bon, les gars, je pense que nous avons tout ce qu'il nous fallait, annonça le chef Love à la cantonade. Remballons le matériel et partons.

Lena ferma un instant les paupières et, d'un revers de main, essuya son front perlé de sueur.

— Je suis épuisée, reconnut-elle avec un soupir. Quel bilan faites-vous de nos investigations ? Avons-nous suffisamment d'éléments pour espérer obtenir un profil ADN solide ?

— Je pense que oui, lui confirma Russ.

Il verrouilla sa mallette contenant les scellés puis laissa échapper un énorme bâillement.

— Ouf ! Je suis fatigué, moi aussi. Une bonne bière fraîche me ferait du bien. Et à vous ? Que diriez-vous de passer chez Lacey pour prendre un verre ? Ou deux ?

— Et m'endormir au bar ? dit Lena. L'idée ne semble pas très bonne.

— Allez. Un verre entre amis ne va pas vous terrasser. De plus, nous n'avons pas encore eu l'occasion de fêter votre retour à Clemmington.

— Vu que je suis enfermée en permanence chez mes parents, je n'ai pas eu l'opportunité de faire beaucoup de mondanités.

— En tout cas, vous étiez sortie dîner avec David, ce soir, avant de venir. J'ai remarqué la petite robe noire sous le coupe-vent…

— Vous êtes très observateur, lança Lena en riant.

— Il est difficile de ne pas remarquer une femme aussi belle que vous. Si je ne peux pas vous emmener boire un verre, laissez-moi au moins vous reconduire.

— Je, euh… je devrais sans doute…

Avant que Lena ne puisse finir sa phrase, David surgit à ses côtés.

— Tu es prête à partir ? lui demanda-t-il d'un ton bourru.

— Je le suis. Tout va bien ?

— Très bien, grogna-t-il. Je suis seulement fatigué et impatient de m'en aller.

Coincée entre les deux hommes qui se regardaient en chiens de faïence, Lena ne savait plus quoi faire.

Elle finit par se tourner vers Russ.

— Je vais rentrer avec David. Merci encore de m'avoir permis de participer à l'enquête.

— Je vous en prie, votre aide nous est précieuse. Je vous contacterai au sujet des indices que nous avons recueillis. Peut-être pourrons-nous aller les déposer au labo criminel ensemble. Et avoir ainsi l'occasion de boire enfin un verre ensemble.

Lena jeta un coup d'œil à David. Si les regards avaient pu tuer, Russ serait déjà mort.

— D'accord, à bientôt, dit-elle à Russ sans répondre à sa proposition.

— Tu viens ou tu préfères me retrouver à la voiture ? lança David.

— J'arrive.

Comme il s'éloignait déjà à grands pas, Lena courut après lui.

Ils regagnèrent la voiture en silence. David ouvrit le coffre et en sortit un sac-poubelle. Ils retirèrent leurs équipements de protection et les fourrèrent dedans. Il jeta le sac dans le coffre, claqua le couvercle, puis ouvrit la portière du passager.

— Pourquoi es-tu en colère ? lui demanda-t-elle.

— Je ne suis pas en colère. Je te l'ai déjà dit, je suis fatigué.

— As-tu toujours envie que nous allions chez toi prendre ce verre de vin ?

David secoua la tête.

— La soirée a été longue, Lena. Je ferais mieux de te reconduire chez tes parents.

Le sentiment de rejet qu'elle ressentit aussitôt, fit à

Lena l'effet d'une gifle. La gorge serrée, elle se glissa à l'intérieur de la voiture.

David se mit au volant. Sans ajouter un mot, il démarra et s'éloigna.

Lena bouillait de colère.

— Ne me dis pas que tu me rends responsable des manœuvres de séduction de Russ. D'autant qu'une de mes amies vient d'être tuée et que j'ai aidé à mener les investigations sur la scène du crime.

David resta silencieux pendant un moment avant de reprendre enfin la parole :

— Je suis désolé. Mais je ne supporte pas de te voir copiner avec lui. Et je sais très bien ce qu'il essaie de faire.

— Tout d'abord, je ne *copinais* pas avec Russ. Je travaillais, nuance. Deuxièmement, je sais exactement ce qu'il essaie de faire. Et je ne suis pas intéressée. Alors ne t'inquiète pas. Je n'ai aucun intérêt à faire ami-amie avec ton ennemi.

— Russ n'est pas mon ennemi. C'est juste quelqu'un qui risque de te faire du mal.

L'échange fut interrompu par un bip venu du smartphone de Lena. Elle le sortit de sa pochette.

Un SMS apparut sur l'écran, envoyé par un numéro inconnu.

Elle fut immédiatement prise de malaise. Sa main trembla lorsqu'elle ouvrit le texto.

Neuf, dix, j'ai encore frappé…

Le téléphone lui échappa.

Elle se tourna vers David.

— Russ est redevenu le cadet de nos soucis.

15

Attablés dans la salle à manger de la maison des Love, David et Lena parcouraient les rapports du laboratoire criminel. Ils comparaient les résultats d'analyses de tous les indices recueillis sur les différentes scènes de crime.

— Les profils ADN correspondent, dit Lena. Ce qui signifie que nous avons affaire à un seul et même tueur. Et non à un imitateur comme nous l'avions craint au départ.

— Exactement.

— En revanche, lorsque nous avons introduit l'ADN du tueur dans le CODIS, les bases de données du FBI, nous n'avons obtenu aucune correspondance.

David se rassit et croisa les mains derrière la tête.

— Aucune, en effet. Comme près de six millions d'ADN de criminels y sont répertoriés, cela signifie que notre assassin n'a encore jamais été arrêté, encore moins condamné, sur le territoire national. Dommage. Cela nous aurait facilité la tâche. Mais au moins nous savons avec certitude qu'il n'y a pas de tueur imitateur. Une seule personne a commis ces meurtres. C'est déjà une avancée.

— D'accord, dit Lena avant de reposer les rapports sur la table. Mais que faisons-nous maintenant ? Ces résultats sont tellement frustrants.

— Je le sais. J'ai réfléchi aux prochaines étapes. Cet assassin me donne l'impression d'avoir toujours une longueur d'avance sur nous. Voilà pourquoi il est sans doute temps pour nous de prendre un risque, de le surprendre. De lui tendre un piège qui le déstabilisera et le poussera, j'espère, à commettre une erreur.

— Ça me paraît bien. As-tu un plan en tête ?

— Malheureusement, non, répondit David en soupirant. Pas encore. Mais nous devons trouver quelque chose. Et vite.

Lena attrapa son ordinateur portable et l'ouvrit.

— Alors je te propose une petite séance de brainstorming. Notons toutes les idées qui nous passent par la tête, y compris les plus folles, sans nous censurer. Dans un deuxième temps, nous les examinerons une à une pour garder les bonnes et rejeter celles qui ont peu de chances de fonctionner.

— D'accord. Allons-y.

Sur ces entrefaites, Betty entra dans la pièce, une planche couverte de charcuterie et de fromages dans une main, un pichet de thé glacé dans l'autre.

— Tout se passe bien ? demanda-t-elle. Ces rapports vous permettent-ils de progresser ?

— Nous progresserions si le profil du suspect correspondait à l'un des ADN fichés dans les bases de données criminelles, répondit Lena. Ce qui n'est pas le cas.

— Quel dommage !

Betty posa la planche sur la table avant de s'immobiliser soudain comme si elle venait de mesurer les implications de la réponse de sa fille.

— Cela signifie donc que ce tueur n'a jamais été reconnu coupable d'aucun crime ?

— En effet, confirma David. Ce qui paraît fou. Comment quelqu'un d'aussi violent a-t-il pu échapper à la justice ?

— C'est terrifiant, renchérit Betty en secouant la tête.

Lena se tourna vers sa mère.

— Mais David et moi allons changer de stratégie pour

le coincer. Nous travaillons sur un plan qui, espérons-le, le battra à son propre jeu.

— Eh bien, parfait. J'ai hâte de voir ça. Je vous laisse pour vous permettre de vous remettre au travail. Prenez quand même le temps de vous restaurer.

— Comptez sur nous, déclara David. Merci.

Dès que Betty fut hors de portée de voix, David saisit la main de Lena.

— Je viens d'avoir une idée.

— Très bien, dit-elle en remplissant leurs verres de thé glacé. Et laquelle ?

— J'espère que tu ne vas pas t'évanouir en l'entendant mais… Et si tu retournais à Los Angeles ?

Le pichet faillit échapper de la main de Lena mais David le saisit avant de le reposer sur la table.

Elle sourit, un peu gênée.

— Je suis désolée. Mais tu ne m'as pas fait une scène quand j'ai suggéré de reprendre mon travail au LAPD ?

— Attends, dit David. Ce que je propose est tout à fait différent. Nous t'utiliserions un peu comme appât. Ne le prends pas mal, ajouta-t-il quand elle lui lança un regard noir. Écoute, si tu repars à Los Angeles, le tueur t'y suivra. Tu feras semblant de retourner examiner une fois de plus le sentier de randonnée de Cucamonga Wilderness. Il pensera que tu t'y rends de nouveau seule pour passer la scène de crime au peigne fin, à la recherche d'indices supplémentaires. Mais nous aurons installé des policiers partout sur la zone, prêts à l'arrêter dès qu'il apparaîtra.

Lena garda un long moment le silence, les yeux rivés sur la planche de charcuterie et de fromages.

Et à la vue de son expression, David secoua la tête et ajouta :

— Excuse-moi, Lena. C'est idiot de te demander une

chose pareille. J'ai eu tort d'en parler. Je n'aurais même pas dû y…

— Je vais le faire, l'interrompit Lena.

— Vraiment ? demanda David, surpris par son ton déterminé. Tu es sûre ?

— Sûre et certaine. La probabilité que le tueur tue une autre victime innocente m'est insupportable. Si m'utiliser comme appât permet de le capturer, alors faisons-le.

David marqua une pause. Lena plaçait avec méthode des tranches de salami sur des soucoupes. Son calme était presque effrayant.

— Ne me regarde pas comme ça, ajouta-t-elle. Ton idée est excellente. Et je sais qu'entre la police de Clemmington et le LAPD, je serai parfaitement protégée.

— Bien sûr, que tu le seras et…

Avant que David ne puisse finir sa phrase, Betty fit irruption dans la pièce.

— Pas question que vous fassiez une chose pareille ! s'écria-t-elle en jetant une pile de serviettes en papier sur la table. Avez-vous perdu la tête, tous les deux, ou quoi ?

— Maman, s'il te plaît, dit Lena. Tu n'as pas entendu toute la conversation. De plus, David et moi n'avons même pas encore mis en place un plan solide. Pour le moment, nous en sommes au stade où nous lançons des idées dans tous les sens. Ensuite, nous élaborerons une stratégie.

— Tout d'abord, j'étais derrière cette porte et j'ai entendu la totalité de votre échange. Deuxièmement, quelle que soit la stratégie que vous mettrez tous les deux en œuvre, elle sera forcément de la folie furieuse puisque l'idée de départ est insensée. Troisièmement…

Betty s'interrompit lorsque Kennedy, Jake et Miles arrivèrent à la maison et entrèrent à leur tour dans la salle à manger. Les deux frères discutaient à propos de restaurants de la ville.

— Ne dis pas n'importe quoi, mon pauvre vieux ! criait Jake en envoyant une bourrade à Miles. Smoky Pit n'a jamais servi les meilleures côtes de bœuf de Clemmington. Pour te régaler d'une viande d'exception, il faut réserver au Leon's Barbecue.

— Tu n'y connais rien, répliquait Miles avant de s'approcher de la table en se frottant les mains. Miam-miam ! Vous ne vous embêtez pas, vous deux ! Sous prétexte de travailler à la maison, vous vous empiffrez de fromage et de charcuterie !

Comme il s'apprêtait à se servir, Betty lui tapa sur les doigts.

— Va d'abord te laver les mains, ordonna-t-elle. Mais avant toute chose, j'aimerais que vous m'aidiez à remettre les idées de Lena et David en place. Ils ont perdu tout sens commun.

— Oh ! oh, marmonna David en se levant.

Kennedy se dirigea vers Betty et planta un baiser sur son front.

— Pourquoi ai-je l'impression d'avoir remonté le temps et d'être revenu à l'époque où nous avions encore une maison pleine d'enfants, les nôtres et leurs amis ?

— J'aimerais partager cette impression, marmonna Betty. Mais nous sommes loin du bon vieux temps, crois-moi. Allez, vous deux, poursuivit-elle en s'adressant à Lena et David. Exposez au chef votre petit plan si génial pour attraper le tueur.

David remarqua que Jake se dirigeait vers ses parents et restait à leurs côtés pour écouter, les bras croisés. Miles, lui, s'approcha de sa sœur et posa une main contre le dossier de sa chaise d'un geste protecteur. Chacun des deux frères avait choisi son camp…

David glissa un coup d'œil à Lena. À en juger par ses

lèvres pincées, elle n'avait aucune envie de discuter de leur plan avec sa famille.

Il s'éclaircit donc la gorge et entreprit d'expliquer la situation.

— Lena et moi avons examiné les résultats d'analyses envoyés par le labo. Ainsi que le profil ADN du tueur. Comme vous tous sans doute, nous sommes frustrés qu'aucune correspondance n'ait été établie avec ceux des bases de données du CODIS. En l'absence de nouvelles pistes, si nous ne trouvons pas le moyen d'avancer, le suspect va continuer à assassiner des femmes, nous en sommes convaincus.

Kennedy posa les yeux sur sa montre puis sur David et fronça les sourcils

— Inspecteur ? Cela vous dérangerait-il de passer la vitesse supérieure ? J'ai eu une longue journée, j'ai faim et les délicieux parfums qui s'échappent de la cuisine me donnent l'eau à la bouche. J'ai hâte de passer à table.

Avec un gros soupir, Lena leva les mains.

— Pour faire court, David et moi avons eu l'idée de piéger le tueur en le prenant à son propre jeu. Pour l'appâter, je me rendrai dans un endroit précis et quand il s'approchera de moi pour m'attaquer, des policiers seront là et n'auront plus qu'à le cueillir.

Betty se tourna vers Kennedy pour le prendre à témoin.

— Tu en crois tes oreilles ? demanda-t-elle. Ils veulent retourner à Los Angeles pour que le suspect y suive Lena. Elle le conduira alors sur la scène de crime où elle a été attaquée pour la première fois.

Avec un gémissement, Jake tourna un doigt sur sa tempe.

— Vous avez totalement perdu la boule. Je n'ai jamais rien entendu de plus stupide. Si je te comprends bien, Lena, tu mets tout en place pour te faire attaquer une nouvelle fois ? Et donner à ce psychopathe la possibilité de finir ce qu'il a commencé ? Es-tu folle ? Tu n'es pas un chat. Tu n'as pas neuf vies. Pourquoi offrir au tueur ta peau sur un plateau ? C'est débile…

— Arrête, Jake, intervint Miles. Ce n'est pas une mauvaise idée. Certes, elle est dangereuse. Mais si le plan est bien préparé et exécuté correctement, il nous permettra de capturer le suspect.

— Comme je l'ai dit, commença Betty en se tournant vers Kennedy, ce plan est insensé. Laissez la police de Clemmington et le LAPD se charger d'enquêter, de piéger le tueur et de l'arrêter. Ce sont les meilleurs. Je ne vois pas l'intérêt d'exposer ma fille et de mettre sa vie en danger.

— Parce que nous n'avons rien d'autre, répondit Kennedy. Parce que rien de ce que nous avons essayé n'a fonctionné jusqu'à présent.

Tous se tournèrent vers le chef, comme sonnés.

— Comment ? demanda Betty. Tu es donc… tu approuves donc cette idée aussi horrible que dangereuse ?

— Je ne dis pas que je l'approuve. Je dis qu'elle vaut la peine d'être considérée.

Betty se détourna de son mari et fixa le sol en secouant la tête.

Elle finit par soupirer.

— Je vois que toi aussi, tu perds le nord. Je ferais mieux d'aller jeter un œil à mon dîner avant de dire quelque chose que je risquerais de regretter.

— Oui, dit Jake. Je t'accompagne.

Dès que tous deux furent hors de portée de voix, Kennedy s'approcha de la table.

— Écoutez, dit-il, vous tenez peut-être quelque chose. Mais laissons tomber pour l'instant et retrouvons-nous demain au poste de police pour en parler. Betty ne mesure pas la pression que nous subissons pour que cette affaire soit résolue. Alors mieux vaut ne pas continuer cette conversation à la maison.

— Compris, monsieur, répondit David. Merci de nous avoir écoutés.

— Oui, papa, ajouta Lena, j'apprécie vraiment.

— De rien. Je ne suis pas le tyran que tu sembles voir en moi.

Lena se mit à rire.

— Peut-être pas aujourd'hui…

Miles hocha la tête en signe d'accord, puis se tourna vers leur père.

— Mais qu'en est-il de Jake ? demanda-t-il. Nous avons besoin qu'il s'y mette aussi.

— Je lui parlerai, répondit le chef. Il comprendra. En attendant, pourquoi ne commenceriez-vous pas tous les trois à réfléchir à des idées précises et à prendre des notes ? Une fois que nous aurons élaboré une stratégie solide, j'appellerai le chef du LAPD pour la lui soumettre.

— Ça me paraît bien, dit Lena. Étant donné que le suspect a commis tous ces crimes à l'intérieur des frontières de l'État, nous allons pouvoir travailler avec le LAPD…

— Et la police de Clemmington est légalement autorisée à procéder à une arrestation n'importe où en Californie, ajouta Miles.

Kennedy secoua l'épaule de son fils.

— Hé, je vois que tu connais les lois et les procédures du système de justice pénale californien sur le bout des doigts, mon fils. Une promotion dans un avenir proche se dessine, on dirait, non ?

— Un avenir très proche, répondit Miles avec un grand sourire.

— Continue comme ça et elle deviendra plus qu'un beau rêve, dit son père. Mais à présent, il va nous falloir convaincre ta mère et ton frère que nous ne sommes pas fous… Ce n'est pas gagné. David, vous restez dîner ?

— Vu les délicieuses odeurs de cuisine qui me chatouillent les narines, j'adorerais. Mais Mme Love ne voudra peut-être pas de moi ici après cet échange…

— Oh ! ne vous inquiétez pas. Pour elle, vous faites partie de la famille. Elle ne vous en veut pas et a sans doute déjà oublié, comme chaque fois qu'un de ses propres enfants la contrarie.

— Merci, monsieur.

Une fois que Kennedy et Miles eurent quitté la pièce, David se tourna vers Lena.

— Waouh, souffla-t-il. C'était intense. En fait, je suis en nage et mon cœur bat à cent à l'heure.

— Et de mon côté, je suis à peu près sûre que ma tension artérielle frôle le niveau de l'AVC. Mais la bonne nouvelle est que nous avons accompli notre mission. Tu te rends compte, David ? Si nous mettons au point le bon plan, nous allons enfin capturer ce psychopathe.

David retroussa ses manches.

— Je suis d'accord. Maintenant, finissons ce plateau de fromages et commençons à dresser une stratégie.

16

Mardi 10 août 2021

COMMUNIQUÉ DE PRESSE DU LOS ANGELES POLICE DEPARTMENT

L'ENQUÊTRICE LENA LOVE REPREND SES FONCTIONS AU SEIN DU LAPD

Los Angeles : Nous sommes heureux d'annoncer le retour de Lena Love, enquêtrice principale de notre police technique et scientifique au sein du Los Angeles Police Department, avec effet immédiat.

Love avait été victime d'une attaque sans doute perpétrée par un tueur en série californien.

Après un petit séjour dans sa ville natale pour se rétablir auprès de sa famille, elle se sent à présent prête à se remettre au travail et à faire profiter le service de son expertise.

Love occupera une grande partie de son temps à mener des investigations au laboratoire criminel. Elle compte également reprendre sans tarder ses enquêtes sur les scènes de crime.

Le LAPD est toujours à la recherche du suspect. Toute personne ayant des informations concernant cette affaire est invitée à contacter la division des homicides du LAPD.

Il est possible de livrer des renseignements de façon anonyme en les déposant en ligne.

Lena relut une dernière fois le texte puis tourna son ordinateur vers David.

— Cela me paraît bien, dit-elle. Qu'en penses-tu ?

— Pour la quatrième fois, je suis d'accord avec toi. Ce faux communiqué est parfait. Fais-moi confiance. Le service de presse du LAPD a fait un excellent travail. Le tueur va être persuadé que tu es retournée travailler à Los Angeles.

— Espérons-le.

Lena rédigea un mail à la directrice des relations publiques pour autoriser la publication. Après avoir mis le chef Scott en copie, elle envoya le message et referma son ordinateur.

Avec un soupir, elle se leva et s'étira.

— Voilà. La première étape du plan est lancée. Que dirais-tu dc fêter l'événement avec un autre verre de vin ?

— Banco !

Lena ramassa leurs verres et se dirigea vers l'élégante cuisine de son loft de Los Angeles.

Deux semaines s'étaient écoulées depuis qu'ils avaient planifié l'opération. Il était à présent temps de la mettre en œuvre. Tous deux étaient arrivés en ville tôt ce matin, avant le lever du soleil. David avait proposé de prendre une chambre dans un hôtel voisin mais Lena avait assuré qu'elle se sentirait mieux s'il habitait chez elle. Elle l'avait installé dans sa chambre d'amis.

Voilà des années que Lena n'avait pas vécu avec un

homme. Avoir David chez elle lui plaisait, elle ne pouvait le nier.

— Sais-tu quand le communiqué de presse sera mis en ligne sur le site web du LAPD ? demanda-t-il.

— Dès que la directrice des relations publiques aura reçu mon feu vert. En clair, dès qu'elle verra mon mail, il sera publié. Les journaux locaux se chargeront de relayer l'information et de la diffuser auprès du public.

— Je suis sûr que, à l'instant où notre suspect sera au courant de ton retour, il quittera Clemmington pour revenir à Los Angeles. Et quand il cherchera à t'attaquer, nous lui tomberons dessus et ce sera la fin de ce cauchemar.

— J'espère que tu as raison, répondit Lena. Je ne peux qu'espérer que ce sera aussi facile.

David se cala plus profondément entre les coussins de son canapé gris et promena les yeux dans le salon. Avec ses hauts plafonds, ses tuyaux peints en couleurs, ses murs en brique et sa mezzanine, il était imprégné d'une atmosphère de loft. Et le mobilier moderne comme les œuvres d'art contemporaines lui donnaient une rare élégance.

— J'aime bien ton appartement, dit-il.

Lena se mit à rire.

— Écoute-toi ! On croirait entendre le présentateur de l'émission *Maisons de maîtres et appartements d'exception* ! Mais merci, tes compliments sont flatteurs.

Elle remplit leurs verres et se rassit à côté de lui.

— Je n'ai jamais vu ta maison, poursuivit-elle. Je parie qu'elle est magnifique.

— Magnifique, non. C'est une petite maison de ville sans prétention. Elle n'a rien d'extraordinaire mais je m'y sens bien. Et j'aimerais beaucoup que tu viennes y jeter un œil quand nous reviendrons à Clemmington.

— Avec grand plaisir, murmura Lena.

Lorsqu'elle remarqua que David la dévisageait d'un regard intense, elle but une gorgée de vin puis changea de sujet.

— Miles m'a appelée et il a confirmé qu'ils arriveraient à Los Angeles cet après-midi. Mon père et mes frères, bien sûr. Ainsi que l'agent Underwood.

David hocha la tête et s'écarta de Lena.

— Cool. Il n'y aura plus grand monde au poste de police de Clemmington alors ?

— En effet. Mon père a demandé à Russ de « s'occuper de la boutique » pendant que le reste de l'équipe sera ici.

— Bien, dit David. J'avoue être content de ne plus avoir à supporter ses bouffonneries.

— Tu n'aimes pas qu'il flirte avec moi.

— En effet, reconnut-il.

Comme Lena se mettait à rire, David haussa les épaules avant de siroter son verre pour se donner une contenance.

Lena rouvrit son ordinateur portable et cliqua sur un document Word.

— Écoute, que dirais-tu de revoir une dernière fois notre plan pour attraper le tueur ?

— Bonne idée.

— Donc, demain soir, je me rends sur le sentier de randonnée de Cucamonga Wilderness pour examiner de nouveau la scène du crime. Le chef Scott m'a confirmé qu'il aura disposé des hommes sur les lieux. Ils seront cachés tout au long du sentier, entre le parking et la scène du crime.

— J'y serai, moi aussi, déclara David. Mais je te laisse décider à quel endroit tu préfères que je sois positionné.

— J'aimerais, bien sûr, que tu sois posté sur la scène du crime. C'est là que le tueur tentera sans doute de frapper. Et quand il le fera, je tiens à ce que tu sois là pour me protéger. Tu me défendras comme personne d'autre, ma famille mise à part, je le sais.

David prit la main de Lena dans la sienne.

— Oui, dit-il. Compte sur moi.

Elle posa la tête sur son épaule.

— Merci, David.

Il enroula son bras autour d'elle et la serra contre lui.

— Tu en as sans doute assez de m'entendre te répéter la question, mais es-tu sûre d'avoir envie de jouer ce scénario ? Tendre un piège au tueur n'est pas anodin…

— Je le veux, répondit Lena en se redressant et en reportant son attention sur son écran. J'y tiens beaucoup.

Alors qu'elle s'apprêtait à faire défiler la page pour revoir une dernière fois les étapes du plan, David ferma d'autorité son ordinateur portable.

— Cessons de parler de cette opération, décida-t-il. Il est inutile de revenir une énième fois sur les détails. Tu les connais par cœur. Nous avons élaboré le plan à Clemmington, l'avons perfectionné au cours des derniers jours, soumis aux policiers du LAPD et nous en avons discuté tout en roulant jusqu'ici. Il est au point, crois-moi. Alors maintenant, accordons-nous un moment de détente. Pourquoi ne pas commander des plats thaïlandais et nous régaler d'un bon petit repas en attendant l'arrivée de ta famille ?

Lena laissa échapper un profond soupir.

— Très bien. Je vais voir si nous pouvons nous faire livrer. Pendant ce temps, regarde sur Netflix si un film te tente.

— Formidable.

Pendant que David attrapait la télécommande et allumait la télévision, Lena s'empara de son téléphone.

Au volant de sa jeep, Lena remonta Wilson Avenue. Elle serrait si fort le volant que ses jointures blanchissaient.

Pour la centième fois, elle jeta un coup d'œil dans son rétroviseur. À quelques voitures derrière elle, elle repéra la petite berline noire que le policier Underwood avait louée pour l'occasion.

Elle sursauta lorsque la sonnerie de son smartphone retentit sur son tableau de bord. Le nom de David apparut sur l'écran. Elle y passa un doigt pour prendre l'appel.

— Oui, répondit-elle avec nervosité. Que se passe-t-il ?

— Je voulais seulement savoir à quelle distance du sentier de randonnée tu te trouvais.

— Je suis sur Mount Baldy Road, en direction d'Ice House Canyon Road. J'y arriverai donc dans une dizaine de minutes.

— D'accord. Ton père, tes frères et moi sommes déjà sur le sentier, éparpillés discrètement. Et les hommes du LAPD sont partout. Certains se font passer pour des joggeurs, d'autres pour des randonneurs.

— Bien, murmura Lena, un soulagement perceptible dans sa voix. Le chef Scott m'a dit qu'il avait également placé des tireurs d'élite dans les bois.

— L'endroit est cerné. Le tueur n'a aucune chance de nous échapper.

Lena se détendit un peu.

— Tant mieux, c'est rassurant. Mais j'avoue que je suis un peu sur les nerfs.

— C'était à prévoir. Et voilà pourquoi je t'ai appelée. Je voulais m'assurer que tu tenais le coup.

— Oui, oui, tout va bien. J'espère seulement que ce soir, tout sera fini. J'en ai assez de vivre dans la peur, de regarder par-dessus mon épaule en permanence en attendant la prochaine attaque. L'idée que le tueur est peut-être derrière moi, en train de me suivre, me rend folle.

— Je sais. Reste forte. Dans quelques heures tu seras une héroïne aux yeux du monde.

— Si je survis ! Rien ne garantit que je serai encore là demain pour voir le soleil se lever.

— Ne dis pas ça, protesta David. Bien sûr que tu verras le soleil se lever. Bien sûr que tu t'en sortiras. Tu ne seras pas seule sur ce sentier. Tu seras entourée de beaucoup de gens qui t'aiment et qui veilleront à ce qu'il ne t'arrive rien de fâcheux.

La gorge serrée par une brusque émotion, Lena se demanda s'il s'incluait dans ce groupe de personnes qui l'aimaient.

— Tu vois toujours Underwood derrière toi ? demanda David.

— Oui, lui confirma Lena après avoir jeté un rapide coup d'œil à son rétroviseur. J'ai également cherché des yeux la voiture de sport que le suspect conduit. Mais pour l'instant, je ne l'ai pas vue.

— S'il roulait au volant de ce véhicule sur la route qui relie Clemmington à Los Angeles, peut-être a-t-il été assez intelligent pour en changer, ce soir.

— Peut-être…

Lena tourna à droite. La vue de l'immense massif montagneux raviva sa nervosité.

— Maintenant, je me dirige vers Ice House Canyon Road. Je vais donc bientôt m'engager sur le parking.

— Entendu. Lorsque tu te seras garée, respecte fidèlement les étapes du plan. Laisse Underwood descendre le premier de sa berline. Quand il te fera le signe convenu, tu sortiras de l'habitacle et tu t'avanceras vers l'entrée du sentier.

— Parfait. Savoir que tant de personnes veillent sur moi est rassurant. Je me sens vulnérable mais ce n'est qu'une impression. En réalité, je suis plus en sécurité que jamais.

Au fond, elle n'en était pas tout à fait convaincue. Mais

elle espérait que répéter ces mots à voix haute comme un mantra la protégerait.

— Oui, tu es en sécurité, confirma David. Maintenant, n'oublie pas de mettre ton oreillette et de t'assurer que ton micro est bien en place sur ton col. Nous sommes tous équipés de la même façon pour communiquer entre nous. Tiens-nous au courant de tout ce que tu vois ou entends qui te paraît bizarre. Nous ferons de même.

— D'accord. Je viens d'arriver sur le parking. Et Underwood est derrière moi.

— Super. Il nous informe de tes déplacements en live via son micro.

Inspire profondément, expire lentement, se répétait Lena en se garant.

Le soleil s'était couché et un épais brouillard avait envahi le canyon. Le parking était presque désert, à l'exception d'une poignée de véhicules disséminés.

Lena éteignit le moteur et prit son oreillette dans son sac. Les yeux rivés sur son rétroviseur, elle attendit que l'officier lui envoie le signal.

— Underwood vient de nous informer qu'il est garé, lui aussi, dit David. Il sort et se dirige vers toi. Le vois-tu ?

— Oui. Je le vois. Et… il tapote l'écran de sa montre. C'est le signal. Je coupe, je branche mon oreillette et je descends de ma jeep pour gravir la piste jusqu'à la scène du crime.

— Bien reçu. Je transmets ton top départ aux autres. N'oublie pas ton matériel de criminalistique. Le suspect doit croire que tu as décidé de revenir seule sur les lieux de ton agression pour y chercher des indices… au mépris des consignes de tes supérieurs.

— Bien sûr. C'est parti.

— Formidable ! Hé, Lena ?

— Oui ?

— Sois prudente.

Elle se mordilla les lèvres, s'obligeant à rester calme. Elle avait beau se savoir entourée par de nombreux policiers, elle avait beau mesurer le dispositif exceptionnel dont elle bénéficiait, elle ne parvenait pas à se débarrasser de la peur qui lui nouait le ventre.

— Bien sûr, dit Lena, en espérant que David n'avait pas remarqué l'angoisse qui teintait sa voix.

Elle mit fin à l'appel, posa son oreillette et pressa le bouton de son micro.

— Je teste mon matériel, annonça-t-elle. Un, deux, trois. M'entendez-vous ?

— Cinq sur cinq, répondit Scott. Vous vous imaginez peut-être toute seule au milieu d'une nature hostile mais nous sommes tous là, Lena. J'ai des hommes partout.

— Quant à moi, ajouta son père, je suis positionné sur la scène du crime avec tes frères et David. Nous sommes prêts et attendons le suspect.

— Merci à tous. Vous savoir tous près de moi me rassure.

Lena attrapa sa mallette d'investigation et descendit lentement de la jeep. Un peu plus loin sur sa gauche, l'agent Underwood, un pied sur une barrière, étirait consciencieusement les muscles de ses mollets.

— Je sors de la voiture, dit-elle pour informer l'équipe.

— Nous avons les yeux sur vous, répondit Scott.

Lena se pencha pour renouer les lacets de ses baskets avant de remonter la fermeture Eclair de son coupe-vent blanc.

Elle s'était vêtue de couleurs vives, une tenue dont elle n'avait pas l'habitude. Mais le chef Scott lui avait conseillé de s'habiller de manière visible afin d'être facilement repérable.

Elle réajusta l'élastique qui maintenait sa queue-de-cheval en place en se demandant si le tueur la regardait.

— D'accord, chuchota Lena. Je traverse le parking à présent et me dirige vers le sentier.

— Compris, répondit l'agent Underwood. Je serai juste derrière vous.

Au fur et à mesure qu'elle avançait, l'angoisse s'emparait de Lena. Elle promenait les yeux de droite à gauche à la recherche du suspect, comme s'il allait surgir de nulle part pour se jeter sur elle et la plaquer au sol.

Reste calme, se dit-elle. *Tu n'es pas seule.*

Tu es protégée…

Le temps s'était rafraîchi et un vent glacial mordait ses joues et son nez. Les températures avaient chuté de plusieurs degrés depuis quelques jours.

Mais lorsque ses dents commencèrent à s'entrechoquer, elle comprit que le froid extérieur n'était pas seul à la glacer.

La peur la faisait frissonner.

Inspire profondément. Expire lentement.

L'exercice ne réussit pas à la calmer. Les nerfs à vif, elle tourna légèrement la tête, dans l'espoir d'apercevoir Underwood derrière elle. Mais il n'était pas là et soudain, une sourde terreur l'envahit.

— Vous ne me voyez pas mais je suis toujours derrière vous, Lena, dit l'officier.

Le son de sa voix dans son oreillette la rassura immédiatement.

— Nous veillons tous sur vous, poursuivit-il. Continuez simplement de marcher et comportez-vous avec naturel. Nous nous chargeons du reste.

— Merci, murmura-t-elle. J'avais besoin de vous entendre.

— J'ai remarqué que vous tourniez la tête et je me suis douté que vous me cherchiez.

— Vous avez parfaitement deviné mon état d'esprit, dit Lena au moment où elle atteignait l'entrée du sentier de randonnée. Je commence mon ascension. Est-ce que quelqu'un a remarqué si j'étais suivie ?

— Il n'y a personne aux alentours, répondit Underwood.

Plusieurs des autres policiers lui confirmèrent qu'eux non plus n'avaient vu personne.

— Bien, dit-elle. Si un individu suspect apparaît, merci de me prévenir.

La nuit était tombée. Lena sortit sa lampe de poche de sa veste et braqua le faisceau devant elle.

Alors qu'elle commençait à se frayer un chemin à travers les pierres et les broussailles, une douleur lancinante s'empara de son crâne.

Elle se massa les tempes pour chasser ce début de migraine. Elle regretta de n'avoir pas pris quelques cachets d'aspirine avant de quitter la maison. Elle savait pourtant que le stress lui déclenchait souvent des malaises de ce genre. Des éclairs de lumière floutaient sa vision.

Cela va passer, se dit-elle. *Détends-toi…*

Elle se concentra sur la piste.

La scène du crime apparut au loin.

Tétanisée de peur, elle s'arrêta en se demandant si elle parviendrait à aller au bout de sa mission.

Allez. Tu peux le faire…

— Ça va ? demanda Underwood dans l'oreillette.

— Oui, oui, dit-elle avec un enthousiasme forcé. Je m'accordais une petite pause pour reprendre mon souffle.

— Vas-y, Lena, continue, entendit-elle David lui dire. Je te vois gravir le sentier. Tu es sportive, ça saute aux yeux.

Entendre sa voix lui donna la force de se remettre en marche. Alors qu'elle se traînait, quelques instants plus tôt, elle accéléra le rythme, courant presque, maintenant. Elle avait soudain hâte d'en finir avec cette affaire.

Lorsque le ruban jaune et noir apparut, non loin de

l'endroit où le corps de la victime avait été retrouvé, elle ralentit. Son courage recommençait à faiblir.

Elle hésita, se demandant s'il fallait poursuivre. Leur suspect était habile. Peut-être réussirait-il à l'attaquer, même si des policiers étaient partout.

Mais il était trop tard pour rebrousser chemin maintenant. Alors elle redressa les épaules et continua de traverser la zone boisée.

Elle regarda le buisson derrière lequel le prédateur s'était caché avant de l'attaquer.

Elle s'y rendit, dirigea sa lampe vers les arbustes et se pencha pour observer le sol avec attention. Il n'y avait rien à voir, mis à part des feuilles mortes et de la terre.

T'attendais-tu vraiment à voir les bottes du tueur ? se demanda-t-elle. *Il n'est pas stupide à ce point.*

— Tu te débrouilles très bien, Lena, dit son père. Continue d'arpenter le périmètre de la scène en faisant semblant d'y chercher des indices. Si notre suspect est ici, il ne va pas tarder à apparaître.

À peine les mots avaient-ils quitté sa bouche qu'une puissante rafale de vent siffla aux oreilles de Lena.

La capuche de son coupe-vent se rabattit violemment sur son visage, en bloquant sa vision. Le bruissement des branches et des feuilles remplit l'air. Elle eut l'impression que la forêt s'était mise à chanter une mélodie envoûtante.

D'une main nerveuse, elle repoussa la capuche en arrière. Des flash-back de l'attaque envahissaient son esprit. Elle chercha le tueur des yeux. Elle sentait sa présence. Elle le savait susceptible de l'agresser à tout moment.

Une décharge d'adrénaline brûla ses veines. Paralysée par la peur, elle s'arrêta net. Elle craignait soudain de s'évanouir.

— Lena ! dit David dans l'oreillette. Ça va ? Tu as besoin d'aide ?

Sa voix calma une fois de plus la panique de Lena. Elle ferma les yeux et inspira profondément, puis expira lentement.

— Je vais bien, dit-elle. J'ai seulement… mal à la tête. Ce début de migraine me déconcentre un peu. Mais tout bien.

Elle ramassa sa mallette et reprit sa marche.

Elle devait aller au bout de cette histoire.

Il n'était pas question de laisser tomber le LAPD, sans parler de la police de Clemmington.

Le vent tomba, les bruits inquiétants cessèrent. Et brusquement, une étrange sensation de paix se mit à flotter dans l'air.

Tu vois, se dit Lena. *Tout va bien.*

Garde le cap, tout va bien se passer.

Et soudain…

Boum !

Lena eut l'impression qu'une masse d'une tonne dégringolait d'un arbre sur elle. Elle perdit l'équilibre et tomba, le visage contre terre. Elle voulut crier mais elle en était incapable.

Très vite, heureusement, le poids sur son dos lui fut enlevé. Des mains la retournèrent et la remirent sur pied.

Déconcertée, elle regarda autour d'elle. Elle avait du mal à comprendre ce qui venait de se passer.

— Ne bougez plus ! crièrent son père et Scott d'une même voix.

Un essaim de policiers avait fondu sur un individu vêtu d'un treillis.

— Les mains sur la tête ! Nous voulons voir vos mains ! rugit Scott.

Lena sentit quelqu'un arriver par-derrière et la prendre dans ses bras. David lui sourit.

— Tu vas bien ? lui demanda-t-il. Il ne t'a pas fait de mal, n'est-ce pas ? Je suis désolé de ne pas être arrivé plus tôt.

Lena l'étreignit et posa la tête contre son torse alors qu'elle essayait de reprendre son souffle.

— Que s'est-il passé ? balbutia-t-elle.

— Le suspect a sauté d'un arbre et t'a fait tomber, répondit David en la serrant contre lui dans un geste protecteur. Je suis soulagé que nous ayons pu l'atteindre avant qu'il ne puisse te faire du mal. Grâce à toi, nous l'avons eu.

— Heureusement, murmura Lena, encore secouée mais soulagée que tout soit enfin terminé.

David la tenait alors qu'il se dirigeait vers le sentier.

— Viens, dit-il. Partons d'ici.

17

David considéra leur suspect, assis en face de lui dans une petite salle d'interrogatoire du LAPD.

La peinture grise qui recouvrait les murs s'écaillait par endroits, la moquette usée jusqu'à la corde aurait eu besoin d'être changée, les chaises en plastique étaient inconfortables et la table métallique froide sous ses mains. Coincé entre le chef Love et le chef Scott, David se sentait devenir claustrophobe.

Mais, au fond, tout cela n'avait pas beaucoup d'importance.

Il n'était pas là pour être confortablement installé.

Mais pour obtenir des aveux.

Il jeta un coup d'œil au miroir sans tain. Lena, ses frères et plusieurs autres policiers se tenaient derrière afin de suivre l'interrogatoire depuis la salle d'observation.

David planta les yeux dans ceux du suspect et demanda :

— Quel âge m'avez-vous dit que vous aviez ?

— Je ne vous l'ai pas donné, répliqua ce dernier avec insolence.

David soupira.

Grand et corpulent, le jeune homme était vêtu d'une tenue de camouflage. Son look correspondait en tout point à la description que Lena avait donnée de son agresseur.

— Écoutez, poursuivit David, je vous conseille de laisser tomber ce petit numéro. Vous êtes actuellement en garde à vue, interrogé par deux chefs de police et un inspecteur. Vous êtes surtout soupçonné de plusieurs crimes perpétrés en Californie. Comprenez-vous la gravité de vos actes ?

— Euh, non, répliqua son interlocuteur en jouant avec les menottes accrochées à ses poignets. Je vous l'ai dit et je le répète, vous faites erreur, vous avez arrêté la mauvaise personne. Maintenant, l'un de vous aurait-il l'amabilité de me retirer ces menottes ? Je n'ai rien fait de répréhensible.

— Attaquer une femme sur un sentier de randonnée constitue un crime, répliqua David. Sans parler des autres délits sur lesquels nous allons vous interroger. Nous vous retirerons ces menottes après avoir obtenu des réponses.

David remarqua un changement soudain dans l'attitude du suspect. Depuis qu'il avait été installé dans cette salle d'interrogatoire, le jeune homme crânait. La tête haute, il bombait le torse d'un air content de lui. Mais à présent, il baissait les épaules et, les yeux rivés sur la table, il semblait fuir leurs regards.

— Mon garçon, commença le chef Scott d'un ton paternel, pourquoi ne pas commencer par décliner votre identité ?

Après un long silence, il répondit :

— Chris.

— Chris comment ? demanda le chef Love.

— Chris Ware.

— Chris est un diminutif, je suppose. Vous vous appelez donc Christopher Ware ?

— Oui.

— Et quel âge avez-vous ? poursuivit David en prenant des notes.

— Dix-huit ans.

L'inspecteur et les chefs de police échangèrent des regards sans parvenir à masquer leur étonnement. Aucun d'eux ne s'attendait à ce que leur coupable soit si jeune.

— Écoutez, reprit Christopher, j'ignore quel type de…

crimes vous voulez me coller sur le dos. Mais quels qu'ils soient, je ne les ai pas commis.

David secoua la tête d'un air écœuré. Il avait soudain envie de secouer le dénommé Chris, de le frapper pour qu'il cesse de se moquer d'eux et parle enfin.

Mais bien sûr, il n'était pas question de céder à la violence. Il se ressaisit et poursuivit son interrogatoire.

— Que faisiez-vous sur le sentier de randonnée de Cucamonga Wilderness ? Au beau milieu d'une scène de crime dont l'accès est interdit au public, je le rappelle…

Christopher fusilla David d'un regard noir et resta silencieux.

David espérait qu'il ne s'apprêtait pas à interrompre l'interrogatoire et à exiger un avocat.

— Quelqu'un m'a demandé de m'y rendre, lâcha finalement Christopher.

— Quelqu'un vous a demandé de vous y rendre ? répéta le chef Scott, les sourcils froncés. Que voulez-vous dire ?

Le suspect mit les doigts dans sa bouche et commença à se ronger les ongles. De plus en plus exaspéré, David se pencha vers lui.

— Qui vous a dit de venir sur ce sentier ? insista-t-il avec douceur dans l'espoir que cette affabilité encouragerait son interlocuteur à parler.

Comme Christopher essuyait d'un revers de main son front en sueur, David accentua la pression.

— Allez, Chris. Vous avez tout intérêt à nous répondre, vous savez. Cela m'ennuierait vraiment que vous passiez le reste de vos jours derrière les barreaux si vous n'êtes pas impliqué dans ces meurtres.

— Dans ces meurtres ! répéta Christopher, visiblement abasourdi.

Il commença à se balancer d'avant en arrière sur sa chaise. Manifestement, sa nervosité se muait en franche panique.

— Attendez, attendez, balbutia-t-il. Cet interrogatoire ne fait donc pas partie du canular ?

— Du canular ? répéta le chef Love. Quel canular ? De quoi parlez-vous ?

Avec un gémissement, Christopher prit sa tête entre ses mains.

— Je me suis fait avoir…

— Par qui ? s'enquit David, de plus en plus à cran. Écoutez, mon vieux, la journée a été longue et éprouvante pour tout le monde. Nous sommes tous épuisés. Alors cessez de répondre par énigmes et expliquez-nous clairement ce qui se passe.

Christopher les regarda tour à tour, les yeux rouges.

— Ce que je vais vous raconter ne va sans doute pas vous plaire et vous allez probablement m'arrêter. Mais au moins, je ne serai pas accusé de meurtres. Alors, voilà.

Le chef Scott fit glisser son magnétophone au centre de la table et monta le volume.

— Nous vous écoutons…

Christopher considéra quelques instants le plafond puis battit des paupières.

— Sur le dark web, il y a un site appelé *Attrape-les sans te faire pincer*. Les gens postent dessus des vidéos de canulars. Il ne s'agit pas de petites blagues gentillettes mais de trucs extrêmes qu'ils ont filmés, vous voyez ?

— Pas vraiment, non…

Comme Christopher s'interrompait une fois de plus pour boire de longues gorgées de soda, David tapota son stylo contre la table. Ce type l'énervait au plus haut point. *Sois patient*, se dit-il. *Au moins, tu l'as décidé à parler…*

— Bref, poursuivit Christopher, le site permet aussi à ses membres de postuler pour participer à des canulars. Je me suis porté candidat depuis près d'un an. Et voilà pourquoi chaque fois que *Attrape-les sans te faire pincer* reçoit des propositions de gens qui veulent faire une blague à quelqu'un, je suis contacté pour m'en charger. Cette mission était ma huitième. Et jusqu'à présent, je n'avais encore jamais, *jamais*, été arrêté par les flics.

— D'accord, répondit David qui s'efforçait de digérer cette histoire absurde et de comprendre où Christopher voulait en venir. Qu'impliquait exactement ce contrat particulier ?

— D'abord, j'ai dû envoyer une photo de moi pour prouver que je correspondais au profil requis.

— Et quel était ce profil ?

— Un homme grand et de forte corpulence. Et il fallait être en tenue de camouflage. J'en ai donc déniché une et je me suis fait photographier avec pour être embauché.

David se figea. Il étudia Christopher de la tête aux pieds. Un frisson glacé lui parcourut l'échine en comprenant soudain que le véritable tueur avait engagé une doublure pour déjouer leur opération.

— Comment communiquez-vous avec ces personnes ? demanda David. Uniquement via le web ?

— Oui. Le site permet à ses membres de discuter entre eux de façon anonyme.

— Vous n'avez donc aucune idée de l'identité réelle des personnes avec qui vous travaillez ?

— Non. Et tant que je suis payé, je m'en fiche.

David poussa un gémissement et le chef Scott intervint.

— Eh bien, vous avez tort de vous en moquer, dit-il. Parce que vous avez eu affaire à des gens très dangereux. Expliquez-nous maintenant en quoi consistait votre mission, ce soir.

— Le gars m'a envoyé la photo d'une femme qui, m'a-t-il dit, était une vieille copine d'enfance, ainsi qu'une carte du sentier de randonnée de Cucamonga Wilderness. Il m'a demandé d'y camper et d'y attendre que la fille sur la photo se présente. Quand elle apparaîtrait, je devais lui sauter dessus, la faire tomber et crier : « Je t'ai bien eue ! »

— Je t'ai bien eue ? répéta David. Pourquoi ces mots ?

— Je n'en sais rien.

David prit une profonde inspiration.

— Résumons-nous, commença-t-il. Vous étiez donc déjà sur ce sentier de randonnée lorsque les policiers ont investi les lieux plus tôt cet après-midi ?

— Oui. Et quand j'ai vu tant de flics arriver, je me suis caché dans un arbre. J'ignorais quel rôle exact vous jouiez dans le scénario. Alors je me suis planqué et j'ai attendu votre départ. Je tenais à toucher mes cinq cents dollars.

— Cinq cents dollars ! répéta le chef Love, surpris par l'importance de la somme. Ce n'est pas rien.

Christopher hocha la tête avec arrogance.

— En effet, messieurs.

— Attendez, dit David en levant la main. Avez-vous gardé la photo de la femme qui vous a été envoyée ?

— Bien sûr. Elle est sur mon portable. Dans la poche de ma veste.

David jeta un coup d'œil aux chefs. Ils hochèrent la tête pour indiquer qu'ils étaient d'accord pour le détacher.

David se leva et retira les menottes de Christopher. Le suspect sortit son smartphone, tapota l'écran, puis le lui tendit.

— Elle est là.

David sentit sa gorge se serrer à la vue du visage de Lena. Il sut immédiatement d'où provenait ce portrait. Il reconnut sa photo de profil sur Instagram.

Les deux chefs se rapprochèrent pour regarder à leur tour l'écran. David devinait leur colère lorsqu'ils détournèrent la tête avec un grognement.

David reporta son attention sur Christopher, déterminé à obtenir de lui le maximum d'informations.

— La personne qui vous a confié cette mission vous a-t-elle dit pourquoi elle voulait que cette femme soit attaquée ? demanda-t-il.

— Oui…

Comme Christopher avalait plusieurs gorgées de soda, David ressentit une intense envie de l'étrangler.

— Et pourquoi alors ?

— Il m'a raconté que cette copine et lui se faisaient des blagues depuis des années. Il y a quelques semaines, ils faisaient du jogging sur ce sentier et elle a fait semblant d'être terrassée par une crise cardiaque. Il a cru qu'elle était morte. Elle lui a fait très peur. Alors il a eu envie de se venger. Il savait qu'elle serait là-bas aujourd'hui pour courir, alors il m'y a envoyé. Je l'ai bien eue, hein !

Le chef Love frappa la table du poing et se leva.

— Les seuls à avoir été « bien eus », c'est nous ! aboya-t-il avant de sortir en claquant la porte.

Au froncement de sourcils qui crispait le visage du chef Scott, David comprit qu'il avait envie de l'imiter.

Mais David, lui, n'était pas prêt à lâcher l'affaire.

— Et comment vous faites-vous payer ? reprit-il.

— Par virement bancaire. Via un service de paiements anonymes.

David ferma les yeux et se frotta les tempes. Le chef Love avait raison. Ils étaient les seuls à s'être fait avoir.

Christopher le considéra avec inquiétude.

— Alors, euh, commença-t-il, je vais être arrêté ? Ou est-ce que je peux rentrer chez moi ? Après tout, je vous ai tout raconté, non ? Cela mérite une certaine clémence !

Scott tapota le bras de David et se leva.

— Pourquoi ne pas s'octroyer une petite pause ? suggéra-t-il.

— Bonne idée, dit David.

— Christopher, accordez-nous quelques instants. Nous revenons bientôt.

— Bien sûr, messieurs ! cria l'autre en sautant de sa chaise et en les saluant de façon théâtrale alors qu'ils quittaient la pièce. Quand vous reviendrez, pourriez-vous m'apporter un autre soda ? Et peut-être un sandwich aussi.

Sans répondre, David referma la porte derrière lui.

Scott semblait hors de lui.

— Je n'arrive pas à y croire ! Quelle folie ! rugit-il. Comment vais-je pouvoir expliquer ça à Lena, maintenant ? Nous avons vraiment tout raté, inspecteur.

— Chef, nous mettons tout en œuvre pour résoudre cette affaire. Lena le sait. Elle sait aussi que les plans les plus aboutis ne fonctionnent pas toujours, malheureusement. Mais j'espère que nous nous rapprochons du tueur. Et gardez à l'esprit que nous avons affaire ici à un psychopathe froid, calculateur et très intelligent. Les tueurs en série organisés comme celui-ci sont les plus difficiles à appréhender.

Scott sortit un mouchoir de sa poche et le passa sur son crâne chauve.

— Vous avez raison. Mais avec le recul, publier ce faux communiqué de presse était une mauvaise idée, je m'en rends compte, à présent. Le tueur a deviné ce que nous manigancions et s'en est servi contre nous. Imaginez comme il doit ricaner en ce moment.

— Eh bien, il ferait mieux d'en profiter parce qu'il ne va pas pouvoir monter des canulars encore bien longtemps. Maintenant qu'il a énervé tous vos hommes et ceux de Clemmington, il va subir un puissant retour de manivelle. Rira bien qui rira le dernier, faites-moi confiance.

— Espérons-le. Nous devons arrêter ce psychopathe avant qu'il ne frappe à nouveau.

— Comptez sur moi, dit David.

Il jeta un coup d'œil à la porte de la salle d'observation.

— Je crois qu'on devrait aller voir si Lena va bien.

— Allons-y. Ensuite, il faudra décider du sort de Christopher.

David suivit le chef à l'intérieur de la pièce d'observation. Il remarqua que le père de Lena enlaçait étroitement sa fille.

Scott jeta un coup d'œil à un groupe de policiers du LAPD réunis dans un coin.

— Pourriez-vous nous laisser un instant, messieurs ? leur demanda-t-il. J'aimerais échanger quelques mots avec Lena et le chef de la police de Clemmington.

— Oui, monsieur, répondirent-ils en sortant.

Une fois la porte refermée, Scott s'approcha de Lena.

— Je vous présente mes excuses pour ce qui s'est passé ce soir, commença-t-il. Nous attendions beaucoup de cette opération mais je n'avais pas anticipé la situation. Je n'imaginais pas que notre suspect verrait le piège et le déjouerait ainsi. Nous…

Le père de Lena intervint :

— Pardonnez-moi de vous interrompre, chef. Mais Lena est bouleversée pour une tout autre raison. Elle vient de recevoir un mail très inquiétant…

Miles remit le smartphone de Lena au chef Scott.

David regarda par-dessus son épaule et lut le message.

Ma très chère Lena, ma pauvre chérie.

Tes petits camarades et toi, avez-vous vraiment cru que je serais assez bête pour tomber dans ce piège grossier ? Oui ? Vous êtes pathétiques, surtout toi ! Et le LAPD mesure sans doute ta nullité, à présent. Penses-tu que tu leur manqueras beaucoup, une fois morte ? Cela m'étonnerait.

En tout cas, la prochaine fois, je ne ferai pas appel à une doublure. Je finirai de graver l'autre moitié de ce cœur sur ta poitrine, puis je t'étranglerai de mes propres mains. Profite de tes derniers jours, tu n'en as plus beaucoup à vivre…

Signé : L'assassin-graveur-de-cœurs.

David tremblait de rage. Il regarda Lena. Elle était en larmes et il serra les poings, dévasté.

— Votre expert informatique enquête déjà sur l'origine de ce mail, dit Miles à Scott. Apparemment, le tueur a utilisé un logiciel VPN pour lui adresser son message, un logiciel qui lui garantit l'anonymat. Mais votre expert veut quand même tenter sa chance.

— Bien, répondit David, en espérant que personne ne remarquerait sa voix altérée. La police de Clemmington a déjà examiné un autre mail de l'assassin. Il a été envoyé via un tunnel VPN crypté. De même, les textos qu'elle a reçus ont été rédigés via une application sécurisée qui ne stocke pas de données. Nous n'avons donc pas été en mesure de les retracer jusqu'à l'expéditeur.

Scott soupira avant de rendre le smartphone à Miles.

— Mon Dieu ! À qui diable avons-nous affaire ici ?

— Avez-vous pensé à impliquer le FBI ? lui demanda soudain Jake.

— J'y ai pensé, bien sûr. Mais j'hésite. Malgré ce raté, nous avons déjà beaucoup progressé sur cette enquête. Je n'ai pas cnvie que les Feds bousillent nos avancées sous prétexte de prendre le relais.

— À ce stade, nous devrions peut-être y réfléchir, intervint Kennedy Love. Le LAPD est très qualifié et personne ne le conteste. La police de Clemmington aussi. Mais peut-être sommes-nous dépassés par cette affaire.

— Qu'en penses-tu, Lena ? lui demanda David avec douceur. Devrions-nous continuer cette enquête par nous-mêmes ? Ou est-il temps de faire appel à des renforts ?

Sans répondre, Lena haussa les épaules.

— David, dit son père, pourquoi ne ramèneriez-vous pas Lena à la maison ? Nous allons rester et finir l'interrogatoire de Christopher. Cela te va, chérie ? ajouta-t-il en se tournant vers sa fille.

Elle hocha la tête, toujours incapable de parler.

— Et es-tu sûre de ne pas avoir besoin d'aller à l'hôpital et de te faire examiner ?

— Oui, dit-elle. Je vais bien. J'ai seulement envie de sortir d'ici.

David passa un bras protecteur autour d'elle.

— Allez. Je te ramène chez toi.

Miles et Jake serrèrent Lena dans leurs bras.

— À plus tard. Nous t'appellerons une fois de retour à l'hôtel.

Lena les salua d'un faible signe de la main, puis suivit David qui la soutenait. Ils quittèrent le poste de police en silence.

Mais soudain, elle s'arrêta et se tourna vers lui.

— Je n'irai pas plus loin, lâcha-t-elle. Peut-être vaut-il mieux demander l'intervention du FBI. Et je vais arrêter de travailler sur l'affaire. Et changer d'orientation professionnelle. Parce que ces meurtres se produisent à cause de moi. C'est ma faute si ces femmes ont été tuées, si d'autres vont mourir. Je ne peux plus le supporter.

— Non, Lena. Tu n'es pas responsable de ces meurtres. Seul le tueur est coupable. Alors ne culpabilise pas. Là, tu es épuisée et secouée, ce qui est parfaitement compréhensible. Ne prends pas de décisions irréfléchies. Pourquoi ne pas retourner chez toi, te restaurer et te reposer ? Laissons tomber toute discussion sur l'enquête pour l'instant. D'accord ?

Comme Lena regardait David, la vulnérabilité peinte sur son visage l'émut si fort qu'il se pencha vers elle et l'embrassa.

— D'accord, murmura-t-elle avec lassitude avant de le laisser l'entraîner vers la porte.

18

— Cela va peut-être te paraître bizarre, maman, déclara Lena, mais je suis très heureuse d'être de retour à Clemmington.

— Venant de toi, cela me surprend, oui, reconnut sa mère, en lui prenant la main par-dessus la table. Mais je suis ravie de te l'entendre dire. Bien sûr, j'aurais préféré que ton retour s'opère dans d'autres circonstances, plus agréables.

— Moi aussi.

Voilà trois jours que Lena avait quitté Los Angeles. Elle avait essayé de s'accrocher, de continuer à participer à l'enquête. Mais lorsque Christopher n'avait été accusé que de voie de fait avant d'être libéré à l'issue de l'interrogatoire en raison de la surpopulation carcérale, elle avait été écœurée. D'autant qu'il n'avait fourni à la police aucune information susceptible de les aider à démasquer le tueur.

L'incapacité manifeste du LAPD à avancer ou à proposer un nouveau plan pour capturer le suspect avait été la goutte d'eau qui l'avait décidée à jeter l'éponge.

Elle avait donc fait ses bagages et était retournée à Clemmington avec David. Son père et ses frères avaient quitté Los Angeles dès le lendemain du fiasco.

— Je me sens mieux ici, entourée de ma famille, dit Lena.

— Bien sûr. Rien ne vaut l'amour des siens, ma chérie. Quoi qu'il arrive, tu sais pouvoir toujours compter sur nous. Et j'inclus David dans ce « nous ».

— Moi aussi, répondit Lena en souriant à sa mère.

— Et à propos de David, où en êtes-vous, tous les deux ?

— Que veux-tu dire ?

— Tu le sais très bien, répliqua Betty d'un air entendu.

— Non, je n'en sais rien, répondit Lena avant de se lever de table. Je vais chercher le café. Tu veux un muffin ?

Sa mère gloussa.

— Tu as une façon habile de changer de conversation, ma chérie. Tu as toujours été douée pour ça.

— Douée pour quoi ? répliqua Lena, en jouant l'innocente. Pour ma part, j'ai très envie d'un autre muffin aux pépites de chocolat. Et toi ?

— D'accord, rapporte-m'en un aussi.

Quand Lena revint, chargée d'une assiette, sa mère reprit :

— Reconnais au moins que David et toi êtes unis par des liens… disons… particuliers, non ?

Lena soupira en se rasseyant.

— Oui, c'est vrai. Mais si tu me demandes si nous allons nous remettre ensemble, je ne le pense pas.

— Non ? Pourquoi non ?

— Parce que notre histoire s'est finie en queue de poisson et je suis persuadée que, quelque part, David m'en veut encore de m'être éloignée. Pour lui, mon départ de Clemmington et ma décision de vivre et de travailler à Los Angeles ont provoqué notre rupture.

— Il te l'a dit ?

— Avec d'autres mots, mais oui.

Betty savoura quelques gorgées de café avant de répondre :

— Beaucoup de choses ont changé depuis lors, Lena. Personnellement, je pense que vous allez bien ensemble. Et maintenant que tu es revenue ici et que tu travailles au poste de police avec ton père, tes frères et lui, il me semble que tout se remet en place.

— Certes, mais ce tueur en série est toujours en liberté. Franchement, maman, tant qu'il n'aura pas été arrêté, je refuse de m'intéresser à autre chose.

— Je comprends. Je suis désolée, chérie. Je n'insiste pas. Mais maintenant que tu es de retour à la maison, ne t'en va plus sans prévenir et n'enquête plus toute seule sur les scènes de crime. Compris ?

Lena baissa les yeux.

— Compris, marmonna-t-elle.

Sa mère se leva.

— Je te laisse, dit-elle. Et je monte dans ma chambre. La réunion de mon club de lecture commence dans quelques instants.

— D'accord. Amuse-toi bien.

Comme Betty refermait la porte, la sonnerie du smartphone de Lena retentit.

Elle attrapa son appareil. L'appel provenait d'un appelant inconnu.

Elle sentit aussitôt son cœur battre à tout rompre alors qu'elle se demandait si elle devait ou non le prendre.

Il n'y a pas si longtemps, tu aurais décroché à la première sonnerie…

Mais depuis l'attaque dont elle avait été victime, elle avait perdu sa spontanéité et son sang-froid.

L'appel fut dirigé sur la messagerie vocale. Lena étudia l'écran, attendant de voir si son correspondant laisserait un message.

Il ne le fit pas.

Elle sursauta lorsque la sonnerie retentit à nouveau. La personne rappelait.

— Allez, tu peux le faire, dit Lena à haute voix. Réponds.

À la quatrième sonnerie, elle trouva enfin le courage de décrocher.

— Allô ?

— Bonjour. J'aimerais parler à, euh… à Lena Love ?

Désarçonnée par cette voix féminine, elle répondit :

— Oui, c'est moi. À qui ai-je l'honneur ?

— Euh, je préfère ne pas le dire.

— D'accord, répondit Lena. Que puis-je pour vous ?

Son interlocutrice resta un moment silencieuse.

Lena se leva et se dirigea vers les baies vitrées qui donnaient sur la terrasse. Elle regarda le jardin en se demandant si elle devait raccrocher. Pourtant elle devinait qu'elle avait intérêt à rester en ligne.

— Allô ? répéta-t-elle ? Vous êtes toujours là ?

— Oui, oui, balbutia l'inconnue. Je… je suis un peu nerveuse, voilà tout. En fait, je suis *très* nerveuse.

— Pourquoi donc ?

— Parce que j'ai des informations qui pourraient aider à résoudre votre enquête sur les meurtres.

Lena sursauta si violemment qu'elle faillit trébucher et tomber par terre. Elle sortit sur la terrasse et commença à faire les cent pas dans l'espoir de se calmer.

— Je vous écoute, dit-elle en se mordant les lèvres pour s'interdire de bombarder l'inconnue de questions.

— Il s'agit du tueur… Vous le connaissez.

Sidérée, Lena s'immobilisa brusquement.

— Vraiment ? balbutia-t-elle en s'efforçant de garder son sang-froid. Et pourquoi pensez-vous une chose pareille ?

— Je préfère ne pas vous le dire mais je ne le *pense* pas. Je le *sais*. Vous le connaissez. Croyez-moi.

D'un coup d'œil vers la rue, Lena s'assura que la voiture de patrouille était toujours là. Depuis qu'elle était revenue à Clemmington, son père avait mis en place une surveillance permanente à l'avant et à l'arrière de la maison.

— Eh bien, dit Lena, allez-vous vous décider à me dire qui est le tueur, d'après vous ?

— J'aimerais le faire mais il ne vaut mieux pas.

— Écoutez, s'il s'agit d'un canular, je le trouve de mauvais goût. Et honnêtement, je n'ai pas le temps de…

— Ce n'est pas une blague, interrompit la femme. J'essaie de vous mettre sur une piste sans trop en dire. Si je le faisais, je ne me le pardonnerais jamais.

Lena s'appuya contre la rambarde.

— Pourquoi donc ? demanda-t-elle.

— Parce que je connais, moi aussi, cette personne. Trop bien en réalité.

Lena soupira.

— D'accord. Que pouvez-vous me dire ?

Son interlocutrice resta un long moment silencieuse.

— Allô ? cria Lena, à bout de nerfs.

— Je suis toujours là. Pardonnez-moi. Comme je l'ai dit, je suis nerveuse.

Lena ferma les yeux et inspira lentement.

Sois patiente. Laisse-la se confier à son rythme.

L'inconnue poussa un gros soupir et lâcha :

— Votre suspect gère un site web appelé : *Attrape-les sans te faire pincer.*

De surprise, Lena faillit laisser échapper son téléphone.

Cette femme te communique des informations majeures qui vont te permettre d'avancer…

— Attendez, dit Lena. Comment le savez-vous ?

— Comme je l'ai dit, je préfère ne pas vous livrer trop de renseignements. Pour plusieurs raisons. Il y a trop en jeu. Trouvez la personne qui gère le site et vous aurez votre tueur.

— Écoutez, il faut m'aider davantage. Je vous en supplie.

La femme à l'autre bout du téléphone se tut une fois de plus.

— S'il vous plaît, insista Lena alors que les larmes montaient à ses yeux. Je suis désespérée. Et moi…

— J'ai vu la vidéo de votre attaque sur le site web *Attrape-les sans te faire pincer*, coupa l'inconnue.

— Quoi ? Comment ? Qui a enregistré la scène ? Le LAPD a attrapé le jeune homme qui m'a attaquée. Il ne l'a pas filmée.

Avant de le relâcher, les policiers avaient analysé son téléphone.

— Le prédateur que vous poursuivez l'a filmée et postée, lui, répliqua la femme.

Lena se figea. Malgré la chaleur ambiante, elle sentit un frisson glacé lui parcourir l'échine. L'idée que le tueur en série ait été sur les lieux, en train de filmer, alors qu'il était entouré des forces de police, la mit presque à genoux.

— Vous êtes toujours là ? demanda son interlocutrice.

— Oui, oui. Je, euh… je suis sous le choc de ce que vous venez de m'apprendre.

— J'imagine, oui.

Sa correspondante s'interrompit puis ajouta soudain :

— Écoutez, je peux encore vous dire quelque chose. Pour mener à bien les canulars dc *Attrape-les sans te faire pincer*, il engage en général des gens pour effectuer le travail. Mais si une demande rapporte mille dollars ou plus, il l'exécute lui-même.

— Mille dollars, lâcha Lena. Quel genre de canular vaut autant d'argent ?

— Le genre mortel…

— Quoi ? Des gens le paient pour qu'il commette un meurtre ?

— Pas exactement. Ils le paient pour amener certaines personnes au seuil de la mort. Une sorte de roulette russe.

L'esprit de Lena s'emballait. Une rafale de questions fusaient dans sa tête et elle eut du mal à se calmer.

— Il y a autre chose que j'ai remarqué, continuait la femme, votre suspect semble accepter des contrats qui lui apportent une sorte de satisfaction personnelle…

Elle cessa brusquement de parler. Lena entendit une voix d'homme résonner à l'arrière-plan.

— Jan ! criait-il. Tu es rentrée ?

— Je dois raccrocher ! balbutia la femme d'un ton affolé.

— Attendez ! Pouvez-vous finir ce que vous disiez ? Qu'entendez-vous par « satisfaction personnelle » ?

— Vous allez devoir le découvrir par vous-même.

Lena ouvrit son ordinateur portable.

— Eh bien, expliquez-moi au moins comment accéder au site web…

Avant qu'elle ne puisse terminer sa phrase, la ligne fut coupée.

— Merde ! cria Lena.

D'une main nerveuse, elle essaya de composer le numéro de téléphone de David. À la troisième tentative, elle y réussit enfin. Mais l'appel fut directement dirigé sur la messagerie vocale.

— David ! Appelle-moi dès que possible ! Je viens de recevoir de nouvelles informations sur l'affaire. Des informations capitales.

Lena lui envoya frénétiquement un SMS, insistant pour qu'il la contacte immédiatement.

Comme elle reposait son smartphone, elle pensa soudain à sa jeep. Elle mourait d'envie de sauter dedans et de foncer au poste de police pour discuter avec David.

Ne le fais pas, lui intima une voix dans sa tête.

Tu as fait une promesse à ta famille. Et à David…

Elle referma son ordinateur portable. Une boule de

colère explosait dans sa poitrine. Elle ne supportait pas l'emprise que ce tueur avait sur elle.

Pense à quelque chose. Quelque chose qui le prendra à son propre jeu. Mets au point un plan qui le fera tomber. Ce fumier est à portée de main…

19

David tourna son ordinateur portable vers Lena et agrandit l'image du site web affiché sur l'écran.

— Le spécialiste en numérique de l'équipe a téléchargé pour moi un navigateur du dark web pour me permettre d'accéder au site *Attrape-les sans te faire pincer*, dit-il. Cela dit, nos capacités de recherche sont encore très limitées. Les visionnages des vidéos et des contenus du site sont réservés aux seuls adhérents. Nous avons envoyé une demande pour devenir membre. Lorsqu'elle aura été acceptée, nous pourrons avancer.

Un verre de vin à la main, Lena se concentra sur l'écran.

— Formidable. Nous progressons.

Tous deux étaient confortablement installés dans le salon de David. Après avoir reçu les messages de Lena plus tôt dans la journée à propos de l'appel téléphonique de l'inconnue, David s'était immédiatement mis au travail pour infiltrer le site web.

— Que penses-tu de leur page d'accueil ? poursuivit David en pointant l'écran. Elle est plutôt sinistre, non ? Ce fond noir et ces lettres peintes en rouge vif qui semblent dégouliner de sang… Et le logo n'est pas plus engageant avec ce masque japonais oni déformé entouré de trois G… Ils me font penser au nombre du diable : 666.

— L'ensemble est cohérent, remarqua Lena. Un Oni

est un être maléfique qui hante le monde des esprits. Notre tueur est un homme diabolique qui hante la Californie.

David sentit les poils de sa nuque se hérisser alors qu'il étudiait l'image hideuse de l'Oni avec ses deux cornes protubérantes, ses longs cheveux hirsutes, sa peau rouge et ses traits grimaçants.

Il cliqua sur le menu.

— Il nous faut comprendre comment naviguer sur ce serveur. L'accès à son contenu n'est pas simple, y compris les pages publiques. Un choix du propriétaire de *Attrape-les sans te faire pincer*, certainement.

— Déchiffrer le code pour y entrer ne fait qu'ajouter au mystère. Notre suspect consacre visiblement beaucoup de son temps à ce site, ce qui donne un aperçu de son côté tordu.

David sentait les yeux de Lena sur lui alors qu'il continuait à inspecter les pages du site. Comme elle se rapprochait de lui, sa cuisse frôla par mégarde la sienne et un éclair de désir le traversa.

Reste concentré, se dit-il en s'efforçant de se ressaisir. *La soirée est consacrée au travail, à l'étude du site Internet du suspect.*

Il ne s'agit pas d'un appel du pied.

— Merci encore de m'avoir invitée à dîner, dit Lena. J'en avais vraiment besoin.

— Et moi, j'aimerais que tu cesses de me remercier à tout bout de champ. Comme je te l'ai dit plus tôt, c'est le moins que je puisse faire. Tu as travaillé dur pour cette enquête et tu as pris beaucoup de coups. Pour moi, faire griller des steaks avec quelques épis de maïs ou acheter une tarte au citron vert dont tu raffoles n'est rien.

Lena lui caressa le dos et laissa sa main sur son épaule, un geste qui le surprit.

— Je dois reconnaître que le repas était délicieux, dit-elle.

Tu t'es surpassé. Je n'en reviens pas de tes progrès dans le domaine culinaire. Autrefois, tu me servais exclusivement des pâtes et des pizzas quand tu m'invitais chez toi.

— Si je me souviens bien, tu dévorais tout ce que je te préparais.

— C'est vrai, reconnut Lena en riant.

Elle but une gorgée de vin, puis marqua une pause.

Comme David la regardait, elle esquissa un petit sourire. Elle semblait perdue dans ses pensées.

— Plus sérieusement, poursuivit-elle, je voudrais te remercier de prendre soin de moi comme tu le fais. De me protéger. Et de tout faire pour que je sois bien. Je n'ai pas été correcte avec toi lorsque j'ai décidé de m'installer à Los Angeles, ajouta-t-elle avec gravité. Je n'aspirais alors qu'à me lancer dans une carrière passionnante au sein d'une unité de police prestigieuse. Mais cela ne me donnait pas le droit de te traiter ainsi au mépris de tes sentiments pour moi. Je te présente mes excuses, David. Pardonne-moi.

Il voulut répondre mais, décontenancé, il ne trouvait pas les mots. En effet, le comportement de Lena l'avait profondément blessé, à l'époque. Il avait longtemps espéré des explications avant de se résigner à ne jamais les obtenir.

Il s'éclaircit la gorge.

— Merci. Tes excuses signifient beaucoup pour moi, Lena. Plus que je ne saurais le dire.

— Alors je regrette de ne pas te les avoir présentées plus tôt.

— Tu aurais dû. Cela aurait évité beaucoup de rancœurs et de ressentiment. Du moins, de mon côté.

— Du mien aussi, murmura Lena.

David sentit un tourbillon d'émotions l'envahir. Comme il sondait l'expression pleine de remords de Lena, ses yeux atterrirent sur ses lèvres douces. Lorsqu'ils s'aventurèrent vers son décolleté voluptueux, il dut réajuster son pantalon.

Il devenait urgent de changer de sujet et de se calmer.

— Aimerais-tu un autre verre de vin ? demanda-t-il. Ou une autre part de tarte ?

Lena posa sa main sur son ventre plat.

— Si j'avale une bouchée de plus, j'explose. La tarte est délicieuse mais je préfère ne pas en reprendre, merci. Je savourerai peut-être un autre verre de vin plus tard. Dans l'immédiat, j'aimerais trouver le moyen de naviguer sur *Attrape-les sans te faire pincer*. On s'y remet ?

— Bonne idée. Et tu ne m'as pas dit que tu avais élaboré une stratégie qui pourrait nous aider à capturer le tueur ?

Lena haussa les épaules, comme si elle avait des doutes.

— J'ai conçu un plan, oui, mais j'ignore s'il va marcher.

— Écoute, à ce stade, toutes les idées sont bonnes à prendre. Alors donne-les-moi sans te censurer. Nous les sélectionnerons dans un deuxième temps.

Elle baissa les yeux et considéra ses mains.

— Après l'échec du communiqué de presse, je ne sais pas ce que tu vas en penser.

— Dis-moi, insista-t-il. On verra bien.

— D'accord, je me lance. Dès que nous serons officiellement devenus membres du site, nous devrions soumettre une demande de canular. Nous offririons une belle somme pour que le tueur ait envie de l'effectuer lui-même.

David hocha la tête d'un air pensif.

— L'idée me plaît. Elle me plaît beaucoup.

— Vraiment ?

— Oui. Mais il faudra veiller à tout calculer au millimètre près pour que tout se déroule sans encombre. Nous ne pouvons pas nous permettre une autre erreur.

— Je suis d'accord.

— Alors, quel type de canular as-tu en tête ?

Lena se tut. Alors qu'elle regardait son verre, David eut l'impression qu'elle retenait quelque chose.

— Je connais cette expression, dit-il en riant. Le silence, les lèvres serrées… Autrefois, tu l'affichais chaque fois que tu voulais partager quelque chose avec moi mais que tu craignais ma réaction. D'ailleurs, tu m'as lancé ce regard avant d'annoncer ta décision de t'installer pour de bon à Los Angeles.

Lena le dévisagea intensément.

— Parfois, je regrette que tu me connaisses aussi bien. Mieux que quiconque, en fait.

C'est peut-être le signe que nous sommes destinés l'un à l'autre, faillit dire David.

Mais il se l'interdit à temps.

— Alors, vas-y, je t'écoute.

— D'accord, mais avant que je ne t'expose le plan, promets-moi de garder l'esprit ouvert.

David s'empara de la bouteille de pinot noir et remplit leurs verres.

— Oh ! oh ! J'ai l'impression qu'il va nous falloir un peu plus de vin.

— C'est sûr.

Elle but une longue gorgée avant de continuer :

— Donc, je te donne d'abord quelques lignes de base. Premièrement, je suggère donc d'offrir une somme d'argent conséquente pour s'assurer que le tueur se chargera lui-même du travail

— Je suis d'accord.

— Par ailleurs, je dois être la cible du canular. Le suspect doit savoir à l'avance que la blague me vise directement.

David repoussa son ordinateur portable d'un geste brusque et bondit sur ses pieds.

— Il n'en est pas question, répliqua-t-il.

Il vit Lena tressaillir et s'interrompit pour se calmer. Il se tourna vers les baies vitrées, regarda la nuit, admira le clair de lune et le ciel étoilé, tout en cherchant ses mots.

Détends-toi, s'ordonna-t-il. *Ne perds pas ton sang-froid. Inutile de gâcher la soirée à cause d'une mauvaise idée.*

Il se retourna.

— Ta proposition me semble imprudente, dangereuse.

Lena posa son verre sur la table basse et se leva à son tour. Elle s'approcha de David et prit ses mains dans les siennes.

Sa douceur fit chuter sa colère de plusieurs degrés.

— Écoute-moi, David, dit-elle. Tu as reconnu toi-même que nous ne pouvions pas nous permettre une nouvelle erreur. Il faut concevoir un plan qui marchera. Qui aboutira à coup sûr à une arrestation. Tout ce que nous avons essayé jusqu'à présent a échoué. Mais découvrir que cet homme gère un site web nous donne une chance inespérée d'entrer en contact avec lui. Nous devons saisir cette opportunité. Et le seul moyen de le capturer est d'imaginer un scénario qui nous mette en sa présence. Si nous ne parvenons pas à le faire sortir du bois et à l'attirer dans un piège, nous ne réussirons jamais à l'arrêter et il continuera à assassiner des innocentes.

— Et si tu te fais tuer ?

— Cela n'arrivera pas. Je bénéficierai de la protection des hommes de la police de Clemmington et de ceux du LAPD. Et de toute façon, si nous ne faisons rien, tôt ou tard, il me tuera.

Ses paroles glacèrent David qui resta silencieux pendant un moment.

— Écoute, dit-il, je suis incapable d'adhérer à cent pour cent à ton idée. Mais je suis d'accord pour ne pas la rejeter en bloc. Travaillons à la rendre plus acceptable.

— C'est tout ce que je te demande. Maintenant, pourquoi ne pas laisser tomber le sujet pour l'instant ? Asseyons-nous et finissons notre vin.

Comme Lena l'entraînait vers le canapé, David regarda

leurs doigts mêlés. Son esprit remonta le temps et il se remémora l'époque où ils étaient ensemble, amoureux et heureux.

Il fit un pas vers elle. Elle s'appuya contre son torse. Mais au moment où il se penchait pour capturer ses lèvres, son smartphone vibra à l'intérieur de sa poche.

Avec un léger cri de surprise, Lena s'écarta de lui.

David ne savait pas très bien ce qui l'avait le plus désarçonnée du baiser ou du petit bip.

— Désolé, marmonna-t-il, irrité par cette interruption.

Il s'empara du téléphone. Un texto émanant de son expert en numérique apparut sur l'écran.

Votre adhésion au site web *Attrape-les sans te faire pincer* a été acceptée et activée. Vous avez désormais la possibilité de créer un profil, d'envoyer ou de recevoir des messages et d'accéder aux pages réservées exclusivement aux membres.

Dites-moi s'il y a quoi que ce soit que je puisse faire pour aider à l'enquête.

— Cette fois, nous sommes dans la place, dit David en passant son bras autour de la taille de Lena.

Il mourait d'envie d'aller plus loin, de passer à un stade plus intime mais ce n'était pas le moment, il le savait. Ils devaient s'en tenir à l'affaire en cours : attraper le tueur avant qu'il ne frappe à nouveau.

20

À l'attention du Directeur de *Attrape-les sans te faire pincer.*

Monsieur,

J'aimerais engager un professionnel pour jouer un tour à mon ex-petite amie. Mon objectif est de renouer avec elle. Dans ce but, je souhaite apparaître comme son sauveur. Et bien sûr, elle doit croire qu'il s'agit d'une situation réelle.

J'ai élaboré un scénario dont voici les détails :

Le canular se déroulera dans la ville de Berkshire, dans un restaurant appelé l'Ocean Grill. Je connais le propriétaire et je m'arrangerai avec lui pour qu'il me réserve une salle privée.

J'y conduirai mon ex en lui donnant l'impression qu'il s'agit d'un dîner aux chandelles au cours duquel je lui présenterai de plates excuses.

Sous prétexte de devoir garer la voiture plus loin, je la déposerai devant l'établissement. La personne chargée de la blague se comportera en maître d'hôtel et l'escortera à l'intérieur du restaurant. En plus de sa tenue professionnelle, votre acteur devra porter une perruque, une barbe, des lunettes, de façon à être méconnaissable.

Il l'invitera à le suivre dans la salle privée, située au niveau inférieur de l'établissement. Une fois la porte refermée derrière eux, il la verrouillera et sortira un faux pistolet. Il attachera alors ma copine sur une chaise et la retiendra en otage. Il se comportera avec elle comme s'il voulait l'enlever et me tuer.

C'est alors que j'apparaîtrai en frappant à la porte. Personne ne viendra m'ouvrir et je finirai par défoncer la porte.

Votre acteur tirera alors sur moi. Bien entendu, le pistolet sera chargé à blanc. Je ferai semblant d'esquiver les balles puis de me battre avec lui. Et à la fin, j'aurai évidemment le dessus. Je le désarmerai et le tiendrai à distance avant de m'enfuir avec ma copine.

En route, je ferai mine d'appeler la police (je ne le ferai évidemment pas). Je demanderai à quelqu'un de m'appeler un peu plus tard et de prétendre que le suspect s'est enfui avant l'arrivée des flics.

Je joins une photo de mon ex-petite amie. Je suis prêt à payer 2 000 $ pour ce canular.

En espérant que vous accepterez de l'exécuter, j'attends avec impatience de vos nouvelles.

Cordialement.

Lena relut une dernière fois son mail et le fit suivre à David pour obtenir son aval.

Tous deux avaient travaillé sur le synopsis pendant trois jours, chez David, et étaient tombés d'accord sur les grandes lignes. Lena avait accepté de s'occuper ensuite des détails.

Bien sûr, le scénario présenté dans le mail n'était pas celui qu'ils avaient l'intention de suivre. Un policier du LAPD jouerait le rôle de l'ex-petit ami de Lena et la conduirait au restaurant. L'Ocean Grill appartenait à un ami du chef de la police du comté de Berkshire, qui serait donc de la partie.

Avant l'arrivée de Lena et de son soi-disant ex-petit ami, la police de Clemmington et le LAPD auraient discrètement investi l'Ocean Grill et les rues avoisinantes.

Dès que le policier en civil s'arrêterait devant le restaurant, Lena descendrait de la voiture. Lorsque le tueur déguisé en maître d'hôtel s'approcherait d'elle pour l'escorter à l'intérieur, les forces de l'ordre interviendraient et procéderaient à son arrestation.

Lena priait pour que, cette fois, le plan fonctionne comme prévu.

Un petit bip l'avertit soudain qu'elle avait reçu un mail. Elle tapota le clavier de son ordinateur portable et cliqua sur la boîte de réception.

Un nouveau message de David apparut sur l'écran.

Ta demande à *Attrape-les sans te faire pincer* est top. Je l'envoie au chef Love et au chef Scott pour leur demander leur feu vert.

Comme tu le sais, sur le principe, ni l'un ni l'autre n'approuvent cette idée. Tous deux trouvent dangereux de chercher à piéger le tueur.

Néanmoins, comme c'est toi qui as bâti le scénario et comme, surtout, nous n'avons plus d'options, ils sont prêts à l'accepter. Nous devons seulement leur prouver que, quoi qu'il advienne au cours de cette mise en scène, tu ne risques rien.

Je te tiendrai au courant de la suite.

Lena répondit à David qu'elle attendait avec impatience de le lire. Puis elle ferma sa boîte mail pour se connecter sur Internet.

Le spécialiste du numérique de la police de Clemmington avait téléchargé sur son ordinateur un navigateur qui lui permettait d'accéder au dark web. Désormais, elle avait donc la possibilité de se connecter sur *Attrape-les sans te faire pincer*.

Dire qu'elle passait son temps sur ce site serait un euphémisme. Lena avait vu presque l'intégralité des vidéos publiées, des farces les plus drôles aux canulars les plus intenses, en passant par de sales tours franchement méchants, voire diaboliques.

Curieusement, elle n'avait pas trouvé la vidéo de Christopher l'attaquant sur le sentier de randonnée de Cucamonga. Elle se demandait si le tueur l'avait retirée.

Elle actualisa le site web une dernière fois. Il y avait peu de chances pour qu'une nouvelle vidéo ait été postée depuis cinq minutes mais elle ne put s'empêcher de le vérifier.

Il n'y avait rien de nouveau mais au moment où elle posait la main sur le dessus de l'ordinateur portable pour le fermer, une énorme boule de feu éclata sur l'écran et des mots se mirent à clignoter au milieu d'une série de déflagrations :

ALERTE !!! – NOUVELLE VIDÉO – ALERTE !!!

Lena se redressa et rapprocha son ordinateur pour double-cliquer sur le bouton de lecture.

Lentement, des lettres peintes en rouge vif apparurent devant ses yeux. Elles grossissaient au fur et à mesure qu'elles se déplaçaient pour finalement s'aligner et former le mot :

TRAHISON

En fond sonore, le rythme obsédant d'une grosse caisse retentissait.

Lena retint son souffle quand la vidéo proprement dite commença.

Elle découvrit une femme aux cheveux blonds dans une cuisine. Un téléphone portable collé à l'oreille, l'inconnue tournait le dos à la caméra et regardait par la fenêtre.

Le roulement de la grosse caisse s'arrêta brusquement et la voix de la blonde se fit entendre.

« Vous allez devoir le découvrir par vous-même », chuchota-t-elle dans l'appareil.

Elle mit fin à l'appel et se retourna.

Et aussitôt, elle se raidit et écarquilla les yeux à la vue de l'homme qui tenait la caméra.

« Que fais-tu ? demanda-t-il.

— Rien, répondit la femme d'une voix blanche. J'étais… j'étais, euh, en train de laver la vaisselle. »

Comme le caméraman s'avançait, elle recula. D'une main tremblante, elle s'empara d'un torchon oublié sur le plan de travail.

« À qui parlais-tu ? reprit-il.

— À… euh… à la compagnie du gaz. Ils voulaient savoir quand ils devaient venir pour relever le compteur.

— Et tu leur as répondu qu'ils devraient le découvrir par eux-mêmes ? demanda-t-il. Cela n'a aucun sens ! Que voulais-tu dire exactement ? »

La caméra zooma sur le visage de la femme. De grosses gouttes de sueur couvraient son front et ses joues émaciées.

Le cœur de Lena se mit à battre la chamade. Elle plaqua les mains sur sa bouche, en se demandant avec angoisse comment cet échange allait se terminer.

Comme la blonde ne répondait pas, l'homme répéta avec colère :

« Alors ? Parle ! Que voulais-tu dire exactement ? Et pourquoi as-tu raccroché au nez de ton interlocuteur aussi grossièrement ? »

La lèvre inférieure de la femme se mit à trembler, ses yeux se remplirent de larmes. Visiblement, le type qui filmait la terrifiait.

« Je ne sais pas », murmura-t-elle.

Lena ne respirait plus. La vidéo n'avait rien d'une farce. La malheureuse semblait en danger et Lena avait peur pour elle.

« *Je ne sais pas* », répéta l'homme en imitant son ton geignard pour se moquer d'elle.

La caméra s'éloigna soudain comme s'il sortait de la pièce.

— C'est fini ? s'étonna Lena. Quel est donc l'intérêt de cette... ?

Elle s'interrompit lorsque l'objectif se focalisa sur un ordinateur portable, posé sur une table.

« Attends, ne me dis pas que tu as fouillé dans mon ordinateur en mon absence ! hurla le type.

— Non, gémit la femme. Non ! Je... »

Elle se précipita vers la table pour refermer l'appareil mais avant qu'elle n'y parvienne, il l'éloigna d'elle.

« Tu es encore allée mettre le nez dans mes affaires ? hurla-t-il.

— Non ! J'étais, je cherchais seulement des...

— Ne me mens pas ! rugit-il. Tu m'espionnes, ce n'est pas la première fois et c'est intolérable ! »

Terrorisée, la malheureuse s'enfuit en courant. Dans sa hâte, elle se cogna au comptoir et poussa un cri de douleur. Elle se recroquevilla dans un coin comme un animal apeuré.

L'homme semblait hors de lui.

« Cesse de pleurnicher et réponds-moi plutôt : est-ce que ce que tu as découvert dans mon ordinateur a quelque chose à voir avec la conversation téléphonique que j'ai surprise en rentrant ?

— Non, non, non, balbutia-t-elle en secouant la tête pour donner plus de poids à ses paroles.

— Menteuse ! Tu m'as trahi et tu vas le payer cher. »

La pauvre femme replia un bras sur son visage comme si elle craignait les coups.

Lena ressentit soudain le besoin de sauter à travers l'écran et de venir en aide à cette malheureuse sans défense.

« Je t'en prie, gémit la blonde. Je n'ai rien fait de mal, Pet…

— Menteuse, traîtresse ! »

Soudain, l'écran devint noir. La vidéo se termina sur les mots :

À SUIVRE

— Lena ! lança sa mère du couloir. Tout va bien ? J'ai entendu crier, non ?

— Tout va bien ! J'ai été surprise par des images que j'ai vues en ligne, c'est tout.

— D'accord. Je prépare un chili con carne pour le déjeuner. Il sera prêt dans une petite…

Lena n'entendit pas la fin de la phrase de sa mère. Elle était trop occupée à appeler David pour lui parler de cette vidéo.

21

Posté à l'intérieur du magasin d'antiquités de Walton, situé à côté de l'Ocean Grill, David faisait mine de s'intéresser à une collection d'étains. En réalité, il surveillait la rue. Le quartier grouillait de policiers. Les hommes de la police de Clemmington avaient monté l'opération en collaboration avec ceux du LAPD. Tous attendaient que Lena se rende au restaurant en compagnie de Chad Ingram, l'un des officiers du LAPD qui jouerait le rôle de petit ami.

David consulta sa montre. Il était 19 h 45. L'arrivée de Lena et Ingram était prévue à 20 heures précises.

Il régla le volume de son micro, dissimulé sous son col, et s'assura que son oreillette était bien en place.

— Ingram, où êtes-vous ? demanda-t-il.

— Nous descendons Berman Street. Nous parviendrons devant le restaurant dans une dizaine de minutes.

— Compris. Lena, comment vas-tu ? Tu tiens le coup ?

— Bien sûr. Je me sens très bien. Et confiante. Cette fois-ci, nous allons attraper ce fumier, j'en suis certaine.

— Moi aussi, j'en suis sûr, renchérit David d'un ton convaincu.

Il avait craint que Lena ne perde ses moyens au fur et à mesure qu'ils se rapprochaient du jour J. L'entendre s'exprimer d'une voix aussi forte le rassura.

— Tout est prêt, nous sommes sur le pied de guerre,

poursuivit-il. L'intérieur de l'Ocean Grill pullule de policiers du LAPD. Notre suspect était censé se présenter à 19 heures mais il m'a envoyé un message via *Attrape-les sans te faire pincer* pour m'expliquer qu'il était pris dans les embouteillages et aurait du retard.

Miles, qui se tenait à côté de David dans le magasin d'antiquités, lui lança un regard dubitatif.

— Il préfère sans doute attendre que Lena et Ingram arrivent au restaurant, dit-il. Pour s'assurer qu'il n'y aura pas d'embrouille.

— Vu la façon dont il se comporte depuis le début, cela ne me surprendrait pas, oui, intervint Lena. Il est très méfiant. Est-ce que l'agent Braxton est à son poste à l'intérieur de l'Ocean Grill ?

— Oui, confirma David. Et nous sommes tous équipés de micros et d'oreillettes qui nous permettent de communiquer les uns avec les autres. Plusieurs policiers du LAPD portent des caméras dissimulées sur leurs vêtements et sont en mesure de diffuser des images en direct sur les portables des autres. Ainsi, Miles et moi sommes chez l'antiquaire mais nous voyons ce qui se passe dans le quartier et dans la salle du restaurant. La surveillance mise en place est impressionnante.

— Tout est au point à tous les niveaux, si je comprends bien, dit Lena.

— Tout à fait. Cette fois, il n'y aura pas de raté. Tout a été calculé au millimètre.

David et Lena furent interrompus par Ingram.

— Nous sommes à trois minutes du point d'arrivée, annonça-t-il. Aucun signe du suspect ?

— Pas encore, intervint le chef Scott depuis l'intérieur du restaurant. Mais nous le guettons. Pourquoi ne resteriez-vous pas dans la voiture jusqu'à ce qu'il débarque ? Quand il s'arrêtera devant l'Ocean Grill, vous sortirez tranquillement de votre véhicule comme si vous veniez vous-mêmes d'arriver. Lorsqu'il se dirigera vers le restaurant, nous lui sauterons dessus.

— Ça marche, répondit Ingram.

D'un revers de main, David essuya son front perlé de sueur. Il promena les yeux dans le magasin. Plusieurs policiers de Clemmington étaient dispersés à l'intérieur, se faisant passer pour des clients.

Ils avaient promis au propriétaire de la boutique de faire attention à ne rien casser. L'antiquaire leur avait surtout fait jurer de ne pas s'approcher des vitrines qui abritaient des bijoux anciens, des vases en cristal et de précieux bibelots.

— Nous descendons à présent le Roosevelt Boulevard, annonça Ingram via son oreillette. Nous allons stationner discrètement derrière une benne pour attendre l'arrivée du suspect.

— Compris, répondit Kennedy Love.

Accroupi derrière la baie vitrée du magasin d'antiquités, il inspecta la rue à travers ses jumelles.

— Je vous vois. Restez où vous êtes, c'est parfait. D'après Lena, notre homme conduit une voiture de sport noire équipée de roues ornées de pointes de chrome. Dès que nous l'aurons repérée, nous vous le signalerons pour vous permettre de vous avancer vers le restaurant.

— Bien reçu.

David déboutonna le col de sa chemise. Il avait chaud soudain et transpirait à grosses gouttes. Tout allait se jouer dans quelques instants. Comme une décharge d'adrénaline le traversait, il sentit son cœur s'accélérer dans sa poitrine. Il ferma les paupières et prit une profonde inspiration.

Détends-toi. Tout va bien se passer. Lena ne risque rien. Cette fois, le plan se déroulera sans encombre…

Dans l'espoir de se calmer, il se répétait ces mots comme

un mantra. Mais soudain, le rugissement d'un puissant moteur le fit sursauter.

Via son oreillette, il entendit Lena crier :

— C'est lui ! C'est la voiture du tueur. Je reconnaîtrais ce bruit n'importe où.

David se précipita vers les baies vitrées pour inspecter la rue. L'anxiété de Lena était palpable. L'assurance et l'optimisme qu'elle affichait un petit moment plus tôt avaient disparu.

— Relax, Lena, dit-il d'un ton apaisant, en s'efforçant de dissimuler sa propre nervosité. Tout est sous contrôle. Il y a des policiers partout et le suspect n'aura pas la possibilité de t'approcher. En aucun cas. D'accord ?

— D'accord, répondit-elle.

Pourtant, elle ne semblait pas convaincue…

David sentit une vive douleur enserrer sa poitrine. Dans un autre contexte, il aurait pu croire qu'il était sur le point de succomber à un infarctus. Mais par expérience, il savait que le stress était seul en cause. Depuis qu'il travaillait dans les forces de l'ordre, cette oppression douloureuse le tourmentait chaque fois qu'il procédait à une importante arrestation.

Calme-toi, s'ordonna-t-il.

Comme il reportait son attention à l'extérieur, il vit surgir une voiture de sport noire à l'angle de la rue. Elle ralentit en s'approchant de l'Ocean Grill.

— Notre suspect est arrivé, déclara Kennedy Love. Chef Scott, officier Braxton, vos équipes sont-elles prêtes à passer à l'action ?

— Oui, monsieur, répondit Scott. Vous n'imaginez pas à quel point nous sommes prêts.

— Et vous, vous avez sans doute plus de mal encore à mesurer ce que je ressens vis-à-vis de ce salopard qui s'est attaqué à ma fille. À un moment ou à un autre, vous devrez peut-être m'empêcher de l'étrangler de mes propres mains.

David tapota le dos du chef Love d'un geste rassurant.

— Ne vous inquiétez pas, monsieur. Il paiera pour ce qu'il a fait, à Lena ainsi qu'à toutes les autres victimes.

Un crissement de pneus poussa David à reporter une fois de plus son attention sur la rue. Le suspect venait de s'arrêter devant l'établissement.

— À tous, lança Scott. Tenez-vous prêts à…

Il s'interrompit soudain lorsque la voiture repartit.

— Que fabrique-t-il ? cria le chef. Où diable va-t-il ?

— Ne faudrait-il pas demander à Lena et à Ingram de se rendre tout de suite au restaurant pour que le suspect les voie et soit rassuré ? dit David. Au cas où il aurait des doutes sur leur présence ?

— Bonne idée. Lena, Ingram, dirigez-vous vers l'Ocean Grill et garez-vous devant.

— Tout de suite, monsieur, répondit Ingram.

David gardait les yeux rivés sur la rue. Il vit la voiture de Chad Ingram s'approcher du restaurant.

Le bolide du suspect s'arrêta à une bonne centaine de mètres de l'Ocean Grill. Le type coupa le moteur, éteignit ses phares. Mais bizarrement, il resta à l'intérieur de l'habitacle.

— Pourquoi ne sort-il pas ? lança Lena.

La panique perçait dans sa voix et David serra les mâchoires, conscient de la difficulté de ce qu'il s'apprêtait à lui demander.

— Lena, le mieux est que tu sortes de la voiture. Dès que l'homme te verra, il est probable qu'il se décidera à descendre lui aussi. Nous lui sauterons alors dessus. Garde bien à l'esprit qu'il ne s'approchera pas de toi. Vous n'aurez qu'un contact visuel. D'accord ?

David pensait qu'elle allait répondre mais elle resta silencieuse.

Devinant qu'elle avait peur, le chef Love intervint à son tour :

— Lena, dit-il avec douceur, tu peux le faire. Nous sommes tous là pour te protéger. Encore un dernier effort et bientôt, tout sera fini.

Après un moment, elle lança enfin ;

— D'accord. Je suis prête.

David était en proie à une myriade d'émotions. La nervosité le disputait au doute. Son angoisse de départ se muait peu à peu en panique. Il la craignait plus que tout, conscient qu'elle était difficile à maîtriser.

Des flash-back de Christopher bondissant sur Lena au milieu du sentier de Cucamonga Wilderness emplirent sa tête. Il se souvint de la terreur qui l'avait saisi lorsque Christopher l'avait jetée au sol.

Cela ne se reproduira plus. Aie confiance en toi et en tes collègues. Tout ira bien.

Pourtant, il n'arrivait pas à conjurer sa peur.

Il se redressa quand Lena sortit de la voiture.

Elle était chaussée de talons aiguilles et malgré lui, il fut incapable de s'interdire d'admirer ses longues jambes fuselées qui se devinaient à chaque pas sous sa jupe portefeuille. Sa veste bien coupée et son corsage blanc étaient d'une charmante élégance. Des créoles dansaient à ses oreilles, complétant sa tenue. Même s'ils étaient au cœur d'une opération intense, il ne put s'empêcher de remarquer à quel point elle était belle.

Elle serrait la bandoulière de son sac comme s'il s'agissait d'une bouée de sauvetage. Dans le reflet d'une vitrine, David vit ses mains trembler.

— Reste calme, Lena, dit-il. Tu t'en sors très bien. Ne t'éloigne pas de la voiture. Fais semblant de chercher quelque chose dans ton sac pendant que nous attendons qu'il sorte de son véhicule.

— Compris.

Tandis que Lena fouillait dans sa pochette, David reporta son attention sur le suspect, toujours assis dans son bolide.

— Qu'est-ce qu'il fait, ce clown ? marmonna le chef Love en fixant la puissante voiture noire à travers ses jumelles.

À peine finissait-il de poser la question que la portière s'ouvrit.

— À toute l'équipe, lança Scott. Préparez-vous. Le suspect sort de son véhicule. Tout le monde se met en place et applique le plan. Lena et Ingram, restez où vous êtes pour l'instant.

— Compris, répondit Ingram.

La gorge serrée, le souffle court, David regarda le type s'extraire de l'habitacle.

L'individu était vêtu d'un costume sombre, d'une chemise blanche et d'un nœud papillon noir, la tenue demandée pour jouer les maîtres d'hôtel. Avec sa perruque, ses lunettes noires et sa barbe, il n'était pas identifiable.

— Notre homme se dirige vers le restaurant, annonça le policier Braxton.

— Tenons-nous-en au plan, répéta Scott. Lena, avancez jusqu'à l'entrée de l'établissement. Dès qu'il se rapprochera, nous lui tomberons dessus. Compris, tout le monde ?

— Compris, répondirent-ils tous à l'unisson.

— Enfin, dit David au chef Love. Ce cauchemar va se terminer.

— Espérons-le.

Comme le chef se préparait à franchir le seuil du magasin d'antiquités, David l'imita, Jake et Miles aussi. Tous quatre avaient l'arme au poing.

— À l'instant où le LAPD passera à l'action, dit Kennedy

Love dans son oreillette, la police de Clemmington s'élancera pour lui prêter main-forte.

Le cœur de David battait à tout rompre. Une fois de plus, il regarda par les baies vitrées. Le suspect semblait prendre son temps pour gagner le restaurant.

— Lena, mettez-vous discrètement à l'écart, ordonna Braxton. Je suis à la porte de l'établissement et je m'apprête à sortir pour accueillir le suspect.

L'homme arriva enfin devant le restaurant. Lena n'était qu'à quelques pas de lui. Avant qu'il ne puisse s'approcher d'elle, Braxton ouvrit la porte et tendit la main pour le saluer.

Au moment où tous deux échangeaient une poignée de main, David se rua hors du magasin d'antiquités, suivi de toute l'équipe de Clemmington. Ils se précipitèrent vers le type.

Boum !

Une violente explosion les surprit. Désorienté, David pressa les mains contre ses oreilles pour les protéger du bruit assourdissant et ferma les yeux, aveuglé par une vive lumière.

— Pas de panique ! cria le chef Love. Le suspect a fait exploser une grenade fumigène !

La fumée asphyxiait David qui se mit à tousser. Plié en deux, il trébucha sur le trottoir. Le bourdonnement dans ses oreilles et les éclairs dans ses yeux lui interdisaient de voir la scène.

Malgré la détonation, Braxton n'avait pas lâché le faux maître d'hôtel.

— Allons-y ! ordonna le chef Love.

Au moment où le LAPD envahissait la rue, tous les policiers de Clemmington les rejoignirent. Dans un même élan, ils se jetèrent sur le suspect.

Braxton le plaqua à terre, David lui tint les jambes pendant que l'agent lui passait les menottes.

Le chef Scott commença à lui lire ses droits.

— Vous êtes en état d'arrestation. Vous avez le droit de garder le silence. Tout ce que vous direz pourra être utilisé contre vous devant un tribunal. Vous avez droit à l'assistance d'un avocat…

Une fois l'homme maîtrisé, David bondit sur ses pieds. *Nous l'avons eu*, pensa-t-il, intensément soulagé. *Nous le tenons. Grâce à Lena et à son plan génial…*

David se retourna. Au milieu de toute cette agitation, il avait perdu Lena de vue. Tandis que les forces de l'ordre s'apprêtaient à embarquer le suspect pour l'interroger, il la chercha des yeux.

Elle n'était nulle part.

Sur sa droite, il vit Ingram plié en deux. Une main sur le mur du restaurant, il toussait abondamment.

— Ingram, cria-t-il. Où est Lena ? Elle est retournée à la voiture ?

— Non, non. Je… je crois l'avoir vue courir pour se réfugier à l'intérieur du restaurant, siffla-t-il entre deux quintes. Mais après l'explosion, avec toute cette fumée, je ne suis pas sûr.

David se précipita à l'intérieur de l'Ocean Grill.

— Lena ! cria-t-il. Lena ! Où es-tu ?

Seul le silence lui répondit. Il courut vers l'arrière et inspecta les lavabos. Ils étaient déserts.

Il traversa la salle au pas de charge et se précipita dehors.

— Quelqu'un a vu Lena ? cria-t-il à la cantonade en cherchant à présent son père et ses frères.

Miles apparut au moment où les hommes du LAPD s'apprêtaient à embarquer le suspect.

— Je la croyais avec Ingram, dit-il.

— Oui, moi aussi. Elle a dû être désorientée après l'explosion de la grenade et se mettre à l'abri quelque part.

— Tu as inspecté la voiture d'Ingram ?

— Non, bonne idée. J'y vais.

David s'élança dans la rue. Alors qu'il courait vers le véhicule, quelque chose par terre attira son attention. Il s'arrêta brusquement.

Là, sur le macadam, il aperçut une créole en strass.

Il sentit une sourde terreur s'emparer de lui. Il se retourna et fonça vers le groupe des forces de l'ordre.

— Attendez ! cria-t-il alors que le chef Scott et son équipe escortaient le tueur jusqu'à une voiture de police.

Il s'approcha du suspect et regarda attentivement sa mâchoire.

Des traces de colle blanche séchée bordaient sa barbe. David l'arracha.

— Aïe ! s'exclama le type.

Sans dire un mot, David saisit ses lunettes de soleil noires et les retira d'un geste brusque.

— Hello, inspecteur ! Quoi de neuf ? demanda Christopher, un grand sourire aux lèvres. Alors on se retrouve ? J'espère ne pas me faire arrêter pour de vrai, cette fois. Participer à un autre canular n'est pas illégal, n'est-ce pas ?

David sentit sa gorge se serrer et l'air lui manquer.

Il ouvrit la bouche pour parler mais fut incapable de prononcer un mot.

La présence de Christopher Ware, la doublure du sentier de randonnée de Cucamonga Wilderness, signifiait que le pire scénario s'était produit…

22

Allongée sur la banquette arrière d'une voiture, Lena se demandait avec angoisse où la conduisait le tueur. Il lui avait bandé les yeux et ligoté les mains dans le dos.

— Comment as-tu pu me croire stupide à ce point ? dit-il. Si j'étais assez bête pour tomber dans les pièges grossiers tendus par toi et ta bande de policiers minables, je n'aurais pas réussi à assassiner toutes ces femmes. Et surtout, j'aurais été arrêté depuis longtemps. C'est évident, non ?

Les larmes aux yeux, Lena ne répondit pas.

— Hé ! cria son ravisseur. Je te parle !

— Nous… je… je ne sais pas ! balbutia-t-elle.

— *Je ne sais pas !* répéta-t-il, en imitant sa voix avec dérision. Eh bien, moi, je sais que tu as commis la plus grosse erreur de ta vie, ce soir.

Lena se mordit les lèvres dans l'espoir d'étouffer les sanglots qui obstruaient sa gorge. Elle était terrifiée mais déterminée à ne montrer aucun signe de peur.

Comment me suis-je retrouvée ici ? s'interrogeait-elle.

Mais après un moment, la mémoire lui revint.

Elle se revit devant le restaurant en compagnie d'Ingram, chargé de la protéger. Il lui avait assuré qu'elle pouvait compter sur lui. Mais quand la grenade fumigène avait explosé, ils avaient été séparés. Lena était restée seule sur le trottoir.

L'explosion avait été si forte qu'elle en avait perdu pendant un moment l'usage de la vue et de l'ouïe. Comme elle recouvrait peu à peu ses esprits, un policier vêtu de l'équipement des hommes du LAPD était sorti d'une ruelle voisine et avait couru jusqu'à elle.

« Lena ! avait-il dit. Nous l'avons eu ! Tout va bien ?

— Oui, avait-elle répondu en essayant de distinguer les traits de son interlocuteur à travers la visière teintée de son casque. Je suis désolée mais je ne vois pas très bien. Pouvez-vous me dire qui vous… »

Elle avait été interrompue lorsque l'un des policiers de Clemmington avait crié au suspect qu'ils venaient d'arrêter :

« Je vous ai dit de rester à terre, les mains sur la tête ! »

L'homme du LAPD avait passé un bras autour de ses épaules.

« Le tueur a l'air de donner du fil à retordre à mes collègues, avait-il dit. Venez. Allons nous mettre à l'abri à l'intérieur du restaurant. Nous allons passer par-derrière pour que vous n'ayez pas à vous approcher de lui.

— Merci beaucoup. »

Sans se méfier, elle l'avait suivi. Quand ils étaient arrivés derrière l'Ocean Grill, elle avait voulu se diriger vers la porte de service.

« Pas par là », avait-il lancé avant de la saisir par le bras pour la pousser à l'intérieur d'une berline noire.

Tout s'était passé si vite qu'elle n'avait même pas eu la possibilité de résister, ni même de crier. Il lui avait arraché son oreillette et avant de comprendre ce qui lui arrivait, elle s'était retrouvée ligotée, les yeux bandés.

Et après l'avoir jetée sur la banquette arrière, le tueur avait démarré et s'était éloigné en trombe.

Maintenant, elle était là, seule, à sa merci. Et sans doute sur le point d'être assassinée…

— J'allais oublier ton smartphone ! s'écria soudain le tueur. Débarrassons-nous-en tout de suite, au cas où ton petit ami tenterait de te localiser.

Merde, se dit Lena qui avait espéré que David penserait à la suivre via le GPS de son téléphone.

— Essayer de me piéger via une demande de canular sur mon site Internet était astucieux, je ne vais pas le nier, poursuivit-il. Sans parler du tarif proposé. Il était hors de question de refuser deux mille dollars. Mais mon instinct m'a conseillé de me méfier. J'ai compris que l'offre était trop belle, qu'il y avait forcément une embrouille là-dessous…

La voix de son ravisseur lui semblait étrangement familière mais elle ne parvenait pas à la resituer.

— Je parie que tu te demandes où nous allons, reprit-il avant de ricaner. Ne t'inquiète pas, tu le sauras bientôt.

Sans doute la conduisait-il sur le sentier de Cucamonga Wilderness, pensa Lena. Pour finir ce qu'il avait commencé là où il l'avait programmé au départ.

Elle espérait que David parviendrait à la retrouver à temps.

David poussa Christopher vers les policiers.

— Éloignez-le de moi avant que je ne l'écorche vif ! cria-t-il. Ingram !

— Il est ici, répondit Scott.

Ingram se tenait à proximité du restaurant. Tête basse, il fixait le bout de ses chaussures, les mains enfoncées dans ses poches, l'air accablé. Kennedy Love, Miles et Jake l'entouraient.

David savait que l'officier du LAPD se sentait coupable. Si elle était lourde de conséquences, son erreur n'avait pas été intentionnelle. Néanmoins, il n'avait aucune envie de s'apitoyer.

— Que s'est-il passé ? cria-t-il en se précipitant vers le petit groupe. Comment en sommes-nous arrivés là ?

— Inspecteur, n'en rajoutez pas, interrompit le chef Love en levant la main. Ingram se sent déjà mal. L'important est de retrouver au plus vite Lena. Pas de régler des comptes.

— Oui, allons-y, lança Ingram en fusillant David du regard.

— Mais où ? cria-t-il. Comment allons-nous retrouver Lena !

— Nous y travaillons. Le LAPD a déjà envoyé plusieurs voitures de patrouille à sa recherche. Jake et moi avons tenté de localiser son téléphone portable mais il semble éteint.

— Quelqu'un a essayé de contacter son opérateur de téléphonie mobile ? demanda David.

— L'officier Braxton a appelé l'expert numérique du LAPD. Il s'en occupe.

Les mâchoires serrées, David commença à arpenter le trottoir.

— Je n'arrive pas à croire que cet incapable a perdu Lena de vue. Quant à moi, je n'aurais jamais dû la laisser s'impliquer dans cette… mascarade. Depuis le début, le tueur a dix longueurs d'avance sur nous. J'ignore pourquoi j'ai imaginé que cette fois, il en serait autrement. Et maintenant, il tient Lena…

Sa voix se brisa. Il se plia en deux, les mains contre les genoux, à peine capable de respirer.

— Écoute, dit Miles, nous allons la retrouver. Crois-moi, je suis très inquiet, moi aussi. Mais perdre ses nerfs ne sert à rien et ça ne l'aide pas.

Au moment où David sentit la main de Miles sur son épaule, il se redressa brusquement.

Surpris, Miles fit un bond en arrière.

— Qu'est-ce qu'il te prend ?

David fouilla dans ses poches et s'empara de son smartphone.

— Tout à l'heure, as-tu remarqué si Lena portait sa montre connectée ? demanda-t-il, les yeux rivés sur l'écran du téléphone.

— Non, je n'y ai pas fait attention. Pourquoi ?

— Parce que la montre de Lena est équipée d'un système de suivi GPS. Si le tueur l'a kidnappée, il lui a certainement confisqué son smartphone. Il l'a éteint ou détruit pour nous empêcher de la suivre. Mais si elle a sa montre connectée au poignet, nous avons une chance de la localiser.

— Connaissant Lena, elle l'a sur elle, répondit Miles en regardant par-dessus l'épaule de David. Et elle s'arrangera pour la cacher à son ravisseur.

— Espérons-le.

David tapota l'icône de l'application de localisation de son smartphone et cliqua sur le nom de Lena.

Il retint son souffle, attendant de voir si le marqueur vert signalant sa position apparaîtrait.

Allez, Lena. Montre-moi où tu es…

— Rien ne s'affiche ? demanda Miles.

— Pas encore.

Au moment où un sentiment de désastre allait submerger David, un rond vert clignota sur la petite carte.

Bouleversé, il faillit laisser tomber le téléphone.

— Nous avons un mouvement ! cria-t-il.

— Où ? demanda frénétiquement Miles. Où est-elle ?

David regarda fixement son écran.

— Elle se dirige vers Clemmington, dit-il avant de partir en courant. Je fonce là-bas ! Miles, je t'appellerai de la voiture pour que tu m'envoies des renforts !

23

Gravir pieds nus un chemin pierreux et escarpé était un calvaire et Lena grimaçait de douleur à chaque pas. Elle avait perdu ses escarpins dans la ruelle.

Comme elle trébuchait sur un gros caillou, elle faillit s'étaler de tout son long par terre mais au dernier moment, le tueur la retint.

— Avance ! ordonna-t-il. Tu as l'expérience des sentiers de randonnée, non ? Alors marche si tu ne veux pas que je te balance dans le vide.

Reste forte, se répétait Lena qui regrettait de ne pas pouvoir jeter un coup d'œil par-dessous son bandeau. *Ne montre pas ta peur. Ne verse plus une larme.*

Mais si elle tentait de se donner du courage, elle était en réalité envahie par le doute et le désespoir.

Cette fois, je vais mourir…

Elle avait du mal à s'orienter et à comprendre où ils se trouvaient. Dans la voiture, elle avait essayé de déplacer le bandeau en frottant son visage le long du siège. Mais l'homme l'avait tellement serré qu'il n'avait pas bougé.

À en juger par le temps de trajet – relativement bref –, il ne l'avait pas conduite dans le Cucamonga Wilderness. Elle craignait qu'il ne l'ait emmenée sur un nouveau sentier, loin de Los Angeles, là où personne n'aurait l'idée de venir la chercher.

— Avance ! répéta-t-il en la poussant devant lui. Quelqu'un nous attend. Et j'ai hâte d'assister à votre rencontre.

Alors qu'il émettait un ricanement sinistre, Lena entendit une femme crier au loin. La terreur de cette inconnue était palpable.

— C'est elle ! s'exclama son ravisseur. C'est sa façon de te saluer, Lena. Allez, plus vite ! ajouta-t-il en lui envoyant une nouvelle bourrade pour la forcer à accélérer.

Lena serra les dents et hâta le pas.

Derrière elle, le tueur poursuivait :

— Je te propose un petit jeu. J'ai deux nouvelles pour toi : une bonne et une mauvaise. Laquelle veux-tu entendre en premier ?

Avant de pouvoir répondre, Lena buta contre une grosse pierre.

— Aïe ! cria-t-elle en basculant une fois de plus vers l'avant.

Ses pieds écorchés étaient en sang et la terre qui s'infiltrait dans ses plaies à chaque pas rendait sa marche plus douloureuse encore.

Son ravisseur semblait se moquer de ses souffrances.

— Réponds ! ordonna-t-il d'un ton impatient. D'abord la bonne ou la mauvaise ?

Oublie ta douleur, se répétait Lena. *La puissance de l'esprit domine la matière. La puissance de l'esprit domine la matière…*

— La bonne nouvelle, d'abord, marmonna-t-elle entre ses dents.

— Très bien. Donc, la bonne nouvelle est que tu ne seras pas la seule à mourir ce soir.

Lena entendit une femme hurler :

— Aidez-moi ! Au secours !

Entre ses supplications déchirantes, les menaces du

tueur et ses pieds en sang, Lena se sentait sur le point de craquer. Mais elle refusait de s'effondrer.

— Ta gueule ! hurla l'homme à l'inconnue au loin. On arrive !

Il s'immobilisa soudain et Lena sentit son visage s'approcher du sien et le tueur lui parler à l'oreille. Elle frissonna de dégoût.

— Et maintenant, la mauvaise nouvelle. Tu vis tes derniers instants, tu vas mourir !

Comme Lena trébuchait encore, il la souleva et la jeta sur son épaule avant de se mettre à courir.

Au fur et à mesure qu'ils se rapprochaient d'elle, les cris de la femme s'intensifiaient. Parvenu à sa hauteur, le tueur lui ordonna d'un ton sec :

— Ferme-la, Jan ! Dans quelle langue faut-il le dire, ajouta-t-il en la giflant.

La malheureuse se tut, se contentant de pleurer en silence.

Pitié, supplia Lena en silence, *je ne veux pas mourir...*

— L'heure de vérité a sonné, mesdames, poursuivit l'homme avec emphase. Êtes-vous prêtes ?

Aucune d'elles ne répondit.

— Êtes-vous prêtes ! répéta-t-il.

— Oui, dirent-elles à l'unisson.

— Très bien, alors. Nous y voilà. Trois, deux, un. Ta-da !

Lena poussa un cri quand, d'un geste, il lui arracha son bandeau. Elle cligna des yeux pour ajuster sa vision.

Il braqua une lampe de poche sur l'inconnue.

Horrifiée, Lena découvrit que la malheureuse était attachée à un arbre. Ses yeux rouges, son visage tuméfié comme ses cheveux blonds collés de sueur ne laissaient rien présager de bon.

Comme elle l'observait de plus près, la jeune femme lui parut étrangement familière. Les yeux, les cheveux...

Il l'avait appelée Jan...

Et soudain, elle comprit. La blonde qui se trouvait devant elle était celle qu'elle avait vue dans la vidéo intitulée « *TRAHISON* » sur le site web.

— Lena, commença l'homme.

Elle se tourna vers le tueur, espérant réussir enfin à l'identifier. Mais il portait toujours son casque et elle ne parvenait pas à distinguer ses traits.

— Voici Jan, poursuivit-il en se chargeant des présentations. Jan, voici Lena. Vous n'êtes pas totalement inconnues l'une pour l'autre, en réalité. En effet, Jan s'est permis de fouiller dans mon ordinateur et en découvrant mon site web, elle n'a rien trouvé de mieux que de t'appeler, Lena, et de me dénoncer. Et le pire c'est que j'ai presque dû l'étrangler pour la faire avouer, cette garce !

Comme Jan poussait un hurlement, il attrapa Lena par le col et la poussa contre l'arbre. Il se pencha et pressa son visage contre le sien.

— Tu te demandes sans doute qui est cette balance, ajouta-t-il en ricanant. Tu vas avoir du mal à le croire mais c'est ma femme. Plus pour longtemps, malheureusement. Dans moins d'une heure, elle ne sera plus qu'un beau cadavre. Et compte sur moi pour jouer les veufs éplorés. Quant à toi, Lena Love, tu ne seras bientôt plus qu'une enquêtrice morte pour avoir été incapable d'identifier et de capturer l'un des tueurs en série les plus doués du pays.

L'homme plaça plusieurs mèches de cheveux de Lena derrière son oreille. Elle tremblait de dégoût et eut du mal à s'interdire de lui envoyer un coup de genou dans le bas-ventre.

Lorsqu'il sortit un couteau de sa poche, elle recula contre l'arbre, terrifiée.

Elle sentait Jan trembler derrière elle.

— Comment allons-nous nous en sortir ? chuchota cette dernière. Je ne veux pas mourir !

Le tueur joua avec son poignard devant elles. Elle devina le plaisir sadique qu'il prenait à les sentir à sa merci.

Jan se remit à crier :

— Au secours, à l'aide ! Au secours !

— Pour la dernière fois, ferme-la ! hurla l'homme.

D'un coup de couteau, il lui entailla la joue. Du sang jaillit et coula le long de son cou. Il déchira son chemisier. Les boutons volaient partout.

— Regarde, Lena ! ordonna-t-il.

Il braqua le faisceau de sa lampe de poche sur Jan, sur son sein gauche. Et Lena vit qu'un cœur y avait été gravé.

La peur la pétrifia un instant avant de la galvaniser, et soudain elle s'enfuit en courant.

Mais bientôt, elle sentit la main du tueur la saisir par les cheveux et la tirer en arrière.

Elle tomba à genoux et il la traîna sur le sol. Quand ils atteignirent l'arbre, il la remit sur ses pieds et la poussa violemment contre le tronc.

— Essaie encore, grogna-t-il, et je te plante mon poignard en plein cœur.

Lena tremblait de façon incontrôlable.

Je t'en prie, David, je t'en supplie, retrouve-moi vite…

24

— J'ai localisé Lena, annonça David à Miles via le téléphone de sa voiture. Sa montre connectée donne son emplacement exact. Elle se trouve sur le sentier de randonnée Juniper. Rejoins-moi là-bas avec des renforts. Tout de suite ! Il n'y a pas un instant à perdre.

— Nous sommes en route !

David coupa l'appel et accéléra. Il pila devant l'entrée du sentier si brusquement que l'arrière de son véhicule sursauta.

Il coupa le moteur avant de bondir sur le sol. Tout en courant, il défourailla son Glock 22. L'arme au poing, il s'élança vers le sentier de randonnée. Lorsqu'il entendit un cri de femme au loin, il accéléra encore.

Il ne lui fallut pas longtemps pour atteindre la scène du crime. Pour ne pas se faire remarquer, il s'accroupit derrière un buisson.

Il aperçut alors Lena appuyée contre un arbre, à côté d'une femme qu'il ne connaissait pas. Le tueur était tout de noir vêtu et, dans la pénombre, David le distinguait à peine mais il tenait une lampe de poche dont le faisceau lumineux éclairait les alentours.

Alors qu'il se rapprochait, David laissa échapper un soupir de soulagement. Si Lena était loin d'être tirée d'affaire, au moins elle était toujours en vie.

— Maintenant, mesdames, vous allez mourir, cria soudain le tueur. Toutes les deux !

Il tira un poignard de sa ceinture et coupa la corde qui liait l'autre femme à l'arbre.

— Mettez-vous côte à côte, ordonna-t-il.

David l'entendit ricaner alors que les deux malheureuses s'exécutaient.

David aurait préféré attendre l'arrivée de Miles et des renforts. Mais il comprit qu'il serait bientôt trop tard. Il devait entrer en scène pour empêcher le psychopathe d'aller au bout de son projet.

Il n'était plus qu'à quelques pas du trio quand des hurlements de sirènes retentirent à l'entrée du sentier de randonnée.

Enfin, la cavalerie arrivait.

Le tueur, qui brandissait déjà son poignard vers ses proies, s'interrompit, décontenancé.

— Qu'est-ce que… ? balbutia-t-il. Que se passe-t-il ?

David courut vers lui, le canon de son arme pointé sur sa tête.

— Police ! Les mains en l'air ! cria-t-il. Lâchez ce couteau !

Lentement, le type se retourna.

Lena en profita pour saisir l'inconnue par le bras et l'éloigner pour la mettre en lieu sûr.

Son poignard à la main, l'homme reculait pour s'écarter de David.

— Arrêtez-vous ! ordonna celui-ci. Lâchez votre arme. Tout de suite !

— Oui, monsieur ! cria le suspect avant de s'élancer dans les bois.

— David ! hurla Lena. Ne le laisse pas s'enfuir !

— Je n'en ai pas l'intention, assura David en se précipitant à la poursuite du tueur.

Sans ralentir, il le cibla de son arme, tira mais le manqua.

— Merde !

Pour éviter les projectiles, le suspect bondissait à gauche à droite et slalomait entre les arbres. David fit feu une seconde fois. La balle ricocha sur un tronc avant de se perdre dans les broussailles.

Le tueur s'échappait. Il semblait bien connaître les lieux.

David accéléra. Les yeux rivés sur le type, il ne sentait pas les branches qui lui giflaient le visage ni les ronces qui lui griffaient les jambes.

Un bruit sourd suivi d'un cri le surprit et il braqua le faisceau lumineux de son smartphone devant lui.

Le suspect avait trébuché sur une grosse racine et s'était étalé de tout son long sur le sol.

— Ne bougez plus, cria David. Restez à terre !

Il se jeta sur l'homme et sortit des menottes de sa poche avant de remettre son arme dans son holster.

Le tueur gémissait.

— J'ai mal. Je suis blessé. Je me suis cassé la jambe…

David l'ignora, trop occupé à lui saisir les poignets pour les attacher dans le dos. Mais au moment où il allait refermer les bracelets, le suspect se retourna et lui envoya un coup de pied dans le bas-ventre.

Avec un cri de douleur, David s'effondra. Son adversaire tenta alors de s'enfuir mais il lui fit un croc-en-jambe.

L'homme retomba au sol et David, qui s'était relevé, l'assomma d'un coup de poing en pleine figure.

Il dégaina alors et pointa son arme sur lui.

— Un seul geste et je tire, lança-t-il, le souffle court. Et cette fois, à bout portant, je ne vous raterai pas.

Le tueur comprit qu'il avait perdu la partie et baissa la tête.

— Inspecteur Hudson ! Où êtes-vous ?

David entendit les appels de ses collègues et cria :

— Par ici !

Premier arrivé sur les lieux, Miles se jeta sur le suspect et le menotta rapidement.

Le LAPD et la police de Clemmington le suivaient au pas de charge. Lorsque les agents des forces de l'ordre virent que David avait réussi à attraper le tueur tout seul, ils l'applaudirent. En tête du petit groupe, Lena l'acclama plus fort que les autres.

— Je t'en prie, enlève-lui son casque, dit-elle à David. Voilà trop longtemps que j'attends de voir le visage de ce monstre.

— Avec plaisir, répondit David.

Quand il le démasqua, Lena qui s'avançait vers lui se pétrifia, les yeux écarquillés de stupeur.

Sous le choc, elle se couvrit la bouche de ses mains.

— Peter ? balbutia-t-elle. Peter Ballentine ?

— Attends, tu le connais ? demanda David.

— Je… oui, je le connais. Nous sommes allés ensemble à la Pacific Western University. Nous poursuivions le même cursus dans l'espoir de devenir inspecteurs au sein d'une unité de police technique et scientifique.

Miles secoua la tête.

— Tu parles du Peter Ballentine qui était toujours en compétition avec toi, à la fac ? Et qui ne parvenait jamais à ton niveau ?

Peter redressa les épaules. La tête haute, il lança :

— Oui. Il s'agit bien de moi, de ce Peter Ballentine. Et Lena a peut-être obtenu de meilleures notes que moi à l'université. Et réussi à décrocher le poste dont je rêvais au sein du LAPD. Mais nos professeurs comme ses supérieurs dans la police l'ont surestimée et ont sous-estimé mes capacités, permettez-moi de le dire. Regardez toutes les personnes que j'ai tuées avant d'être arrêté ! Aurait-elle fait mieux ? J'en doute. Et pour finir, pour me capturer, il a fallu non pas une équipe de policiers mais deux. Dont le prestigieux LAPD ! Qui osera encore prétendre que Lena vaut plus que moi ?

— Cela suffit, déclara David en agrippant son bras. Nous vous emmenons au poste de police où vous pourrez raconter vos prouesses. Pour ma part, je refuse d'entendre un mot de plus.

David remarqua que Lena semblait avoir du mal à reprendre son souffle. Son père et ses frères la soutenaient et lui prodiguaient des paroles de réconfort.

Au moment où David s'approchait d'elle, le chef Scott lança :

— Inspecteur Hudson, pourquoi ne restez-vous pas ici pour vous occuper de Lena ? De notre côté, nous allons emmener le suspect en garde à vue et commencer à l'interroger. Et nous veillerons également à ce que l'autre victime soit conduite aux urgences pour recevoir des soins médicaux. Lena, continua-t-il en se tournant vers elle, êtes-vous certaine de ne pas vouloir vous faire examiner par un médecin ?

— Sûre et certaine, merci. Je vais très bien. Je ne souffre que de quelques coupures aux pieds. Je les soignerai moi-même. Emmenez Jan à l'hôpital.

— Bien sûr. Et je reviendrai bientôt vers vous et l'inspecteur Hudson.

David hocha la tête.

— Merci, monsieur.

Le chef Scott et plusieurs membres du LAPD s'emparèrent de Peter. Avant de s'éloigner, celui-ci jeta un coup d'œil à Lena.

— Tu es beaucoup moins douée que ne le pensent la plupart des gens ! cria-t-il. Tes prétendus talents en matière d'investigation sont inexistants. Tout le monde en est conscient, maintenant. Combien de femmes sont mortes à cause de toi ? Parce que tu as été incapable de m'arrêter plus tôt ? Ta carrière s'arrête ce soir…

Les agents l'entraînèrent vers le sentier, l'empêchant de poursuivre.

Heureusement, comme le père et les frères de Lena la serraient dans leurs bras en lui murmurant des mots d'amour et de réconfort, elle n'entendit aucune des paroles cruelles du tueur.

Kennedy Love semblait intensément soulagé.

— Cette horrible épreuve est enfin terminée, ma chérie. Maintenant, tu vas pouvoir tourner la page et reprendre le cours de ta vie. J'espère surtout qu'après cette terrible aventure, tu comprendras que ta place est auprès des tiens et que tu reviendras pour de bon à Clemmington.

— Papa ! intervint Miles. Après tout ce que Lena a traversé, elle mérite un peu de tranquillité, tu ne crois pas ? Cesse de la harceler. Laisse-la souffler. Lorsqu'elle aura récupéré, tu auras le loisir de discuter avec elle de l'éventualité de son retour. Mais pas maintenant !

— Tu as raison, mon fils. Je suis tellement content que ma fille soit saine et sauve que je divague.

Il se tourna vers David et lui serra la main.

— Excellent travail, inspecteur. Sans vous, nous aurions peut-être abouti à une fin moins heureuse…

— Comment m'as-tu retrouvée, d'ailleurs ? lui demanda Lena.

— Grâce à ta montre connectée. Elle m'a permis de te localiser.

Lena souleva sa manche pour considérer son poignet.

— J'avais oublié que je la portais. Merci ! s'exclama-t-elle en se précipitant vers lui pour se jeter à son cou. Tu es mon sauveur.

Alors que tous deux s'étreignaient, le père et les frères s'éloignèrent par discrétion, un sourire aux lèvres.

— Dieu merci, tu es en vie, dit David, le nez dans ses cheveux. Et je suis désolé que le plan de ce soir ne se soit pas déroulé comme prévu.

— Si quelqu'un doit s'excuser, c'est moi. Rappelle-toi, ce scénario était mon idée, au départ.

David posa les mains sur les hanches de Lena.

— Notre suspect est en garde à vue, tu vas bien et nous avons sauvé la vie d'une autre victime, ce soir. C'est l'essentiel. Je n'ai même pas eu la présence d'esprit de lui demander son nom ni comment elle a été kidnappée.

— Elle s'appelle Jan et c'est la femme de Peter. C'est elle qui m'a téléphoné anonymement et m'a parlé du site *Attrape-les sans te faire pincer*. Oh ! Et c'était encore elle sur la vidéo dans laquelle une blonde se faisait maltraiter par un homme. Peter l'avait filmée à son insu pendant qu'elle et moi étions au téléphone. Et il voulait la tuer pour la punir.

— Ce type est un malade.

— En tout cas, si nous retournons au poste de police pendant que tes collègues l'interrogent, nous en apprendrons davantage.

David remarqua soudain que Lena marchait pieds nus et que ceux-ci étaient en sang.

— Qu'est-il arrivé à tes chaussures ?

— Je les ai perdues dans la ruelle, au moment où il m'a enlevée. Du coup, mes pauvres pieds ont souffert sur le sentier de randonnée.

— Eh bien, il est temps de les ménager un peu, non ?

Et sur ces mots, David la souleva de terre et la prit dans ses bras pour retourner vers sa voiture.

Lena enroula ses bras autour de son cou.

— Merci d'être venu à mon secours, murmura-t-elle.

— Merci d'être l'une des personnes les plus fortes que je connaisse, répondit-il avant de l'embrasser avec douceur.

25

Assis sur la terrasse de la maison des Love, Lena et David profitaient de la soirée en admirant un magnifique coucher de soleil.

Lena s'empara de son verre, sirota une gorgée de vin avant de le reposer sur la table basse. Elle se tourna alors vers David et lui sourit. Quand il lui tendit la main, elle enlaça leurs doigts.

Du pouce, il lui caressa la paume.

— J'ai encore du mal à me convaincre que ce cauchemar est terminé, dit-il. Mais je suis sûr que personne n'en est plus heureux que toi.

— Pour ma part, je n'arrive toujours pas à croire que Peter Ballentine soit le coupable. Et pire, qu'il ait commis tous ces meurtres pour se venger de moi.

— Et d'ailleurs, que te reprochait-il exactement ? Pourquoi t'en voulait-il à ce point ?

— Eh bien, comme tu le sais, je suis sortie major de ma promotion à l'université. Pourtant, année après année, Peter faisait tout pour obtenir de meilleurs résultats que moi. Malgré ses efforts, il n'a jamais réussi à me dépasser et il arrivait toujours deuxième. Parfois même troisième. Pourtant, il était intelligent. Certes, il se comportait parfois de façon un peu… étrange. Mais bref, au bout du compte, il ne faisait pas le poids, tout simplement. Et il m'en voulait parce que nos professeurs croyaient plus en moi qu'en lui.

— Bien sûr que tu étais douée. Et tu l'es toujours, ajouta David avec conviction.

Un peu gênée par le compliment, Lena baissa les yeux et replaça une mèche de cheveux derrière son oreille pour se donner une contenance.

— Merci. En tout cas, cette rivalité entre Peter et moi a atteint son paroxysme peu avant la remise des diplômes. Nous avions tous les deux postulé auprès du LAPD. J'ai été embauchée et lui, non. Il l'a mal pris.

— Oh ! j'en suis sûr. Il devait être fou de colère.

— Il a vraiment été hors de lui quand il a découvert que j'avais obtenu une spécialité d'investigation des scènes de crime, ce qui me donnait un avantage au cours du processus d'embauche. Il s'est même présenté à ma soirée de remise de diplôme sans y être invité, ivre et vêtu d'un pyjama à carreaux. Il a prononcé un petit discours de félicitations plus que bizarre. Il disait qu'il ne donnait pas cher de ma peau, que je ne résisterais pas longtemps dans les rues de Los Angeles.

— Et finalement, c'est lui qui a essayé de te tuer. Quel lâche. Tu aurais dû voir son air suffisant en salle d'interrogatoire lorsqu'il a avoué les meurtres. Mais l'essentiel est que malgré ses efforts, il a échoué une fois de plus et n'a pas réussi à faire de toi une autre victime. Tu as été plus forte que lui. Comme toujours.

— Exactement.

Lena croisa les jambes et se tourna vers David.

— Cela dit, merci pour ces aimables compliments.

— Ils sont sincères. Je ne dis que la stricte vérité.

David lui embrassa la paume.

— Tu es en sécurité maintenant. Il est derrière les

barreaux pour un moment et tu vas pouvoir reprendre le cours de ta vie sans craindre une nouvelle attaque.

— Tout est bien qui finit bien alors, portons un toast, répondit-elle en faisant tinter son verre contre le sien.

— Et à propos du cours de ta vie, quels sont tes projets ? Penses-tu retourner à Los Angeles et rejoindre bientôt ton poste au sein du LAPD ?

Lena percevait les tensions qui teintaient la voix de David. Elle le dévisagea et il soutint un moment son regard, visiblement anxieux d'entendre sa réponse.

— Nous verrons, répondit-elle d'un ton évasif. Mon père m'a offert du travail ici, au poste de police de Clemmington.

— Vraiment ? s'enquit David en rapprochant son transat du sien. Et qu'as-tu dit ? Tu as accepté ?

— Je lui ai demandé un peu de temps pour y réfléchir. Et surtout, j'ai précisé qu'il devrait accepter quelques-unes de mes requêtes pour me permettre d'examiner sa proposition.

— Quelles sont-elles exactement ?

— Eh bien, pour commencer, je n'ai pas envie d'être obligée de faire des allers-retours en permanence entre le poste de police et le laboratoire criminel. Je souhaite donc qu'un laboratoire scientifique soit aménagé à Clemmington. Et si le coût est trop élevé, je lui ai dit que j'étais prête à le partager avec des villes voisines, à condition qu'elles contribuent à son financement.

David hocha la tête.

— Cela semble raisonnable. Qu'a-t-il répondu ?

Lena rejeta la tête en arrière et éclata de rire.

— Il a émis une réponse plutôt favorable, en fait. Il a dit, je cite : « Je suis prêt à construire un laboratoire, une maison, une voiture et un bateau pour que ma petite fille revienne pour de bon à Clemmington. »

— Comment refuser une telle offre ?

Elle se tourna vers lui et sourit.

— Impossible. Je vais donc accepter.

David se redressa.

— Attends, cela veut-il dire que tu reviens pour toujours ici, que tu vas revivre à Clemmington de manière permanente ?

— Oui.

Il se leva d'un bond, tira Lena de son transat avant de la prendre dans ses bras pour la faire tournoyer sur la terrasse.

— David ! cria-t-elle. Que fais-tu ?

— À ton avis ? La fête ! J'exulte de joie !

Elle pressa ses lèvres contre son cou tout en l'enlaçant étroitement.

Il s'arrêta et colla son front au sien pour la regarder dans les yeux.

— On dirait que je vais enfin récupérer ma chérie, murmura-t-il.

— Il me semble que tu l'as déjà retrouvée.

— Alors, quand allons-nous à Los Angeles pour emballer tes affaires et nous occuper de ton déménagement ?

— Pourquoi pas demain ?

— Demain me paraît parfait, répondit David avant de l'embrasser avec passion.

KAYLA PERRIN

Soupçonnée à tort

Traduction française de
FLORENCE BERTRAND

BLACK ROSE

HARLEQUIN

Titre original :
COLD CASE SUSPECT

1

Shayla Phillips resserra les mains autour du volant, les yeux rivés sur la voiture noire derrière elle. Était-elle suivie ?

Tu ne peux pas échapper indéfiniment à ce que tu as fait. Si tu oses revenir à Sheridan Falls, tu vas MOURIR. Il est temps que tu paies !

Le message menaçant qu'elle avait reçu par mail tout juste une semaine plus tôt était gravé dans sa mémoire. Elle savait que retourner dans sa ville natale présentait un risque. Mais comment quiconque aurait-il pu deviner qu'elle se dirigeait précisément vers Sheridan Falls à cet instant ?

Elle avait suivi la côte vers le nord depuis la Floride avant d'emprunter l'autoroute 90 qui filait vers l'ouest. Elle était maintenant si proche de sa destination qu'il était possible qu'elle soit suivie, mais tout de même peu probable.

Cela dit, le VUS noir était derrière elle depuis une bonne dizaine de minutes, et sa présence rendait Shayla anxieuse.

Quelqu'un appartenant à son passé avait-il remarqué sa plaque d'immatriculation de Floride ? Quelqu'un qui avait appris qu'elle allait rentrer au pays à cause de la maladie de sa mère ?

Ou était-elle complètement paranoïaque ? Voyait-elle une menace là où il n'y en avait pas ?

Elle se força à prendre une profonde inspiration. *Arrête de stresser*, s'ordonna-t-elle. *Bien sûr que tu es parano.*

Personne à Sheridan Falls ne peut savoir où tu es en ce moment.

Shayla reporta son regard sur la route, et vit le panneau indiquant qu'elle entrait dans l'agglomération. Une fois de plus, ses mains se crispèrent sur le volant. Mettait-elle sa vie en danger en retournant dans la ville où elle avait grandi ? Ou ce message – comme tant d'autres qui lui avaient été envoyés au cours des neuf années écoulées – visait-il simplement à la tourmenter ? À la punir pour le mal qu'elle était censée avoir fait ?

Shayla n'en avait pas la moindre idée. Elle savait seulement que la perspective de ce retour en arrière lui pesait. Cependant, l'état de santé de sa mère ne lui laissait pas le choix.

Huit ans et demi avaient passé depuis son départ, mais le paysage n'avait guère changé. Elle reconnut les champs qui s'étendaient à perte de vue du côté gauche de l'autoroute. Le bouquet d'arbres sur la droite. Dans dix minutes, elle serait au centre-ville.

Les souvenirs de la nuit fatidique, qu'elle avait tant espéré oublier, revinrent l'assaillir. Elle, au bord des larmes lorsqu'elle était arrivée à la maison de Lucas Carr. Hayley en colère contre elle. Sa décision de ne pas aller à la soirée parce qu'elle n'était plus d'humeur à s'amuser. Jonathan agacé par la querelle entre Hayley et elle, pressé d'aller à la fête. Le regard furieux que Hayley lui avait lancé en descendant de voiture. Shayla repartant en pleurs, à la fois blessée et fâchée que son amie lui tienne encore rancune après ce stupide concours de danse.

Et puis, le lendemain, la nouvelle bouleversante : Hayley et Jonathan étaient morts tous les deux. Leurs corps avaient été découverts dans un champ derrière le collège. Deux balles avaient rompu à jamais la vie des adolescents.

Des larmes jaillirent dans les yeux de Shayla, comme toujours lorsqu'elle pensait à cette affreuse journée.

Arrête. Ne t'accable pas. Ce n'est pas ta faute.

Et ce n'était pas sa faute. Elle le savait. Pourtant, personne ne l'avait crue. Pas après que la rumeur s'était répandue qu'elle avait déposé Hayley et Jonathan chez Lucas mais qu'elle n'était pas restée. Pour quiconque avait entendu l'histoire, il était évident que Shayla n'avait pas assisté à la fête parce qu'elle savait que Lucas allait tuer Hayley. Et pourquoi ? Parce que Shayla et Hayley s'étaient chamaillées à propos du concours de danse régional.

Comme si Shayla avait été prête à sacrifier sa meilleure amie pour un motif aussi idiot !

Voilà pourquoi elle était d'autant plus blessée que Hayley ait permis à cette compétition de creuser un fossé entre elles. Consumée par la jalousie, Hayley avait été folle de rage en découvrant que, contrairement à Shayla, elle ne s'était pas qualifiée. Mais Shayla n'y était pour rien ! Ce n'était pas sa faute si les juges l'avaient mieux notée. Ce n'était pas sa faute si Hayley n'était pas dans son assiette ce jour-là. Si la situation avait été inversée, Shayla se serait réjouie pour son amie. Elle aurait été déçue par son échec, certes, mais pas fâchée contre Hayley.

Il était absurde de penser que Shayla ait pu vouloir la mort de son amie pour une querelle aussi triviale. Cependant, Lucas avait la réputation d'être un mauvais garçon. C'était précisément pour cette raison qu'il était venu vivre chez son oncle et sa tante. Par conséquent, personne n'avait eu de mal à l'imaginer prêt à commettre un crime pour faire plaisir à Shayla.

Il n'y avait pas le moindre grain de vérité là-dedans, mais les habitants de Sheridan Falls se moquaient du bon sens. Certaines gens adoraient les petites villes, Shayla les détestait. Où qu'elle aille, quelqu'un la regardait. Quoi qu'elle dise pour se défendre, personne ne la croyait. Dans les cafés et au coin des rues, elle avait été un sujet de discussion constant après les meurtres – les théories devenant de plus en plus extrêmes à chaque fois que l'histoire était rapportée.

Méprisée par les résidents de Sheridan Falls, Shayla n'avait pu pleurer la mort de son amie. Dans une ville où il ne se passait jamais rien, le double meurtre avait obsédé la population, et Shayla avait été traquée sans merci.

Elle jeta un coup d'œil dans son rétroviseur arrière. Le VUS noir était toujours derrière elle.

Elle mit son clignotant et se rabattit sur la voie de droite.

Le VUS aussi.

Shayla sentit s'accélérer les battements de son cœur. Quelqu'un de Sheridan Falls avait-il remarqué sa plaque minéralogique sur l'autoroute ? Tout le monde savait qu'elle s'était installée en Floride. Dazzle Dance, le magasin qu'elle avait ouvert là-bas pour vendre des costumes et accessoires de danse, avait même été incendié – à cause de son passé, elle en était sûre.

Shayla appuya sur la pédale d'accélérateur alors qu'elle approchait de la sortie. Derrière elle, le conducteur du VUS fit de même.

Shayla scruta le pare-brise du véhicule, en vain. Les vitres teintées dissimulaient le ou les occupants à sa vue. Elle releva les yeux juste au moment d'emprunter la bretelle, ce qu'elle fit à une vitesse plus élevée qu'elle ne l'avait prévu. Elle dut freiner et se cramponner au volant pour ne pas percuter le rail de protection.

La voiture noire resta sur l'autoroute.

Shayla poussa un soupir de soulagement. Que lui arrivait-il ? Pourquoi laissait-elle son imagination s'emballer ainsi ? Il était absurde de penser que quiconque ait pu la suivre. Personne ne savait à quelle date elle avait prévu de revenir en ville, encore moins à quelle heure.

Comme elle s'engageait dans la rue principale de la bourgade, elle promena son regard sur les environs. Il y avait eu quelques changements. Sur la gauche, un centre commercial avait remplacé un champ. Tout à côté, un nouveau restaurant, qui servait des petits déjeuners toute la journée. Idéalement situé pour les voyageurs. Du côté droit, les champs s'étendaient toujours à perte de vue.

Shayla se gara sur le parking du restaurant, sa destination. Puis elle téléphona à sa cousine, Deedee.

— Salut, Shayla, lança celle-ci avec chaleur. Tu es arrivée ?

— Je viens de me garer.

— Parfait. Oh ! oui, je te vois. Entre donc !

Un sourire naquit sur les lèvres de Shayla. Elle attrapa son sac et descendit. Il y avait longtemps qu'elle n'avait pas vu sa cousine, et elle avait hâte de la serrer dans ses bras.

Deedee l'attendait dans l'entrée. Elle n'avait pas vieilli mais elle avait dû prendre quatre ou cinq kilos, ce qui lui donnait une silhouette plus voluptueuse, d'autant qu'elle mesurait à peine un mètre soixante. Ses cheveux noirs étaient rassemblés en deux tresses minces enroulées en chignon sur le sommet de sa tête. Son teint mat était immaculé. Un soupçon de brillant à lèvres bordeaux et de mascara constituait tout le maquillage dont elle avait besoin.

Son sourire accueillant fit s'évanouir le vestige de malaise que Shayla éprouvait à la pensée de revenir à Sheridan Falls.

— Shayla !

Les deux jeunes femmes s'étreignirent longuement, avec émotion.

— Cinq ans, soupira Shayla quand elles se séparèrent.

Je n'arrive pas à croire que nous ne nous sommes pas vues depuis tout ce temps.

— Et encore, tu m'as obligée à aller à Miami pour te voir, la gronda Deedee sur un ton espiègle.

Shayla baissa les yeux.

— J'apprécie que tu aies fait le voyage. Je sais que tu préfères rester ici.

Deedee était nerveuse en avion et, de manière générale, n'aimait guère sortir de son cocon. Dans les parcs d'attractions, elle préférait les spectacles aux manèges.

— C'était sympa, assura celle-ci, mais je ne vais pas reprendre l'avion de sitôt.

— Après tout ce qui s'était passé, tu sais qu'il valait mieux que nous nous retrouvions là-bas.

— Je sais, murmura Deedee doucement.

— Tu aurais pu revenir en voiture, lui fit remarquer Shayla. Je crois que tu as aimé la Floride plus que tu ne t'y attendais, non ?

Et au moins, à Miami, il n'y avait personne pour surveiller le moindre de ses mouvements, guetter un moment propice pour lui nuire…

— C'est vrai, mais il y avait trop de foule pour moi. Trop de circulation.

— La plage t'a plu, non ?

Deedee acquiesça.

— Oui, l'océan Atlantique était splendide. Mais le lac ici est plus tranquille. Et il n'y a pas de danger de rencontrer un requin.

Shayla rejeta la tête en arrière et éclata de rire.

— Tu es toujours aussi drôle !

Deedee avait essayé de traiter ses craintes à la légère, mais Shayla savait qu'elle ne plaisantait pas. Elle se souvenait de sa cousine entrant dans les flots bleus et chauds, regardant au loin d'un air anxieux. « Tu me promets que je ne vais pas être dévorée par un requin ? » avait-elle demandé.

En dépit des efforts de Shayla pour la rassurer, Deedee n'avait pas pris autant de plaisir qu'elle à la baignade. Le plus clair du temps, elle avait préféré rester sur la plage, sous prétexte qu'elle était contente de profiter du soleil.

— Enfin, viens t'asseoir, lança Deedee en s'emparant d'un menu, qu'elle déposa sur la première table.

Le restaurant était aux trois quarts plein. À l'évidence, les affaires marchaient bien. Deedee avait eu une bonne intuition en investissant dans cette entreprise.

— Tu veux du thé ? Du café ?

— Du café, s'il te plaît. Avec de la crème et du sucre.

— Je t'apporte ça tout de suite.

Shayla regarda autour d'elle en se glissant sur la banquette. La plupart des visages lui étaient inconnus, mais pas tous. Tammy Taylor était assise avec John Hetrick. Ils avaient formé un couple au lycée et, à en juger par le bambin assis sur la chaise haute installée à côté d'eux, ils avaient dû se marier depuis.

Deedee revint avec le café.

— Tu as eu le temps de jeter un coup d'œil au menu ?

— Oh ! Non, pas encore. Mais je suppose que vous servez des œufs brouillés ?

— Avec des frites et trois crêpes.

— Ça me va très bien, affirma Shayla. Je meurs de faim.

— Une assiette complète, nota Deedee. Tu en as besoin, tu es devenue bien trop maigre.

Comme sa cousine s'éloignait de nouveau, Shayla regarda en direction de Tammy et vit que celle-ci la fixait. Shayla lui adressa un léger sourire, que son ancienne camarade ne lui rendit pas.

Shayla détourna les yeux, et pianota sur son téléphone pour se donner une contenance. Elle vérifia ses mails, surfa un peu sur les réseaux sociaux et envoya un texto à sa mère pour l'avertir qu'elle n'allait pas tarder.

— Et voilà ! annonça Deedee gaiement quelques minutes plus tard.

Shayla releva la tête alors que sa cousine déposait une assiette d'œufs brouillés accompagnés de frites maison devant elle, ainsi qu'une petite pile de crêpes. Elle songea qu'elle ne pourrait jamais tout manger, mais se montra enthousiaste.

— Merci, Deedee. Ça a l'air fantastique.

Deedee prit place en face d'elle.

— Quel effet cela te fait-il d'être de retour ?

Shayla enfourna une bouchée avant de répondre.

— C'est bizarre, avoua-t-elle. Tant d'années ont passé. J'ai à la fois l'impression d'être chez moi, et d'être une étrangère.

Elle baissa la voix.

— J'ai vu Tammy Taylor là-bas. Je lui ai souri, mais elle m'a ignorée.

— Les gens ici ont de la mémoire, soupira sa cousine. Mais une fois qu'ils se seront habitués à l'idée que tu es de retour, tout va se calmer. Tammy est sûrement plus surprise qu'autre chose.

— Tu as sans doute raison. Mais je t'ai parlé du mail de menace que j'ai reçu ? En gros, on m'avertissait de ne pas rentrer à Sheridan Falls. Je présume que c'est quelqu'un qui sait que ma mère est malade et qui s'attendait à ce que je revienne.

Deedee prit une expression soucieuse.

— Je suis sûre que ce sont des paroles en l'air.

— C'est ce que je me dis aussi, mais… ça me fait réfléchir quand même. Tout à l'heure, comme je m'apprêtais à sortir de l'autoroute, il y avait un VUS noir derrière moi. Il avait l'air de me suivre. J'avoue que j'ai paniqué. Et puis je suis sortie et le VUS non.

— Tu vois ? Tu es à cran, c'est tout, affirma Deedee en

se penchant pour lui presser les doigts avec affection. Je comprends. Ça va être difficile de revenir après tout ce temps. Après tout… ce qui s'est passé.

— Oui.

Shayla but une gorgée de café.

— Je suis juste stressée, je suppose. J'espère que les gens ne me haïssent pas autant qu'alors, quand Hayley et Jonathan ont été tués.

Deedee acquiesça.

— Tu sais, cela m'inquiète un peu que tu continues à recevoir des menaces. Je me demande si tu ne devrais pas envisager d'engager un garde du corps.

Shayla gloussa.

— Un garde du corps ? Pas question !

— Écoute-moi avant de monter sur tes grands chevaux. Tu te souviens de Tavis Saunders ?

À la mention de son nom, le cœur de Shayla fit un petit saut dans sa poitrine. Comment aurait-elle pu oublier Tavis ? De trois ans son aîné, il était grand, bien bâti, la peau très brune, et possédait un sourire capable de conquérir n'importe quelle femme. Naturellement, il ne l'avait jamais considérée autrement que comme l'amie de Hayley – c'était son cousin. Et après la mort de celle-ci, il l'avait haïe, comme tous les autres.

— Bien sûr que je me souviens de lui.

— Eh bien, devine quoi ? Il est garde du corps à présent. Il a été dans la police un temps, mais ensuite il a monté une agence de protection.

— Ah bon ?

La nouvelle surprenait Shayla, sans qu'elle sache au juste pourquoi. Il avait adoré le football autrefois. Elle avait supposé qu'il finirait par devenir joueur professionnel ou entraîneur, peut-être. Cependant, après son départ de Sheridan Falls, elle ne lui avait jamais parlé et n'avait pas davantage essayé de le retrouver en ligne. Pas plus qu'aucune autre personne, hormis quelques amis très proches et sa cousine.

— Oui, confirma Deedee. Donc, voilà quelqu'un que tu connais, il est originaire de cette ville, il connaît les gens d'ici et je pense que tu devrais l'engager, ne serait-ce que par mesure de précaution.

— Je pensais que tu venais de dire que, d'après toi, ces menaces n'étaient pas à prendre au sérieux.

— C'est ce que je veux croire, oui. Mais pourquoi courir un risque ? Avec quelqu'un comme Tavis, tu peux être protégée vingt-quatre heures sur vingt-quatre.

Cette seule perspective fit s'accélérer le pouls de Shayla. De désir ou de peur ? Elle se souvenait d'avoir couru se réfugier dans les bras de Tavis le lendemain des meurtres, en quête de réconfort. Pendant quelques délicieuses secondes, il l'avait tenue en sécurité contre lui. Mais elle n'avait jamais oublié l'expression de son visage quand il s'était dégagé : un mélange de perplexité, de douleur et de colère.

« Les gens disent que tu es mêlée à tout ça.

– Quoi ? avait balbutié Shayla, atterrée. Tu sais que ce n'est pas vrai. Comment peux-tu dire une chose pareille ? Hayley était ma meilleure amie.

– Où est Lucas ? avait-il rétorqué, les traits durcis – impitoyables.

– Si je savais où il est, je te le dirais. Mais je ne crois vraiment pas qu'il ait fait quoi que ce soit.

– Il a disparu juste après la soirée chez lui. Allons, tu es sa petite amie. Tu dois bien savoir où il est. Je t'en prie, écoute ta conscience et dis-le-moi. »

Shayla avait eu beau protester, Tavis avait refusé de la croire. Exactement comme le reste des habitants de Sheridan Falls.

— Non, dit-elle. Je ne vais pas engager de garde du corps. Et sûrement pas Tavis.

— Je ne pense pas que tu devrais être aussi catégorique. Enfin, c'est à toi de décider.

Shayla acquiesça, et Deedee se leva.

— Je te laisse déjeuner tranquille. Je vais m'occuper des autres clients.

— Merci encore.

Deedee sourit.

— De rien. Tu es ma cousine. Je serai toujours là pour toi.

Ces paroles réconfortèrent Shayla. Un peu rassérénée, elle mangea avec appétit et parvint presque à terminer son assiette.

Elle sirotait son café quand elle vit Tammy et John se diriger vers la sortie avec leur fils. Tammy chercha son regard et, une fois de plus, Shayla lui adressa un sourire.

— Shayla, dit Tammy, sur un ton indéchiffrable. Tu es de retour en ville.

— Oui. Je ne sais pas si tu es au courant, mais ma mère est malade.

— Oui, je l'ai entendu dire. Je suis désolée.

Shayla sentit une partie de sa tension se dissiper. Tammy se montrait cordiale.

— Bien sûr, le stress que tu lui as causé au fil des années a sûrement nui à sa santé.

La remarque fit à Shayla l'effet d'un coup de poignard. Elle resta muette, incapable de trouver une réponse.

— Elle est plus forte que la plupart des gens, ajouta Tammy. J'espère qu'elle s'en sortira.

— Merci, répondit Shayla froidement.

— J'espère que tu n'as pas l'intention d'assister à la veillée cette semaine, poursuivit Tammy. Si tu as le moindre respect pour les familles des victimes, tu ne te montreras pas.

— Tammy, je ne suis pas venue pour…

Les mots moururent dans sa gorge. En un éclair, Tammy avait attrapé le verre d'eau posé sur la table et le lui avait jeté au visage.

Shayla étouffa un cri. D'autres clients firent de même.

— Tu as fait assez de mal ici, lâcha Tammy. Personne ne veut que tu reviennes.

— Ça suffit, intervint John. Allons-nous-en.

Sur quoi Tammy, son mari et leur fils se hâtèrent de sortir, laissant Shayla assise à sa table, anéantie.

2

Deedee se rua vers elle alors que la porte se refermait sur eux.

— Oh ! mon Dieu ! Shayla, ça va ?

Shayla s'essuya le visage avec une serviette en papier et leva les yeux vers sa cousine.

— Je vais survivre. Je suppose qu'il fallait s'attendre à ce genre de chose. Personne ne va être content de me voir.

Deedee lui passa d'autres serviettes, et se mit en devoir d'essuyer la table.

— Moi, je suis contente. D'autres le seront aussi. Ta mère, pour commencer, mais elle n'est pas la seule. Tammy était proche de Hayley. Elle n'a jamais surmonté sa mort.

— Et je suis la personne qu'on blâme le plus.

Elle avait parfois l'impression qu'on la haïssait plus encore que Lucas, celui qui avait commis les crimes.

Shayla émit un soupir saccadé, puis enroula une mèche de ses cheveux bouclés autour des doigts. Ils étaient mouillés maintenant, et allaient friser, mais tant pis. C'était inévitable. Enfin, si elle pouvait persuader sa mère de se faire soigner ailleurs, elle ne serait pas obligée de rester longtemps en ville.

Deedee essuya la banquette en face d'elle et s'y glissa.

— Écoute, tu devrais peut-être changer d'avis à propos de Tavis. Je sais que Tammy ne t'a pas frappée, mais si d'autres se mettent dans l'idée de t'agresser… je crois que ce serait bien d'avoir Tavis avec toi.

Shayla acquiesça sans répondre. Inutile de dire à sa cousine qu'elle ne ferait jamais appel à Tavis. Peut-être était-ce stupide, mais elle avait eu un vrai faible pour lui alors, et elle avait éprouvé une amère déception lorsqu'elle s'était rendu compte qu'il la voyait de la même manière que les autres. Certes, les années avaient passé, mais elle n'avait pas envie de passer vingt-quatre heures sur vingt-quatre avec un homme qui ne pouvait pas la supporter.

De toute façon, ce n'était pas le moment d'avoir cette conversation avec Deedee. Elle voulait se rendre chez sa mère. C'était cela le plus important.

Malgré tout, une question la taraudait.

— Tammy a parlé d'une veillée ?

— Oui. Il y en a une chaque année. Je ne te l'ai pas dit ?

— Pour l'anniversaire de leur mort, murmura Shayla. Bien sûr. Dans quatre jours. J'ignorais que la veillée avait toujours lieu.

— Les gens disent qu'ils continueront jusqu'à ce que le meurtrier ait été arrêté et que justice soit faite.

Qu'était-il advenu de Lucas ? se demanda Shayla. Si elle avait su où il se trouvait, elle n'aurait pas hésité à le livrer à la police pour que chacun dans cette ville puisse enfin avoir des réponses, et une conclusion. Elle y comprise.

Dans quatre jours, neuf ans auraient passé depuis la tragédie. La date était gravée à jamais dans son esprit. Début juin, juste après la fin de l'année scolaire. Tous ses camarades étaient contents d'être en vacances, impatients de profiter de leur dernier été ensemble avant de partir faire des études ou travailler ailleurs. Un moment d'espoir, plein de promesses, qui leur avait brutalement été arraché.

— Les gens se rassemblent à l'école. Ils allument des bougies et lancent des ballons. Ils prient, expliqua Deedee avant de marquer une pause. Ne te sens pas obligée d'y aller juste parce que tu es en ville.

— Hayley était ma meilleure amie.

— Mais si quelqu'un t'en veut encore… rappelle-toi que les choses ont mal fini quand tu es allée à la première veillée, il y a neuf ans.

En effet. Les parents de Hayley et de Jonathan l'avaient prise à partie, lui reprochant sa présence. Leurs paroles cruelles l'avaient chassée.

Shayla redressa les épaules. Elle avait enduré tant d'injustice. Après l'agression inattendue de Tammy, elle s'était un instant apitoyée sur son sort, au point de se demander pourquoi elle était revenue. Il fallait qu'elle se souvienne qu'elle n'avait rien à se reprocher. Cela ne lui plaisait guère d'être à Sheridan Falls et les habitants de la ville ne voulaient peut-être pas d'elle, mais elle pouvait marcher la tête haute car elle savait qu'elle était complètement innocente. Qu'elle n'avait aucune raison de raser les murs ou de se terrer quelque part.

— Je verrai le moment venu, dit-elle enfin. Si je décide d'y assister, je resterai en retrait.

Elle haussa les épaules.

— Je ne sais pas. Ce que je sais, c'est qu'il faut que j'aille voir ma mère. Il y a trop longtemps que je ne l'ai pas vue.

— Bien sûr, acquiesça Deedee. Appelle-moi quand tu veux.

Dans la voiture, Shayla sentit se renforcer sa détermination. Elle ferait face à cette ville, avec le courage qui lui avait manqué autrefois, quand elle avait pris la fuite. Peut-être son départ avait-il contribué à alimenter le moulin de la rumeur.

Cependant, pour elle, ç'avait été la seule solution. En butte à l'hostilité générale, elle avait été incapable de faire le deuil de Hayley et de Jonathan, ou même de réfléchir lucidement à ce qui s'était passé. Dès qu'elle en avait eu la possibilité, elle était partie, et avait reconstruit sa vie ailleurs.

Était-ce vraiment une vie ? Elle s'était consacrée à son travail, n'avait eu que peu d'amis, sortant rarement. Hormis une relation de six mois avec un pompier prénommé Paul, qui s'était lassé de son incapacité à ouvrir son cœur, elle n'avait eu qu'un ou deux rendez-vous romantiques. Elle avait toujours eu trop peur de laisser quiconque s'approcher d'elle. Et elle vivait dans l'angoisse constante que quelqu'un mette à exécution les nombreuses menaces qu'elle recevait.

Durant ses premiers mois à Miami, elle avait regardé par-dessus son épaule chaque fois qu'elle sortait de chez elle. Peu à peu, elle avait enfin commencé à se sentir en sécurité et en paix. Quatre ans plus tard, son magasin avait été incendié.

Elle s'était adaptée. Elle avait créé une boutique en ligne, et vendait ses produits non seulement en Floride mais dans tout le pays et même à l'étranger. L'univers de la danse était riche en opportunités, et la demande en costumes et accessoires très forte. C'était un domaine qu'elle connaissait bien, et après avoir cessé la compétition à la suite des meurtres, elle avait trouvé le moyen d'en faire une carrière. À un moment donné, elle avait songé à ouvrir sa propre école, mais elle avait renoncé, préférant vivre dans un petit coin du monde où elle se sentait en sécurité.

En roulant vers la maison de sa mère, Shayla prit brusquement conscience des limites de son existence.

Chassant ces pensées dérangeantes, elle s'engagea dans Belmont Street, la rue où elle avait grandi. Quelques secondes plus tard, elle s'arrêtait devant le numéro 15. Sa maison. Ce serait toujours sa maison, n'est-ce pas ? Le lieu où on avait grandi demeurait à jamais son foyer.

Elle descendit de voiture, redressa les épaules au cas

où les voisins la regarderaient et remonta l'allée, puis gravit les marches du perron. Bien qu'elle soit chez elle, elle appuya sur la sonnette. L'infirmière l'attendait, et il semblait courtois d'annoncer sa présence plutôt que d'entrer sans crier gare.

Moins d'une minute plus tard, la porte s'ouvrit. Une femme aux cheveux bruns accueillit Shayla avec un sourire chaleureux, une lueur amicale dans ses yeux bleus.

— Vous devez être Shayla.

— Et vous devez être Jennifer.

— C'est ça, dit Jennifer en s'effaçant pour la laisser passer.

Elle portait une blouse d'infirmière bleu roi, la teinte assortie à ses yeux.

Shayla entra dans la maison et parcourut du regard le foyer où elle avait passé les dix-huit premières années de sa vie. Peu de choses avaient changé. L'énorme plante verte de sa mère courait encore le long du mur : ses tiges et ses feuilles avaient gagné du terrain, et atteignaient le piano. Les canapés à motif floral, un peu désuets, étaient les mêmes qu'autrefois, mais le cheval sculpté qui trônait sur la petite table avait disparu, remplacé par un vase de fleurs fraîches. Shayla se demanda si c'était une attention de l'infirmière.

— Comment va ma mère ? demanda-t-elle, le cœur serré.

— Elle est réveillée. Vous pouvez aller la voir.

Shayla hocha la tête.

— Merci.

Elle enfila le couloir, sachant déjà qu'une chambre avait été aménagée au rez-de-chaussée, à la place du salon familial, pour faciliter les soins.

La pièce était complètement transformée. Un lit médicalisé avait été placé le long du mur droit, tandis qu'à gauche, on avait placé des étagères contenant des fournitures médicales. Il n'y avait plus de canapé, mais un fauteuil. Les autres objets avaient été rangés dans des cartons désormais alignés contre le mur du fond.

Sa mère fermait les yeux. Dormait-elle ?

Shayla s'approcha du lit sans faire de bruit.

— Maman ? chuchota-t-elle. Tu es réveillée ?

Les paupières de sa mère vacillèrent et s'ouvrirent. Un sourire se répandit sur ses lèvres. Shayla sentit les larmes lui monter aux yeux. Sa mère avait le même sourire affectueux, mais son corps, ravagé par le cancer, semblait avoir rapetissé.

Shayla prit sa main dans la sienne.

— Maman. Je m'en veux tellement de ne pas avoir été là pour toi. Pourquoi ne m'as-tu pas dit plus tôt que tu étais malade ?

— Je ne voulais pas que tu te fasses de souci. Je sais que tu as ta vie à Miami.

— C'est toi ma vie, maman.

Tragiquement, sa mère avait caché à Shayla qu'on lui avait diagnostiqué un cancer du côlon. Peut-être n'avait-elle pas voulu faire face à la maladie, ou avait-elle pensé protéger sa fille. Quoi qu'il en soit, Shayla regrettait amèrement de n'avoir découvert la vérité que lorsque le cancer avait atteint le stade quatre.

Et puis il s'était propagé au foie et à l'abdomen.

Si seulement sa mère avait accepté de venir vivre à Miami avec elle ! Mais Shayla savait que c'était une femme obstinée, convaincue que ce qui arrivait devait arriver. À certains égards, elle se méfiait des médecins. Pour cette raison, sans doute, elle avait attendu trop longtemps avant de les consulter.

— Comment te sens-tu ?

— J'ai été plus en forme.

Sa mère ferma les yeux, puis les rouvrit.

— On me donne des comprimés pour la douleur. Et j'ai une perfusion. L'infirmière prend bien soin de moi.

Shayla ne voulait pas pleurer devant sa mère, mais des larmes roulèrent sur ses joues malgré tout. Elle les essuya.

— Je suis là maintenant. Si tu as besoin de quoi que ce soit, dis-le-moi. Nous allons surmonter cette épreuve. Tu m'entends ? On va s'en sortir.

Pour toute réponse, sa mère lui pressa les doigts plus fort. Allait-elle se battre ? Elle avait dû être anéantie par la sévérité du diagnostic. Espérait-elle se rétablir, ou était-elle persuadée que c'était la fin ?

Shayla ne pouvait pas accepter cette seconde éventualité. Tant qu'elle était là, elle allait aider sa mère à se battre. Peut-être celle-ci avait-elle besoin de sa présence pour la motiver.

— Je vais sortir mes bagages de la voiture. Mais si tu as besoin de moi, dis-le à l'infirmière et je viendrai. N'importe quand.

— Je sais, ma chérie. Va chercher tes affaires et installe-toi. Nous parlerons tout à l'heure.

Dès que Shayla fut sortie de la pièce, les larmes jaillirent. Voir sa mère si frêle avait été un choc. Celle-ci avait toujours été une femme forte, indépendante, qui l'avait élevée seule après que son père les eut abandonnées. La vie n'était pas juste. Pour autant, Shayla refusait absolument d'envisager le pire.

Jennifer était debout dans l'entrée, les bras croisés sur sa poitrine, une expression compatissante sur les traits.

— Merci d'être là pour ma mère, murmura Shayla. J'apprécie votre travail.

— De rien, répondit Jennifer. Je suis contente de pouvoir l'aider.

— Vous devez penser que je suis bien indifférente. Il

y a si longtemps que je suis partie. Mais je ne savais pas qu'elle était si malade. Je suppose qu'elle voulait me protéger.

— C'est exactement ça. Et je ne vous juge pas. Votre mère ne tarit pas d'éloges à votre égard.

Ces mots emplirent Shayla de fierté.

— C'est gentil de me dire ça.

— Hmm, soupira Jennifer. Est-ce que je peux vous dire quelque chose ?

— Bien sûr. Qu'est-ce qui vous tracasse ?

— Je sais que c'est un sujet délicat mais… pour avoir discuté avec votre mère et votre cousine, et vous avoir parlé au téléphone, je voulais vous dire que je ne crois pas que vous ayez été mêlée à ce qui est arrivé à vos amis il y a neuf ans.

Miraculeusement, Shayla parvint à garder un visage neutre en dépit de sa stupeur. L'infirmière ne la connaissait ni d'Ève ni d'Adam. Pourquoi évoquer la tragédie ?

— Je suis désolée si je vous parais indiscrète, mais Sheridan Falls est une petite ville et tout le monde sait ce qui s'est passé. Quand j'ai commencé à m'occuper de votre mère, des voisines m'ont tout raconté. Et… je… excusez-moi. Je vous ai offensée.

— Non, mentit Shayla. Mais je suis un peu étonnée.

— Je voulais juste que vous sachiez que j'ai entendu les rumeurs, mais que je n'en crois pas un mot.

— Tant que vous faites de votre mieux pour ma mère, c'est tout ce qui compte.

— Bien sûr.

— Excusez-moi. Je vais sortir mes affaires de la voiture.

Shayla sortit, perplexe. Pourquoi diable l'infirmière avait-elle tenu à lui dire cela ? Certes, tout le monde commérait dans une petite bourgade, et peut-être la jeune femme s'imaginait-elle que ses paroles lui feraient plaisir. Au lieu de quoi, elles semblaient déplacées à Shayla, même si sa réponse avait été sincère : tant que l'infirmière s'occupait de sa mère, rien d'autre n'avait d'importance.

Elle prit sa valise et son sac dans la voiture et rentra dans la maison. Sur le palier du premier étage, elle s'arrêta devant la porte de sa chambre, marquant une pause. Il y avait si longtemps…

Elle ouvrit la porte et jeta un coup d'œil à l'intérieur. La chambre semblait exactement telle qu'elle avait été le jour de son départ. La courtepointe rose et bleu recouvrait le lit. L'énorme ours en peluche, un cadeau de Lucas, était adossé aux oreillers. Des photos d'elle en costume de danse étaient accrochées aux murs. Des photos de Hayley et elle, riant et s'amusant.

C'était comme si, dans cette pièce, le temps s'était arrêté.

Shayla entra et referma le battant derrière elle. Sa veste d'uniforme aux couleurs du lycée de Sheridan Falls était encore pendue à la patère, là où elle l'avait laissée. Elle avait adoré cette veste mais, après les meurtres, elle n'avait voulu emporter aucun souvenir de ses jours d'école quand elle était partie pour la Floride.

Elle caressa l'écusson en cuir rouge, songeant à tous les sports que Hayley et elle avaient pratiqués alors. Le football, l'athlétisme, la natation. Elles avaient excellé dans chacune de ces disciplines, surtout parce qu'elles voyaient là un moyen de parfaire leur forme physique pour la danse, leur passion.

Shayla déposa ses bagages au pied du lit. Une fois de plus, elle regarda l'ours en peluche. Lucas le lui avait offert la semaine précédant les meurtres, alors qu'ils sortaient ensemble depuis un mois. Shayla n'aurait su dire pourquoi elle l'avait gardé. Il était resté là, simplement, avec toutes les autres choses qu'elle ne voulait pas inclure dans sa nouvelle vie.

Elle se pencha, prit l'ours dans ses bras et le rangea dans la penderie, hors de vue.

Elle était à la maison, pensa-t-elle en revenant s'asseoir sur le lit confortable. Il avait fallu neuf ans, mais elle était enfin de retour à la maison.

— Je meurs d'ennui ici, Tavis, grommela Griffin Woodward. Cette fille ne fait qu'aller d'une boutique à l'autre pour acheter du maquillage et des vêtements, ou je ne sais quoi encore. Il y a des jours où j'ai envie de me tirer une balle dans la tête.

Tavis lâcha un rire amusé.

— Souviens-toi qu'elle paie bien.

— Je sais, soupira Griffin. C'est ce qui me retient. Je ne crois pas qu'elle coure le moindre danger. Elle veut sans doute juste le prestige d'avoir un garde du corps qui la suit partout.

— Ce qui ne me gêne pas.

Certes, Tavis savourait la montée d'adrénaline qui accompagnait les affaires où un danger réel menaçait, mais il n'avait rien contre les cas tranquilles, qui ne comportaient aucun risque. Ceux-ci payaient les factures tout aussi bien.

Naturellement, dans son domaine – la sécurité personnelle – il n'y avait aucune garantie. Des gens fortunés qui souhaitaient une protection alors qu'aucune menace spécifique ne pesait sur eux, pouvaient être pris à partie par des individus qui voulaient leur nuire. Des associés mécontents, des concurrents jaloux, des ex aigris. Tavis était préparé à tout cela, et apporter des services de protection à une myriade de gens était pour lui une source de profonde satisfaction.

Au moins, en tant que propriétaire de sa propre société,

c'était lui qui fixait les règles. Contrairement à l'époque où il avait travaillé dans la police de Buffalo.

— Il faut que j'y aille, lança Griffin. Elle sort du magasin.

— Tiens-moi au courant s'il se passe quelque chose d'excitant, répondit Tavis, une pointe d'humour dans la voix.

— J'en doute, mais oui, je te rappelle plus tard.

Tavis raccrocha, content d'avoir une journée sans histoire en perspective.

Il avait deux employés : Griffin Woodward et Lenny Pinter. Lenny était actuellement en mission extérieure, assurant la protection d'un homme d'affaires lors d'une convention. Désireux de lancer sur le marché un produit novateur, ce dernier redoutait la réaction d'éventuels concurrents. Jusqu'à maintenant, ses craintes s'étaient révélées infondées : tout était calme.

Le téléphone de Tavis sonna. Il jeta un coup d'œil à l'écran. Il ne reconnut pas le numéro, mais l'indicatif était local.

— Saunders Services de Protection.

— Tavis ?

— C'est moi, oui.

— Bonjour, ici Deedee McKenzie. La cousine de Shayla.

— Bonjour, Deedee. Comment vas-tu ?

— Bien, répondit-elle. Je téléphone au sujet de Shayla.

Tavis se massa la nuque.

— Elle va bien ?

— Elle vient de rentrer en ville et je suis un peu inquiète pour elle. Je lui ai suggéré de t'appeler. Comme tu le sais, beaucoup de gens ici ne l'aiment pas et j'ai peur qu'on ne tente de lui faire du mal.

— Que veux-tu dire ?

— Elle a reçu des menaces récemment. Quelqu'un lui a dit que, si elle revenait à Sheridan Falls, elle allait mourir.

Tavis fronça les sourcils et se leva, passant une main sur

ses cheveux coupés court. Il savait que, après les meurtres, Shayla avait reçu plusieurs menaces de mort. Lucas Carr étant en cavale, les gens de Sheridan Falls, furieux et bouleversés par le meurtre de deux jeunes, avaient focalisé leur colère sur elle.

— Sous quelle forme l'a-t-on menacée ? Par téléphone, par mail ?

— Par mail.

Neuf ans avaient passé, et elle était toujours prise pour cible. Pas étonnant qu'elle ait quitté Sheridan Falls. Tavis lui-même éprouvait un certain sentiment de culpabilité à son égard pour la manière dont il l'avait traitée après la mort de sa cousine Hayley. À l'époque, en dépit des protestations de Shayla, il était fermement convaincu qu'elle dissimulait des informations concernant Lucas. Il ne comprenait pas pourquoi elle n'avait pas assisté à la soirée. Certes, il ne pensait pas qu'elle ait demandé à Lucas de tuer Hayley et Jonathan, mais il l'avait soupçonnée d'en savoir plus long qu'elle ne l'avouait.

— Tu penses que ces menaces sont crédibles ?

— Je lui ai dit que non, mais peut-être que je prends mes désirs pour des réalités. Elle s'est arrêtée manger dans mon restaurant en arrivant en ville, et Tammy Hetrick était là. Elle lui a dit quelques mots et lui a jeté un verre d'eau à la figure. Et j'ai compris alors que, même si le temps a passé, il reste des gens ici qui en veulent énormément à Shayla.

— Tu lui as dit de me contacter ? Il se trouve que je suis disponible en ce moment. Je peux assurer sa protection.

— Le problème, admit Deedee, c'est qu'elle est complètement contre. Elle estime ne pas avoir besoin de protection. Je ne sais pas si tu t'en souviens, mais Shayla peut être très têtue.

— Si elle ne veut pas m'engager, ça va être difficile de la protéger, observa-t-il.

— Je voulais déjà savoir si tu étais disponible. J'espère la convaincre de t'appeler dans les jours qui viennent. Ou bien… peut-être que tu pourrais passer la voir ? Elle est chez sa mère.

Devait-il aller lui rendre visite ? Tavis hésita. Il se rappelait la dernière fois qu'il avait vu Shayla, et l'échange qui avait suivi. Elle avait été bouleversée quand il l'avait suppliée de lui dire où était Lucas. Il se remémorait encore son regard blessé, son incrédulité.

Il n'était pas sûr qu'aller la voir soit une bonne idée.

— Comment va sa mère ?

— Très franchement, elle ne va pas bien du tout. Voilà quelques semaines, elle était encore debout et active. Et puis, tout d'un coup, elle a perdu toutes ses forces. Les médecins lui ont dit que la chimio ne faisait plus effet. Elle est rongée par le cancer.

— Je suis désolé de l'apprendre, dit-il, sincère.

— Merci. Elle a une infirmière en permanence, mais maintenant que Shayla est revenue, elle veut s'occuper de sa mère la plupart du temps.

— C'est compréhensible.

— Enfin, conclut Deedee, je voulais te mettre au courant. Avec un peu de chance, ma cousine va te téléphoner.

— Si elle le fait, je serai prêt.

Le lendemain matin, Tavis n'avait pas eu de nouvelles de Shayla. Non qu'il s'y soit attendu, mais l'appel de Deedee avait occupé ses pensées toute la nuit. L'anniversaire de la tragédie était imminent, et la tension dans Sheridan Falls palpable. Le fait qu'on avait menacé Shayla après toutes ces années le perturbait. Il était enclin à prendre l'avertissement au sérieux.

Cela étant, il décida d'aller lui rendre visite chez sa

mère. Il lui proposerait d'aller boire un café, et de discuter. Peut-être parviendrait-il à la raisonner.

Il ne mit pas longtemps à se rendre à Belmont Street. Une fois dans la rue, il roula lentement en direction de la maison des Phillips. Justement, Shayla était debout dans l'allée, à côté de sa voiture. Il la voyait écarquiller les yeux bien qu'il soit encore à vingt mètres d'elle.

Soudain, elle pivota et rentra en courant dans la maison, comme si elle avait le diable à ses trousses.

Elle ne l'avait pas vu, si ? Non, son regard était focalisé sur le pare-brise.

Tavis se gara le long du trottoir et descendit de sa Sierra. Il promena un regard autour de lui en remontant l'allée, à l'affût de menaces éventuelles.

Il ne mit pas longtemps à comprendre ce qui avait terrifié Shayla.

Sur le pare-brise de son véhicule, immatriculé en Floride, des mots étaient peints en grosses lettres blanches.

TU VAS MOURIR.

3

Debout dans la cuisine, les mains appuyées au plan de travail pour ne pas chanceler, Shayla revoyait les mots peints en blanc sur sa voiture.

TU VAS MOURIR.

Qui aurait osé écrire une chose pareille ? Et quand ?

La menace qu'elle avait reçue la semaine d'avant semblait tout à coup bien plus réelle. Ce n'était pas juste quelqu'un qui cherchait à la déstabiliser. Cet individu savait qu'elle était de retour en ville et était venu chez sa mère lui laisser un avertissement. Il ne plaisantait pas.

Où était l'infirmière ? Shayla était seulement allée à sa voiture parce qu'elle avait besoin d'acheter de la crème et que Jennifer était en retard. Elle n'avait même pas téléphoné pour dire où elle était. Shayla lui avait envoyé un texto mais celui-ci était resté sans réponse.

La sonnette tinta. Sans doute Jennifer, songea Shayla, agacée par le retard et le silence de celle-ci. D'autant plus que l'infirmière avait une clé. Pourquoi sonner à la porte ?

Il y eut un nouveau coup de sonnette, cette fois suivi d'un « Shayla ! » prononcé d'un ton un peu hésitant.

Une voix d'homme. Familière.

— Shayla, ouvre-moi. C'est Tavis.

Tavis ! Elle eut l'impression d'avoir reçu un coup de poing dans le ventre. Que faisait-il là ?

Elle se hâta vers la porte, l'ouvrit et, alors qu'elle posait les yeux sur celui pour qui elle avait eu un petit béguin autrefois, une curieuse sensation l'envahit.

Il semblait à la fois pareil, et différent. Le jeune homme qu'elle avait connu s'était étoffé. Neuf ans plus tôt, il était grand et dégingandé. Maintenant, il était bien bâti, les épaules larges et musclées. Une barbe naissante assombrissait son menton, soulignant sa masculinité. Il était superbe.

Non que cela ait un rapport avec quoi que ce soit.

— Tavis, dit-elle, le souffle court malgré elle. Que fais-tu ici ?

— Ça va ? demanda-t-il, avant de jeter un coup d'œil derrière son épaule en direction de la voiture. Je t'ai vue te ruer vers la maison. Quand est-ce arrivé ?

Shayla soupira.

— Entre.

Elle recula d'un pas, tenant la porte ouverte pour le laisser passer, puis le précéda dans le salon.

— Tu as vu quelqu'un ? Entendu quelque chose ?

— Non. Je voulais faire un saut au magasin parce que je n'ai plus de crème pour mon café. L'infirmière est censée être là, je ne sais pas où elle est passée, et j'allais juste m'absenter cinq minutes pendant que ma mère dort encore. Et puis j'ai vu ces mots peints sur le pare-brise. Je n'en croyais pas mes yeux. J'ai cru que j'hallucinais. Mais non. J'ai eu tellement peur que je suis rentrée en courant à la maison.

Tavis étouffa un juron.

— Deedee m'a appelé. Elle pensait que tu avais besoin de protection.

— Oh ! Mon Dieu. Je suis désolée. Je lui ai dit clairement que je ne voulais pas de garde du corps.

— Au contraire, je suis content qu'elle l'ait fait. Elle craignait de dramatiser, mais elle préférait ne pas prendre de risque. Et tu es de retour depuis moins de vingt-quatre heures et tu trouves ces mots peints sur ta voiture ? Je crois que tu dois considérer cela comme une menace réelle, Shayla.

Un instant, elle fut décontenancée d'entendre son nom sur les lèvres de Tavis. Peut-être était-elle plus secouée qu'elle ne l'avait cru, car elle éprouvait une envie folle de se pelotonner au creux de ses bras.

Si ç'avait été le Tavis qu'elle avait connu avant les meurtres… mais ce Tavis-là avait changé. Il s'était mué en inconnu, furieux et sans pitié pour elle.

— C'est sans doute quelqu'un qui cherche à m'effrayer. J'ai vu Tammy Taylor – Tammy Hetrick maintenant – au restaurant de Deedee hier. Elle m'a jeté un verre d'eau à la figure.

— Deedee me l'a dit.

— Je suis sûre qu'elle a téléphoné à tout le monde pour dire que j'étais rentrée. Les gens savent que ma mère est malade et j'imagine qu'ils se doutaient que je reviendrais tôt ou tard. Mais je ne m'attendais pas à ce qu'on me haïsse encore à ce point.

Il y eut un silence, que Tavis rompit.

— Je ne crois pas que tout le monde te haïsse. Évidemment, il y en a qui te gardent rancune et qui n'ont pas surmonté la tragédie, mais c'est parce que personne n'a jamais été condamné.

— Comment ces gens peuvent-ils penser que j'aurais fait du mal à Hayley ? se récria-t-elle, avant de s'interrompre aussitôt.

Elle ne voulait pas avoir cette conversation avec Tavis. Pas maintenant. Pas alors qu'il avait cru le pire à son sujet.

— Comment va ta mère ? demanda-t-il doucement.

— Elle… ça ne va pas fort, admit-elle à regret.

Elle ne voulait pas prononcer des mots que son cœur se refusait à accepter.

— Mais je suis là maintenant, et je vais l'aider à se battre.

La porte d'entrée s'ouvrit, et tous les deux se tournèrent aussitôt vers le bruit. Jennifer s'engouffra à l'intérieur, marmonnant des excuses.

— Où étiez-vous ? demanda Shayla.

Elle avait parlé sèchement, mais elle s'était attendue à ce qu'une femme payée pour s'occuper de sa mère ait la courtoisie de répondre à ses appels et messages.

— Je suis désolée. Mon téléphone était déchargé, et j'avais un pneu à plat. Excusez-moi. Cela ne se reproduira pas.

— Vous n'avez pas de chargeur dans la voiture ? demanda Shayla, radoucie.

— Il est cassé. Et j'ai bêtement oublié de mettre mon téléphone à charger hier soir.

Jennifer brandit un paquet.

— J'en ai racheté un à la station-service pendant qu'on me mettait la roue de secours. Mais comme je n'étais qu'à quelques minutes d'ici, je me suis dépêchée de venir au lieu de téléphoner.

Shayla avait envie d'être en colère, et se demanda pourquoi. À cause de Jennifer ou de sa propre anxiété ?

— Très bien, murmura-t-elle. L'important est que vous soyez là, et saine et sauve.

— Je suis vraiment désolée, répéta Jennifer. Votre mère a pris son petit déjeuner ?

— Non, elle dort encore.

— Dans ce cas, je vais lui préparer quelque chose, déclara l'infirmière en les dépassant pour gagner la cuisine.

Tavis se tourna vers Shayla.

— Je pense que tu devrais appeler la police.

— Hmm ? Oh ! non, je ne crois pas.

— Pourquoi pas ?

— Parce que… je ne veux pas accorder plus d'importance à cet incident qu'il n'en a.

— Une menace n'est pas rien, Shayla.

— Attendons un jour ou deux. On verra s'il se passe autre chose.

Tavis la regarda, visiblement incrédule. Il ne comprenait pas sa réticence à appeler la police. Pour sa part, Shayla se demandait si cela ferait la moindre différence. La police pourrait-elle découvrir l'auteur de cette menace ? Il avait sans doute été assez avisé pour porter des gants et ne pas laisser d'empreintes. Et puis, c'était un problème de plus à régler et elle en avait déjà suffisamment.

— Je suppose que tu n'as pas bu ton café, puisque tu allais acheter de la crème ?

— Non, répondit-elle avec un sourire. C'est peut-être pour ça que je suis un peu à cran.

— Quelqu'un t'a menacée. Tu as le droit d'être à cran.

Shayla acquiesça, et croisa les bras sur sa poitrine. Il avait raison. Mais jusqu'à quel point devait-elle s'inquiéter ? S'agissait-il d'un mauvais plaisant qui s'était mis en tête de la harceler ? Elle espérait que oui.

— Si on allait boire un café, bavarder un peu ? L'infirmière est ici maintenant. Tu peux t'absenter quelques instants, non ?

— Je… je suppose que oui.

À vrai dire, elle ne débordait pas d'enthousiasme à l'idée d'aller boire un café avec Tavis. Après ce qui s'était passé, il était sans doute désolé pour elle, et elle n'avait que faire de sa pitié.

— Franchement, je crois que tu devrais alerter la police, insista-t-il. Je sais que tu es contre, mais ce genre d'incident doit être signalé.

— Écoute, Tavis, c'est sûrement juste quelqu'un qui fait l'idiot. J'ai l'habitude. Il y a neuf ans que ça dure.

— Tu reçois encore des menaces, après tout ce temps ?

— Pas tous les jours, mais assez régulièrement. Alors, oui, j'ai l'habitude. Si j'appelais la police chaque fois que je reçois un mail de menace, elle arrêterait de prendre mes communications.

— Aujourd'hui, la menace était peinte sur ta voiture, lui fit-il remarquer. C'est différent. Mais c'est à toi de décider. Réfléchis, c'est tout.

— Donne-moi une seconde.

Elle se rendit dans la cuisine, où Jennifer épluchait des pommes de terre.

— Cela vous ennuie que je sorte un moment ? Je vais aller boire un café.

— Pas du tout. Prenez votre temps. Je suis là.

Shayla acquiesça.

— Appelez-moi s'il y a le moindre problème.

— Bien sûr.

Sur le point de demander à l'infirmière si elle avait remarqué l'inscription peinte sur son pare-brise, Shayla se ravisa. Étant en retard, Jennifer s'était probablement hâtée d'entrer dans la maison et n'avait rien vu du tout.

— Eh bien, à tout à l'heure.

Cinq minutes plus tard, Tavis garait sa Sierra GMC dans le centre-ville, juste devant le café Chez Molly. Il sauta à terre, contourna le véhicule et alla ouvrir la porte passager pour Shayla.

Bien qu'il ne soit pas officiellement chargé de sa protection, il jeta néanmoins un coup d'œil aux alentours avant de l'aider à descendre. Il vit M. et Mme Chan passer, la main dans la main, comme toujours. Sur le trottoir opposé, une femme promenait son golden retriever. Deux adolescentes vêtues de manière presque identique flânaient en sirotant un café glacé.

Aucune menace visible.

— C'est Molly Baxter qui tient cet endroit ? s'enquit Shayla.

— Elle-même.

— Je me souviens que, au lycée, elle disait toujours qu'elle voulait ouvrir un café, observa Shayla. Je suis contente qu'elle l'ait fait.

Tavis ouvrit la porte, et un tintement s'éleva. L'établissement était assez plein et, une fois de plus, il regarda autour de lui pour vérifier qu'il n'y avait aucun danger.

Non qu'il sache au juste ce qu'il cherchait.

Toutes les têtes ou presque se tournèrent vers eux. Les yeux s'écarquillèrent à la vue de la personne qui l'accompagnait.

Shayla.

Tavis s'y était attendu. Neuf ans plus tôt, Shayla avait été au centre de toutes les conversations des mois durant, même après son départ de la ville. Maintenant, les gens la dévisageaient comme s'ils avaient vu un fantôme.

Il se tourna vers elle, qui demeurait paralysée sur le seuil.

— Viens, dit-il en mettant doucement une main au creux de son dos. Ils vont s'en remettre.

Comme il s'avançait, Molly, debout derrière le comptoir, lui adressa un sourire. Puis son regard s'arrêta sur Shayla et tout son visage s'éclaira.

— Au moins il y a une personne qui ne me hait pas, marmonna Shayla.

Tavis la guida vers la file, où seuls deux clients attendaient : un homme en costume et une jeune femme absorbée par l'écran de son téléphone. Il fallut quelques minutes pour qu'ils soient servis, après quoi ce fut le tour de Tavis et Shayla.

— Salut, Tavis.

Là encore, le regard de Molly s'illumina en se posant sur Shayla.

— C'est vraiment toi, Shayla Phillips ?

— En chair et en os, confirma Shayla, souriante.

— Viens m'embrasser, ma vieille.

Molly lui fit signe de se pencher par-dessus le comptoir et les deux femmes s'étreignirent.

— Il y a tellement longtemps ! Ça me fait plaisir de te revoir.

— Et réciproquement, répondit Shayla. Je vois que tu as réalisé ton rêve.

— Oui. Chez Molly.

La jeune femme essuya le comptoir, l'air songeur.

— Mon père est mort l'année où tu es partie. J'ai investi mon héritage dans cet endroit.

— Je l'adore, déclara Shayla.

— Je suis vraiment désolée pour ta mère.

— Merci. Elle ne va pas très bien mais je pense qu'il faut garder espoir jusqu'au bout.

— Je suis d'accord avec toi. Je prie pour elle. Je suis sûre que toute la ville aussi.

— Merci. C'est gentil.

Molly sourit de nouveau, son regard dépassant Shayla pour jauger la file qui se formait derrière elle.

— Je ferais mieux de prendre votre commande. Tavis, un café noir avec deux sucres ?

— C'est ça.

— Et pour toi, Shayla ?

— Un cappuccino au caramel, s'il te plaît.

— Je vous apporte ça tout de suite. Allez vous installer.

Tavis régla, puis conduisit Shayla à une table au fond, près d'une fenêtre qui donnait sur la rue. Il sentait la tension irradier de Shayla alors qu'elle passait à côté des tables, regardant droit devant elle en dépit des têtes qui se tournaient dans sa direction. Il ne pouvait lui en vouloir. Les clients la dévisageaient ouvertement, comme seuls les habitants des petites villes osent le faire.

— Je déteste que tout le monde me regarde comme si je n'étais pas à ma place ici, murmura-t-elle en s'asseyant dans un des fauteuils confortables.

Tavis s'installa en face d'elle.

— Ne fais pas attention. Comme je disais, les gens vont s'habituer au fait que tu sois de retour. Et la vie reprendra son cours normal.

— Tu crois ? répliqua Shayla, un défi dans la voix. Neuf ans ont passé et ils n'ont pas oublié.

— Tu sais comment sont les gens dans cette ville. Ils oublieront, fais-moi confiance. Ils retourneront à leur routine dès qu'ils auront trouvé un autre sujet de conversation.

Shayla baissa les yeux, puis les plongea dans les siens.

— J'espère que tu as raison.

— Molly était ravie de te voir. Tu n'as pas que des ennemis ici.

— Je suppose que non.

Elle ouvrit la bouche comme pour ajouter quelque chose, puis se ravisa.

— Je sais que tu es réticente à engager mes services, commença-t-il, mais je veux que tu saches…

— Tavis, coupa-t-elle, pourquoi voudrais-tu me protéger ? Tu ne m'aimes pas.

Ses paroles le frappèrent en plein cœur. Il devina qu'elle avait été sur le point de dire cela quelques secondes plus tôt. Ce n'était pas vrai, évidemment. Il l'aimait bien. À vrai dire, il l'avait toujours trouvée attirante, même si elle était trop jeune pour lui. À l'époque, trois ans de différence avaient paru être un obstacle insurmontable. Maintenant, bien sûr, ils étaient des adultes…

Tavis se hâta de refouler ces pensées surgies de nulle part. Shayla était superbe. Le teint couleur chocolat, de grands yeux marron et de longs cils, les cheveux épais et bouclés. Il émanait d'elle une sensualité innée.

Et à l'évidence, il y avait trop longtemps qu'il n'était pas sorti avec une femme, puisque le seul fait d'être en compagnie de Shayla semait le trouble dans son esprit.

— Tu crois que je ne t'aime pas ? Tu te trompes, Shayla. Je t'ai toujours bien aimée.

À cet instant, Molly arriva, souriante, et déposa leurs cafés sur la table.

— Un café noir, un cappuccino au caramel.

— Merci, lancèrent-ils à l'unisson.

Dès qu'elle se fut éloignée, Tavis continua :

— Nous ne sommes pas restés en contact après ton départ, mais j'ai toujours été ton ami.

— Tu étais en colère contre moi, lui rappela-t-elle. Tu crois que j'ai oublié notre dernière conversation ? Tu étais furieux. Tu pensais que je protégeais Lucas. C'est à ce moment-là que tu as cessé de bien m'aimer, Tavis.

— C'est faux.

Il resta silencieux un moment, sirotant son café.

— Hayley venait d'être tuée et je me demandais si tu en savais plus que tu ne l'avouais. Je me rends compte à présent que j'ai été dur envers toi. Mais j'essayais seulement d'obtenir des réponses.

— Tout le monde dans cette ville s'est retourné contre moi et tu as fait pareil, dit-elle tout bas.

Elle porta son café à ses lèvres. Il garda le silence, lui laissant un instant pour savourer sa boisson. Sauf que, à en juger par l'expression lointaine de son regard, il n'était pas sûr qu'elle ait prêté attention à son goût.

— Je suis désolé d'avoir été dur avec toi. Mais crois-moi,

je t'ai toujours bien aimée. J'étais bouleversé par la mort de ma cousine, je cherchais à comprendre.

— Moi aussi, j'étais bouleversée. J'avais besoin…

Sa voix s'éteignit.

— Peu importe. C'était il y a longtemps.

— Hé, dit Tavis doucement, en se penchant vers elle pour prendre sa main dans la sienne, se surprenant lui-même. Tu as été blessée. Ça a de l'importance.

— Je vais bien, murmura-t-elle.

— Je suis là pour toi, dit-il fermement. Je ne laisserai personne te faire du mal. Tu es une vieille amie. Je suis heureux de t'offrir mes services gratuitement.

— Oh ! Il n'en est pas question, se récria Shayla avec un geste de refus. Je ne veux pas qu'on me fasse la charité.

— Il ne s'agit pas de charité. Disons que je veux me rattraper, si tu veux. Pour avoir été injuste avec toi alors que j'aurais dû savoir que tu ne protégerais pas Lucas.

— Appelle ça comme tu veux, mais je n'ai pas besoin de protection. Et je ne voudrais pas que tu renonces à d'autres missions pour t'occuper de moi.

Tavis but une nouvelle gorgée de café, et décida de ne pas insister pour l'instant. Il y avait un autre sujet qu'il souhaitait aborder avec elle.

— Je sais que tu ne veux sans doute pas que je te pose cette question, surtout étant donné ce que tu viens de me dire. Mais as-tu jamais eu des nouvelles de Lucas au cours des neuf dernières années ?

Shayla écarquilla les yeux, la déception lisible sur ses traits.

— Je n'arrive pas à croire que tu me demandes ça. Tu viens de dire que tu aurais dû savoir que je ne le protégerais pas…

— Ça ne veut pas dire qu'il n'a pas pu t'appeler ou t'envoyer un message – même sans te révéler où il était. Je me demande seulement si tu as jamais reçu des nouvelles de lui, sous une forme ou une autre ?

— Non. Jamais. Pas une seule fois. Et je ne sais pas ce qu'il lui est arrivé après la soirée. Il a quitté la ville et m'a laissée tomber, comme il a laissé tomber tout le monde.

Tavis réfléchit à ses paroles. La disparition de Lucas demeurait un mystère. Il avait utilisé ses ressources dans la police pour le rechercher, mais n'avait jamais rien découvert à son sujet. Il n'était pas impossible que ce dernier vive en dehors du système ou qu'il ait volé l'identité de quelqu'un et pris un faux nom. Sans doute avait-il fui à l'autre bout du pays, en Californie ou dans l'État de Washington. Voire au Canada. Mais Tavis savait une chose : il n'aurait de cesse de traquer le meurtrier de sa cousine jusqu'à ce qu'il soit derrière les barreaux.

Shayla buvait son café à petites gorgées, le regard sur la vitrine. Il devait dissiper la tension qui s'était installée entre eux.

— Écoute, murmura-t-il doucement. Je veux que tu saches que je ne t'ai jamais détestée. J'étais déçu, bouleversé, et je t'ai mal jugée.

Shayla garda le silence.

— Si je t'ai interrogée à propos de Lucas à l'instant, ce n'est pas parce que je pense que tu me cachais quelque chose. Mais nous ne nous sommes pas vus depuis neuf ans. Il était possible qu'il se soit manifesté à un moment ou à un autre. C'est la première fois que nous en parlons. Il fallait que je te pose la question.

— Et maintenant, tu sais.

Tavis hocha la tête.

— Oui.

Il marqua une pause.

— À l'époque, je n'ai pas pensé un seul instant que tu veuilles protéger Lucas. Ce que je pensais, c'est que tu avais sans doute peur de lui, qu'il t'avait menacée pour t'obliger à te taire. Il m'était venu à l'esprit que, si tu avais menti au début, tu te dirais que tu ne pourrais jamais avouer la vérité de peur que les gens soient encore plus furieux contre toi si tu admettais savoir où il était parti.

Shayla ouvrit la bouche pour protester, mais il ne lui en laissa pas le temps.

— Écoute-moi jusqu'au bout. J'ai dit que cette idée m'était venue alors. Et c'est pour cette raison que j'ai fait pression sur toi pour obtenir des réponses. Mais je sais à présent que tu n'aurais pas menti. Hayley était comme une sœur pour toi. Tu voulais tout autant que moi que le coupable soit puni.

— Je l'aimais comme une sœur, c'est vrai, admit Shayla d'une voix hachée.

Elle se redressa. Pour la première fois, elle jeta un coup d'œil autour d'elle et blêmit.

— Oh ! mon Dieu ! Le grand-père de Jonathan est là. Et la manière dont il me fixe…

Tavis suivit aussitôt son regard. En effet, Donny Bozzo fixait Shayla, de ses yeux graves et implacables.

— Ne fais pas attention à lui, conseilla Tavis. C'est le meilleur moyen d'agir avec quelqu'un qui te cause des problèmes.

Shayla but une nouvelle gorgée de cappuccino. Elle jeta un dernier coup d'œil en direction de Donny Bozzo, lui adressant un semblant de sourire avant de reporter son attention sur Tavis.

— Tu sais, je suis revenue à Sheridan Falls en pensant que je devais me terrer dans mon coin. J'ai failli refuser de venir prendre un café avec toi parce que je ne voulais pas affronter les gens. Mais la vérité, c'est que je n'ai rien à me reprocher. Pourquoi devrais-je me sentir coupable ?

Je n'ai aucune raison de me cacher. Je n'ai rien fait de mal. Je ne vais pas me conduire comme si c'était le cas.

— Bien.

— J'aimerais juste pouvoir être indifférente à l'hostilité, reprit-elle. Mais ça viendra.

Son regard s'arrêta une fois de plus sur le grand-père de Jonathan, qui sortait de l'établissement. À cause d'elle ? se demanda Tavis. Eh bien, qu'il s'en aille. Au moins, il n'était pas venu harceler Shayla à leur table.

— Nous devrions rentrer maintenant, suggéra-t-elle. Je voudrais faire un saut à l'épicerie d'à côté pour acheter de la crème.

Avant que Tavis ait pu répondre, elle se leva, fouilla dans son portefeuille et déposa un pourboire.

Il sc lcva à son tour.

— Merci d'avoir accepté de boire un café avec moi. Avec un peu de chance, nous reviendrons un autre jour.

Shayla replaça une boucle brune derrière son oreille, évitant son regard.

— Peut-être.

Tavis s'en voulut aussitôt. Pourquoi avait-il proposé cela ? Il avait donné l'impression de vouloir sortir avec elle.

— Si tu veux… euh… parler, dit-il.

— Bien sûr, répondit Shayla tout bas. Nous verrons.

Cette fois, ce fut elle qui passa devant. Elle se dirigea vers la sortie, saluant Molly d'un signe de la main tandis que Tavis lui emboîtait le pas.

Elle ouvrit la porte, fit un pas sur le trottoir et s'arrêta net, comme paralysée sur place. Tavis jeta un coup d'œil sur la droite et comprit pourquoi.

Donny Bozzo se tenait sur le trottoir, une carabine braquée sur elle.

— Ne bouge pas ! cria-t-il. Mon petit-fils est mort à cause de toi. Maintenant, tu vas payer pour tes crimes.

4

En un éclair, Tavis fut devant Shayla, lui faisant un bouclier de son corps.

— Hé, Donny, pose cette arme !

— Non, répliqua Donny, d'une voix tremblante mais résolue. Il est temps qu'elle paie pour ce qu'elle a fait. Elle a fait tuer mon petit-fils.

— Ce n'est pas vrai ! protesta Shayla.

D'un geste, Tavis lui enjoignit le silence et dévisagea le vieil homme, jaugeant la situation. Était-il assez fou pour appuyer sur la détente ? Tavis ne pouvait prendre ce risque. Il glissa une main sous sa veste, tâtant le canon de son arme. En tant que garde du corps, il avait le droit d'être armé. Et ayant été policier, il savait très bien se servir d'un SIG Sauer.

Malgré tout, il préférait éviter de sortir son pistolet et faire monter la tension d'un cran supplémentaire. En revanche, il voulait se tenir prêt au cas où Donny déciderait de commettre un acte idiot.

— Donny, abaisse ton arme, répéta-t-il.

— Je ne vais pas la tuer, contrairement à ce qu'elle a fait à mon petit-fils. Mais j'ai appelé le shérif. Il est en route. On va l'arrêter.

Comme sur un signal, des sirènes retentirent. Quelques secondes plus tard, deux voitures de patrouille débouchèrent au coin de la rue et, dans un hurlement de pneus, s'arrêtèrent devant le café. Le shérif Thompson descendit en hâte du premier véhicule, aussitôt imité par son adjoint, Campbell. Tous deux se ruèrent en avant, l'arme au poing.

Le regard du shérif alla de Tavis à Donny.

— Eh bien, eh bien ! Qu'est-ce qui se passe ici ? Donny, qu'est-ce que tu fais ?

— La voilà, lança Donny en pointant son fusil en direction de Shayla. Celle qui a fait tuer mon petit-fils. Arrêtez-la.

— Donny, abaisse ton arme, ordonna le shérif Thompson. On ne veut pas qu'il y ait de blessés.

— Shérif, il faut que vous l'arrêtiez.

Le shérif s'approcha de lui lentement.

— Tu sais que je vais faire mon travail. Si elle est responsable, elle paiera. Tu peux me croire.

— Évidemment qu'elle est responsable ! hurla Donny.

Derrière Tavis, Shayla se plaqua contre lui. Il éprouva un curieux sentiment de satisfaction à la pensée qu'elle lui faisait confiance en dépit du malaise qui régnait entre eux. Non qu'elle ait le choix, mais cela lui faisait du bien de savoir qu'il était là pour elle.

Même s'il ne s'agissait que de menaces en l'air.

Le shérif tenait toujours son propre pistolet, mais baissé.

— Écoute, Donny, ne m'oblige pas à te le redire : je ne veux pas avoir à t'arrêter. Laisse cette affaire à la police.

Il ponctua ses paroles d'un regard sévère.

— Abaisse ton arme.

— À condition que vous me promettiez qu'elle ne va pas s'en tirer à si bon compte. C'est une meurtrière, même si ce n'est pas elle qui a tiré !

— Je vais m'occuper de cette affaire, déclara le shérif Thompson.

Enfin, Donny abaissa sa carabine. Ses épaules se tassèrent,

comme si son corps s'était vidé de toute énergie. Il se mit à pleurer tout bas.

Tavis savait combien il souffrait. Il avait lui-même perdu sa cousine. Cependant, se conduire ainsi n'était pas une solution.

Donny se ressaisit un peu et le toisa avec mépris.

— Qu'est-ce que tu fabriques avec elle, toi ? Elle a tué ta cousine !

— Comme le shérif l'a dit, la police fera son travail, rétorqua Tavis.

Derrière lui, Shayla se raidit.

L'adjoint Campbell s'avança d'un pas, prit la carabine que Donny tenait à la main et guida ce dernier vers son pick-up. Tavis ne put s'empêcher de penser que, s'il s'était agi de n'importe qui d'autre, les policiers l'auraient plaqué au sol en moins de temps qu'il n'en fallait pour le dire. Brandir une arme en pleine ville était dangereux. Inacceptable. Mais ils traitaient le vieux Donny avec tous les égards.

— Vous n'allez pas l'arrêter ? se récria Shayla, interloquée. Il m'a menacée. Il aurait pu me tuer !

— Oh ! Donny n'est pas dangereux, répondit le shérif en tortillant le bout de sa grosse moustache grise. D'ailleurs, il est tout retourné à cause de son petit-fils. Ça se comprend. Donny parle beaucoup, mais il ne ferait rien. Il a appelé la police en disant qu'un crime était en train de se produire. C'est ça qui nous a fait venir.

Il se tourna vers l'intéressé et lui lança un regard d'avertissement.

— Ce n'était pas bien de faire ça, Donny. Tu n'aurais pas dû prétendre qu'un crime avait lieu.

— En ce qui me concerne, c'est exactement ce qui se passe. Une criminelle est en train d'échapper à la justice, comme il y a neuf ans.

Shayla appuya le visage contre le dos de Tavis, qui se

demanda si elle pleurait. Il pivota, la prit dans ses bras et la sentit fondre contre lui. Instinctivement, il lui caressa les cheveux. Peut-être aurait-il dû maintenir une distance, mais tant pis. Il voulait seulement la réconforter. Lui donner le sentiment d'être en sécurité.

— Ça suffit maintenant, ordonna Campbell. Remets ton arme à sa place. Voilà.

Dès que Donny se fut installé au volant, l'adjoint referma la portière.

— Bonne journée, Donny. Salue Emma pour moi.

— Incroyable, marmonna Shayla. On le traite comme un enfant qui a laissé tomber un cornet de glace.

Alors que le vieil homme démarrait, le shérif s'approcha de Tavis.

— Pourquoi nc suis-je pas surpris de te voir mêlé à tout ça ?

— Mêlé à quoi ? rétorqua Tavis. J'étais venu boire un café avec Shayla et quand nous sommes sortis, Donny a braqué son arme sur nous.

— Toujours à la recherche d'ennuis, lâcha le shérif sur un ton songeur.

Il fit un pas vers Shayla.

— Ça va ?

Elle acquiesça.

— Oui, affirma-t-elle, d'une voix incertaine.

— Tu es de retour en ville, donc.

— Oui. Ma mère… est malade.

— Oui, c'est ce que j'ai entendu dire. J'en suis vraiment désolé. Transmets-lui mes meilleurs vœux.

— Oui, bien sûr.

Elle marqua une pause.

— Vous n'allez pas arrêter Donny ? Il m'a menacée d'une arme et cela n'aura aucune conséquence ?

— Donny n'a jamais surmonté la mort de son petit-fils.

Bon, je sais que tu as affirmé n'avoir joué aucun rôle dans cette affaire et je te crois. Mais beaucoup de gens dans cette ville ont pensé que tu cachais des informations cruciales. Peut-être parce que tu avais peur de révéler ce que tu savais ?

C'était une question, pas de doute.

— Non, répondit Shayla. J'ai dit tout ce que je savais.

Le shérif Thompson acquiesça.

— Et pendant toutes ces années, tu n'as jamais été en contact avec Lucas ? Tu sais où il se trouve maintenant ?

— Je n'en ai pas la moindre idée, rétorqua-t-elle, sur un ton exaspéré. Je n'ai jamais eu de nouvelles de lui après les meurtres. Vous devez me croire !

Le shérif hocha la tête, l'air convaincu.

— Très bien. Mais s'il se manifeste, dis-le-moi. Personne n'a jamais payé pour ces crimes. Si nous pouvions amener le coupable devant la justice, ça ferait beaucoup de bien à cette ville.

— J'en suis sûre. Je voudrais seulement que les gens cessent de me blâmer, ajouta-t-elle avec une pointe d'amertume.

— Parle-lui des menaces sur ta voiture, conseilla Tavis.

Le shérif écarquilla les yeux.

— Quelles menaces ?

Shayla hésita un instant.

— Quelqu'un a peint les mots : « TU VAS MOURIR » sur mon pare-brise, admit-elle enfin avec un haussement d'épaules. Je ne sais pas s'il faut y attacher de l'importance.

Elle minimisait l'incident. Pourtant, après ce qui venait de se passer avec Donny et l'agression de Tammy au restaurant, il était clair pour Tavis qu'elle avait des ennemis en ville.

— Elle a reçu des menaces par mail aussi, intervint-il. J'ai peur que quelqu'un n'essaie vraiment de lui faire du mal. Alors, ouvrez l'œil, shérif. Si des rumeurs vous parviennent, prenez-les au sérieux.

Le shérif retroussa les lèvres, mais il n'y avait aucune chaleur dans son sourire.

— Naturellement, répondit-il sur un ton sec. Je fais ce travail depuis longtemps, Tavis. J'ai pour habitude d'ouvrir l'œil.

— C'est tout ce que je vous demande.

— J'espère que tu comptes laisser les autorités s'occuper de cette affaire. Je sais comment m'y prendre avec les gens ici.

Son regard s'attarda sur Tavis, une mise en garde muette. Les deux hommes ne s'appréciaient guère. Puis il tourna les talons et regagna sa voiture.

Recroquevillée sur le siège passager, Shayla regardait défiler le paysage sans le voir alors que Tavis la ramenait chez sa mère. Elle était encore secouée par l'incident. Certes, elle savait que les habitants de Sheridan Falls la détestaient et ne voulaient pas d'elle dans la ville. Mais c'était pire que ce qu'elle avait imaginé. Peut-être ne seraient-ils satisfaits que si elle était lapidée sur la place centrale.

Elle exagérait, mais après la scène qui venait de se dérouler avec Donny, il n'était guère étonnant qu'elle ait des pensées macabres. Elle commençait à se demander si elle avait eu raison de revenir.

Pourtant, elle n'avait pas le choix. Elle devait être là pour sa mère, quel que soit le risque.

— Hé, murmura Tavis, interrompant ses réflexions. Ça va ? Tu tiens le coup ?

— Je regrette d'avoir été obligée de rentrer, avoua-t-elle honnêtement.

Il n'y avait rien pour elle à Sheridan Falls, hormis sa

mère. Et, bien sûr, sa cousine, son oncle et sa tante. Ce retour était encore plus éprouvant qu'elle ne l'avait imaginé.

— Si ça peut te rassurer, je ne crois pas que Donny t'aurait fait du mal. Il t'a vue, il a été choqué et, à l'évidence, il a mal réagi.

— Après quoi il a été traité comme un prince par le shérif, commenta Shayla avec une grimace. La police devrait quand même prendre ce genre d'affaire plus au sérieux.

— Je suis d'accord avec toi. Donny méritait plus qu'une remontrance.

— C'est à peine s'il en a essuyé une, soupira Shayla. À quoi cela sert-il que je parle au shérif des menaces que j'ai reçues ? Je doute qu'il s'en soucie.

— C'est là que j'interviens, déclara Tavis.

Il jeta un coup d'œil vers elle et Shayla soutint son regard, mais ne dit rien.

— Je suis efficace dans mon travail, reprit-il. Par exemple, j'ai vérifié l'histoire que t'a racontée l'infirmière ce matin.

— Comment ça ?

— Elle a affirmé qu'elle avait eu un pneu à plat. Quand nous sommes sortis de la maison, j'ai constaté qu'elle avait en effet une roue de secours sur sa voiture.

Shayla fronça les sourcils.

— Tu la soupçonnes de quelque chose ?

— Cela fait partie de mon travail de tout vérifier.

— Entendu, mais l'infirmière… elle s'occupait de ma mère avant mon arrivée en ville.

— Comme je disais, ça fait partie de mon travail de tout vérifier. Son histoire tient la route. Quand on ne sait pas d'où peut venir un danger, il ne faut négliger aucun angle.

Il avait sans doute raison, songea Shayla. C'était un professionnel, après tout.

— Je pense qu'il serait sage que je surveille ta maison, continua-t-il. Je ne gênerai personne. Je peux te suivre discrètement, m'assurer que tout est en ordre. Compte tenu de l'atmosphère – et du fait que l'anniversaire des meurtres est imminent –, il vaut sûrement mieux être vigilant jusqu'à ce que les choses se calment.

Shayla resta silencieuse. Elle n'avait aucun argument sensé à lui opposer. Si elle avait été seule au café, que se serait-il passé ? Donny serait-il allé trop loin ? Aurait-il été trop furieux pour écouter la voix de la raison et aurait-il appuyé sur la détente ?

Elle ne put réprimer un frisson à cette pensée.

Tavis s'engagea dans Belmont Street. Quelques secondes plus tard, il se garait devant chez elle.

— Merci, dit-elle en se tournant vers lui. Pour le café et pour tout.

— Tu n'as toujours pas dit si tu étais d'accord pour que je te protège.

Shayla lui adressa un petit sourire.

— Ai-je le choix ? J'ai l'impression que tu ne vas pas m'autoriser à refuser.

— C'est vrai, admit-il.

Elle haussa les épaules. Apparemment, elle allait devoir accepter la présence de Tavis, quc cela lui plaise ou non.

— On dirait que le shérif et toi n'êtes pas les meilleurs amis du monde.

— Tu t'en es rendu compte ?

— La tension était palpable entre vous deux. Il t'a parlé poliment mais il était clair qu'il te disait de te mêler de ce qui te regarde. Et il a fait cette remarque comme quoi tu étais toujours à la recherche d'ennuis.

— Oui, je ne suis pas sa personne préférée.

Shayla le regarda, attendant qu'il poursuive. Comme il se taisait, elle insista :

— Pourquoi ? Il y a un passif entre vous deux ?

— Disons que nous ne voyons pas exactement les choses de la même manière.

Une fois de plus, Shayla attendit. N'allait-il rien ajouter ?

— J'ai été flic, souviens-toi. Si je suis entré dans la police, c'était uniquement dans le but de retrouver Lucas et de le traîner devant la justice. Je n'ai pas posé ma candidature ici. Je voulais aller dans une plus grande ville, où j'aurais accès à plus de ressources. Par conséquent, j'ai choisi Buffalo. En partie parce que je pensais que Lucas y était peut-être retourné, puisque c'est là qu'il a grandi. Je me disais qu'il serait peut-être plus facile de le trouver là-bas. Enfin bref, disons que j'ai pas mal fouiné sur les habitants de Sheridan Falls et que j'ai enfreint quelques règles. Thompson a toujours été d'avis que j'allais trop loin, que je contournais son autorité pour obtenir des réponses.

— Et c'est vrai ?

Tavis haussa les épaules.

— Je ne voulais négliger aucune piste. À mes yeux, le shérif Thompson avait renoncé. En ce qui le concernait, Lucas avait filé et ne serait pas retrouvé, alors pourquoi gaspiller des ressources à le chercher ? Je n'étais pas d'accord. Et je ne comprenais pas qu'il se résigne aussi facilement.

— En somme, tu es un peu un rebelle, observa Shayla.

— J'étais déterminé, rectifia Tavis. Déterminé à obtenir justice pour Hayley.

Son regard se fit lointain. Il resta silencieux pendant quelques instants.

— Mais j'ai échoué.

Bien qu'elle ait été en butte à sa colère autrefois, Shayla éprouva un élan de compassion envers lui. Elle avait perdu sa meilleure amie. Et à cause de la manière dont on l'avait traitée, elle n'avait pas pris la mesure du chagrin des autres. Tavis avait perdu sa cousine. Ç'avait dû être affreux pour lui.

— Je ne sais pas si je t'ai jamais dit que j'étais désolée… que tu aies perdu Hayley, murmura-t-elle. Je l'ai perdue aussi, je sais. Mais ce que je veux dire, c'est que j'étais si focalisée sur ma propre peine, ma propre douleur, la défense de mon nom… je ne sais pas si j'ai vraiment songé à ta souffrance. À celle de ta famille.

— Je sais que tu l'aimais énormément. Autant que moi. C'était ta meilleure amie.

— C'est vrai. J'ai encore du mal à croire ce qui s'est passé. Toutes ces années plus tard, ça semble encore être un mauvais rêve. Un cauchemar.

— Tu ne vois pas du tout pourquoi Lucas aurait pu faire une chose pareille ?

Shayla leva les mains en l'air et les laissa retomber sur ses cuisses.

— Tout ce qui me vient à l'esprit, c'est qu'ils avaient bu et qu'il a fait l'idiot avec un pistolet. Je ne sais pas. Mais il a dû se passer quelque chose pour tout déclencher. Peut-être une dispute avec Jonathan, et Hayley s'est juste trouvée là au mauvais moment. Ou peut-être que Hayley a retourné contre lui sa rancune envers moi. Une foule de choses m'ont traversé la tête, mais en fin de compte, je n'ai pas de réponses parce que je n'étais pas là.

— Je sais.

— Tu sais ? Tu me crois ? Vraiment ?

— Je te l'ai dit tout à l'heure. Oui, je te crois.

Shayla se tourna vers la vitre. Soudain, elle étrécit les yeux. Était-ce une hallucination ou quelqu'un avait-il rayé tout le côté de sa voiture ?

— Oh ! non !

— Qu'y a-t-il ? demanda Tavis, aussitôt alarmé.

— Il y a une rayure tout le long de ma voiture. Peut-être qu'elle était là avant et que je ne l'ai pas remarquée. Ou bien quelqu'un est venu en notre absence ?

Tavis ouvrit sa portière et descendit. Shayla l'imita et se dirigea droit vers sa voiture. Elle étouffa un juron à la vue de la profondeur de la rayure.

— Je ne l'ai pas remarquée plus tôt, observa Tavis.

— Tu as regardé toute la voiture ?

— Pas en détail, non. Je me concentrais sur celle de l'infirmière.

En dépit de la chaleur, un frisson parcourut l'échine de Shayla. Elle s'entoura le corps de ses bras.

— Quelqu'un est-il venu pendant que nous étions au café ? Ma mère est là. Malade. Elle n'a pas besoin de stress supplémentaire. Et moi non plus. Je ne peux pas gérer tout ça…

Tavis mit les mains sur ses épaules. Elle ne se dégagea pas. Au contraire, elle accepta le réconfort silencieux qu'il lui offrait, et s'efforça de ne pas penser au bien-être que sa proximité lui apportait.

— Il y a deux garages en ville, dit-il. Tu veux que j'emmène ta voiture dans l'un d'eux ?

— Non, merci.

Elle ne voulait pas se reposer entièrement sur lui. Elle était indépendante, après tout.

— Je m'en occuperai plus tard. Ou pas. Ça ne sert à rien de la faire réparer si elle va être vandalisée de nouveau.

— Personne ne va vandaliser ta voiture si je surveille ta maison.

Shayla pivota, échappant aux bras de Tavis. Elle leva les yeux.

— Tu comptes commencer quand ?

— Si tu n'y vois pas d'inconvénient, j'ai deux ou trois choses à régler au bureau, après quoi je passerai chez moi chercher mon ordinateur portable. Ensuite, je pourrai rester dans la voiture et faire ce que j'ai à faire.

— Parfait, murmura Shayla. Je t'avoue que je ne

m'attendais pas à ce que tu veuilles faire cela pour moi. Je… je ne peux pas te payer dans l'immédiat. Avec les frais médicaux de ma mère…

— Je t'ai déjà dit que je le ferais gratuitement. Tu es une amie. Je ne laisserai personne te faire de mal. Ne t'inquiète pas pour ça.

— Merci, dit Shayla tout bas.

Elle ne voulait pas insister mais elle était bien décidée à le payer, ne fût-ce qu'en partie, dès qu'elle en aurait la possibilité.

— Quand penses-tu être de retour ?

— Dans une heure. Une heure et demie max.

Tavis parti, Shayla entreprit de chercher un garage où emmener sa voiture. Un instant, elle avait envisagé de la laisser telle quelle, mais au fond, elle ne pouvait s'y résoudre. La perspective de voir cette rayure et cette menace peinte sur son pare-brise chaque jour lui était insupportable.

Comme l'avait dit Tavis, deux garages figuraient dans l'annuaire. Elle choisit le plus proche, Lucky Auto.

En arrivant, elle reconnut un visage familier derrière le comptoir. Plus âgé, certes, mais familier.

— Chase ?

— Shayla ! s'écria l'homme d'une voix sonore.

Il avait son âge, vingt-sept ans, mais en paraissait au moins dix de plus. Il avait beaucoup changé depuis l'époque où il sortait avec Deedee, au lycée. Alors, Chase était un joueur de football, tout en muscles et doté d'une luxuriante crinière blonde. Maintenant, sa silhouette s'était épaissie et il avait le crâne dégarni. À en juger par la rondeur de son estomac, c'était un buveur de bière.

— J'ai entendu dire que tu étais de retour, dit-il en souriant.

— Oui. Ma mère… tu as sans doute appris…

— Oui. Le cancer est une maladie terrible. Je suis désolé.

— Merci.

— Qu'est-ce qui t'amène chez moi ?

— Ce garage t'appartient ?

— Oui. Tu te souviens peut-être que j'adorais bricoler sur les voitures. Eh bien, j'ai décidé de transformer ma passion en métier et j'ai ouvert ce garage. On fait la mécanique et la carrosserie. Ça marche bien.

— Dans ce cas, je suis au bon endroit. Quelqu'un a rayé ma voiture. Elle a besoin d'être repeinte.

— Flûte. Désolé de l'apprendre.

— Autre chose : on a peint des menaces sur le pare-brise aussi. J'ai essayé de gratter un peu, mais je n'ai pas réussi à tout enlever. On m'a menacée de mort, figure-toi.

Elle parlait sur un ton dégagé, comme si ce n'était pas grave, mais en son for intérieur, elle ne pouvait s'empêcher de se demander si quelqu'un désirait réellement sa mort.

Le choc se lut dans les yeux de Chase.

— C'est arrivé ici ?

— Tu sais que les gens ont de la mémoire. Enfin, si tu peux me donner un devis et me dire pour quand tu pourrais la remettre en état…

— Oui, bien sûr.

Chase sortit de derrière le comptoir et la précéda vers la porte. C'était curieux comme les gens vieillissaient différemment, songea-t-elle. Chase avait perdu sa forme et semblait beaucoup plus âgé, tandis que Tavis était devenu plus athlétique et encore plus séduisant.

Pourquoi diable pensait-elle à Tavis ?

Parce qu'il était superbe et fort et qu'il l'avait protégée. Même s'il l'avait blessée autrefois, elle avait conservé un faible pour lui, et cette nouvelle version de lui, plus mature et plus sexy, faisait battre son cœur plus vite.

— J'ai appris que tu avais épousé Lisa Middleton.

— Oui. Ça fait huit ans maintenant. Je suppose que c'est Deedee qui te l'a dit.

— Oui.

Sa cousine ne s'était pas privée de lui faire part de son mépris pour Lisa, qui avait séduit Chase alors qu'il était son petit ami.

— On a trois enfants. Deux garçons et une fille.

— Ah ! Félicitations.

Des années s'étaient écoulées depuis la rupture de Chase et Deedee, mais ils ne s'étaient jamais reparlé. Deedee semblait ne jamais avoir pardonné la manière dont leur relation avait pris fin.

— Je crois que ta cousine me hait, dit justement Chase en sortant de l'atelier. Ce qui tombe bien, je suppose, parce que Lisa ne veut pas que je lui adresse la parole. Je pense qu'elle considère toujours Deedee comme une rivale, bien qu'on soit mariés. Et tu sais ce qu'on dit : « Ce que femme veut, Dieu le veut. »

— Hmm.

Shayla le guida vers sa voiture, garée sur le parking.

— C'est celle-ci.

Chase s'accroupit et promena un doigt sur la rayure.

— On nc t'a pas ratée.

Shayla contourna le véhicule.

— Viens voir le pare-brise. Je crois qu'il ou elle a utilisé une peinture à l'huile. J'espère que tu n'auras pas trop de mal à le nettoyer.

Chase vint la rejoindre devant le capot.

— Je vois ce que tu veux dire. C'est une menace, pas de doute.

— Tu pourras l'enlever ?

— La peinture n'est pas un problème. Pour ce qui est de la rayure, en revanche… elle court sur toute la longueur de la voiture, ce qui signifie que chaque section doit être repeinte. Et qu'il va falloir assortir la couleur au reste. En somme, ça revient presque à tout refaire.

Shayla retint une grimace. Une fois de plus, elle se demanda si cela valait la peine d'effectuer cette réparation. Et s'il y avait d'autres dégâts par la suite ?

Cependant, elle avait déjà contacté la compagnie d'assurances et déposé plainte auprès du bureau du shérif. Autant aller de l'avant.

— Je peux m'en occuper, reprit Chase. J'en ai pour deux jours, peut-être trois.

— Très bien.

— Rentrons et je vais te faire un bon de commande.

Ils regagnèrent le local, et Chase s'installa devant son ordinateur. Il lui demanda des informations supplémentaires qu'elle lui donna.

— Et tu as eu des nouvelles de Lucas ? s'enquit-il au bout d'un moment.

— Non, jamais. Je ne sais pas ce qui lui est arrivé, et je ne sais pas non plus pourquoi il a fait ce qu'il a fait.

Chase lâcha un grognement.

— Je pensais que c'était un gars sympa. Je veux dire, il n'était pas parfait – mon frère et moi non plus : on a fait des sottises. Mais je ne m'attendais pas à ce qu'il tue quelqu'un.

— Donc, tu disais trois jours pour réparer ma voiture ? demanda Shayla, lasse de parler de Lucas.

— Disons trois.

— OK. Je peux me passer de voiture pendant trois jours.

Sa mère en avait une, qu'elle pourrait emprunter si nécessaire. Elle risquait sans doute moins d'être vandalisée. Au moins, sa mère n'avait pas eu à subir la colère des gens pour les péchés présumés de Shayla.

— J'espère que tu ne m'en voudras pas de te dire ça,

mais je n'ai jamais compris ce qui t'avait attirée chez lui. Vous sembliez si différents.

— Il était nouveau en ville, il m'a invitée à sortir avec lui, expliqua brièvement Shayla.

— Oui, mais c'était vraiment un rebelle. Ça ne t'embêtait pas qu'il vende du cannabis ?

— Je n'étais pas vraiment au courant de ce qu'il faisait.

— Oh ! Allons, lança Chase plus bas, en se penchant vers elle. Tu devais bien savoir qu'il trempait dans toutes sortes de trafics.

— J'ai entendu des rumeurs après son départ, mais avant, j'étais absorbée par le sport et la danse. Et Lucas n'avait sûrement pas envie de me parler de ses défauts. D'ailleurs, on avait tout juste commencé à sortir ensemble quand...

Sa voix s'éteignit. Il était inutile de terminer sa phrase.

— Oui, mais il a bien dû te raconter certains trucs. Par exemple, à qui il revendait de la drogue, ce genre de choses ?

C'était la première fois qu'on lui posait une telle question, et la conversation semblait presque irréelle à Shayla.

— Non. Pourquoi me demandes-tu ça ?

— J'ai entendu des rumeurs, c'est tout. Je me demandais si tu étais au courant.

— Quel genre de rumeurs ?

Chase haussa les épaules.

— J'ai entendu dire qu'il se baladait avec un pistolet parfois. Qu'il le montrait à qui voulait le voir.

— Alex et toi étiez souvent avec lui. Vous l'avez vu armé d'un pistolet ?

Chase étrécit les yeux, comme surpris d'être soudain celui à qui on posait des questions.

— Tu en sais sans doute beaucoup plus long que moi sur ce qu'il fabriquait, ajouta Shayla.

Chase secoua lentement la tête.

— Mon père est le shérif, souviens-toi. Il n'était pas stupide au point de nous montrer son pistolet.

— Je suppose que non.

Un sourire tranquille se dessina sur les lèvres de Chase.

— Je vis dans cette ville depuis trop longtemps, j'imagine. Nous sommes tous curieux. Nous ne savons pas nous mêler de ce qui nous regarde.

Shayla lui rendit un sourire crispé.

— Cela dit, reprit-il, j'ai toujours eu l'impression qu'il était mêlé à quelque chose de plus vaste. Tu sais qu'il venait de Buffalo, que ses parents voulaient qu'il change d'air et s'éloigne de ses mauvaises fréquentations. J'étais sûr qu'il avait gardé des liens avec la ville. Je ne sais pas… j'ai juste dans l'idée qu'il était impliqué dans une grande opération criminelle. Peut-être un trafic d'armes, ce genre de choses.

— Un trafic d'armes ? C'est aller un peu loin, non ?

Rien de tout cela n'évoquait le moindre souvenir en Shayla et le peu qu'elle savait de Lucas l'incitait à douter des allégations de Chase. Les habitants des petites villes débordaient souvent d'imagination. Elle savait que Lucas avait eu la réputation d'être un mauvais garçon, mais elle avait toujours eu le sentiment que c'était une façade. Il jouait les durs pour que personne ne lui cherche noise. Du moins, c'était ce qu'elle avait pensé, mais au fond elle ne l'avait guère connu.

— Tu as parlé de ça à ton père ? demanda-t-elle. De tes théories ? Tu crois qu'il aurait eu de l'aide pour tuer Hayley et Jonathan ?

— Je ne sais pas. Je réfléchissais à voix haute, je suppose. Je me demandais si tu étais au courant d'un truc précis.

— Pas du tout.

Chase se remit à pianoter sur son clavier d'ordinateur, puis imprima un document qu'il lui donna à signer.

— J'enverrai la facture directement à ta compagnie d'assurances. S'il y a un souci, je t'appellerai pour te le dire, mais je suis sûr que ce ne sera pas le cas. On a des cas similaires assez souvent.

— Parfait, commenta Shayla en griffonnant son nom sur le formulaire. Merci beaucoup. J'attendrai de tes nouvelles.

— Tu veux que je te ramène chez toi ?

Shayla n'avait pas songé à cela. Cependant, elle pouvait téléphoner à sa cousine, ou bien rentrer à pied.

— En fait, j'allais appeler Deedee.

— Comment va-t-elle ?

— Bien. Elle a acheté un restaurant. Tu y es peut-être allé ?

— Pas encore. Lisa m'a interdit d'y mettre les pieds, gloussa-t-il. Enfin, si tu veux que je te dépose, ce n'est pas un problème. J'ai deux mécaniciens à l'atelier, je peux m'absenter un moment.

À cet instant précis, le téléphone de Shayla sonna et le visage de sa cousine s'afficha à l'écran.

— Quand on parle du loup…

Elle se hâta de prendre la communication.

— Salut. J'étais justement sur le point de t'appeler.

— Où es-tu ?

— Au garage Lucky.

— Ah bon ?

— Oui. J'allais te demander si tu pouvais venir me chercher et me ramener à la maison.

Elle jeta un coup d'œil en direction de Chase, le salua d'un geste de la main et se dirigea vers la sortie. À l'extérieur, l'air chaud l'enveloppa aussitôt.

— Tu as une drôle de voix, reprit-elle. Tu as parlé à Tavis ?

— Tavis ?

— Deedee, je te connais. Quelque chose ne va pas.

— C’est ta mère.

— Ma mère, répéta Shayla, le souffle coupé par l’angoisse. Comment est-elle ?

— J’arrive.

5

L'estomac noué, Shayla attendit l'arrivée de Deedee. Quand celle-ci s'arrêta devant le garage, la tension se lisait sur ses traits.

— Comment va-t-elle ? demanda aussitôt Shayla en s'engouffrant dans l'habitacle.

— Elle avait du mal à respirer, expliqua Deedee. J'étais là… je ne vais pas te mentir, elle m'a fait peur.

— Oh ! Mon Dieu, gémit Shayla.

— Je me suis dépêchée de venir parce que je savais que tu voudrais être là, mais je viens de parler à l'infirmière. Apparemment, elle va mieux. Mais elle te réclamait, et elle était fâchée.

— Parce qu'elle pense que la fin approche ?

Shayla avait beau s'exhorter à rester positive, à croire que sa mère allait surmonter cette épreuve, elle ne pouvait se voiler la face quant à la possibilité d'une autre issue.

— Je ne sais pas. Tout ce que je peux dire, c'est que j'étais vraiment inquiète. Dieu merci, l'infirmière m'a tenue informée. La respiration de ta mère est redevenue régulière.

— Pourquoi Jennifer ne m'a-t-elle pas avertie ?

— Parce que j'ai dit que je m'en chargerais.

— Personne n'a appelé une ambulance ?

— Tu connais les souhaits de ta mère, murmura Deedee doucement.

Elles échangèrent un regard. En effet, Shayla savait que sa mère avait stipulé qu'elle ne désirait pas être réanimée. Cela ne signifiait pas qu'elle l'approuvait.

— Que se passe-t-il de ton côté ? s'enquit Deedee. Tu m'as demandé si j'avais parlé à Tavis, et tu étais au garage. Pourquoi ?

Shayla lui résuma brièvement ce qui s'était passé.

— J'ai donc décidé de faire réparer ma voiture et il s'est trouvé que ce garage était celui de Chase.

— Oui. Si tu m'en avais parlé, je t'aurais conseillé d'aller à l'autre garage.

— Il est arrivé autre chose, avoua Shayla avec un soupir. Un incident avec le grand-père de Jonathan. Il m'a menacée d'une arme.

— Quoi ? se récria Deedee.

— J'étais avec Tavis. Il s'est interposé pour me protéger, mais je ne crois pas que Donny aurait tiré sur moi. Il voulait juste s'assurer que je ne m'en allais pas. Du moins, c'est ce qu'il a dit. Il avait appelé la police pour qu'elle vienne m'arrêter.

— Par conséquent, tu as décidé d'engager Tavis ? Je pense que c'est une bonne idée. Surtout après ce que tu viens de me raconter.

— Je crois qu'il ne m'aurait pas laissée refuser. Et puis, pourquoi pas ? Deux précautions valent mieux qu'une.

— Bien. J'en suis soulagée.

Deedee s'engagea dans Belmont Street et se gara devant la maison. La Sierra de Tavis était déjà là. Shayla descendit en hâte et se rua dans l'allée. Tavis l'appela mais elle ne s'arrêta pas.

— Ma cousine t'expliquera. Ma mère a besoin de moi !

Au grand soulagement de Shayla, sa mère était réveillée et parfaitement calme. En dépit des paroles rassurantes de

Deedee, elle avait redouté le pire. Elle se sentait coupable d'être sortie, même si elle n'aurait évidemment pas pu prévoir qu'il y aurait une crise en son absence. Quand elle était partie, sa mère dormait paisiblement.

— Je suis désolée de ne pas avoir été là pour toi, maman, dit-elle tout bas.

— Tout va bien, maintenant, ma chérie. Je ne sais pas pourquoi je me suis réveillée si angoissée. J'ai fait un cauchemar, je crois. À ton propos. Tu étais en danger. Et quand je me suis réveillée et que tu n'étais pas là… j'ai eu si peur…

— Tu ne dois pas te faire de souci pour moi, maman, répondit Shayla, le cœur serré à la pensée qu'elle était la cause de la détresse de sa mère.

Celle-ci eut un petit rire, derrière lequel on percevait la douleur.

— Oh ! Tu comprendras un jour, quand tu auras des enfants. On ne peut pas s'empêcher de s'inquiéter pour eux.

— Il paraît.

— Tu vas bien ? insista sa mère. Je sais que tu ne voulais pas revenir ici et je sais que les gens n'ont pas été gentils avec toi autrefois. J'espère seulement que, cette fois, quand ils te verront en ville, ils seront plus accueillants.

Shayla n'allait pas mentionner ce qui s'était passé avec Donny, avec Tammy, ni même pour sa voiture. Inutile d'ajouter du stress à celui que sa mère éprouvait déjà.

— Je n'ai pas rencontré grand monde jusqu'à maintenant, mais soit les gens gardent leur opinion pour eux, soit ils sont allés de l'avant, dit-elle prudemment.

Comme sa mère lui lançait un regard sceptique, elle lui pressa la main.

— Je t'assure que je vais bien, maman.

— D'accord, ma chérie. Sois prudente. Je ne sais pas

pourquoi j'ai fait ce rêve, mais il m'a laissé un mauvais pressentiment. Je veux que tu sois en sécurité ici.

— Et toi, maman ? Comment ont été les gens envers toi ? demanda Shayla, non sans appréhension.

Elle espérait de tout cœur qu'ils n'avaient pas été hostiles à son égard, qu'elle n'avait pas dû endurer leur méchanceté.

— Le premier choc passé, je n'ai pas été mal considérée, soupira sa mère. Je crois que les gens ont eu pitié de moi après ton départ. Ils savaient que tu étais ma fille unique, et que tu étais partie. À vrai dire, j'ai été surprise de ne pas être en butte à leur colère.

— J'en suis contente, murmura Shayla.

Sa mère lui avait affirmé la même chose au fil des années, mais elle n'avait jamais été tout à fait convaincue. Peut-être cela expliquait-il qu'elle ait décidé de rester plutôt que de venir s'installer à Miami. Si elle avait été bien traitée en ville, elle n'avait pas de raison de s'enfuir.

Contrairement à Shayla.

— J'ai une nouvelle qui va contribuer à te rassurer, dit-elle. Tu vas être contente d'apprendre que j'ai pris une précaution pour garantir ma sécurité. Tu te souviens de Tavis ?

— Tavis Saunders ? Bien sûr que oui. Tu avais un faible pour lui ! lança sa mère, en esquissant un sourire.

— De l'eau a coulé sous les ponts depuis, répondit Shayla en lui rendant son sourire. Mais il gère une agence de sécurité et Deedee m'a mise en contact avec lui. Il a proposé de m'offrir sa protection pendant que je suis en ville. Même si je suis sûre que c'est une précaution superflue.

— Et tu as accepté ?

— Tu me connais si bien ! gloussa Shayla.

Elle était soulagée de constater que sa mère semblait s'être remise de son malaise, et qu'elles aient une conversation normale.

— Deedee a pensé que ce serait une bonne idée que je bénéficie d'une sorte de protection, surtout étant donné que l'anniversaire de la tragédie approche. Je sais que ça paraît insensé, mais au moins si quelqu'un veille sur moi, je peux dormir sur mes deux oreilles.

— Et ça ne fait pas de mal qu'il soit si beau garçon.

— Maman ! Qu'est-ce qui te prend ?

— Mon plus grand souhait, avant de quitter ce monde, serait de te savoir avec quelqu'un qui te rend heureuse. Quelqu'un qui va prendre soin de toi. Laisse-moi rêver un peu. Je sais à quel point tu aimais Tavis autrefois, et je pense que c'est quelqu'un de bien.

Shayla réprima l'envie de lui rappeler que Tavis n'avait pas fait mystère de son mépris pour elle après la mort de Hayley. À quoi bon ? Leur conversation était légère, gaie. Elle ne voulait pas gâcher l'ambiance. Elle caressa la main de sa mère et la porta à ses lèvres pour y déposer un baiser.

— Chaque chose en son temps, dit-elle avec un sourire. Le plus important, c'est que tu cesses de te faire du souci pour moi. Occupons-nous d'abord de ta santé.

Sa mère battit des paupières. Elle commençait à avoir du mal à garder les yeux ouverts. L'infirmière avait averti Shayla que les médicaments contre la douleur risquaient de la faire dormir.

Shayla embrassa une nouvelle fois la main de sa mère.

— Je vais te laisser te reposer, maman. Je t'aime.

— Moi aussi, je t'aime, ma chérie.

De retour dans sa chambre, Shayla referma la porte et s'y adossa un instant. Elle prit une profonde inspiration, puis relâcha enfin le sanglot qu'elle réprimait. Voir sa mère si frêle était un déchirement. Les épreuves qu'elle avait traversées après les meurtres, le mépris et la haine dont elle avait fait l'objet n'étaient rien comparés à l'idée qu'elle allait peut-être perdre l'être qu'elle aimait le plus au monde.

Tu ne vas pas la perdre, se dit-elle. *Tu vas être forte pour elle parce que c'est de cela qu'elle a besoin. Tu vas l'aider à surmonter la maladie.*

Elle leva les yeux. Et fronça les sourcils.

Son coffret à bijoux… avait-il été déplacé ?

Elle le fixa, songeuse. Il ne contenait que des bijoux fantaisie, rien de valeur. Malgré tout… elle était certaine qu'il avait été posé plus près du coin de la commode.

Shayla ferma les yeux et secoua la tête. Le stress se faisait sentir. Elle commençait à imaginer des choses.

Les yeux toujours clos, elle songea à la nuit où sa vie avait basculé. Elle avait tenté de fuir les souvenirs mais en vain : elle était là, dans la maison de son enfance, face à une réalité à laquelle elle ne pouvait échapper.

Au bout d'un moment, elle se dirigea vers la penderie et ouvrit la porte lentement. Elle avait jeté l'ours en peluche dedans la veille, mais n'avait pas pris la peine de regarder le reste. Trop de souvenirs y étaient enfouis, qu'elle avait tenté de refouler dans un coin éloigné de sa mémoire. Là, alors qu'elle appuyait sur l'interrupteur, elle vit des rubans accrochés à des clous plantés dans le mur, de multiples trophées obtenus lors de concours de danse. Hayley et elle avaient fait de la compétition en équipe et en individuel douze ans durant. C'était une passion pour elles deux.

Et quand Hayley avait échoué à se qualifier pour les finales régionales, tout avait explosé. Ce jour-là, son amie s'était plainte d'un mal de ventre. Elle n'avait pu donner le meilleur d'elle-même lors de la compétition ; cela avait été évident à Shayla dès qu'elle avait commencé à danser. Shayla, elle, était en pleine forme. Sa routine avait été exécutée à la perfection, et elle s'était qualifiée.

Au fil des jours, l'échec de Hayley l'avait rendue de plus en plus irritable avec Shayla. Celle-ci s'était efforcée d'être patiente, mais Hayley semblait imperméable à la raison.

Puis était venue la fameuse soirée et Shayla avait pris conscience de la fracture qui s'était opérée dans leur relation. Jusqu'alors, elle avait fait des efforts pour raviver son amitié avec Hayley et lorsque son amie avait accepté d'aller à la fête organisée par Lucas, elle avait pensé que les choses s'arrangeaient enfin.

Sauf que, à peine montée en voiture, Hayley avait recommencé à parler du concours et accusé Shayla de se croire supérieure parce qu'elle avait réussi à se qualifier. Quand Shayla était arrivée chez Lucas, elle n'était plus d'humeur à rester à la fête. Sa meilleure amie l'accablait de reproches qu'elle ne méritait pas. Si Shayla avait su que Hayley allait réagir ainsi, elle aurait renoncé à sa place. Cela l'aurait peinée, mais elle l'aurait fait. L'amitié de Hayley comptait plus à ses yeux qu'un trophée supplémentaire.

Shayla étouffa un sanglot.

— Oh ! Hayley, murmura-t-elle. Pourquoi as-tu permis à ce concours de nous séparer ? Qu'ai-je fait de mal ? Qu'aurais-je pu faire d'autre ? Et maintenant tu es partie et je ne peux plus rien réparer.

Sa voix s'étrangla. Elle laissa couler les larmes sur ses jours. Des larmes pour l'amie qui était morte. Pour l'hostilité qui était née entre elles avant sa disparition. Des larmes pour sa mère. Pour elle-même et tout ce qu'elle avait perdu.

Puis elle essuya ses larmes et prit une profonde inspiration. Elle ne pouvait s'autoriser à ressasser le passé. Elle devait aller de l'avant. Elle ne comprendrait jamais pourquoi Hayley avait réagi ainsi, et ce n'était pas ce souvenir qu'elle désirait conserver d'elle. Elle voulait se rappeler l'adolescente souriante, au rire insouciant et contagieux.

Elle voulait se rappeler le bonheur qu'elle avait partagé avec sa meilleure amie.

6

Shayla tressaillit et ouvrit les yeux. Un instant désorientée, elle retint son souffle dans la pénombre. Quelque chose l'avait réveillée, comprit-elle, alarmée.

Elle resta immobile, l'oreille tendue. Là. Un bruit. Une sorte de cognement ?

Le cœur battant à tout rompre, elle scruta la pièce. Elle se trouvait dans la chambre de sa mère au rez-de-chaussée, pelotonnée dans le fauteuil. Elle jeta un coup d'œil vers sa mère qui ronflait doucement en dormant. La poche à perfusion installée à côté du lit se vidait lentement, l'écran de contrôle ne montrait rien d'anormal.

Troublée, Shayla se leva, étirant sans bruit ses muscles raidis. Puis elle sortit dans le couloir. Quand elle atteignit le salon, elle vit que les rideaux de la porte-fenêtre bouffaient doucement. Un courant d'air ?

Elle s'avança, intriguée, et s'arrêta net. La porte était ouverte !

Une bouffée d'angoisse la submergea. Elle tourna les talons, cherchant des yeux une arme potentielle. Il y avait un intrus dans la maison…

Elle se rua dans la cuisine, espérant que personne ne s'y cachait. Elle attrapa le plus grand couteau accroché, après quoi, obéissant à son instinct, elle regagna le salon sur la pointe des pieds. En s'approchant de la porte-fenêtre, elle distingua une voix. Une voix féminine.

Shayla atteignit la porte et appuya sur l'interrupteur de la lampe qui éclairait la terrasse. Jennifer était assise à la table, son téléphone portable collé à l'oreille. Surprise, elle jeta un coup d'œil par-dessus son épaule et abaissa l'appareil.

Shayla laissa échapper un soupir de soulagement. Ce n'était que l'infirmière. Mais que faisait-elle là ? On était en pleine nuit !

— Jennifer ?

La jeune femme bondit sur ses pieds. Qui que soit son interlocuteur, elle s'était hâtée de mettre fin à la communication.

— Pardon. Je vous ai réveillée ?

— Que faites-vous ici ? Vous n'êtes pas rentrée chez vous ?

Jennifer lui décocha un regard curieux.

— Vous ne vous souvenez pas que j'ai dit que je resterais plus tard ce soir à cause du malaise de votre mère ? Je sais que c'était sans doute une simple crise de panique, mais compte tenu de ses difficultés à respirer, j'ai pensé qu'il valait mieux être prudent.

Le lui avait-elle dit ? Shayla n'en avait aucun souvenir. Cela dit, la journée avait été rude, les paroles de l'infirmière avaient pu lui sortir de l'esprit.

— Oh ! Je ne me rappelle pas. Mais je ne vous ai pas vue de toute la soirée.

— Je suis allée vérifier la tension de votre mère, et vous dormiez dans le fauteuil. Vous n'avez même pas bougé.

— Oh ! Et sa tension était bonne ?

— Tout était normal. Je crois que l'incident de cet après-midi était dû au stress.

L'écran du téléphone de Jennifer s'éclaira. Il devait sonner, mais était en mode silencieux.

— Vous parliez à quelqu'un, non ? Je vous ai dérangée.

— Mon copain. Vous m'avez fait peur, et je lui ai raccroché au nez.

— Nous avons toutes les deux eu peur.

— Oui, j'en suis désolée, dit Jennifer en jetant un coup d'œil à l'écran. C'est lui qui rappelle.

Elle déclina la conversation, composa un texto rapide et se retourna vers Shayla, une expression de sollicitude sur les traits.

— Vous avez l'air un peu stressée. Puis-je vous donner quelque chose ? Un comprimé pour dormir ?

— Non, merci. Bonne nuit.

— Bonne nuit. J'espère que vous allez vous reposer.

Shayla traversa le salon et regarda par la fenêtre. La voiture de Tavis était là, ainsi qu'il l'avait promis.

Il avait tenu parole. Il assurerait sa protection vingt-quatre heures sur vingt-quatre. Sauf que, bien sûr, à un moment donné, il aurait besoin de dormir.

Devait-elle sortir lui proposer quelque chose à grignoter ou à boire ? Une tasse de café bien chaud ?

Elle rejeta aussitôt cette idée. Son travail consistait à protéger les gens ; il était sûrement préparé à passer de longues nuits dans son véhicule. D'ailleurs, elle ne voulait pas le voir plus que nécessaire. Elle était déjà assez troublée qu'il ait fait une réapparition dans sa vie et elle savait que, même s'il était gentil avec elle maintenant, il la rendait toujours en partie responsable de ce qui était arrivé à Hayley. Il la protégeait parce que c'était un homme honorable, mais il ne tenait sans doute pas non plus à trop la fréquenter.

Puisque l'infirmière passait la nuit à la maison et que sa mère dormait paisiblement, Shayla monta dans sa chambre et se glissa dans son lit. Avec un peu de chance, le reste de la nuit serait plus calme.

— Hé, Tavis, lança Griffin au téléphone. Il se passe quelque chose ici.

Étendu dans son lit, Tavis se hâta de repousser les couvertures. Il était quatre heures et quart de l'après-midi, mais les rideaux opaques de sa chambre ne laissaient filtrer aucune lumière du jour. Il avait eu besoin de repos après avoir monté la garde devant la maison de Shayla pendant près de vingt-quatre heures. C'est pourquoi Griffin l'avait remplacé à son poste.

— Quoi ? demanda-t-il, complètement réveillé à présent.

— Shayla s'apprête à sortir.

— Où va-t-elle ?

— Je viens de lui poser la question, et elle a été plus qu'évasive. Elle est en train de monter dans la voiture de sa mère. Tu veux que je te la passe ?

— Oui. S'il te plaît.

Tavis entendit un bruit de portière, puis des voix étouffées à l'arrière-plan.

— Je sors juste quelques instants.

— Mais vous ne voulez pas me dire où vous allez ?

— Ce n'est pas nécessaire. Je n'en ai pas pour longtemps.

Griffin reprit l'appareil.

— Elle dit qu'elle n'en a pas pour longtemps.

— Laisse-moi lui parler.

Cette fois, la voix de Shayla s'éleva dans l'écouteur.

— Allô ?

— Shayla, que se passe-t-il ?

— Rien, affirma-t-elle, mais la tension perçait dans sa voix.

— Où vas-tu ?

— Je n'ai pas besoin de protection à chaque instant de la journée. Je peux aller au supermarché, non ?

— C'est là que tu vas ? Au supermarché ?

Elle hésita, et Tavis eut sa réponse. À l'évidence, elle lui cachait quelque chose.

— Où que tu veuilles aller, je peux t'emmener. Je serai là dans cinq minutes.

— Tavis ! protesta-t-elle. Ce n'est pas la peine.

— Repasse-moi Griffin, s'il te plaît.

Quelques secondes plus tard, Griffin était de nouveau en ligne.

— Ça ne va pas lui plaire, déclara Tavis, mais bloque son allée. Elle me cache quelque chose, je l'entends dans sa voix.

— Je suis d'accord. Elle a l'air un peu à cran.

— Merci de m'avoir appelé. J'arrive.

Assise sur les marches du perron, Shayla avait envie de hurler. Elle avait raté son coup. Manqué sa chance de s'échapper et d'aller à Buffalo comme elle en avait l'intention. Certes, elle pourrait appeler le shérif et se plaindre d'être bloquée dans son allée, mais elle ne voulait pas aller jusque-là. Elle espérait seulement… ne pas avoir tout gâché.

Tavis s'arrêta devant la maison, descendit de son véhicule et échangea quelques mots avec son employé, après quoi ce dernier s'en alla. Griffin parti, Tavis reporta son attention sur elle et remonta l'allée à grands pas. En dépit de l'irritation qu'elle lisait sur son visage, Shayla ne put s'empêcher de le trouver plus séduisant et plus masculin que jamais.

— Qu'y a-t-il ? demanda-t-il sur un ton sec. D'après notre accord, je te fournis une protection vingt-quatre heures sur vingt-quatre.

— Il faut juste que j'aille quelque part.

Elle se leva.

— Je ne peux pas t'en parler et je n'ai pas besoin que tu me suives.

Tavis arqua les sourcils.

— Tu ne peux pas m'en parler ?

— J'ai peut-être un rendez-vous galant, lâcha-t-elle, avant de se sentir complètement idiote.

Pourquoi diable avait-elle dit une chose pareille ?

— Tu as un rendez-vous galant ? demanda-t-il, l'air sceptique.

— C'est si difficile à croire ? se hérissa-t-elle.

— Pas du tout. Tu es une femme superbe. Mais ce n'est pas de ça qu'il s'agit ici.

Il venait de dire qu'elle était belle. Et qu'il savait pertinemment qu'elle mentait.

Elle se refusa à y penser.

— Où que tu veuilles aller, répéta Tavis, je peux t'emmener.

— Tu vas tout gâcher, marmonna-t-elle.

Tavis esquissa une grimace.

— Pardon ?

Shayla poussa un soupir. Comment allait-elle s'extraire de cette situation ? Elle ne savait pas mentir. Et le temps passait. Une heure s'était écoulée depuis l'appel, et elle avait espéré être à Buffalo plus vite.

— Dis-moi ce qui te tracasse, insista-t-il.

Une seconde passa. Puis une autre. Puis Shayla décida de lâcher prise.

— J'ai reçu un appel. De Lucas.

La stupeur se lut sur les traits de Tavis, mêlée à l'incrédulité. Tout son corps se raidit.

— Lucas ?

— Je ne voulais pas te le dire parce que… parce que tu vas penser que j'ai menti sur toute la ligne. Mais il m'a téléphoné. Pour la première fois depuis les meurtres. Il dit qu'il a besoin de me parler.

— Lucas Carr ? répéta Tavis, visiblement aussi choqué qu'elle l'avait été.

Lorsqu'elle avait entendu la voix, rauque, lointaine, elle n'avait pu la reconnaître. Quand l'homme avait déclaré être Lucas et avoir besoin de son aide, elle avait été sidérée.

— Il sait que je suis de retour et il affirme que, la nuit des meurtres, les choses ne se sont pas déroulées comme les gens le pensent. Il dit qu'il a besoin de mon aide… pour laver son nom.

Elle marqua une pause.

— Je le crois. Je te l'ai dit, je n'ai jamais pensé qu'il ait tué qui que ce soit.

— Et il veut que tu ailles à Buffalo. Pour le rencontrer.

— Il ne peut pas se montrer à Sheridan Falls, enfin ! Il m'a donné une adresse. J'ai vérifié en ligne. C'est une maison.

— Et tu allais partir là-bas sans rien me dire ?

— Il a insisté pour que je vienne seule. Que voulais-tu que je fasse ?

— Que tu me le dises. Parce qu'une chose est sûre : tu ne vas sûrement pas y aller seule. Je t'emmène.

— Si je viens accompagnée, il va prendre peur. Il dit que, si quelqu'un apprend que je dois le rencontrer, il risque d'être arrêté.

— Tu avais vraiment l'intention d'y aller seule.

Tavis secoua la tête, le regard empreint d'une déception évidente.

— Tu ne t'es pas dit qu'il pouvait s'agir d'un coup monté ?

Shayla n'était pas stupide. Elle avait songé à cela. Cependant, elle avait posé des questions à l'homme sur leur relation, sur la fête, et il avait répondu à toutes.

— Je sais qu'il y a un risque, mais ce n'est pas un

endroit isolé. C'est une maison, au milieu d'un quartier normal. Il fait jour. Si je peux obtenir des réponses sur ce qui s'est passé, est-ce que ce n'est pas une bonne chose ?

Tavis lui décocha un regard perçant.

— On prend ma voiture, décréta-t-il.

Recroquevillée contre la portière passager, Shayla fixait la vitre, le désarroi affiché sur son visage, alors que Tavis roulait dans le centre de Buffalo. Il l'avait laissée à ses pensées, certain qu'elle s'en voulait pour la tournure prise par la situation. Pour sa part, il avait du mal à comprendre qu'elle ait pu envisager de se rendre seule à l'adresse convenue, sans égard pour les risques éventuels.

Quant à lui, l'adrénaline courait dans ses veines. Voilà des années qu'il traquait Lucas en vain, et soudain, ce dernier réapparaissait.

Le téléphone de Shayla sonna. Elle jeta un coup d'œil à l'écran, puis dans sa direction.

— C'est Lucas.

— Réponds.

— Allô ? Oui, je suis en route. Je serai là dans… sept minutes, précisa-t-elle après avoir consulté l'écran du GPS. Oui, à tout de suite.

— Il est à la maison ? demanda Tavis dès qu'elle eut mis fin à la communication.

— Oui.

Quelques minutes plus tard, ils s'engageaient dans Niagara Street. Ils passèrent devant un fast-food et une pharmacie, avant de tourner à droite au coin d'une épicerie. Les trottoirs étaient fréquentés en ce début de soirée estivale. Ils se trouvaient en plein centre, où la délinquance était plus élevée qu'ailleurs, et Tavis était contrarié que Lucas ait demandé à Shayla de venir seule. Cet homme était accusé d'avoir tué deux personnes ! Shayla n'avait-elle pas pensé que Lucas puisse vouloir s'en prendre à elle aussi ?

À en juger par son expression songeuse, elle s'en rendait compte à présent.

Il ne voulait pas lui faire de reproches, mais il voulait qu'elle comprenne qu'il lui avait offert sa protection pour une raison précise : quelqu'un voulait lui faire du mal, voire la tuer, à en croire les menaces qu'elle avait reçues. Elle aurait dû l'avertir à la seconde où elle avait reçu cet appel lui demandant de se rendre à Buffalo.

Il ralentit et prit à gauche. À un coin de rue, un petit groupe de jeunes se tenait debout, leurs bicyclettes à la main.

— Tu vois, ce n'est pas un quartier louche, dit Shayla brusquement.

— C'est vrai.

Toutefois, cela ne signifiait rien. Des gens étaient abattus en pleine rue, au milieu de la foule, devant témoins. On ne pouvait pas toujours savoir d'où une balle était partie.

Tavis s'arrêta devant une maison, et mit quelques instants à déchiffrer le numéro – 37 – car la plaque en métal avait été usée par le temps.

— C'est ici.

Le soleil baissait à l'horizon maintenant, le crépuscule approchait. Shayla tendit la main vers la poignée, mais Tavis l'arrêta d'un geste.

— Laisse-moi jeter un coup d'œil d'abord.

— D'accord.

Tavis descendit de voiture et regarda autour de lui. Des voisins l'observaient avec méfiance. Il salua de la tête un couple assis sur le perron d'une maison un peu plus loin, s'efforçant de ne pas avoir l'air suspect. C'était le genre de quartier où les habitants connaissaient tout le monde et se demandaient qui pouvait bien venir chez leurs voisins.

Il gagna la porte d'entrée et toqua. Le silence lui

répondit. Il tendit l'oreille contre le battant, mais aucun son ne lui parvint.

Un déclic derrière lui l'avertit que la portière de son pick-up venait de se refermer. Shayla était descendue à son tour.

— C'est moi qu'il attend, lança-t-elle. Si tu l'appelles, il va sûrement prendre la fuite. Quoi que nous fassions maintenant, faisons-le ensemble.

— Très bien, concéda Tavis. Mais tu restes à côté de moi.

Elle gravit les marches du perron et le rejoignit.

— Tout ce que je te demande, c'est de donner une chance à Lucas. Je sais que tu veux le traîner devant les autorités, mais écoutons-le d'abord. S'il dit qu'il n'a pas tué Hayley et Jonathan, je le crois.

— En tout cas, je suis sidéré d'apprendre qu'il est resté à Buffalo. J'aurais pensé qu'il serait à l'autre bout du pays à l'heure qu'il est.

Shayla toqua à son tour. Pas de réponse.

— Lucas ? appela-t-elle. C'est moi, Shayla.

Silence.

Tavis tourna la poignée. À sa grande surprise, la porte s'ouvrit. Il la poussa, échangeant un regard avec Shayla, qui haussa les épaules.

Il fit le premier pas à l'intérieur et jeta un coup d'œil prudent autour de lui. L'entrée était déserte. À droite se trouvait un petit salon meublé. Droit devant lui, il voyait une partie de la cuisine. La maison était silencieuse.

Tavis pivota et fit signe à Shayla qu'elle pouvait entrer. Elle s'avança sur la pointe des pieds, et il devina qu'elle avait peur.

Son propre cœur cognait dans sa poitrine, et un frisson lui parcourut soudain la nuque. Son instinct lui soufflait que quelque chose clochait. Pourquoi Lucas aurait-il donné rendez-vous à Shayla dans cette maison ? Et surtout, où était-il ?

— Où est-il censé être ? chuchota-t-il.

— Il m'a juste dit de venir à cette adresse. Rien d'autre.

— Dans ce cas, où est-il ?

Tavis fit quelques pas de plus, les lames de plancher grinçant sous son poids.

— Peut-être qu'il t'a vu ou entendu et qu'il s'est enfui. Je t'ai dit que j'avais besoin de venir seule.

— C'était hors de question.

Comme ils s'approchaient de la cuisine, une porte s'ouvrit à la volée, et une silhouette apparut, entièrement vêtue de noir. Tavis discerna la forme d'un pistolet et, dans la fraction de seconde qui précéda la détonation, poussa Shayla à terre et la recouvrit de son corps. Une balle siffla au-dessus de leurs têtes, et alla se ficher quelque part dans le mur du salon.

Shayla hurla. Tavis bondit sur ses pieds, dégaina l'arme qu'il portait dans son holster et se rua à la suite du tireur, déjà arrivé à la porte de derrière. Au moment de sortir, celui-ci se retourna et tira de nouveau. Trop haut. La balle se logea dans le mur au-dessus de la tête de Tavis.

— Tavis !

L'homme en noir ouvrit la porte et se précipita au-dehors, non sans faire feu une dernière fois par-dessus son épaule.

Tavis dut se baisser pour esquiver.

— Non ! cria Shayla.

Étouffant un juron, Tavis courut à la porte de derrière, qui donnait sur une terrasse en bois vermoulu, et aperçut le tireur qui filait dans un passage entre les maisons. Même s'il mourait d'envie de le poursuivre, il ne pouvait laisser Shayla seule. Il fit demi-tour et se hâta de la rejoindre. Elle grimaçait et se tenait le coude.

— Ça va ? demanda-t-il en s'agenouillant à côté d'elle. Montre-moi.

Elle tendit le bras, et ne put réprimer un petit gémissement.

— Je me suis fait mal, c'est tout. Je ne crois pas que ce soit grave.

Tavis lui palpa le bras doucement, à l'affût d'une blessure sérieuse.

— Tu n'as pas de luxation. Je suis désolé de t'avoir jetée à terre. Je n'avais pas le choix.

— Bien sûr que non. Il a tiré sur nous.

— Il s'est enfui. Je n'ai pas pu le suivre, je ne voulais pas te laisser là.

— Nous avons dû lui faire peur.

Tavis la dévisagea un instant, abasourdi. Ne comprenait-elle pas ce qui venait de se passer ?

— Shayla, tu te rends compte que tu as été attirée dans un guet-apens, non ? Lucas ne t'a pas fait venir ici pour te livrer des informations, mais pour te supprimer.

Elle écarquilla les yeux et le fixa, bouche bée.

— Non. Ce n'est pas vrai. Il n'aurait pas fait ça.

— Il l'a fait.

— C'est parce que je ne suis pas venue seule. Il a paniqué. Il a sans doute pensé que tu allais l'emmener en prison. Il… il a tiré pour nous effrayer, juste pour pouvoir s'échapper.

Tavis mit les mains sur les épaules de Shayla et la regarda droit dans les yeux.

— L'individu qui a surgi de la salle de bains était habillé tout en noir. Il portait une cagoule. Lucas n'a pas pris peur tout d'un coup parce qu'il t'a vue avec quelqu'un d'autre. Il était prêt à tuer et à filer.

Elle continuait à le fixer, assimilant ses paroles lentement. Puis elle secoua la tête.

— Non. Ce… Pourquoi aurait-il fait ça ?

— Il avait même équipé son pistolet d'un silencieux, lui fit remarquer Tavis. Tu dois bien comprendre à présent que, si tu étais venue seule, tu aurais été tuée, non ?

Elle resta silencieuse.

— La menace qui pèse sur toi est bien réelle. Il faut que tu la prennes au sérieux.

— Je croyais que j'allais obtenir des réponses. J'ai même cherché l'adresse sur Internet pour m'assurer que l'endroit était sûr. C'est un quartier sans histoire. Il y a des voisins partout…

— Rien de tout cela n'a d'importance si quelqu'un veut t'abattre.

Elle retint un cri, comme si elle comprenait enfin la gravité de la situation.

— Mais pourquoi voudrait-il me tuer ? Après tout ce temps ? Je ne comprends pas.

Tavis l'entoura de ses bras et l'aida à se relever.

— Moi non plus. Mais fichons le camp d'ici.

Comme il la guidait à l'extérieur, il s'immobilisa à la vue de deux jeunes gens debout dans l'allée. Avaient-ils entendu les coups de feu ? C'était peu probable, étant donné que leur agresseur avait utilisé un silencieux.

— Hé, vous êtes qui ? lança un des jeunes, en les toisant d'un air soupçonneux.

Tavis jeta un coup d'œil vers Shayla.

— J'étais censée retrouver quelqu'un ici, expliqua-t-elle. Peut-être que vous le connaissez ?

— Jenae ?

Le nom fit à Tavis l'effet d'un coup de poing dans le ventre, mais il parvint à rester impassible.

— Jenae ? répéta Shayla. Vous connaissez Jenae ?

— Elle a vécu ici pendant quelque temps, mais elle a décampé.

— Quand ? demanda Tavis.

— Hmm. Il y a environ dix jours… deux semaines, rectifia le second jeune, mâchonnant une sucette.

— Et Lucas ? demanda Shayla.

— Le type avec qui elle vivait ? Shaker, c'est comme ça qu'il se faisait appeler.

Un surnom.

— Vous ne savez pas son vrai nom ?

Les deux secouèrent la tête.

— On ne le connaissait que sous le nom de Shaker.

Tavis s'avança vers eux.

— Si vous avez des nouvelles d'eux, dites-leur d'appeler Tavis. Ils ont mon numéro.

— D'accord, répondit le type à la sucette. Mais je ne suis pas sûr qu'on les revoie. Ils ont filé comme s'ils avaient le diable à leurs trousses.

7

De retour chez elle, Shayla n'avait qu'une envie : serrer sa mère dans ses bras et prendre un long bain bien chaud. Elle fut soulagée que l'infirmière accepte de rester cette nuit-là aussi. Elle était si secouée par les derniers événements qu'elle ne se sentait pas assez forte pour s'occuper de sa mère en cas de problème. Elle avait besoin de décompresser, et puis de se glisser entre les draps.

« Si tu étais venue seule, tu aurais été tuée… »

Les paroles de Tavis résonnaient encore dans son esprit. Où donc avait-elle eu la tête ? Elle avait bien dû savoir qu'aller retrouver Lucas était dangereux, mais elle avait totalement refoulé cette idée.

Le fait d'entendre la voix de Lucas, le ton suppliant avec lequel il lui avait demandé son aide, lui avaient fait oublier toute prudence.

« Je n'ai pas commis ce crime. Tout le monde pense que c'est moi. Je ne peux pas retourner à Sheridan Falls sans être arrêté. J'ai besoin que tu m'aides, Shayla. S'il te plaît. Je t'en prie, aide-moi à laver mon nom. Je ne peux plus continuer ainsi ! Tu sais combien de gens veulent ma mort ? »

Sa prière avait paru sincère. Comment aurait-elle pu refuser ? Surtout quand il avait ajouté qu'il avait été forcé de vivre en marge de la société, de regarder constamment par-dessus son épaule – et que ce n'était pas une vie digne de ce nom.

Elle comprenait.

Avait-il réellement dit tout cela dans le seul but de l'attirer dans un piège et de l'éliminer ? Ou avait-il commencé à tirer parce que Tavis était venu aussi ?

Shayla avait eu une autre théorie, avec laquelle Tavis n'était pas d'accord. Cependant, il lui était venu à l'esprit que Lucas avait pu prendre des précautions supplémentaires pour s'assurer qu'elle était seule. Peut-être qu'il avait fait appel à quelqu'un pour le protéger, et que c'était cet individu qui se cachait dans la maison. Si Shayla y était allée seule, l'inconnu aurait informé Lucas et ce dernier l'aurait rejointe comme prévu. Quand elle s'était présentée avec Tavis, le type avait pris peur et tiré.

Tavis n'avait pas cru une seconde à cette hypothèse. Et maintenant que Shayla y repensait, elle n'y croyait pas davantage.

Elle se laissa glisser dans l'eau, jusqu'à ce que les bulles recouvrent ses épaules. Elle ne voulait plus penser à tout cela. Tout ce qu'elle savait, c'est qu'on avait tiré sur eux.

Dans une maison où Jenae avait vécu quelque temps.

En dépit de tout le reste, cette révélation avait constitué le plus grand choc de la journée. La maison où elle avait été envoyée avait récemment été occupée par Jenae Wilkinson.

Quel lien y avait-il entre Lucas et elle ?

Et pourquoi l'un ou l'autre aurait-il désiré sa mort ?

Une demi-heure après son retour à Sheridan Falls, l'adrénaline courait toujours dans les veines de Tavis. Il pouvait s'estimer heureux que le type n'ait pas été bon tireur, sinon Shayla et lui seraient sans doute morts. Et ils n'avaient pas fait le moindre progrès pour ce qui était de retrouver Lucas.

— Tu crois que c'était vraiment lui ? soupira Griffin, assis à côté de lui dans sa Chevy.

— Je n'en suis pas sûr. Je n'étais pas assez près de lui. Si c'était lui, il veut éliminer Shayla. Mais pourquoi ? Et pourquoi maintenant ?

Griffin porta son gobelet de café à ses lèvres et but une gorgée.

— Tu vas signaler l'incident à la police ?

Tavis croisa son regard et fit la moue. Son ami le connaissait trop bien.

— Mes anciens collègues en ont par-dessus la tête de cette affaire. Et tu connais Thompson. Il ne comprendra pas que je continue à chercher Lucas. Non. Je mettrai la police au courant quand j'aurai des preuves solides, pas avant.

Son regard se posa sur la maison de Shayla. Il lui avait dit la même chose, et lui avait conseillé de ne pas souffler mot de l'incident au shérif. À quoi bon ? Ils n'étaient pas en mesure de fournir une description précise du tireur.

— Rentre chez toi, suggéra Griffin. Je suis là. Tu sais que je vais veiller sur elle.

Tavis le regarda.

— Je sais. C'est juste que… la journée a été longue.

— C'est précisément pour cette raison que tu dois te reposer. J'ai un téléphone. S'il se passe quoi que ce soit, tu sais que je t'avertirai immédiatement.

— Merci, Griffin.

À vrai dire, Tavis avait du travail qui l'attendait à la maison. Le repos devrait attendre.

Il descendit de la voiture de Griffin et s'en alla, songeur. Quel rapport Jenae Wilkinson avait-elle avec tout cela ?

Jusqu'à deux semaines plus tôt, celle-ci vivait apparemment à l'adresse où Shayla avait été attirée dans un piège. D'après Shayla, Jenae n'avait aucune raison de vouloir lui nuire. Elles s'étaient connues autrefois, sans être vraiment amies.

Tavis s'engagea à vive allure dans son allée, puis écrasa la pédale de frein. Il avait hâte de plonger dans ses dossiers, de chercher un lien éventuel entre Jenae et Lucas. Quelque chose qui lui avait échappé jusqu'à maintenant.

« Pourquoi ne peux-tu pas laisser tomber tout ça ? » lui avait demandé le shérif Thompson l'année précédente, quand Tavis lui avait demandé de se renseigner sur une piste qui lui paraissait intéressante. Il avait reçu un message anonyme d'après lequel Lucas vivait sous une fausse identité sur Big Island. Il avait espéré que le bureau du shérif, avec ses ressources, pourrait retrouver l'individu en question et vérifier qu'il s'agissait bien de Lucas. Thompson n'avait rien voulu entendre.

En fin de compte, Tavis avait obtenu les informations qu'il voulait par Mike Jenkins, l'adjoint. L'individu n'était pas Lucas.

Celui-ci avait-il donc vécu à Buffalo pendant tout ce temps ?

Tavis entra dans son modeste pavillon et grimpa quatre à quatre les marches qui menaient au premier étage pour gagner la chambre d'amis, transformée en quartier général. Il y avait installé un bureau, une table et des classeurs. Dans cette pièce se trouvaient toutes les informations dont il disposait concernant les meurtres.

Il s'arrêta devant le grand tableau blanc qui occupait un des murs, et scruta les photos qui le recouvraient. Au centre se trouvait un cliché de Hayley et un de Jonathan. De là, des flèches menaient à des photos de Lucas, de Shayla, et de diverses personnes qui avaient assisté à la fête ce soir-là. Des parents, des camarades de classe. L'ensemble était ponctué d'observations et de questions.

Il conservait des notes détaillées dans des dossiers, y compris le compte rendu des interrogatoires qu'il avait menés au fil des années. Personne ne lui avait rien révélé d'utile. Les gens avaient des théories, des suppositions. Beaucoup étaient persuadés que Lucas était un mauvais garçon qui avait changé d'identité et vivait caché quelque part.

Tavis s'approcha du tableau. Jenae Wilkinson, la petite amie d'Alex Thompson à l'époque, avait quitté la ville peu après la tragédie. Elle était partie à l'autre bout du pays, en Californie, pour y faire ses études. À son retour, Alex et elle s'étaient mariés et installés à Buffalo, mais ils étaient divorcés depuis deux ans.

Pour une raison ou pour une autre, les conversations que Tavis avait eues avec Jenae l'avaient toujours laissé mal à l'aise. Son histoire était à la fois vague et détaillée. Après ce qu'il avait appris ce jour-là, il s'interrogeait. Lui avait-elle délibérément dissimulé des informations essentielles ?

D'après Jenae, elle avait assisté à la soirée, mais elle avait consommé tellement d'alcool et de cannabis qu'elle n'avait prêté attention à rien. Elle se rappelait qu'il y avait eu quelques chamailleries, mais affirmait être partie bien avant le moindre incident sérieux. Elle ne savait rien.

Ç'avait été son récit initial. Vague. Ensuite, elle s'était remémoré quelques détails avec une clarté stupéfiante. Si stupéfiante que Tavis ne l'avait pas crue. Ses années dans la police lui avaient appris que, lorsque les suspects sont trop évasifs ou trop précis, ils sont probablement en train de mentir. Et quand leur version des faits change, on peut quasiment être sûr qu'ils ne disent pas la vérité.

En conséquence, le nouveau récit de Jenae, qui fournissait une chronologie détaillée des faits, avait éveillé chez lui une certaine méfiance. Selon elle, elle était arrivée à 20 h 30. À 21 heures, elle avait déjà consommé deux verres d'alcool et fumé un joint. Vers 21 h 30, elle ne savait plus très bien où elle était. À 22 heures, elle se sentait mal et avait demandé à Alex de la ramener. À 22 h 15, elle se couchait. Elle ne se rappelait plus si Alex était retourné à la soirée. Peut-être que oui ? Mais, toujours d'après Jenae, ce dernier avait déclaré avoir quitté la fête avant qu'il soit arrivé quoi que ce soit.

Les horaires fournis par Jenae étaient si précis que Tavis s'était demandé si elle avait tout inventé. Malgré tout, il avait été persuadé qu'elle n'avait joué aucun rôle dans les meurtres, si bien qu'il n'avait guère insisté.

Maintenant, il en était moins sûr. Il voulait l'interroger de nouveau. Pour cela, il devait d'abord la localiser.

Il attrapa son téléphone et appela l'adjoint Mike Jenkins, qui décrocha à la première sonnerie.

— Adjoint Jenkins.

— Salut, Mike. Ici Tavis.

— Oh ! Salut, Tavis. Ça va ?

— Ça va bien, merci. Mais j'ai un service à te demander.

— Sans blague. Lequel ? Je ne peux pas te garantir que je pourrai t'aider.

Tavis connaissait la routine. Mike ne voulait pas franchir certaines lignes. Il se refusait à enfreindre ou même à contourner le règlement. Ce qui n'empêchait pas Tavis de faire appel à lui régulièrement et de tenter sa chance.

— J'essaie de trouver Jenae Wilkinson.

— Tu ne m'as pas demandé ça l'année dernière ?

— Si, mais je n'ai pas réussi à la retrouver à ce moment-là. Là, j'ai une intuition, si tu veux, et je voudrais essayer de nouveau.

— Tu me tues, mon vieux.

— Je voulais vérifier sa déposition. J'ai passé pas mal de temps à reconfirmer les récits de la plupart des gens que j'ai questionnés. Je me suis penché sur ce qu'elle m'avait dit, et ça me paraît suspect.

Il s'abstint de mentionner l'adresse à Buffalo. Il préférait garder cet argument pour plus tard.

— En quoi parler à Jenae va-t-il t'aider ? Tu crois qu'elle a tué Hayley et Jonathan et qu'elle s'est débarrassée des corps ?

— Ce n'est pas ce que je dis, non. Mais je veux savoir si elle a d'autres choses à ajouter. Il se pourrait qu'elle ait eu peur à l'époque. Tu sais comment c'est. Les témoins changent de version tout le temps.

— Très bien, Tavis, grommela Jenkins à regret. Je vais voir ce que je peux faire.

8

Shayla encouragea sa mère à s'asseoir sur le lit :

— Allons, maman. Je sais que tu n'as pas beaucoup de forces, mais essaie de te lever. Je vais t'emmener faire un petit tour dans la cuisine.

— Oh ! Ma chérie, je ne sais pas.

— Un peu d'exercice te fera du bien. Je ne peux pas savoir ce que tu ressens, évidemment, mais je sais que tu as besoin de bouger un peu les bras et les jambes. Je suis là. Je te soutiens.

Elle passa un bras autour des épaules de sa mère et l'aida à se lever lentement.

— Ça va ?

Sa mère chancelait un peu.

— Oui, dit-elle malgré tout au bout d'un moment.

Tenant le pied à perfusion d'une main, Shayla la guida vers le couloir.

— Je suis heureuse que tu sois là, reprit sa mère. Peut-être que c'est cela qu'il me fallait pour me pousser à me battre.

— Oui, maman. Nous avons tant de choses à faire ensemble. Et j'ai besoin de toi.

— J'espère que tu trouveras quelqu'un de bien. Quelqu'un qui prendra soin de toi et te donnera des enfants.

Shayla n'était pas sûre que cela arrive, mais elle n'allait pas la contredire.

— Rien ne me rendrait plus heureuse que de te donner des petits-enfants. Mais il faut que tu sois là pour les voir. Marché conclu ?

— Marché conclu.

À petits pas, elles parvinrent au bout du couloir. Elles s'apprêtaient à entrer dans le salon quand la sonnette tinta. Shayla conduisit sa mère vers le canapé.

— Assieds-toi une seconde, maman. Je vais voir qui est là.

Elle se hâta d'ouvrir la porte d'entrée. Elle savait que l'infirmière était sortie faire quelques courses, il ne pouvait donc s'agir d'elle. À la vue du shérif Thompson, elle fut aussitôt alarmée. Avait-il eu vent des événements de la veille ?

— Shérif, dit-elle, sur un ton légèrement interrogateur. Tout va bien ?

— Bonjour, Shayla.

Il inclina son Stetson vers elle.

— Je suis venu m'assurer que tu allais bien.

Shayla déglutit.

— Ah bon ?

— J'ai appris ce qui est arrivé à ta voiture. Mon fils Chase m'a dit que tu l'avais emmenée chez lui.

— Oui.

Shayla se détendit un peu et esquissa un sourire.

— Je ne savais pas qu'il tenait un garage. Il a promis de la réparer. Je devrais la récupérer dans un jour ou deux.

— Il a pris une photo des dégâts et me l'a envoyée. Celui qui a fait ça ne manque pas de culot. Je me demandais s'il était arrivé autre chose ? Pas d'autre incident qui t'ait inquiétée ?

Un instant, Shayla se demanda s'il était au courant de ce qui s'était passé à Buffalo la veille. Mais comment serait-ce possible ? Tavis ne voulait rien lui dire et elle avait accepté de suivre son exemple.

— Seulement celui avec Donny avant-hier. Rien depuis, assura-t-elle.

— C'est le shérif Thompson ? appela sa mère de la pièce voisine.

— Oui, madame. Content de vous entendre.

— Merci, répondit sa mère. Je serais venue vous dire bonjour mais je ne suis pas habillée.

— Ne vous dérangez pas, madame.

Shayla se réjouit que sa mère ait trouvé la force de saluer le shérif, même si elle ne se sentait pas capable de venir jusqu'à la porte. D'ailleurs, il était vrai qu'elle était en robe de chambre.

— J'aidais juste ma mère à marcher un peu dans la maison, expliqua-t-elle. Elle est encore très frêle.

— Bien sûr. Je ne vais pas m'attarder. Je voulais juste te redire de ne pas hésiter à m'appeler si tu ne te sens pas en sécurité, ou s'il arrive quoi que ce soit.

Il tira une carte de visite de sa poche et la lui tendit.

— Tu n'as pas besoin de Tavis ou de son acolyte, Griffin, pour te suivre et t'attirer des ennuis supplémentaires.

— Des ennuis supplémentaires ? répéta-t-elle. Que voulez-vous dire par là ?

— Tavis… je ne sais pas pourquoi, mais les ennuis semblent le suivre. C'est le genre de type qui se retrouve mêlé à des trucs qu'il devrait laisser tranquilles. Je ne veux pas en dire plus. Si tu as un problème avec quelqu'un dans cette ville, appelle-moi. Je suis le shérif. Je m'en occuperai.

Shayla glissa la carte dans sa poche. L'incident de Buffalo ne ferait sans doute que conforter le shérif dans son opinion de Tavis, bien que ce dernier ne soit en rien responsable.

— Très bien. Merci, shérif Thompson. Mais j'espère que tout sera calme dorénavant.

— Moi aussi.

Il pivota, prêt à partir, puis se retourna.

— À propos, je ne sais pas si tu es au courant, mais il y aura une petite veillée demain en mémoire de Hayley et de Jonathan. Comme chaque année à l'anniversaire de leur mort.

— Oui, j'en ai entendu parler.

— Peut-être vaudrait-il mieux que tu n'y assistes pas, au cas où tu envisageais de le faire. Si quelqu'un t'en veut assez pour te faire du mal, autant ne pas lui en fournir l'occasion.

— Vous pensez que je devrais rester chez moi ? Si les gens savent que je suis ici et que je ne me montre pas, cela leur donnera peut-être une autre raison d'être en colère.

— Mais tu ne veux pas pousser les choses trop loin, hein ? Je sais que tu n'as joué aucun rôle dans les meurtres. Et au fond, les gens d'ici le savent aussi. Mais ça n'empêchera pas certains de te faire la vie dure.

Shayla pouvait affronter quelques propos malveillants. En revanche, si quelqu'un voulait la tuer, c'était une autre histoire.

— Ne te méprends pas, poursuivit le shérif. Beaucoup de gens sont encore furieux. Ils pensent que soit Lucas voulait te défendre vis-à-vis de Hayley, soit tu sais où il est allé. Tout bien considéré, l'atmosphère à la veillée pourrait être tendue et il vaudrait mieux éviter d'y être.

— Je vous remercie de vos conseils, répondit Shayla prudemment. Je ne suis pas venue ici pour ça. Je suis venue pour ma mère.

Le shérif acquiesça.

— Bonne journée.

— À vous aussi.

Un moment après, Shayla aida sa mère à se recoucher. L'infirmière étant de retour, elle regagna sa chambre et jeta un coup d'œil à son téléphone. Tavis avait essayé de l'appeler. Elle le rappela aussitôt.

— Salut, Shayla, tu as eu mon message ?

— Non, je viens seulement de voir que tu avais téléphoné. Tu n'es pas garé devant ?

— C'est pour ça que je t'appelle. Je voulais te dire que je ne vais pas tarder. J'ai passé presque toute la nuit à éplucher mes dossiers pour voir si quelque chose m'avait échappé. Je n'arrive toujours pas à trouver de lien entre Jenae et Lucas.

— Je n'en vois pas non plus. Ils se connaissaient mais ils n'étaient pas proches.

— Je présume que tu as rappelé le numéro de Lucas ?

— Oui. Il est hors service à présent.

— Quelle surprise, marmonna Tavis, la frustration perçant dans sa voix. N'y pensons plus pour le moment. Comment vas-tu aujourd'hui ?

— Ça va. Par certains côtés, c'est comme si hier était un rêve.

— Et comment va ton coude ?

— Beaucoup mieux. J'ai pris un long bain hier soir et des analgésiques. Je vais survivre.

— Griffin vient de m'envoyer un texto pour me dire que tu as eu la visite du shérif.

— Oui. Il voulait voir comment j'allais et je me suis demandé s'il était au courant pour hier. Mais non, il est juste venu prendre de mes nouvelles et me dire que je devrais l'appeler en cas de problème ou de menaces. Il a fini par me dire que, étant donné que quelqu'un me veut du mal, je ne devrais pas aller à la veillée demain.

— Ah bon ?

— Oui. Je suppose que c'est du bon sens. Mais je doute

que Lucas se montre ici. Et les autres ne feront sans doute que me regarder de travers. Ça, je peux le supporter.

— Je suis d'accord. Je ne pense pas non plus qu'il vienne ici.

Il marqua une pause.

— J'ai cherché à me renseigner sur Jenae en ligne, mais je ne trouve rien sur elle. Je sais qu'elle a fini par se marier avec Alex Thompson. J'ai vu des photos d'eux sur les réseaux sociaux, comme s'ils étaient toujours un couple heureux. Tu n'as jamais été en contact avec elle ?

— Non. Quand je suis partie, j'ai dû fermer tous mes comptes sur les réseaux sociaux tant je recevais de messages haineux. Je suis restée en contact avec quelques personnes par mail et par téléphone, mais elle n'en faisait pas partie.

— Je vais peut-être chercher Alex, voir s'il peut me dire quoi que ce soit. Je me demande si elle a toujours été absente des réseaux sociaux ou si c'est nouveau.

— Tu as vérifié sous le nom de Thompson ou sous son nom de jeune fille ?

— Les deux.

— Je peux demander à ma cousine si elle sait comment la joindre. Elles sortaient toutes les deux avec les fils Thompson, peut-être sont-elles restées en contact.

— Ce serait parfait. Tiens-moi au courant, et on se voit plus tard.

— Entendu.

Dès la communication avec Tavis terminée, Shayla composa le numéro de Deedee.

— Salut, cousine, lança celle-ci, un sourire dans la voix. Quoi de neuf ?

— Pas grand-chose. Si, ma mère va un peu mieux. Nous avons fait un petit tour dans la maison ce matin.

— Tant mieux. Dis-lui que je viendrai la voir ces

jours-ci. Et mes parents arrivent de Caroline du Nord à la fin de la semaine. Ils iront lui rendre visite.

Shayla avait hâte de revoir son oncle et sa tante, qu'elle n'avait pas vus depuis des années.

— Tavis a une question pour toi. Il essaie de joindre Jenae Wilkinson. Je lui ai dit que tu aurais peut-être ses coordonnées.

— Pourquoi veut-il lui parler ?

Un instant, Shayla envisagea de raconter à Deedee ce qui s'était passé la veille, mais elle décida de s'abstenir pour le moment.

— Je crois qu'il veut l'interroger sur quelque chose qu'elle lui a dit concernant la nuit des meurtres. Je ne suis pas sûre.

— D'après ce que j'ai entendu dire, Alex et Jenae se sont séparés. Alex est revenu à Sheridan Falls. Je ne sais pas ce qu'elle est devenue.

— Tu n'as pas son numéro ? Vous n'êtes jamais restées en contact ?

— Si, pendant un certain temps. Par-ci, par-là. Je suis sûre que le numéro que j'ai n'est plus bon, mais je peux essayer.

— Oh ! Ce serait génial. Si tu réussis à la joindre, dis-le-moi.

— D'accord. Dis-moi, qu'as-tu décidé pour la veillée demain ?

Shayla relata à sa cousine la visite du shérif et les conseils que celui-ci lui avait donnés à ce propos.

— J'ai tendance à être d'accord avec lui, avoua Deedee.

— Je crois que j'ai envie d'y aller. Je ne sais pas si c'est parce que tout le monde me dit de ne pas le faire, ou parce que j'ai le sentiment que je devrais avoir la possibilité de pleurer Hayley. Après tout, je n'ai rien à me reprocher. C'est à quelle heure ?

— À 14 heures. Au collège. C'est toujours au collège parce que c'est là qu'on a retrouvé leurs corps. Mais, Shayla, je ne pense pas que tu devrais y aller. Ce n'est pas une bonne idée.

Plus on lui recommandait de ne pas y assister, plus Shayla était tentée de le faire. Elle avait un côté obstiné, pas de doute, et d'ailleurs, ne s'était-elle pas déjà laissé suffisamment dominer par les gens de cette ville ?

— J'entends ce que tu me dis, murmura-t-elle. Je prendrai ma décision demain matin.

Une tasse de café à la main, Shayla se dirigea vers le véhicule de Tavis, maintenant garé devant chez elle. Il abaissa sa vitre alors qu'elle s'approchait.

Elle lui tendit le café en souriant.

— Noir, deux sucres.

— Merci. Tu n'étais pas obligée de faire ça.

— Ça ne me dérange pas. Mais… je me suis dit que tu devais avoir faim et j'ai essayé de te préparer des lasagnes, que j'ai complètement ratées. Est-ce que ça te dirait d'aller au restaurant de Deedee ? Je t'offre à déjeuner. Et puis tu pourras parler de Jenae à Deedee.

L'intérêt de Tavis était éveillé.

— Elle sait quelque chose ?

— En tout cas, elle m'a dit qu'elle avait du nouveau. Elle ne veut rien me dire par texto ou par téléphone. Elle veut qu'on se parle de vive voix.

— Bien sûr qu'on peut y aller. Tout de suite ?

— Je prends mon sac et j'arrive.

Quelques instants plus tard, Tavis et Shayla entraient dans le restaurant. Une adolescente aux cheveux roux les conduisit à une banquette disponible et plaça deux menus devant eux.

— La serveuse viendra prendre votre commande dans un petit moment.

À peine était-elle partie qu'une femme brune s'approcha, suivie de près par Deedee.

— Je m'occupe de cette table, Amber, lança celle-ci avec un sourire.

— Oh ! Très bien.

— Je te présente ma cousine Shayla. Et Tavis, un ami.

— Enchantée, déclara Amber avant de s'éloigner d'un pas léger.

Deedee se glissa sur la banquette à côté de Shayla.

— Salut, Tavis. Ça me fait plaisir de te voir.

— C'est réciproque, Deedee.

Celle-ci jeta un regard rapide autour d'elle, puis baissa la voix.

— Tu essaies de joindre Jenae ?

— Oui.

— Pourquoi ?

— C'est au sujet du meurtre de ma cousine. Je veux vérifier certaines de ses déclarations.

— Après tout ce temps ? Que pourrait-elle te dire maintenant qui puisse t'aider ?

— Peut-être en sait-elle plus long qu'elle ne l'a avoué à l'époque, observa-t-il. J'ai mes raisons pour vouloir lui parler. As-tu un moyen de la contacter ?

Deedee soupira doucement.

— Je n'ai pas pu la joindre directement. Le numéro que j'ai est hors service. Mais j'ai parlé à quelqu'un qui a encore des liens avec elle. Elle lui a fait part de ton message, mais Jenae a répondu qu'elle n'avait rien de plus à ajouter et qu'elle ne voulait pas qu'on la harcèle à propos du passé.

Tavis fronça les sourcils.

— Donc elle refuse de me parler ?

— On dirait qu'elle a peur, avoua Deedee. Son divorce

d'avec Alex a été très houleux. Elle ne veut pas qu'il sache où elle est.

— Je ne trahirais jamais sa confidence.

— J'en suis sûre, mais je peux comprendre qu'elle soit réticente. Peut-être que, si tu me posais les questions précises que tu as en tête, je pourrais les lui relayer ?

Tavis secoua la tête.

— Non, ça ne va pas marcher. En revanche, je vais te donner mon numéro. Demande à son amie de le lui transmettre et de lui dire que je voudrais vraiment lui parler. Si elle m'appelle, nous pourrons discuter.

— Entendu, acquiesça Deedee. C'est un bon compromis.

— A-t-elle jamais eu des remarques critiques à mon égard, Deedee ? intervint Shayla.

— Pas que je sache. Pourquoi ?

— Je me demandais, c'est tout. Il y a tant de gens qui ne m'aiment pas. Je ne savais pas si Jenae en faisait partie.

Deedee haussa les épaules.

— Si elle a jamais dit quelque chose de ce genre, ce n'était pas à moi.

— Elle s'entendait bien avec Lucas ? insista Shayla. Je ne me souviens pas qu'ils aient été amis, mais peut-être que si ?

Deedee les dévisagea tour à tour et plissa les yeux.

— Pourquoi cette question ? À quoi pensez-vous ?

— Je me penche sur tous ceux qui ont assisté à la soirée, répondit Tavis, et je me demande si l'un ou l'une d'entre eux aurait pu être enclin à protéger Lucas. Je sais que tu étais là, mais tu es partie tôt, n'est-ce pas ?

— Oui.

— Tu te rappelles l'heure qu'il était ?

Deedee le regarda, bouche bée, mais ne répondit pas tout de suite.

— Pas exactement, dit-elle enfin. C'était il y a neuf ans.

— Mais quand tu es partie, Jenae était encore là ?

— Je... honnêtement, je ne m'en souviens pas. Peut-être qu'elle est partie avant moi ?

La voix de Deedee était incertaine.

— Je ne vois pas où tu veux en venir.

— Il s'est passé quelque chose, révéla Shayla, songeant qu'il était temps d'informer sa cousine. Hier...

— Quelqu'un a contacté Shayla, coupa Tavis. Cette personne a suggéré que Jenae avait pu aider Lucas il y a neuf ans.

— Quoi ? se récria Deedee, sidérée. Qui t'a contactée ?

Shayla interrogea Tavis du regard. Il était évident que ce dernier ne voulait pas parler à Deedee de leur expédition à Buffalo.

— Quelqu'un m'a appelée, murmura-t-elle enfin. Et m'a dit que Lucas et Jenae étaient liés...

— C'est pour cette raison que j'explore tous les angles possibles, compléta Tavis. Si je parlais à Jenae, elle pourrait m'apporter des réponses.

Deedee secoua la tête.

— Je ne sais pas. Je crois que Hayley et Jonathan étaient les deux derniers à rester, et que c'est à ce moment-là que les choses ont mal tourné. Lucas les a tués, et puis il a paniqué et s'est enfui.

— Il est possible qu'il n'y ait aucun rapport entre eux, admit Tavis, mais je ne veux négliger aucune piste.

— Je suis sûre que Deedee fera tout son possible pour t'aider, affirma Shayla, en souriant à sa cousine. Si elle reçoit un message de Jenae, ce sera parfait.

Elle se tourna vers Tavis.

— Je t'ai promis un repas, lui rappela-t-elle en ouvrant le menu. Tu sais ce que tu veux commander ?

Il jeta un coup d'œil à la carte.

— Je prendrai le sandwich au steak et au fromage, s'il te plaît. À emporter.

— Pas de problème, répondit Deedee d'un ton sec, après quoi elle se leva et se dirigea vers la cuisine.

— Tu l'as contrariée, observa Shayla.

— Il faut que je pose des questions, Shayla. Si je ne le fais pas, je n'obtiendrai pas de réponses.

— Mais tu as donné l'impression de ne pas la croire.

Shayla commençait à saisir ce que le shérif avait voulu dire à propos de Tavis. Il était incroyablement tenace. Hors de question pour lui de lâcher prise. Pourtant, à quoi bon se mettre à dos les gens alors qu'on avait besoin de leur aide ?

— Et pourquoi ne voulais-tu pas que je lui parle d'hier ?

— Je préférerais qu'on garde cct incident pour nous, dans l'immédiat au moins. Avant d'en savoir plus, je ne veux pas que l'affaire s'ébruite.

— Elle n'en parlerait à personne.

— Elle n'en parlera à personne si elle n'est pas au courant.

Shayla fronça les sourcils. Tavis se montrait plus que têtu sur ce sujet.

— Tu as l'air fâché, observa-t-elle.

— C'est la frustration, admit-il. Je sais que quelqu'un sait quelque chose. Forcément.

— Je comprends que tu veuilles élucider cette affaire. Dieu sait que je le désire aussi. Hayley était ta cousine et ma meilleure amie. Mais… et si c'était impossible ? S'il n'y avait pas de réponses à tes questions ?

— Tu crois ça, après ce qui s'est passé hier ? Lucas t'a contactée. Pour la première fois en neuf ans, il a refait surface.

— Mais s'il disparaît de nouveau, pour de bon cette fois ? L'affaire ne sera peut-être jamais résolue.

— Je refuse de l'accepter. Je ne peux pas vivre avec ça. Je découvrirai ce qui est arrivé, Shayla. Que ce soit maintenant ou dans cinq ans, je réussirai. J'obtiendrai les réponses que ma famille mérite de connaître.

9

Je suis vraiment désolée. Je ne me sens pas bien. Une collègue va venir me remplacer ce matin.

Shayla relut le texto, stupéfaite. Elle pouvait accepter que l'infirmière soit souffrante, certes, mais pourquoi celle-ci n'avait-elle pas eu la courtoisie de téléphoner ?

Agacée, elle composa son numéro.

— Allô ? répondit Jennifer d'une voix enrouée.

— Excusez-moi de vous appeler, commença Shayla, mais je me suis dit que ce serait plus rapide que d'échanger une série de messages. Je suis désolée que vous soyez malade. Votre remplaçante sera-t-elle ici à 8 heures ?

— Oui. Elle sera chez vous d'ici une demi-heure. Je devrais être de retour demain ou après-demain. Dès que j'irai mieux.

— Prenez tout le temps qu'il vous faudra, se hâta de dire Shayla, radoucie. L'important est de vous soigner.

— Je suis vraiment navrée.

— Ne vous excusez pas.

Au moins, Jennifer l'avait avertie, cette fois. Shayla espérait seulement que son virus n'était pas contagieux, et que sa mère n'en serait pas affectée.

— Prenez soin de vous, conclut-elle.

— Merci.

La remplaçante, Melanie, était une femme d'un certain âge, efficace et distante. Après avoir préparé le petit déjeuner de la mère de Shayla, elle se mit en devoir de la lever et de la faire marcher. Shayla fut heureuse qu'elle fasse de nouveau un petit tour dans la maison. Avec un peu de chance, ses forces reviendraient peu à peu.

Pendant que Melanie s'occupait de sa mère, Shayla passa un moment à vérifier ses mails professionnels. L'un d'eux retint son attention : un correspondant se plaignait d'un retard dans la réception de sa commande.

Avant d'appeler le fournisseur concerné, Shayla contacta son assistante, Lindsay, pour lui demander si le problème avait été réglé.

— Justement, je m'en occupe, répondit celle-ci. Le fournisseur avait pris du retard, mais il a fait passer notre commande en priorité et nous a accordé une réduction. Je vais la transmettre au client.

— Parfait, commenta Shayla. Tiens-moi au courant.

— Entendu. Mais ne t'inquiète pas. Je me charge de tout.

Shayla exhala lentement son souffle.

— Merci. Je sais que je peux compter sur toi.

Lorsqu'elle avait décidé d'opter pour une boutique en ligne, Lindsay et elle avaient pris l'habitude de se retrouver une fois par semaine pour travailler ensemble, faire le tri des commandes et tenir l'inventaire du stock. Lindsay connaissait chaque aspect de l'entreprise. Shayla savait qu'elle n'avait aucun souci à se faire à cet égard.

— Profite du temps que tu passes avec ta mère, conseilla son amie. Comment va-t-elle, à propos ?

— Elle semble un peu mieux. Elle se lève et marche un peu. Avec de l'aide, bien sûr, mais quand même.

— Mes pensées sont avec elle. Et avec toi, évidemment.

— Merci.

— Tout va bien de ton côté ? Tu n'es pas en danger ?

Le regard de Shayla se posa sur les patères fixées à la porte de sa chambre. Un sac marron, qu'elle n'avait pas utilisé depuis une éternité, se trouvait désormais sur les autres. Shayla fronça les sourcils. Comment était-il arrivé là ?

— Shayla ?

— Hmm. Oui. Tout va bien.

Peut-être le sac était-il là les jours précédents ? Peut-être ne l'avait-elle pas remarqué ? C'était forcément le cas.

Il y eut un bref silence. Puis Lindsay reprit la parole :

— Je ne voulais pas t'en parler, mais je crois que tu as besoin de savoir. Un e-mail est arrivé sur la boîte du magasin. Quelqu'un qui te dit que, si tu veux t'éviter des ennuis, tu ferais mieux de ne pas assister à la commémoration.

— Quand l'as-tu reçu ?

— Ce matin.

Shayla se mordit la lèvre.

— Merci de me l'avoir dit.

— Tu sais que je me fais du souci pour toi. Peut-être que tu ne devrais pas y aller.

Shayla éprouva un fugace élan de colère. Qui était ce lâche qui lui envoyait des menaces anonymes ? Lucas ? Elle en doutait. Il lui avait téléphoné et s'était présenté, alors pourquoi lui envoyer des mails anonymes ?

— J'ai quelqu'un qui veille sur moi, expliqua-t-elle.

— Quoi ? Un garde du corps ? se récria Lindsay, surprise.

— Un vieil ami. Il gère une agence de sécurité et il assure ma protection. Donc, je ne crains rien. Je t'en prie, ne t'inquiète pas pour moi.

— Eh bien, tant mieux. Je suis contente de l'apprendre, mais reste en contact, d'accord ? Ça me rassure d'avoir de tes nouvelles.

— Promis.

Shayla mit fin à la communication, et envisagea d'appeler le shérif pour lui faire part de cette dernière menace. Elle refoula aussitôt cette idée. Il lui répéterait seulement de ne pas aller à la veillée.

Au lieu de quoi, Shayla sortit voir Tavis, qui avait passé toute la nuit dans sa voiture. Il la regarda s'approcher, la sollicitude peinte sur ses traits.

Elle s'assit sur le siège passager.

— J'ai du nouveau. Mon assistante en Floride m'a dit que j'avais reçu un mail de menace. Quelqu'un qui veut me dissuader d'assister à la cérémonie de cet après-midi.

— Tu avais l'intention d'y aller ?

Shayla redressa les épaules.

— Oui.

— Bien. Moi aussi. De cette façon, je pourrai te surveiller en même temps, plutôt que de demander à Griffin de venir monter la garde ici.

Shayla sourit.

— Parfait.

De retour à l'intérieur, elle appela Deedee.

— J'espère que tu as pris ton après-midi ? demanda-t-elle aussitôt.

— Pourquoi ? Tu ne comptes tout de même pas aller à la cérémonie ? rétorqua Deedee.

— Si, répondit Shayla sur un ton résolu. Je suis en ville, pourquoi est-ce que je n'irais pas ?

— On a peint des menaces sur ton pare-brise et on t'a menacée avec une carabine. Il me semble que te montrer là-bas est la dernière chose à faire.

Si sa cousine savait ce qui était arrivé à Buffalo… Shayla garda le silence. Elle était sûre qu'elle ne risquait rien aujourd'hui : elle veillerait à rester en retrait, se contenterait d'observer. D'ailleurs, Lucas n'oserait jamais se présenter à la cérémonie.

— Je sais, dit-elle enfin. Mais si les gens savent que je suis en ville, ils trouveront peut-être bizarre que je ne vienne pas. Je vais y aller, me tenir à l'arrière, porter un chapeau. Bref, être discrète. Et ça me ferait vraiment plaisir que tu viennes avec moi.

— Sachant combien tu es têtue, je me suis organisée pour me faire remplacer cet après-midi. Mais ça ne me plaît pas.

— Tu seras soulagée d'apprendre que Tavis sera là aussi, donc tout s'arrange parfaitement. Cela lui évite de faire venir quelqu'un à la maison pour me surveiller.

— Je vois que tu as tout prévu, marmonna Deedee avec une pointe d'aigreur.

— Il est onze heures et demie. Je pense que nous devrions partir de chez moi à 13 h 30 pour arriver au collège dans les temps. D'accord ?

— Pourquoi faut-il que tu sois si obstinée ? grommela Deedee. Je pense que tu cherches des ennuis. Reste avec ta mère et laisse les habitants de la ville faire ce qu'ils ont l'habitude de faire. Tu n'as pas besoin d'être là.

Sa cousine semblait prendre les menaces plus au sérieux, tout à coup.

— Tu crois vraiment que quelqu'un va essayer de s'en prendre à moi ?

— Pourquoi courir le risque ?

Deedee avait-elle entendu des rumeurs ? Dans une bourgade comme Sheridan Falls, cela n'aurait rien eu d'étonnant. Savait-elle quelque chose qu'elle ne disait pas à Shayla ? Ou faisait-elle simplement preuve d'un excès de prudence ?

Certes, sa cousine avait tendance à être timorée, redoutant les manèges aussi bien que les requins. Peut-être Deedee craignait-elle le pire, tout simplement.

— Je vais y aller, déclara Shayla. Si tu ne veux pas m'emmener, Tavis le fera. Tu n'as qu'à me le dire.

— Je viendrai te chercher, répondit sa cousine à

contrecœur. Et je serai là assez tôt pour que Tavis puisse nous suivre. Ça, au moins, c'est une bonne chose – qu'il soit là. Enfin, j'espère qu'il ne pense plus que je mens à propos de la nuit des meurtres.

— Il veut aller au bout des choses, expliqua Shayla. Mais il ne pense pas que tu mentes. Il est juste… résolu à obtenir des réponses.

— Sans blague ? Mais je comprends. Il a perdu sa cousine.

— C'est bon pour 13 h 30 ?

— Oui. À tout à l'heure.

La cérémonie devait commencer à 14 heures. Deedee gara sa voiture devant l'école avec exactement cinq minutes d'avance. La foule s'était déjà rassemblée sur l'herbe, bougies et ballons à la main.

— Il y a beaucoup de monde, observa Shayla.

— Tout ou presque s'arrête en ville ce jour-là pour que tous ceux qui veulent venir puissent le faire. À 2 heures de l'après-midi…

— L'heure à laquelle les corps ont été retrouvés sous une bâche par quelqu'un qui promenait son chien, acheva Shayla.

L'estomac noué, elle promena son regard sur la foule.

— Tu n'es pas obligée d'être là, murmura Deedee avec douceur.

— Si. Je ne suis pas venue pour les gens de cette ville. Je suis ici pour moi. Pour Hayley et pour Jonathan.

Derrière elles, Tavis se gara à son tour.

— Et mon garde du corps vient d'arriver. Ne t'inquiète pas.

Deedee la dévisagea. Shayla lui offrit un sourire incertain, puis jeta un coup d'œil dans le rétroviseur et ajusta la casquette de base-ball sur sa tête. Satisfaite, elle ouvrit la portière, imitée par sa cousine.

Elles marchèrent d'un pas lent en direction de l'attroupement. Shayla ne voulait pas s'approcher trop. Elle préférait rester en retrait – faire partie de la foule, mais de loin. Étant donné que tout le monde faisait face aux membres des familles endeuillées, tous debout sur les marches du collège, il était peu probable qu'on la repère.

La population entière de Sheridan Falls semblait avoir fait le déplacement. Elle reconnut plusieurs visages. Chase était là, flanqué de sa femme, Lisa, et de son frère, Alex. Graham Knight, qui avait été un des meilleurs amis de Jonathan. Alisha Macklin et Kelly DuPont, anciennes pom-pom girls. La quasi-totalité des joueurs de l'équipe de football de son adolescence était présente. Certains avaient changé, d'autres non. Molly, la propriétaire du café, était présente elle aussi.

Shayla s'immobilisa derrière un homme de haute taille qu'elle ne reconnut pas, espérant se fondre dans la foule. Elle glissa son bras sous celui de sa cousine.

Katie Harrison, ses cheveux roux aussi flamboyants qu'à l'époque où elle était pom-pom girl, s'avançait vers elles, apportant des ballons. Shayla détourna les yeux, évitant son regard.

— Salut, Deedee. Tiens, voici des ballons.

Deedee en prit deux, la remercia et en passa un à Shayla tandis que Katie continuait à circuler dans la foule.

Quelqu'un s'éclaircit la voix au micro. Shayla reporta son attention sur les marches.

— Ceux qui ont apporté des bougies, allumez-les maintenant, s'il vous plaît, demanda Eric, le père de Jonathan.

L'assistance s'exécuta. Il fallut quelques instants pour que tout le monde ait allumé la sienne, certains offrant leur flamme à la ronde.

— Merci d'être venus aujourd'hui, reprit Eric. Une fois de plus, nous sommes réunis pour marquer le triste anniversaire de la mort de Hayley et de Jonathan. De leurs meurtres. Malheureusement, nous attendons toujours que justice soit faite.

Victoria, la mère de Hayley, pleurait. Elle tenait à la main un ours en peluche dont Shayla ne se souvenait que trop bien. Hayley dormait avec chaque nuit. Même quand elles partaient faire des concours de danse, elle apportait sa peluche. Son porte-bonheur, disait-elle.

Eric entourait de ses bras les épaules de sa femme, Maria, aussi visiblement émue.

— On dit que le temps guérit toutes les plaies, commença-t-il, mais je peux vous dire que ce n'est pas vrai. Chaque année, la douleur est un peu plus profonde maintenant que notre précieux fils n'est plus là. Il ne reviendra jamais. Certains jours, j'ai l'impression que c'est un mauvais rêve et que je vais me réveiller, mais non.

— C'est comme si c'était arrivé hier, ajouta Maria, la main pressée contre son cœur. Je ne verrai jamais mon fils jouer pour l'université de Kent State comme il devait le faire. Je n'assisterai jamais à son mariage. Il y a eu des jours où j'ai voulu mourir, moi aussi.

La sœur cadette de Jonathan, Emily, serra sa mère contre elle. La scène était poignante.

— Je tiens à remercier tous ceux d'entre vous qui nous ont soutenus au fil des années, dit James, le père de Hayley. Ma petite Hayley ne méritait pas ça et Jonathan non plus. Bien sûr, le chagrin ne cessera jamais de nous accompagner, mais je sais qu'il serait plus supportable si le coupable était amené devant la justice.

Il scruta la foule, sembla fixer son regard sur Shayla. Clouée sur place, celle-ci se recroquevilla intérieurement.

L'avait-il vraiment vue ? Ou regardait-il simplement dans sa direction ?

— Cette affaire peut être éclaircie, poursuivit-il. Quelqu'un dans cette ville a des réponses. Réfléchissez. Réfléchissez bien à ce que vous savez, ce dont vous vous souvenez. Et si vous avez gardé quelque chose au fond de vous, parce que vous aviez peur, le moment est venu de faire ce qui est juste.

Pas de doute, il regardait dans la direction de Shayla. Deedee lui donna un petit coup de coude.

— Tu sais que c'est à toi qu'il s'adresse.

Shayla ne répondit pas. Elle essuya une larme qui roulait sur sa joue. Elle aurait voulu s'avancer et dire quelques mots, rendre hommage à Hayley. Mais elle savait que c'était impossible.

D'autres le firent. Amis et parents gravirent les marches tour à tour, évoquant la mémoire de Hayley et de Jonathan.

Au bout d'une vingtaine de minutes de souvenirs mêlés de larmes, Eric reprit le micro.

— Il est temps de lâcher les ballons maintenant. Nous allons compter jusqu'à trois, les lâcher, et ensuite il y aura une minute de silence. Un… deux… trois.

Les globes bleus et roses s'élevèrent dans le ciel, emportés par la brise. Certains applaudirent. D'autres s'étreignirent, en larmes. Puis, à l'instar des familles réunies sur les marches, ils baissèrent la tête et fermèrent les yeux. Le silence tomba sur la foule.

Oh ! Hayley, tu me manques tant ! songea Shayla, bouleversée.

— Merci, dit James quand la minute se fut écoulée. Je prie pour que, cette année, le meurtrier de ma fille soit enfin face à la justice.

— Que leur souvenir nous accompagne, lança quelqu'un dans la foule.

À cet instant, chacun souffla sur sa bougie. Elles s'éteignirent toutes à l'unisson, et Shayla comprit avec un temps de retard que ces paroles avaient dû être un signal connu de tous.

Elle pivota vivement sur ses talons, désireuse de disparaître avant que la foule commence à rebrousser chemin.

— Allons-y.

— Shayla Phillips. Je n'y crois pas !

Sous le choc, Shayla s'arrêta net. Jetant un coup d'œil à sa droite, elle reconnut Alex Thompson. Comme son frère, il avait pris du poids et son crâne s'était dégarni. Il était bien moins séduisant qu'autrefois. Il lui sourit, l'air content de la voir. Pourtant, ils n'avaient jamais été de proches amis autrefois.

— Alex, dit-elle, s'efforçant d'être agréable. Ça fait un bail.

— C'est sûr. Quel effet cela te fait-il d'être de retour ? Je sais que Sheridan Falls n'est pas Miami, mais la ville a ses attraits.

Elle fut tentée de lui demander comment il savait qu'elle vivait à Miami, mais bien sûr, tout le monde devait être au courant. Tout se savait à Sheridan Falls.

— Ça va, répondit-elle. Il n'y a pas eu beaucoup de changements.

— C'est clair, gloussa Alex. Mais nous avons de nouveaux feux de circulation à côté de ton restaurant, Deedee.

— Comment va Jenae ? intervint Shayla. J'ai appris que vous vous étiez séparés. Vous êtes toujours en contact ? Que devient-elle ?

Le sourire d'Alex s'effaça.

— Aucune idée. Nous ne sommes pas en bons termes.

— Oh ! Je suis désolée. J'allais te demander si tu savais où la joindre. J'aurais bien aimé lui dire bonjour.

— Je ne peux pas t'aider.

Shayla hocha la tête. Elle baissa les yeux alors que des gens les dépassaient.

— Eh bien, ça m'a fait plaisir de te voir. Mais comme tu le sais sans doute, ma mère est souffrante. Il faut que je retourne à son chevet.

— Bien sûr. À la prochaine, hein ?

— Oui, à la prochaine.

Bras dessus, bras dessous, Deedee et elle se hâtèrent vers la voiture.

Contrairement aux années précédentes, où Tavis s'était tenu sur les marches avec son cousin, son oncle et sa tante, il resta dans son véhicule, scrutant la foule. Il était à l'affût de la moindre menace visant Shayla, bien sûr. Mais il observait aussi le rassemblement d'un œil différent – non comme un parent en deuil, mais comme un enquêteur. Et il prenait des photos qu'il comptait examiner plus tard.

Au fil des années, il avait pris note mentalement de tous les visages. La grande majorité des membres de l'assistance étaient des résidents de la ville. Pourtant, il continuait à chercher des traits inconnus, ou bien un individu à l'air nerveux, mal à l'aise. Jamais il n'avait remarqué de comportement suspect, et il avait quitté chaque cérémonie passée avec un sentiment d'impuissance. Parce qu'il attendait une piste, un événement susceptible de changer le cours de son enquête. Année après année, il avait été déçu.

Il se tassa un peu sur son siège en voyant l'adjoint Jenkins se diriger vers le trottoir. La voiture de patrouille de ce dernier était garée en face du pick-up de Tavis, mais Jenkins ne s'arrêta pas pour le saluer, ce qui était précisément ce que celui-ci avait espéré. Il voulait scruter la foule qui se dispersait.

Debout à l'entrée du collège, le shérif Thompson observait la scène lui aussi. De même qu'un autre adjoint, Holland.

Ils assistaient à chaque cérémonie, supposément pour rassembler des indices, mais Tavis n'était pas convaincu qu'ils fassent beaucoup d'efforts. Il les soupçonnait de venir rendre hommage aux victimes, rien de plus. Après tout, le shérif Thompson était persuadé que Lucas était parti pour de bon et qu'il ne serait pas assez stupide pour revenir.

Dans une certaine mesure, Tavis était d'accord. Lucas devait savoir que réapparaître dans une bourgade telle que Sheridan Falls reviendrait à se rendre à la police.

À vrai dire, Tavis avait encore du mal à croire que Lucas était à Buffalo. Venait-il de regagner la ville, ou s'était-il terré là-bas durant tout ce temps ?

Deux personnes n'avaient pas assisté à la cérémonie : l'oncle et la tante de Lucas, Rosita et Andrew Carr. Ils étaient venus à la première, et en avaient été chassés. Exactement comme Shayla. Encore maintenant, bien qu'ils vivent toujours en ville, ils ne fréquentaient presque personne. Ils avaient reçu des menaces de mort aussi, au début, mais Tavis avait entendu dire qu'elles avaient cessé au bout de quelques mois. Peut-être les gens s'étaient-ils rendu compte que Rosita et Andrew n'étaient pas plus responsables des actions de Lucas que n'importe qui d'autre à Sheridan Falls. Ils avaient recueilli un adolescent troublé, sans jamais imaginer qu'il allait commettre deux meurtres et déshonorer leur nom.

Tavis jeta un coup d'œil sur sa gauche alors qu'une berline noire démarrait. Quand on parlait du loup… Il reconnut la tante de Lucas sur le siège passager. Rosita et Andrew étaient venus tout compte fait. En revanche, ils n'étaient sans doute pas descendus de leur voiture, car il ne les avait pas vus parmi la foule. Peut-être regardaient-ils de loin ?

Détournant les yeux, il reporta son attention sur la foule et aperçut une silhouette isolée, coiffée d'une casquette de base-ball à l'extrémité du terrain de sport. Il se hâta d'attraper son appareil, zooma et prit une photo. Qui était-ce ? Il prit deux autres clichés alors que la personne s'éloignait, seule. C'était une femme, qui portait un jean et une veste assortie.

Jenae ?

Tavis s'arrêta à hauteur de la voiture de Deedee, qui abaissa la vitre. Shayla et elle l'interrogèrent du regard.

— Tu rentres chez toi, Shayla ? demanda-t-il.

— Oui.

— J'arrive. Il faut juste que je vérifie quelque chose.

Il fixa un point au loin et Shayla essaya de suivre la direction de son regard, en vain : la foule s'éparpillait et elle ne pouvait savoir qui il observait.

— Pas de problème, assura-t-elle. À tout à l'heure.

Tavis s'éloigna. Deedee démarra à son tour, et s'engagea lentement dans la rue.

— C'est toujours comme ça ? demanda Shayla. Les ballons, les fleurs, les discours ?

— Oui, répondit sa cousine. C'est un moment de recueillement, de souvenir. Beaucoup de gens veulent parler.

Shayla acquiesça, éprouvant une nouvelle bouffée d'émotion à la pensée que Hayley avait été fauchée à l'aube de sa vie. Elle aurait aimé évoquer son amitié avec Hayley, dire combien elle l'avait aimée, mais comment aurait-elle pu oser, alors qu'elle était encore considérée comme l'ennemi public numéro un ?

— Au moins, je crois que personne ne nous a remarquées, reprit Deedee. C'est ça qui m'inquiétait. L'idée qu'on puisse te prendre à partie. Comme pour la première veillée.

— Cette fois, je n'aurais laissé personne me chasser. J'avais besoin d'être là. En un sens… c'était une sorte de conclusion. J'ai pu me sentir proche de Hayley.

— Je suis contente que cela t'ait apporté ce que tu espérais.

Shayla hocha la tête.

— Si ça ne t'ennuie pas, je voudrais aller au cimetière.

— Pourquoi ?

— J'ai quelque chose… que je voudrais déposer sur la tombe. Je crois que, après, je serai vraiment en paix.

Deedee fronça les sourcils.

— Que veux-tu laisser là-bas ?

Shayla agita les doigts de sa main gauche.

— Cet anneau en argent à mon auriculaire. Hayley me l'a offert quand nous avions dix ans. C'est un bijou bon marché – elle l'avait gagné dans un distributeur de boules de gomme. Mais pour moi, c'était un trésor, parce que c'était la preuve qu'on serait meilleures amies pour toujours. Elle en avait un aussi…

La voix de Shayla s'éteignit.

— Enfin, je veux le déposer sur sa tombe.

Deedee tendit la main vers la sienne et la pressa affectueusement.

— Oh ! Ma chérie, je suis tellement désolée.

— J'espère qu'elle savait que je l'aimais de tout mon cœur. Elle était la sœur que je n'ai jamais eue.

— Je suis sûre que oui.

— Pendant toutes ces années, je n'ai jamais pu aller me recueillir sur sa tombe, continua Shayla. J'ai l'impression qu'il reste des choses à régler entre nous. Des mots qui n'ont pas été dits. Par conséquent, je veux les lui dire. Et j'espère que, où qu'elle soit, elle m'entendra.

— Je comprends complètement, affirma Deedee. Je t'emmène au cimetière.

Au comble de la frustration, Tavis abattit son poing sur le volant. Il avait perdu de vue la mystérieuse inconnue.

La rue étant pleine de gens qui regagnaient leur voiture, il avait dû rouler au pas. Elle avait contourné le bâtiment, se dirigeant vers l'arrière du collège. Quand il était arrivé là, quelques secondes plus tard, elle était déjà loin. Il avait le choix : soit prendre la direction générale qu'elle avait empruntée et tenter de lui couper la route, soit descendre de voiture et la suivre à pied.

La femme, qui traversait déjà le bosquet, se mit soudain à courir.

Tavis ouvrit sa portière, mais étouffa aussitôt un juron. Le shérif Thompson se tenait devant lui.

— Tavis.

Ce dernier n'avait qu'une envie, poursuivre l'inconnue. Mais la présence du shérif lui mettait des bâtons dans les roues.

— Shérif, dit-il d'une voix tendue.

— Belle veillée aujourd'hui, non ? Je ne t'ai pas vu avec ta famille, pourtant ?

— J'ai décidé d'y assister dans le confort de mon véhicule.

Le shérif regarda par-dessus l'épaule de Tavis l'appareil-photo doté d'un téléobjectif.

— Tu surveillais quelque chose ?

— J'ai toujours mon équipement sur moi.

— Tu en as besoin pour protéger Shayla Phillips – à moins qu'il n'y ait autre chose ?

— J'ai pris des photos de la cérémonie. Ce n'est pas un délit, si ?

— Avec ce téléobjectif ? Hmm.

Le ton du shérif était accusateur.

— Oui.

— Au moins, il n'y a pas eu de problème aujourd'hui. Tout s'est déroulé paisiblement.

— Oui.

Tavis jeta un coup d'œil vers les arbres. Aucun signe de la femme.

— Si vous…

— Je ne sais pas qui lui a causé des ennuis, mais j'ai déjà parlé à Shayla. Je lui ai dit de s'adresser directement à moi si elle reçoit d'autres menaces. C'est moi qui peux l'aider.

Il marqua une pause.

— Il n'y a pas eu d'autres menaces, si ?

— Non, répondit Tavis, sans tout à fait rencontrer le regard de Thompson.

— Tant mieux. Peut-être que celui qui a peint ces mots sur son pare-brise était juste un mauvais plaisant. Je doute que quelqu'un lui veuille réellement du mal.

— Espérons que vous ayez raison, répondit Tavis avec un sourire crispé. Quoi qu'il en soit, je suis là, que la menace soit réelle ou non.

— Je me doutais que tu dirais ça.

Le shérif donna une tape sur la vitre ouverte de la Sierra.

— Bonne journée, Tavis.

— Pareil pour vous, shérif.

Deedee jeta un regard furtif dans son rétroviseur arrière.

— Ce type me suit ou quoi ?

Elle avait quitté le centre-ville et roulait en direction du cimetière.

Shayla pivota sur son siège. Un gros 4x4 les rattrapait à toute allure. En quelques secondes, il fut derrière elles mais ne tenta pas de les dépasser. Deedee accéléra. Le 4x4 aussi.

— Qu'est-ce qu'il fabrique ? s'inquiéta Shayla, le cœur cognant déjà dans sa poitrine.

S'agissait-il juste d'un chauffard ? Ou quelqu'un les avait-il suivies à dessein ? Elles avaient pensé n'avoir attiré l'attention de personne à la cérémonie, mais peut-être s'étaient-elles trompées. Peut-être quelqu'un était-il assez furieux pour…

Elles hurlèrent en même temps, projetées en avant alors que le 4x4 percutait leur voiture.

— Oh ! Mon Dieu.

Instinctivement, Deedee écrasa la pédale d'accélérateur.

— Tu devrais peut-être essayer de te garer, suggéra Shayla. Le laisser passer.

— Où veux-tu que je m'arrête ? Il n'y a pas d'accotement ici. Juste du gravier et ma voiture…

Une autre poussée. Elles hurlèrent de nouveau. À l'évidence, le conducteur du 4x4 leur voulait du mal.

La voiture de Deedee fit une embardée, et elle lutta pour la redresser.

— Là ! cria Shayla en désignant une route qui approchait. Tourne à gauche !

Deedee accéléra, puis ralentit légèrement. Comme elle amorçait le virage, le moteur du 4x4 rugit. Le cœur de Shayla cessa de battre. Au même moment, le 4x4 les percuta de côté. La voiture se mit à tournoyer sur elle-même, hors de contrôle. Le souffle coupé par la terreur, Shayla s'agrippa à la poignée de la portière alors que le véhicule plongeait dans le fossé, provoquant un nuage de poussière et de gravier. Il tournoya une dernière fois avant de se coucher sur le flanc, côté conducteur. L'airbag se déclencha, frappant Shayla en pleine figure.

Pendant une longue seconde, il n'y eut que le silence.

Puis Shayla ferma les yeux et se mit à hurler.

10

Son pouls battait la chamade, et Shayla ne pouvait s'empêcher de hurler. Elle était en suspens dans la voiture, le corps pressé contre sa ceinture de sécurité.

Une pensée soudaine la glaça. Elle était la seule à crier. Deedee était silencieuse.

Un frisson lui parcourut l'échine. Elle eut peur d'ouvrir les yeux. Il lui sembla que plusieurs minutes s'étaient écoulées avant qu'elle puisse s'y résoudre, tant elle avait peur de ce qu'elle allait voir.

— Deedee ? murmura-t-elle d'une voix rauque.

Sa cousine était immobile, les yeux clos.

La terreur submergea Shayla.

— Deedee, répéta-t-elle plus fort. Deedee !

Pas de réaction.

L'airbag s'était déployé et dissimulait à demi le visage de sa cousine. Il avait dû lui sauver la vie. Pourquoi était-elle sans connaissance ?

Oh ! Mon Dieu, non…

Se souvenant brusquement du 4x4, Shayla regarda dans le rétroviseur arrière. Le véhicule était invisible. Il n'y avait que Deedee et elle au coin de cette route déserte.

Shayla secoua doucement l'épaule de sa cousine.

— Deedee, réveille-toi !

Un filet de sang ruisselait sur la tempe de Deedee. Ses yeux restèrent fermés.

Shayla devait aller chercher de l'aide. S'extraire de la voiture. Elle tenta d'ouvrir sa portière, laquelle se rabattit aussitôt. Elle appuya alors sur la poignée qui commandait la vitre. Par bonheur, celle-ci s'abaissa. Shayla défit sa ceinture, se faufila entre les airbags et sortit par la vitre, rampant sur le côté de la voiture avant de sauter à terre.

Comme ses pieds touchaient le sol, elle prit une profonde inspiration d'air frais, et la réalité de la situation la frappa en plein ventre. Quelqu'un venait d'essayer de les tuer. Deedee était blessée, sans connaissance. Elle avait besoin d'aide.

Immédiatement.

Shayla attrapa son sac, repêcha son téléphone, et se hâta de composer le numéro de Tavis.

Tavis baissa les yeux sur son téléphone et vit s'afficher le numéro de Shayla.

— Salut…

Il s'interrompit en l'entendant hurler à l'autre bout du fil.

— Shayla ?

— Je ne sais pas si Deedee est morte, cria-t-elle d'une voix terrifiée.

L'angoisse s'empara de Tavis.

— Où êtes-vous ? Que s'est-il passé ?

— Quelqu'un nous a percutées, la voiture a quitté la route !

— Où ?

— Je… je ne sais pas au juste.

— Tu as dit que vous alliez rentrer chez toi. Vous êtes à un croisement ?

— Nous allions au cimetière.

— Au cimetière St Joseph ?

— Oui.

— Donc vous êtes quelque part sur la Route 1.

— Oui. Attends. Nous sommes à l'intersection avec la départementale 5.

— OK. Je vois. J'arrive tout de suite.

— Deedee ne bouge pas. Elle saigne, sanglota Shayla.

— J'arrive tout de suite. Appelle le 911.

Tavis mit fin à la communication, l'estomac noué par la terreur qu'il entendait dans la voix de Shayla.

Il roula à tombeau ouvert sur la route 1, indifférent à la limite de vitesse. Il devait atteindre Shayla et Deedee.

Si quelqu'un les avait délibérément forcées à quitter la route, Shayla était peut-être encore en danger. Quant à Deedee... il ne voulait pas penser qu'elle puisse être morte.

Il entendit le hurlement des sirènes derrière lui avant de distinguer les gyrophares dans son rétroviseur. Tavis ralentit, prêt à se garer sur le bas-côté pour laisser passer la voiture de police, mais celle-ci le contourna et continua son chemin. L'adjoint se rendait sur les lieux de l'accident, à n'en pas douter.

Quand Tavis arriva, le véhicule était garé sur la route. Il aperçut Shayla debout dans le fossé, à côté de la Hyundai métallisée de Deedee. L'arrière de la voiture était sévèrement endommagé, et elle gisait sur le côté. Le côté conducteur.

Tavis étouffa un juron.

Il promena un regard sur la scène et tressaillit à la vue de Rosita et Andrew. Que diable l'oncle et la tante de Lucas faisaient-ils là ?

Tavis s'arrêta dans un crissement de pneus, descendit de voiture d'un bond et se hâta vers Shayla, qui vint à sa rencontre en boitillant. Elle se jeta dans ses bras.

— Tavis !

Elle tremblait de tout son corps.

— Je suis là, dit-il, en la serrant contre lui.

Il jeta un coup d'œil au véhicule accidenté.

— Deedee ?

— Elle est vivante, murmura Shayla. Mais je n'ai pas pu la sortir.

— Mieux vaut attendre les secours pour la bouger. Elle a peut-être des blessures internes.

La voiture du shérif était arrivée, ainsi qu'un camion de pompiers et une ambulance.

— Tu as dit que quelqu'un vous avait percutées exprès ? Tu en es sûre ?

— Certaine. Regarde les dégâts. Il nous a heurtées par deux fois. Et puis il nous a percutées sur le côté et nous avons fait un tête-à-queue.

Tavis la lâcha un instant et alla inspecter le pare-chocs arrière de la Hyundai.

— Tu sais quel modèle c'était ? Tu as réussi à voir le numéro d'immatriculation ?

— C'était une voiture foncée. Un 4x4. Bleu marine ou noir. Je n'ai rien vu d'autre. On ne pouvait pas voir qui était au volant. Mais cette personne était résolue à nous faire du mal. À me faire du mal.

Le regard de Tavis se posa de nouveau sur Rosita et Andrew alors que le shérif et les ambulanciers se dirigeaient vers Shayla. Que faisaient l'oncle et la tante de Lucas sur les lieux ? se demanda-t-il une fois de plus. Leur présence était-elle une pure coïncidence ?

Il n'aimait pas les coïncidences.

Il les avait vus passer dans la rue après la cérémonie. Étaient-ils en colère ? Assez furieux pour s'en prendre à Shayla ? Leur voiture était noire mais ce n'était pas un 4x4. Et elle était intacte. Ce n'était pas le véhicule dont Shayla avait parlé.

Il s'avança vers eux pendant que Shayla parlait aux secouristes.

Elle secouait la tête.

— C'est ma cousine qui a besoin d'aide.

Tavis reporta son attention sur les Carr.

— Rosita, Andrew. Bonjour.

— Bonjour, répondit Andrew, en passant un bras autour de la taille de sa femme, visiblement bouleversée.

— Comment se fait-il que vous soyez ici ? demanda Tavis.

— Nous revenions du cimetière. Nous avons vu la voiture dans le fossé. Entendu les cris. Nous nous sommes arrêtés.

L'explication était sensée, malgré tout Tavis insista.

— Vous veniez du cimetière, répéta-t-il.

— Comme tu le sais, c'est l'anniversaire de la mort de Hayley et de Jonathan. Nous sommes passés devant le collège, et puis nous sommes allés nous recueillir sur les tombes. Nous ne sommes pas les bienvenus à la veillée, mais c'est quand même important pour nous de rendre hommage aux victimes. Pas parce que nous pensons que Lucas les a tuées, se hâta d'ajouter Andrew. Mais parce que toutes nos vies ont basculé ce jour-là. Deux enfants sont morts. Ils ne méritaient pas cela.

Le shérif s'approchait.

— Andrew, Rosita. Shayla vient de me dire que vous êtes arrivés sur les lieux peu après l'accident.

— Oui.

— Vous n'avez pas été témoins des faits ? Vous n'avez pas vu la voiture qui les a heurtées ?

Tavis s'éloigna, retournant auprès de Shayla pendant que le shérif interrogeait les Carr. Elle s'était entouré la taille de ses bras et regardait les pompiers s'affairer pour extraire Deedee du véhicule accidenté.

— C'est ma faute, murmura-t-elle. Quelqu'un a voulu me tuer et c'est Deedee qui en subit les conséquences. Si je lui avais raconté ce qui s'est passé à Buffalo, elle m'aurait peut-être convaincue de ne pas assister à la commémoration. Et elle ne serait pas…

Sa voix s'éteignit, étouffée par un sanglot.

— Nous ne savons pas si cet incident est lié à celui de Buffalo, argua Tavis sans grande conviction.

À vrai dire, il ne croyait pas à ses paroles. Il ne cessait de penser à la femme qu'il avait aperçue dans la foule. Jenae ?

— Vraiment ? Tu penses que c'est une coïncidence ?

Ce n'était pas réellement une question, et Tavis ne répondit pas. Étant donné la détresse déjà évidente de Shayla, il ne voulait pas lui révéler qu'il avait peut-être vu Jenae.

— C'est moi qu'on veut éliminer, reprit-elle. Ils ont dû nous voir à la veillée et nous suivre.

— Pourquoi dis-tu « ils » au pluriel ? Tu as vu quelqu'un dans la voiture ? Il y avait plus d'unc personne ?

Shayla entrouvrit les lèvres, fronçant les sourcils.

— Je… je ne sais pas.

À cet instant, les ambulanciers passèrent devant eux, portant Deedee sur une civière. Tout d'abord, Tavis crut qu'elle était sans connaissance, mais il l'entendit geindre doucement.

— Oh ! Merci, mon Dieu, gémit Shayla.

Elle suivit les secouristes jusqu'à l'ambulance, en veillant à ne pas les gêner.

— Nous allons la transporter à l'hôpital, annonça l'un d'eux alors qu'ils la déposaient à l'intérieur. Vous devriez y aller aussi. Vérifier que vous n'avez pas de blessures internes.

Tavis mit une main au creux du dos de Shayla.

— Il a raison. Je vais l'emmener, ajouta-t-il en se tournant vers l'homme. Nous allons vous suivre.

Shayla le regarda, incertaine.

— Nous y allons pour Deedee de toute façon, déclara-t-il. Autant que tu sois examinée par la même occasion.

Ne discute pas, Shayla. Si tu avais des blessures internes qui n'étaient pas diagnostiquées, je ne pourrais jamais me le pardonner.

Shayla prit une profonde inspiration.

— Très bien.

Elle se laissa aller contre lui, et il l'entoura de ses bras. Chaque fois qu'elle quêtait son soutien, il éprouvait une étrange sensation au creux de l'estomac. Et l'envie de la garder tout contre lui jusqu'à ce que tout danger soit écarté.

— Je m'inquiète pour ma mère, dit-elle doucement. Et si je l'exposais au danger, elle aussi ?

Elle enfouit le visage dans son épaule. Tavis aurait donné cher pour rester là, avec Shayla pelotonnée contre lui.

— Je ne crois pas qu'on s'en prenne à ta mère, dit-il d'un ton rassurant. Mais nous savons maintenant que ces menaces ne sont pas des paroles en l'air. Je vais mettre en place une surveillance vingt-quatre sur vingt-quatre devant votre maison et à l'arrière aussi. Personne ne va s'introduire chez vous, fais-moi confiance.

— Mais il n'y a personne là-bas en ce moment.

— Je vais appeler un de mes employés tout de suite. Ta mère sera en sécurité, Shayla. Et toi aussi.

Elle le regarda avec reconnaissance.

— J'apprécie vraiment ce que tu fais pour moi. Je te promets que je te paierai.

— Savoir que tu es en sécurité est le seul paiement que je veuille.

Sur quoi il la serra dans ses bras, et éprouva une bouffée de satisfaction en la sentant fondre contre lui.

Et peut-être une autre sensation qu'il se refusait à admettre.

Sur le moment, l'adrénaline qui courait dans les veines de Shayla l'avait empêchée de ressentir la douleur. Elle était sûre de ne pas avoir besoin de soins médicaux. Cependant, une fois à l'hôpital, elle se rendit compte qu'elle avait mal dans le bas du dos, à la cheville et à la tête.

Par chance, elle n'avait pas de fractures, seulement quelques hématomes. Elle n'aurait pas de séquelles à long terme. Mais qu'en était-il pour sa cousine ?

Pendant que Tavis et elle attendaient de s'entretenir avec le médecin, elle avait averti sa tante Maggie et son oncle Charles, actuellement en Caroline du Nord. Ils avaient décidé de venir immédiatement au chevet de leur fille.

Le Dr Nelson entra dans la salle d'attente. Tavis bondit sur ses pieds. Shayla resta assise, redoutant ses paroles.

— J'avais peur que Deedee ne souffre de lésions cérébrales, mais nous avons procédé à toute une série de tests et, en résumé, elle a eu beaucoup de chance. L'airbag lui a sauvé la vie et a protégé le cerveau. Elle a un petit traumatisme crânien et quelques contusions et il est possible que sa mémoire soit affectée dans l'immédiat, mais tout suggère qu'elle devrait se rétablir complètement.

— Oh ! Merci, mon Dieu ! lâcha Shayla, au comble du soulagement.

— Ce sont d'excellentes nouvelles, renchérit Tavis.

— Je veux juste la garder en observation deux jours, pour m'assurer qu'il n'y a pas de complications imprévues. Et bien sûr, elle va avoir besoin d'analgésiques pour la douleur.

Le médecin marqua une pause.

— Votre bonne étoile était avec vous aujourd'hui.

— Quand pourrons-nous la voir ? demanda Shayla.

— Elle dort en ce moment, mais je dirais dans l'heure qui vient, sans doute.

Comme il s'éloignait, Shayla se jeta au cou de Tavis.

— Je suis tellement soulagée !

— Je sais. Et moi aussi.

— Puisque nous ne pouvons pas la voir pour le moment,

j'aimerais faire un saut à la maison pour rassurer ma mère. Je ne m'attendais pas à être absente aussi longtemps. Je ne voudrais pas qu'elle s'inquiète.

— Bien sûr.

L'après-midi avait passé dans une sorte de brouillard d'agitation et d'angoisse. Ce fut seulement quand Tavis se gara devant la maison de sa mère que Shayla sentit son pouls s'apaiser enfin.

La présence de Tavis avait fait toute la différence. Il avait été une force calme au milieu du chaos.

— Merci d'avoir été là aujourd'hui, souffla-t-elle. Je ne sais pas comment j'aurais fait sans toi.

— Je n'aurais voulu être nulle part ailleurs.

Elle lui décocha un petit sourire et posa sa main sur la sienne, soutenant son regard plus longtemps qu'elle n'en avait eu l'intention. Elle ne fut guère surprise d'éprouver un élan de désir. Cependant, elle se hâta de détourner les yeux.

Était-elle idiote de céder une fois de plus au charme de Tavis ? Chaque fois qu'il l'avait tenue dans ses bras ce jour-là, elle avait eu le sentiment d'un lien plus profond entre eux. Elle aurait voulu rester blottie contre lui pour toujours. Un instant, elle s'était demandé s'il ressentait la même chose, mais elle était assez sûre que non.

Ce qu'elle croyait, en revanche, et qui la rendait heureuse, c'est que Tavis ne la détestait plus.

— Nous découvrirons qui a fait ça, dit-il sur un ton résolu. Et ces gens-là vont payer.

Shayla hocha la tête.

— Je sais.

— Cela ne t'a pas paru étrange que Rosita et Andrew soient sur les lieux ?

— Non. Pourquoi ?

Tavis arqua les sourcils.

— Je ne crois pas que tu fasses partie de leurs personnes favorites.

— C'est vrai, admit-elle.

Rosita et Andrew étaient d'avis qu'elle aurait dû se battre davantage pour défendre Lucas.

— Mais ce n'est pas eux qui nous ont percutées. Tu as dit qu'ils avaient expliqué venir du cimetière. Je les crois. Je me rendais au cimetière pour les mêmes raisons. Pour me recueillir sur les tombes loin des regards des habitants de la ville.

— Tu as raison, je suppose, dit-il avec une moue. C'est juste que je n'aime pas les coïncidences.

— Ils ne sont pour rien dans l'accident.

— Il y a autre chose dont je dois te parler, avoua Tavis.

Un silence pesant s'abattit sur l'habitacle.

— Je ne t'ai rien dit sur le moment parce que tu étais assez secouée comme ça. Mais j'ai aperçu une femme à la veillée cet après-midi. Je ne l'ai pas bien vue, mais je me demande si ce n'était pas Jenae. Si oui, là pourrait être le lien entre ce qui s'est passé à Buffalo et l'incident d'aujourd'hui.

Shayla assimila ses propos, serrant les lèvres. Elle n'y comprenait rien. Pourquoi Jenae voudrait-elle lui faire du mal ?

— Je ne peux pas en être certain, reprit Tavis. Pour le moment, ce n'est qu'une théorie. Mais je me suis posé la question.

— J'ai vu Alex à la cérémonie et nous avons échangé quelques mots. Je lui ai demandé s'ils étaient en contact, et son attitude a changé quand j'ai évoqué Jenae. Il a paru irrité. Il a déclaré qu'ils ne se parlaient pas et qu'il ignorait totalement comment la joindre.

— C'est justement ce que je comptais lui demander. Tu le crois ?

— Oui. Quoi qu'il se soit passé entre eux, il semble la détester.

Tavis fronça les sourcils.

— Hmm.

— Restons-en là pour aujourd'hui. Nous pouvons nous creuser les méninges jusqu'à avoir le cerveau en capilotade mais avec un peu de chance demain nous apportera de vrais indices. Le shérif Thompson va peut-être retrouver le véhicule qui nous a percutées.

— Espérons-le, soupira Tavis.

Il était tout sauf convaincu.

11

— Tu m'as fichu une peur bleue, lança Shayla, incapable de réprimer son sourire.

Elle était au chevet de Deedee et lui tenait la main, le cœur débordant de bonheur. Tout bien considéré, sa cousine s'en tirait à bon compte. Ses quelques pansements et contusions n'étaient en rien révélateurs de la gravité de l'accident de la veille.

— Tu ne vas pas te débarrasser de moi aussi facilement, plaisanta celle-ci.

— Je ne voudrai jamais me débarrasser de toi.

Deedee sourit.

— Je sais. Tu as parlé à mon assistante ?

— Bien sûr. Ne t'inquiète pas pour le restaurant. Elle a les choses en main.

— Et mes parents ?

— Ils ne vont pas tarder à revenir.

Ils étaient venus la voir à l'hôpital le matin même, sans prendre le temps de faire halte chez eux à leur retour de Caroline du Nord.

— Ta mère a dit qu'elle rentrait à la maison te préparer, je cite, « des repas mangeables ».

Deedee gloussa.

— Bien sûr. Elle a sans doute peur que je dépérisse.

Shayla lui rendit son sourire, bien que touchée par une

pointe de tristesse. Elle avait passé tant d'années loin de sa propre mère, et cette dernière n'avait probablement plus très longtemps à vivre.

— Je suis désolée, dit-elle, redevenue grave. Je n'aurais jamais dû insister pour que nous assistions à la cérémonie. Si j'avais su…

— … tu n'y serais pas allée. Je sais.

Deedee lui pressa la main.

— Ce n'est pas ta faute.

— Mais tu ne voulais pas que j'y aille, et je me suis entêtée. Maintenant, tu es là…

— Exactement. Je suis là. Un peu cabossée, mais vivante. Et toi aussi.

Shayla acquiesça. C'était l'essentiel, oui. L'attentat perpétré contre elles avait échoué.

On toqua à la porte, et celle-ci s'entrouvrit. L'adjoint Jenkins passa la tête à l'intérieur.

— Je peux entrer ?

— Bien sûr, répondit Deedee.

— J'espère que tu te sens assez bien pour répondre à quelques questions ? J'ai déjà pris la déposition de Shayla, mais tu vas peut-être pouvoir remplir quelques blancs.

Deedee fit mine de se redresser dans le lit, et grimaça. Shayla glissa les mains sur ses épaules et lui vint en aide.

— Je suis prête.

Par chance, le médecin semblait s'être trompé quant à sa mémoire. Apparemment, Deedee ne souffrait d'aucune trace d'amnésie, ce qui tenait du miracle.

L'adjoint s'approcha et tira un calepin de la poche de sa veste.

— Dis-moi ce dont tu te souviens.

— Je roulais vers le cimetière St Joseph. Tout à coup, j'ai remarqué un véhicule derrière nous. Un pick-up ou un 4x4, ajouta-t-elle avec une moue.

— Tu penses que c'était un pick-up ? intervint Shayla.

— Peut-être. Un de ces gros trucs rutilants.

— Je suppose que c'est possible.

L'adjoint griffonna quelques notes.

— En tout cas, il était noir, précisa Deedee. Je suis plutôt sûre de la couleur.

— Tu l'as reconnu ? demanda l'adjoint. Tu as vu des véhicules de ce genre en ville ?

— Je ne peux pas dire que je l'aie reconnu. Mais il y a quantité de gens à Sheridan Falls qui ont ce genre de véhicule. Chase, par exemple. Et il n'est pas le seul.

— Chase était à la cérémonie, affirma Jenkins. Je l'ai vu. Et compte tenu de l'heure à laquelle l'incident s'est produit, je ne pense pas qu'il puisse être responsable. Il est resté discuter avec son père un bon moment après le départ de la foule.

— Je ne l'ai accusé de rien, lui fit remarquer Deedee. Tu m'as demandé si je connaissais des gens qui possédaient ce genre de voiture. Il en a une. Son frère aussi. Et sûrement un tiers des hommes de la ville.

— Et tu as l'impression que c'était un acte délibéré ? Pas un simple accident ? Des jeunes qui faisaient les idiots, par exemple ?

— Je me souviens que le conducteur a accéléré derrière moi. J'ai essayé d'aller plus vite, en pensant l'apaiser. Mais il a continué à accélérer. Et au lieu d'essayer de me dépasser, il a heurté mon pare-chocs. Et il a recommencé. Et puis j'ai essayé de tourner, et c'est la dernière chose dont je me souviens…

Shayla fixa l'adjoint et affirma :

— C'était un acte délibéré. Et je sais qu'il me visait. J'ai déjà parlé au shérif Thompson de certaines menaces que j'ai reçues. Hier, j'étais bouleversée, et sous le choc, mais aujourd'hui, je suis en colère. J'aurais pu être tuée et ma cousine aussi. Pourquoi ? Parce que les habitants de cette ville persistent à me croire coupable alors que je n'ai rien fait. J'en ai assez. Je veux que cet individu soit arrêté. Qu'il soit arrêté immédiatement.

— Je comprends votre frustration, affirma l'adjoint. C'est la raison pour laquelle nous devons vous poser ces questions. Plus nous en apprenons, plus vite nous pourrons amener cette personne devant la justice.

— Cette ville n'est pas si grande, insista Shayla. Ça ne doit pas être trop difficile de dresser la liste de tous les gens qui possèdent un de ces véhicules. Et puis de trouver celui qui vient de faire repeindre le sien ou de l'emmener au garage.

L'adjoint lui décocha un sourire ironique.

— On n'est pas dans une série policière.

Shayla se hérissa.

— C'est du bon sens, rien de plus, rétorqua-t-elle. J'espère que vous allez obtenir des résultats parce que ce qui est arrivé hier aurait pu être fatal. C'est une chance inouïe qu'aucune de nous deux n'ait été tuée.

— Je suis d'accord.

L'adjoint se tourna vers Deedee de nouveau.

— Tu as quelque chose à ajouter ?

Elle secoua la tête.

— Non. Je ne me rappelle même pas l'impact. Peut-être que cela vaut mieux. Tout ce que je sais, c'est que j'ai repris connaissance à un moment donné et que j'étais complètement désorientée, je ne savais pas où j'étais. Et puis je me suis réveillée à l'hôpital.

Shayla caressa le front de sa cousine. À la pensée qu'elle aurait pu la perdre, elle fut submergée par une nouvelle bouffée d'émotion.

— Je vous en prie, dit-elle au policier. Trouvez le coupable. Trouvez-le vite.

Tavis attendait devant la chambre avec les parents de Deedee. Ces derniers étaient rentrés chez eux deux heures plus tôt et venaient de réapparaître, la mère de Deedee tenant un sac d'où émanaient des arômes appétissants.

— J'espère qu'il ne va pas rester trop longtemps, soupira-t-elle quand Tavis lui apprit que l'adjoint était en train d'interroger Deedee. Je veux lui apporter quelque chose de bon à manger. La nourriture d'hôpital ! ajouta-t-elle avec une grimace, ça ne suffit pas.

— Il ne vous a pas fallu longtemps pour lui mitonner des petits plats, observa Tavis. Ça sent drôlement bon.

— C'est du poulet à l'aigre-douce avec du riz, expliqua Maggie. Je peux t'en donner si tu veux. Il y en a largement assez pour deux.

Il sourit et, bien que tenté, déclina l'offre.

— Deedee en a plus besoin que moi. Je sais que la cuisine qu'on sert à l'hôpital est fade et sans intérêt. Elle a de la chance que vous soyez là.

La porte s'ouvrit, et l'adjoint sortit. Maggie et Charles s'engouffrèrent dans la chambre.

Son téléphone pressé contre son oreille, Jenkins s'éloigna tout en parlant. Tavis ne pouvait distinguer ses paroles, mais il l'observa avec attention. Au bout de quelques minutes, l'adjoint mit fin à la communication et revint vers lui.

— Tu voulais me parler ?

— Oui. Tu t'es renseigné dans les garages du coin pour savoir si quelqu'un a amené une voiture noire ?

— Je crois entendre Shayla.

Tavis poursuivit :

— Il est évident que le véhicule est endommagé. Il va falloir le faire réparer.

— Je viens justement d'avoir du nouveau à ce sujet, lança l'adjoint en désignant son téléphone. Du bon et du mauvais.

Tavis arqua les sourcils.

— Ah oui ?

— Le véhicule qui a causé l'accident a été localisé.

— Qu'est-ce que tu attendais pour le dire ? s'écria Tavis, soulagé.

Enfin, ils tenaient une piste.

— C'est là qu'il y a un hic. La bonne nouvelle, c'est que nous avons trouvé le véhicule, mais la mauvaise, c'est que ce n'est pas son propriétaire qui le conduisait.

— Tu en es sûr ? protesta Tavis, envahi par la déception. Tu ne peux exclure personne.

— Le véhicule appartient à Aaron Burke, lâcha l'adjoint, avant de marquer une pause. Je suis sûr que tu es d'accord sur le fait qu'il n'était pas au volant quand Deedee et Shayla ont eu cet accident.

Aaron Burke était un des résidents les plus en vue de la bourgade. Un joueur de football célèbre, qui n'avait aucun lien avec l'affaire.

— M. Burke a signalé le vol de sa voiture hier soir, reprit l'adjoint. Elle a été retrouvée abandonnée dans un fossé dans le comté voisin.

Tavis serra les dents.

— Je présume que le coupable avait essuyé ses traces.

— Mieux. Il l'a incendiée.

Cette fois, Tavis émit un juron. Le type avait vraiment paré à toute éventualité.

— Dans ce cas, il avait un complice. Si le véhicule a été laissé là-bas, le conducteur avait besoin de quelqu'un pour le ramener.

— Il a pu utiliser un service de covoiturage, lui fit remarquer Jenkins. On est en train de vérifier.

— Espérons qu'il ait commis une erreur.

— Sur le moment, j'ai pensé que c'étaient peut-être des jeunes qui avaient bu ou qui faisaient les idiots. Mais le fait que la voiture ait été incendiée suggère qu'on a affaire à autre chose.

— C'est une évidence, enfin ! Et c'est un miracle qu'il n'y ait pas eu de morts.

Tavis émit un soupir de frustration.

— Bon sang, j'espérais vraiment qu'on aurait une piste avec ce 4x4. Au lieu de quoi on est de retour à la case départ.

— Je suis de retour à la case départ, observa l'adjoint. Le bureau du shérif est de retour à la case départ. Toi, non.

Tavis garda le silence. Jenkins lui rendait service de temps à autre, et il ne voulait pas s'en faire un ennemi. Certes, il n'enquêtait pas officiellement sur l'affaire, mais cela n'allait pas l'empêcher de tout faire pour découvrir qui se cachait derrière cette attaque. Quelqu'un avait bien failli tuer Shayla et sa cousine – alors qu'il était censé assurer leur protection. Il n'était pas près de se le pardonner. Et la seule manière de se racheter était de trouver le coupable.

— Oh ! lança l'adjoint. J'allais oublier. Tu m'as demandé un renseignement l'autre jour.

Tavis se redressa, son intérêt éveillé.

— Oui. Tu as une réponse ?

L'adjoint fit deux ou trois pas pour s'éloigner de la salle d'attente, et être hors de portée de voix.

— J'ai appris que Jenae avait changé de nom, murmura-t-il. On dirait qu'elle voulait échapper à Alex.

— C'est plutôt grave. Il la maltraitait ?

— Le bruit courait qu'il avait mauvais caractère, mais je n'ai jamais entendu dire qu'il la frappait. Peut-être qu'elle a eu peur de lui quand ils se sont séparés ? Je ne dis pas qu'il lui aurait fait du mal, mais elle devait le craindre pour vouloir changer de nom. À moins qu'elle n'ait voulu une rupture totale avec lui. Il paraît que le divorce a été très difficile.

— Oui, c'est ce que j'ai entendu dire.

Tavis hésita une seconde.

— Comment s'appelle-t-elle maintenant ?

— Je ne sais pas. J'ai parlé à ses parents, mais tout ce qu'ils m'ont dit, c'est qu'elle avait changé de nom.

— Tu sais comment je peux la joindre ?

— Malheureusement, non. Parce que ce n'est pas tout. Ses parents n'ont pas de nouvelles d'elle depuis une semaine. Ils s'inquiètent. Ils ont signalé sa disparition à Erie, où elle habitait. C'est là qu'elle a été vue pour la dernière fois.

— Erie ? Je pensais qu'elle vivait à Buffalo.

— D'après ses parents, elle avait récemment déménagé à Erie.

Rien de tout cela n'avait de sens.

— Si je comprends bien, Jenae Wilkinson se serait volatilisée, c'est ça ?

— C'est ce que m'ont dit ses parents.

— Depuis plus d'une semaine ?

— Apparemment.

— Merci, marmonna Tavis, plus perplexe que jamais.

Toute la nuit durant, il tenta de mettre en place les pièces du puzzle, en vain. Jenae avait-elle réellement disparu ? Ses parents n'avaient sûrement pas inventé cela. Par conséquent, Tavis commençait à s'interroger. D'après Deedee, elle avait contacté quelqu'un qui avait été en relation avec Jenae deux jours plus tôt. Avait-elle menti ?

Pourquoi l'aurait-elle fait ? Elle n'aurait certainement pas voulu exposer sa cousine au danger, sans parler d'elle-même. Malgré tout, Tavis avait le sentiment qu'elle n'avait pas été tout à fait franche avec lui.

Il passa une main sur son front. Était-il en train de perdre l'esprit ? Il se mettait à soupçonner tout le monde. Ces années passées à chercher Lucas, à examiner l'affaire sous toutes ses coutures dans l'espoir de trouver une piste, avaient peut-être eu raison de sa lucidité.

Néanmoins, il devait parler à Deedee de nouveau. Et résolut de le faire dès qu'elle serait sortie de l'hôpital. En attendant, il avait besoin de réponses et peut-être le mieux serait-il de s'adresser directement aux parents de Jenae.

Il attrapa son téléphone.

— Salut, Griffin. Tu peux rester devant chez Shayla encore une demi-heure, trois quarts d'heure ?

— Pas de problème.

— Il faut que je fasse un saut quelque part, après quoi je viens te relever.

— Ne t'en fais pas.

— Merci, vieux.

Tavis termina son café d'un trait, puis monta dans sa voiture et fila chez les Wilkinson. Il s'arrêta dans l'allée de leur vieille maison victorienne, remarquant aussitôt qu'aucune autre voiture n'y était garée.

Il descendit de sa Sierra, gravit les marches du perron et sonna à la porte, regardant autour de lui. C'était une maison ravissante, peinte en jaune canari. Une balancelle oscillait doucement dans la brise, des carillons chantaient.

Pas de réponse. Il pressa de nouveau le bouton de la sonnette, tendant l'oreille pour s'assurer qu'elle fonctionnait. Toujours rien. Il toqua à la porte.

Personne ne vint ouvrir.

Intrigué, il fit un pas de côté et regarda par la fenêtre, espérant que les voisins n'allaient pas le prendre pour un cambrioleur. Il discernait un salon et une cuisine à l'arrière-plan, mais aucun signe de vie.

Il pivota et redescendit les marches.

— Ils ne sont pas là, lança une voix.

Tavis fit volte-face. Une femme âgée se tenait sur le perron de la maison voisine.

— Ils sont partis hier, avant la veillée. Ils avaient l'air drôlement pressés.

— Ah bon ?

— Je crois qu'ils se font du souci pour leur fille. Ils n'ont pas dit grand-chose. Ils ont mis leurs bagages dans la voiture et ils sont partis.

— Ils voulaient retrouver Jenae ? C'est ce qu'ils vous ont dit ?

— Oui, à peu près. Je les ai vus brièvement et je leur ai demandé où ils allaient, et Laura m'a dit qu'ils avaient besoin de trouver Jenae.

— Elle a des ennuis ? demanda Tavis en s'approchant.

— Je ne sais pas. Une fille si adorable ! Dommage qu'elle ait épousé un idiot.

— Alex.

— Il ne m'a jamais plu, celui-là. Il lui a fait la vie dure.

— J'ai entendu dire que le mariage s'était mal terminé.

La vieille femme émit un grognement.

— Il ne voulait pas la laisser partir. Dieu seul sait pourquoi. On ne peut pas dire qu'il la traitait bien.

Tavis tira son téléphone de sa poche.

— Vous avez le numéro des Wilkinson ?

Son interlocutrice le regarda soudain avec méfiance, se reprochant visiblement d'avoir été aussi loquace.

— Qu'est-ce que vous leur voulez ?

— J'essaie de retrouver Jenae, moi aussi. Je… je travaille dans la sécurité. Je peux les aider.

— Donnez-moi plutôt votre numéro et je le leur transmettrai. Je ne suis pas sûre de pouvoir les joindre, parce que j'ai appelé une ou deux fois et ils n'ont pas répondu. Mais je leur laisserai un message.

Tavis lui tendit une carte de visite.

— Ce serait très gentil à vous.

12

Le lendemain matin, le téléphone de Shayla sonna de bonne heure. Elle reconnut l'indicatif de Sheridan Falls et décrocha.

— Allô ?

— Shayla, ici Chase.

— Ah, bonjour.

— Ta voiture est prête. Veux-tu que je vienne te chercher pour t'amener au garage ?

— Non, merci, ce n'est pas nécessaire. Je peux venir n'importe quand ?

— Je serai là toute la journée, répondit-il avec un petit rire.

— Parfait. À très bientôt.

Shayla informa l'infirmière qu'elle allait s'absenter un petit moment. Par chance, sa tante Maggie était venue rendre visite à sa mère avant d'aller chercher Deedee à l'hôpital. Shayla comptait être de retour bien avant qu'elle s'en aille.

Elle s'approcha de la Sierra de Tavis, qui abaissa sa vitre.

— Salut. J'ai reçu un appel de Chase. Ma voiture est prête. Cela t'ennuie de m'emmener la chercher ?

— Tu veux y aller tout de suite ?

— Oui, si ça ne t'ennuie pas. Ma mère est avec ma tante, et l'infirmière est là aussi.

Tavis démarra.

— Très bien. Allons-y.

Quelques minutes plus tard, ils étaient au garage. Chase sourit à la vue de Shayla, mais son sourire se figea un peu lorsque Tavis entra derrière elle.

— Shayla, bonjour. Tavis.

— Bonjour, Chase.

— Ta voiture est comme neuve. Suis-moi.

Ils gagnèrent l'atelier. Une voiture était sur la rampe, une autre avait le capot ouvert, à côté de la sienne, rutilante.

— Comme je te l'avais expliqué, j'ai dû repeindre tout le côté droit pour qu'on ne voie pas de différence de teinte.

Shayla hocha la tête. C'était du beau travail.

— Merci infiniment, dit-elle en regardant le pare-brise.

La vitre brillait. On n'aurait jamais dit qu'il avait été vandalisé.

— Tu étais à la cérémonie avant-hier, observa Tavis, s'adressant à Chase.

Le garagiste essuya ses paumes sur sa salopette bleu marine.

— Oui.

— Je suppose que tu as entendu dire que Shayla et sa cousine avaient eu un accident ? Qu'on a percuté leur voiture délibérément ?

— Oui, bien sûr.

Il secoua la tête.

— J'ai eu du mal à y croire. Qui pourrait leur vouloir du mal ? Tu ne le sais peut-être pas, mais Deedee et moi sommes sortis ensemble autrefois. Quand on était au lycée.

— Si, je m'en souviens.

Tavis promena son regard sur les voitures garées à l'extérieur, en attente de réparation.

— Tu n'as pas entendu de rumeurs ?

— Non. Personne ne me dirait rien.

— C'est une petite ville. Des gens vont et viennent ici à longueur de journée. Il y a des bruits qui courent.

— J'ai su que le véhicule avait été incendié. Ceux qui font ce genre de chose n'ont pas tendance à s'en vanter.

Tavis acquiesça.

— Rends-moi service, veux-tu ? Si tu entends dire quoi que ce soit, appelle-moi.

Chase le dévisagea longuement.

— J'avertirai mon père. C'est lui qui mène l'enquête. C'est lui le shérif.

Shayla fixa les deux hommes qui s'affrontaient du regard. Ils ne s'aimaient pas, songea-t-elle. Ou se l'imaginait-elle ?

— Merci, répéta-t-elle, s'adressant à Chase pour briser la tension. J'ai des documents à signer ?

Chase reporta son attention sur elle et lui décocha un grand sourire.

— En effet. Retournons au bureau.

Il pivota et Shayla lui emboîta le pas, remarquant que Tavis s'attardait un peu dans l'atelier. Cherchait-il quelque chose ? Si oui, quoi ?

— Qu'est-ce qui s'est passé, là ? demanda-t-elle quand ils furent sortis du garage.

Tavis haussa les épaules. Comment lui expliquer que tous les Thompson lui portaient sur les nerfs ? Le shérif lui mettait constamment des bâtons dans les roues, et ses fils avaient toujours été des enfants gâtés, arrogants.

— De vieilles rancunes, admit-il.

— À quel propos ?

Au grand soulagement de Tavis, son téléphone sonna, le dispensant de répondre. L'animosité qui régnait entre les Thompson et lui ne valait pas la peine qu'elle s'y intéresse.

Il lut le texto qui s'affichait et le choc dut se lire sur ses traits car Shayla demanda, d'une voix alarmée :

— Qu'y a-t-il ?

— Regarde.

Shayla lut le message et écarquilla les yeux.

Cesse de me chercher, tu vas me faire tuer.

— Qu'est-ce que ça veut dire ? Qui est-ce ? Jenae ?

— Peut-être. C'est un numéro de Buffalo, et nous savons qu'elle a vécu là-bas.

Il tenta de rappeler, en vain. Un message enregistré l'informa que le numéro demandé ne pouvait être obtenu.

Shayla l'interrogeait du regard.

— Rien, expliqua-t-il, fronçant les sourcils. Elle a sans doute utilisé une de ces apps qui permettent d'envoyer un texto mais le destinataire ne peut pas rappeler.

— Pourquoi Jenae t'enverrait-elle un message pareil ?

— Je suis allé chez ses parents. J'espérais qu'ils pourraient m'aider à la localiser.

Il résuma brièvement à Shayla sa conversation avec la voisine, puis composa un texto.

Qui est-ce ? Si vous avez besoin d'aide, contactez-moi.

— J'espère que ce message parviendra à l'expéditeur, soupira-t-il.

D'après Jenkins, Jenae était portée disparue depuis plus d'une semaine et ses parents s'inquiétaient. Lui était-il arrivé malheur ? À la réflexion, il lui semblait peu probable qu'elle soit l'auteur du texto.

— Écoute, j'ai besoin de questionner ta cousine. Mais pas tout de suite. Je ne veux pas la stresser alors qu'elle récupère. Mais j'ai parlé à Jenkins.

Il lui relaya l'échange qu'il avait eu avec l'adjoint.

— Si ses propres parents ne parviennent pas à la joindre, comment une simple relation aurait-elle pu le faire ?

— Deedee n'aurait pas menti, affirma Shayla, contrariée. Si elle dit qu'elle a eu des nouvelles, c'est vrai.

— Shayla, les parents de Jenae ont signalé sa disparition.

— Tu crois que ce n'est pas elle qui t'a contacté à l'instant ?

— C'était peut-être Lucas, suggéra-t-il. À moins que Jenae n'ait pas réellement disparu, mais qu'elle se cache quelque part. Je vais me renseigner pour savoir qui est le propriétaire de cette maison à Buffalo.

— J'ai l'impression de lutter contre un fantôme, soupira Shayla.

— Je me demande si Jenae était à la veillée.

— Tu viens de dire qu'elle a disparu !

— Oui, mais il y avait une femme mystérieuse là-bas. Je ne l'ai pas bien vue mais j'ai pris des photos. Avec ce qui vous est arrivé, à Deedee et à toi, je n'ai pas encore eu le temps d'y jeter un coup d'œil. Que dirais-tu de venir chez moi pour qu'on les regarde ensemble ? Tu reconnaîtras peut-être quelqu'un qui m'a échappé.

— Maintenant ?

— Pourquoi pas ? Ça ne prendra pas très longtemps. Une demi-heure, peut-être ?

— Je suppose que je peux m'absenter un moment. Je vais juste envoyer un texto à l'infirmière pour l'avertir que je serai plus longue que prévu.

— Parfait. Je te montre le chemin.

Shayla traversa le centre de Sheridan Falls à la suite de Tavis, lequel finit par tourner dans une rue bordée d'arbres qui abritait des maisons modernes, datant sans doute d'une dizaine ou d'une quinzaine d'années. Il s'engagea dans une allée assez large, capable d'accueillir deux voitures. Shayla l'imita et, en coupant le contact, contempla la villa à un étage, en briques rouges. La pelouse qui s'étendait devant avait un peu jauni sous les assauts du soleil, mais les buissons qui agrémentaient la véranda ouverte étaient luxuriants.

Elle descendit de sa voiture pour rejoindre Tavis, son regard allant de la maison à son propriétaire. Elle ne put s'empêcher d'admirer ses épaules larges, ses bras musclés. Elle n'aurait pu trouver garde du corps plus impressionnant. Tavis lui donnait l'impression d'être protégée, en sécurité.

Sa présence éveillait aussi d'autres sentiments en elle. Sa masculinité était indéniablement sexy. Il l'attirait, c'était un fait. Et cela, bien qu'elle ne l'ait pas vu depuis neuf ans, et qu'il ait été hostile envers elle lors de leur dernière rencontre.

Elle pivota vers la rue paisible. Deux jeunes enfants jouaient sur une pelouse un peu plus loin, poussant des cris ravis en sautant par-dessus un tuyau d'arrosage. Un instant, elle se prit à imaginer une vie qu'elle n'avait jamais envisagée. Un mari, des enfants, une existence normale. Pas une vie dominée par la peur et la honte à cause d'une tragédie survenue neuf ans plus tôt.

— Tu viens ?

Elle tressaillit au son de la voix de Tavis.

— Oui, j'arrive.

À l'intérieur, elle remarqua aussitôt les murs couleur crème, nus pour la plupart à l'exception de deux photos en noir et blanc, des paysages urbains. Sur la droite se trouvait un salon spacieux, qui abritait un canapé d'angle en cuir noir et une énorme télévision. Les murs de cette pièce-là étaient agrémentés de tableaux abstraits. Il n'y avait pas de photos de sa famille, ni de lui. Rien de personnel.

Le logement classique d'un célibataire.

— Tout est au premier, expliqua-t-il.

Elle le suivit dans l'escalier, lâchant une expiration saccadée. L'idée de monter au premier étage avec lui avait fait surgir à son esprit une série d'images inattendues – absurdes.

Ce n'était pas comme s'il s'agissait d'un rendez-vous romantique.

Quand il ouvrit la porte d'une des chambres, les pensées inopportunes de Shayla s'envolèrent. Le mur qui lui faisait face était rempli de photos. Hayley et Jonathan, Deedee et elle, étaient là, ainsi que presque tous ceux qui avaient fréquenté le lycée à l'époque. Flèches et notes complétaient le tableau.

Elle se figea sur le seuil.

— Qu'est-ce que c'est que ça ?

— Tout ce que j'ai découvert sur les meurtres est là. Tous ceux qui ont assisté à la fête, tous ceux qui avaient une histoire à raconter, une version des faits.

Elle le dévisagea.

— Je n'étais pas à la fête.

— Non, mais tu étais la petite amie de Lucas, lui fit-il remarquer, désignant les mots qu'il avait écrits le long de la flèche qui reliait leurs deux images.

SAIT-ELLE OÙ LUCAS SE TROUVE ? LUI A-T-IL DIT CE QU'IL ALLAIT FAIRE ?

— Tu sais que j'ignore où il est. Et qu'il ne m'a jamais parlé de ses intentions.

Il effaça les questions du bout des doigts.

— Je ne l'ai pas mis à jour.

Les bras croisés, elle fixa le tableau, inspectant son travail.

— Tout le monde est là, en effet.

Elle fronça les sourcils à la vue d'une question, manifestement ajoutée récemment.

ROSITA ET ANDREW ? LEUR PRÉSENCE SUR LES LIEUX EST-ELLE UNE COÏNCIDENCE ?

Elle fit volte-face et planta ses yeux dans ceux de Tavis.

— Tu ne m'as pas dit que tu pensais qu'ils n'avaient aucun lien avec l'accident ?

— Si. Je le crois. Mais… j'aime tout noter, juste pour être sûr de ne rien négliger. Parfois, ça soulève d'autres questions, et je peux voir les choses sous un angle différent.

— Tu as fait un travail énorme sur cette affaire.

— Ce n'est pas tout.

Il se dirigea vers un des classeurs, l'ouvrit et en sortit un dossier.

— Là-dedans, j'ai le compte rendu de tous les entretiens que j'ai eus avec les gens. J'ai tout transcrit.

Shayla baissa les yeux sur l'épais document, sidérée.

— Tavis…

Elle comprit soudain à quel point il était résolu à faire la lumière sur la tragédie. Sa cousine avait été tuée, songea-t-elle. Bien sûr qu'il était résolu.

— Je ne soupçonnais pas à quel point cette affaire te rongeait, avoua-t-elle dans un souffle. Je…

Elle se pencha et posa doucement une main sur son bras. Il lui rendit son regard, pendant un long instant, tandis que Shayla luttait contre la tentation de le serrer contre elle, de lui offrir le réconfort qu'il lui avait apporté la veille.

Il ne lui en laissa pas le temps. Il fit un pas de côté, s'avança vers son bureau et ouvrit son ordinateur portable.

— J'ai transféré toutes les photos qui étaient sur la carte mémoire. Tu veux qu'on les passe en revue ?

Le cœur battant plus vite que d'ordinaire, Shayla alla se tenir près de lui.

— Oui, bien sûr.

Sur le premier cliché, on voyait la foule entière, les familles endeuillées debout sur les marches du collège.

Tavis attrapa une autre chaise à son intention. Quand elle fut assise, il commença à faire défiler les photos.

Chase et sa femme. Deedee et elle. La plupart des visages familiers qu'elle avait reconnus lors de la cérémonie. Elle n'en voyait aucun qui lui semble particulièrement hostile, hormis le grand-père de Jonathan, et Tammy, peut-être.

— Ce sont tous des habitants de la ville. Des gens que je connais.

Tavis continua à cliquer sur l'écran.

— Et elle ?

Shayla plissa les yeux.

— C'est un peu indistinct. Je ne la vois pas bien.

Il zooma.

— Je me suis demandé si ça pouvait être Jenae, mais maintenant elle me paraît différente. Je ne sais pas pourquoi elle a retenu mon attention.

Il passa à l'image suivante, où la femme était plus nette.

Shayla étouffa un cri stupéfait.

— Oh ! Mon Dieu !

— Tu la connais.

— C'est l'infirmière de ma mère.

Elle se tourna vers Tavis, visiblement perplexe.

— Le jour de la veillée, elle a téléphoné pour dire qu'elle était malade.

— Tu es sûre que c'est elle ?

— Oui !

Elle pointa le doigt vers l'écran, s'arrêtant juste avant de le toucher.

— Sauf qu'elle n'était pas malade, évidemment. Ce qui signifie qu'elle m'a menti.

— Je pensais qu'elle était brune.

— Elle n'est pas blonde, en tout cas. Elle doit porter une perruque. À moins qu'elle ne se soit teint les cheveux.

— Elle n’est pas d’ici. Tu l’as déjà vue avant ?

— Non. Jamais. Je ne l’ai rencontrée qu’en arrivant ici. Mais si elle n’a aucun lien avec Sheridan Falls, pourquoi donc était-elle à la veillée ?

13

Shayla rentra précipitamment chez elle, terrifiée à l'idée que sa mère puisse être en danger. Bien qu'elle l'ait laissée en compagnie de sa tante et de la nouvelle infirmière, la découverte que Jennifer avait assisté à la veillée avait éveillé en elle un sentiment de trahison qu'elle ne parvenait pas tout à fait à s'expliquer. L'infirmière était-elle venue à Sheridan Falls sous un prétexte fallacieux ? Jennifer avait-elle accepté ce poste dans le seul but de se rapprocher d'elle ?

Aussitôt le seuil franchi, Shayla fut accueillie par Melanie, qui la regarda avec sollicitude.

— Quelque chose ne va pas ?

— Jennifer. L'infirmière que vous avez remplacée. Vous la connaissez ?

— Non. C'est l'agence qui m'a appelée. Pourquoi ?

— Vous ne l'avez jamais rencontrée ?

La porte s'ouvrit derrière elle, livrant passage à Tavis. La femme les regarda tour à tour, l'air mal à l'aise.

— Que se passe-t-il ?

— J'ai des raisons de croire qu'elle n'est pas qui elle prétend être. Et elle a passé beaucoup de temps avec ma mère.

— Je… je ne sais pas quoi vous dire.

— Comment l'as-tu engagée ? demanda Tavis, s'adressant à Shayla. Par l'intermédiaire d'une agence ?

— Oui. Une agence de Buffalo.

Elle se retourna vers Melanie.

— Ma tante est partie ?

— Oui. Il y a une vingtaine de minutes. Elle a dit qu'elle devait aller à l'hôpital.

Shayla se hâta d'enfiler le couloir pour gagner le petit salon. À la vue de sa mère qui dormait paisiblement, elle laissa échapper un soupir de soulagement.

Elle revint sur ses pas, songeuse.

— Si elle a fait quelque chose de répréhensible, vous devriez le signaler à l'agence, suggéra Melanie. Ou bien je peux m'en charger, si vous préférez.

— Non, refusa Shayla fermement. N'appelez pas l'agence.

Elle prit une profonde inspiration. Elle ne voulait pas inciter Jennifer à prendre la fuite sans laisser de traces. Au contraire, elle avait besoin que celle-ci revienne et réponde à ses questions.

— Ce n'est pas nécessaire, reprit Shayla. Il faut juste que… que je tire quelque chose au clair. Je me suis peut-être méprise sur la situation. Et vous comprendrez que je sois très protectrice vis-à-vis de ma mère.

— Bien entendu, répondit Melanie. Je peux vous dire que votre mère a été très bien soignée. D'après les notes que j'ai vues, tout est en ordre. Mais vous pourrez poser la question à Jennifer. L'agence m'a déjà avertie qu'elle serait de retour dès demain.

Shayla échangea un regard avec Tavis par-dessus son épaule.

— Demain, répéta-t-elle avec un sourire. C'est parfait.

Shayla avait hâte d'être au lendemain. Par chance, la soirée offrit des distractions à ses préoccupations. Deedee étant sortie de l'hôpital, Shayla, son oncle et sa tante l'avaient aidée à se réinstaller chez elle. Ensuite, après avoir remis un généreux pourboire à Melanie pour la remercier d'être restée plus longtemps que prévu, Shayla avait rejoint sa mère au salon et elles avaient regardé un film ensemble.

Après les nouvelles concernant Jennifer, Tavis avait décidé de ne pas demander à Griffin de le relever pour la nuit. Il projetait de rester dans sa voiture devant chez elle. Shayla en fut touchée, et reconnaissante.

Cependant, quand arriva 1 heure du matin, elle n'était pas encore parvenue à trouver le sommeil. L'idée que Tavis était dehors la troublait. Le moins qu'elle puisse faire était de lui proposer de s'installer sur le canapé.

Elle enfila une robe de chambre et sortit. Seules les stridulations des grillons rompaient le silence nocturne. Elle s'avança vers le pick-up de Tavis et l'entendit déverrouiller les portières avant même qu'elle ait eu le temps de toquer à la vitre.

— Si tu venais à la maison ? proposa-t-elle. Ça m'ennuie que tu passes toute la nuit dans ton pick-up.

— Je suis très bien ici, ne t'en fais pas.

Shayla regarda autour d'elle. Tout paraissait calme, paisible.

— Je préférerais que tu viennes à l'intérieur. Je… je me sentirais mieux. Plus en sécurité.

— Vraiment ?

— Laisse-moi te préparer quelque chose à manger et à boire. Tu peux faire ton travail aussi bien à l'intérieur, non ? Et si quelqu'un essayait de s'introduire dans la maison par-derrière ? Je sais que tu es seul ce soir.

— Très bien.

Shayla rentra pendant qu'il rassemblait ses affaires. Elle gagna la cuisine et mit la bouilloire en marche.

— Tu veux du thé ? demanda-t-elle lorsqu'elle l'entendit refermer la porte. Ou du café ?

— Du thé sera parfait. Avec deux sucres, s'il te plaît.

— Tu as faim ? Il y a du poulet frit dans le réfrigérateur. Je peux te faire une assiette ?

Tavis n'hésita qu'un instant.

— Avec plaisir, merci.

Shayla était contente de pouvoir faire ce peu de chose pour lui. Il lui avait tant donné ces derniers jours…

Elle fit réchauffer le poulet et posa l'assiette devant lui.

— Ça sent vraiment bon, merci.

— Tu peux installer ton ordinateur sur la table si tu veux.

Tavis prit une bouchée de poulet et émit un soupir appréciateur.

— C'est délicieux.

— Je suis ravie que ça te plaise. C'est bien le moins que je puisse faire pour toi.

Il sirota son thé, l'air de réfléchir.

— Je crois que ce serait une bonne idée que j'installe deux caméras de surveillance dans le jardin – au moins temporairement, en attendant que le type qui te harcèle soit arrêté. Quelqu'un montera la garde devant en permanence – moi ou un de mes employés – mais il n'y a pas de mal à en mettre une ou deux là aussi.

— Dis-moi ce dont j'ai besoin. Je l'achèterai.

Il hocha la tête tout en continuant à manger.

— Tu sais, reprit-elle, j'ai repensé à quelque chose. Tu m'as demandé si je savais ce que Lucas envisageait de faire – et je l'ignorais, bien sûr. Mais avec du recul, il me semble qu'il était un peu anxieux ce jour-là. Je ne sais pas pourquoi. Toujours est-il que, la veille, il m'avait demandé si j'envisagerais de quitter la ville avec lui.

Tavis reposa sa fourchette.

— Il t'a demandé de quitter la ville ? Tu savais qu'il comptait s'en aller ?

— Je ne savais pas s'il en avait vraiment l'intention. Il m'a juste demandé si je le ferais. Je lui ai répondu que non. Pour commencer, nous ne sortions ensemble que depuis un mois. Sa question m'a paru bizarre. Mais ce dont je me souviens maintenant, c'est qu'il était tendu, mal à l'aise. Je ne sais pas pourquoi ça ne m'était pas revenu en mémoire. Il ne m'a pas dit ce qui le tracassait, soupira-t-elle. Peut-être qu'il n'y avait rien du tout. Peut-être que j'interprète son attitude à tort.

Tavis fit la moue.

— Je ne sais pas trop quoi penser de ça.

— Moi non plus. Mais j'ai voulu t'en parler. Ce n'est sans doute rien.

Shayla se leva et se mit à débarrasser le lave-vaisselle pendant qu'il achevait son repas.

— Où est la salle de bains ? demanda-t-il en lui apportant son assiette.

— Première porte à gauche dans le couloir.

Il disparut. Après avoir vérifié que tout était en ordre dans la cuisine, Shayla alla jeter un coup d'œil à sa mère. Celle-ci dormait.

Quand elle regagna le salon, Tavis était sorti de la salle de bains.

— Tu veux un oreiller, une couverture ? proposa-t-elle. Tu pourrais faire un somme sur le canapé. Tu as passé toute la journée ici.

— Je ne veux pas dormir alors que je suis censé garder la maison, répondit-il avec un léger sourire.

— Je vais t'apporter ça quand même. Je me sens… je me sens en sécurité avec toi ici, que tu dormes ou non.

Elle s'empressa de monter au premier étage chercher une couette et un oreiller, et déposa le tout sur le canapé.

— Si tu as besoin d'autre chose, dis-le-moi.

Les lumières étaient éteintes dans la pièce, faiblement éclairée par la lampe de la cuisine.

Elle leva les yeux vers lui, et leurs regards se soudèrent.

— J'apprécie sincèrement que tu sois là pour moi, souffla-t-elle. Merci pour tout ce que tu fais.

L'instant d'après, elle fit un pas en avant et mit une main sur le torse de Tavis. Les yeux rivés aux siens, elle se demanda vaguement si elle avait perdu la tête. Mais ils avaient traversé des moments intenses ces derniers jours et elle avait le sentiment qu'un lien était né entre eux. L'idée de retourner à Miami et de ne plus le voir la tourmentait. C'était ridicule, elle le savait, mais il l'attirait toujours.

Comme autrefois.

Elle retint son souffle, attendant qu'il la rejette, qu'il mette fin à ses fantasmes insensés. Au lieu de quoi, il promena lentement les doigts sur ses bras, remontant jusqu'à ses épaules.

Shayla avait l'impression que sa peau était en feu. Et le regard brûlant de Tavis lui confirmait que l'attraction était réciproque. Il se pencha lentement vers elle, Shayla se haussa sur la pointe des pieds à sa rencontre. Leurs lèvres s'effleurèrent timidement, après quoi il l'entoura de ses bras et l'embrassa pour de bon.

Shayla ferma les yeux, savourant la caresse de ses mains, la chaleur de son corps. Elle noua les bras autour de son cou, se cramponnant à lui.

— On ne devrait peut-être pas, dit-il d'une voix rauque.

— Pourquoi pas ? protesta-t-elle. Je suis une adulte. Et j'ai envie de toi.

C'était vrai. Elle voulait une nuit d'amour avec son ancien béguin. Elle le prit par la main et le guida dans l'escalier, gloussant un peu. Elle s'imaginait adolescente, faisant entrer en catimini un garçon dans la maison. Elle ne l'avait jamais fait alors, et maintenant, à vingt-sept ans…

Elle le précéda dans sa chambre, ferma la porte et retira son peignoir. Tavis glissa les mains sous sa chemise de nuit et effleura ses seins, lui arrachant un gémissement de plaisir.

Elle ôta sa chemise et la laissa tomber sur le sol pendant que Tavis retirait son holster et son T-shirt. Le clair de lune filtrait à travers les stores, et Shayla prit un instant pour admirer son torse puissant. Il était magnifique !

Il s'avança vers elle et déposa un baiser sur sa joue. Puis sur son autre joue. Ensuite, il captura ses lèvres. Elle fondit contre lui, contre cet homme qui lui plaisait depuis toujours.

— Je ne devrais pas, répéta-t-il. Mais je n'ai pas envie d'arrêter.

— Moi non plus.

Il la conduisit vers le lit. Tout en s'embrassant, ils se débarrassèrent du reste de leurs vêtements. Quand Tavis l'attira dans ses bras, Shayla s'abandonna entièrement au désir qui les consumait.

Faire l'amour avec Tavis avait été fantastique, et Shayla avait, pendant quelques moments au moins, cessé de penser à Jennifer. Il était resté avec elle une bonne demi-heure après leurs ébats, ce qui l'avait touchée. Peut-être y avait-il plus qu'une simple attraction sexuelle entre eux. Il venait tout juste de redescendre au rez-de-chaussée pour reprendre son poste, et lui manquait déjà.

Sans qu'ils soient pour autant sur le point de devenir un couple.

Shayla se leva de bonne heure et descendit, mais Tavis n'était plus dans la maison. Son ordinateur avait disparu aussi. Elle jeta un coup d'œil par la fenêtre. Il était retourné dans sa voiture. Préférait-il ne pas être à l'intérieur quand l'infirmière arriverait ? Ou avait-il craint d'effrayer sa mère si elle se levait durant la nuit ?

Shayla vérifia que cette dernière dormait encore et fut

soulagée de constater que oui. Avec un peu de chance, elle n'entendrait pas la conversation qu'ils s'apprêtaient à avoir avec Jennifer. Par mesure de précaution, Shayla prit soin de fermer la porte du couloir.

Dix minutes plus tard, alors qu'elle buvait un café dans la cuisine, elle entendit l'infirmière tourner sa clé dans la serrure. Des papillons à l'estomac, Shayla la rejoignit dans l'entrée.

Jennifer la salua d'un grand sourire. Elle n'avait plus les cheveux blonds, ce qui signifiait qu'elle avait bel et bien porté une perruque l'avant-veille.

— Bonjour, Shayla. Comment allez-vous ?

— Très bien, merci. Vous vous sentez mieux ?

— Oui. Deux jours de repos m'ont fait le plus grand bien.

— Vous avez bonne mine, en effet.

On toqua à la porte. Ce devait être Tavis.

— Je vais voir votre mère, lança Jennifer.

— Entendu.

Pendant que l'infirmière enfilait le couloir, Shayla s'empressa d'ouvrir la porte, le cœur battant à tout rompre. Tavis l'interrogea du regard et elle acquiesça.

— Allons-y.

Elle fit entrer Tavis dans le salon. Elle ne voulait pas d'une confrontation avec Jennifer devant sa mère. Quelques minutes plus tard, l'intéressée revint, écarquillant les yeux à la vue de Tavis.

— Vous vous souvenez de Tavis, n'est-ce pas ? s'enquit Shayla.

— Oui, bien sûr, répondit l'infirmière en souriant.

Shayla en avait assez de jouer la comédie.

— Que faisiez-vous à la commémoration, Jennifer ?

Le choc se lut sur le visage de la jeune femme.

— P… pardon ?

— La commémoration, répéta Tavis. Avant-hier. Je vous y ai vue.

— Vous faites erreur. Je n'étais pas là. Pourquoi y serais-je allée ?

Tavis tira son téléphone de sa poche et, quelques secondes plus tard, zooma sur la photo de Jennifer coiffée d'une casquette de base-ball.

— C'est vous avec une perruque blonde. Vous ne pouvez pas le nier.

— Que faisiez-vous là-bas ? insista Shayla. Vous m'avez menti en prétextant être souffrante. Et ensuite vous assistez à une veillée en mémoire de gens que vous ne connaissez pas ?

— Shayla et sa cousine ont échappé de peu à une tentative de meurtre peu après cette cérémonie, ajouta Tavis froidement. Vous feriez mieux de parler.

Le regard de Jennifer alla d'eux à la porte. À l'évidence, elle songeait à s'enfuir. Un sanglot étranglé lui échappa.

— Vous n'iriez pas loin, déclara Tavis, lisant dans ses pensées. Je vous suggère de vider votre sac.

— Si vous refusez, j'appelle le shérif, renchérit Shayla, son téléphone à la main.

— Je suis désolée, gémit Jennifer.

— Que faisiez-vous là-bas ?

La jeune femme dansa d'un pied sur l'autre, visiblement bouleversée.

— Elle va me tuer.

— Qui va vous tuer ?

— Je… je suis juste allée voir qui était là.

— Reprenons par le début, suggéra Tavis. Qui va vous tuer ?

— Jenae.

À la mention du nom, Tavis et Shayla échangèrent un regard.

— Jenae ? répéta Shayla, songeuse.

Elle jeta un coup d'œil à la porte du couloir. Elle ne voulait en aucun cas que sa mère surprenne cette conversation.

— Pouvons-nous continuer dehors ? Je ne veux pas inquiéter ma mère inutilement.

Jennifer croisa les bras et hocha la tête. Elle semblait terrifiée.

Ils sortirent sur la terrasse, mais restèrent debout.

— Vous travaillez pour Jenae ? supposa Tavis.

— En quelque sorte.

— Où est-elle ? J'ai besoin de lui parler.

— C'est le problème. Je n'ai pas de nouvelles d'elle depuis plus d'une semaine.

— Vous venez de dire que vous étiez allée à la veillée à cause d'elle.

— Oui. Parce que je n'avais pas de nouvelles. Je me fais du souci à son sujet. Comme elle ne me rappelait pas, je me suis demandé si elle viendrait à la cérémonie. Je ne savais pas quoi penser. Je suis allée là-bas dans l'espoir de la voir.

Tavis leva une main pour l'interrompre.

— Commencez par le début. Comment se fait-il que vous ayez été engagée pour vous occuper de la mère de Shayla ?

Jennifer se tassa un peu sur elle-même.

— Je suis réellement infirmière, au cas où vous vous poseriez la question. Il se trouve que je suis aussi amie avec Jenae. Nous nous sommes rencontrées à Buffalo. Elle savait que votre mère était malade, expliqua-t-elle, s'adressant à Shayla. Elle avait entendu parler de son cancer. Quand vous avez contacté l'agence, je me suis débrouillée pour avoir le poste.

— Pourquoi ? demanda Shayla, se sentant trahie.

— Je veux que vous sachiez que je me suis occupée d'elle de mon mieux.

— Mais pourquoi teniez-vous à être ici ?

— Parce que Jenae m'avait dit que vous aviez sans doute quelque chose ici, à la maison. Quelque chose qui peut l'aider.

— Moi ?

Shayla la dévisagea, abasourdie.

— Jenae et moi n'avons jamais été proches. Comment pourrais-je avoir quelque chose qui puisse l'aider ? Et l'aider à faire quoi ?

— C'est à propos des meurtres, murmura Jennifer. Et de Lucas.

— Il l'a contactée ? demanda aussitôt Tavis.

— Elle a seulement dit qu'il y avait une preuve quelque part, une preuve de ce que Lucas avait fait. Et que, si je pouvais la trouver, ça l'aiderait. Alors… je suis venue ici. Parce qu'elle pense… elle est certaine que Lucas vous l'a donnée.

Shayla secoua la tête.

— Lucas ne m'a rien donné. Je ne sais pas pourquoi tout le monde s'imagine que j'étais importante pour lui au point qu'il m'aurait fait part de son intention de tuer. Pourquoi aurait-il fait ça ?

— Jenae n'était pas sûre au juste de ce que je devais chercher. Mais elle a dit que je le saurais quand je l'aurais trouvé.

Les paroles de l'infirmière firent à Shayla l'effet d'un coup de poing dans le ventre. Elle comprit soudain pourquoi elle avait pensé que des objets avaient été déplacés dans sa chambre. Sur le moment, elle avait pensé que son imagination lui jouait des tours, mais tout était clair maintenant.

— Vous êtes entrée dans ma chambre ? Vous avez fouillé mes affaires ?

Jennifer se mit à pleurer tout bas.

— J'essayais d'aider Jenae. Vous auriez fait la même chose pour aider une amie.

— Vous vous trompez, répliqua Shayla froidement. Je n'aurais pas menti pour fouiner dans une propriété privée. Vous auriez pu me parler, être honnête. Au lieu de quoi vous vous êtes servie de ma mère pour vous insinuer chez nous.

— Je n'ai jamais fait de mal à votre mère. Je me suis occupée d'elle consciencieusement.

— Que cherche Jenae ? insista Tavis.

— Elle ne l'a pas précisé. Une lettre, une arme… je ne sais pas.

— Une arme ? répéta Shayla, sidérée. Vous pensez que Lucas m'a remis une arme ?

— Je vous dis la vérité. Je crois que Jenae n'en était pas sûre.

— Pour quelqu'un qui s'introduit chez les autres avec des motivations cachées, vous ne semblez pas savoir grand-chose, conclut Tavis sur un ton dur. Vous savez que nous pourrions appeler le shérif et vous faire arrêter sur-le-champ.

— Je n'ai fait de mal à personne. Je voulais rendre service, c'est tout.

— Où êtes-vous allée après la veillée ? Je vous ai vue passer derrière l'école, comme si vous ne vouliez pas être repérée. Vous êtes montée dans un véhicule qui attendait ? Celui qui a été volé ? Vous avez suivi Shayla et Deedee et vous avez provoqué leur accident ? C'est vous qui avez failli les tuer toutes les deux ?

— Non !

— Dans ce cas, que faisiez-vous là-bas ? Et pourquoi

ce déguisement ? Je ne crois pas une seconde que vous ayez voulu chercher Jenae. Ça n'a aucun sens.

— C'est vrai !

— Mais vous m'avez menti, intervint Shayla. Vous êtes entrée chez moi, vous avez fouillé partout et qu'avez-vous trouvé ?

— Rien. Rien d'utile.

— Jenae voulait-elle la mort de Shayla ? demanda Tavis.

Jennifer écarquilla les yeux.

— Non. Bien sûr que non.

— Que savez-vous de l'attaque dont Shayla a été victime à Buffalo ? insista-t-il. Jenae et Lucas sont complices ?

— Quelle attaque ?

Tavis lui résuma les faits.

— Un des voisins nous a demandé si nous étions à la recherche de Jenae. Shayla a été attirée dans un piège. Quelqu'un a tenté de la tuer – de nous tuer – dans une maison où Jenae a vécu. Maintenant, nous découvrons que vous êtes ici pour Jenae. Par conséquent, répondez-moi : pourquoi veut-elle la mort de Shayla ?

— Elle ne veut rien de tel ! Elle n'a jamais évoqué une chose pareille. Elle a seulement dit que Shayla avait sans doute des informations qui pourraient l'aider.

— Vous niez qu'elle ait eu une maison à Buffalo ?

— Non. Mais… peut-être que son mari l'a retrouvée et que c'est pour cette raison qu'elle est partie. La relation de Jenae avec Alex était violente. Elle ne voulait pas qu'il sache où elle était. Ou bien… quelqu'un essaie de la compromettre. Je lui poserais la question si je savais où la trouver.

— C'est tout ce que vous savez ? Ou c'est tout ce que vous allez nous dire ?

— C'est la vérité, répéta Jennifer. Je vous le jure.

— Bien. Maintenant, allez-vous-en. Et ne remettez pas les pieds ici.

— Attends, s'interposa Tavis. Vous avez mentionné l'ex de Jenae. J'ai entendu dire qu'elle avait changé de nom pour qu'il ne puisse pas la retrouver. Comment s'appelle-t-elle maintenant ?

— Elle n'a changé que son nom de famille. Je ne crois pas…

— Comment ? coupa-t-il.

— Taylor, murmura Jennifer, d'une voix à peine audible.

— Jenae Taylor. Bien. Je vais avoir besoin de son numéro.

— Elle ne voudrait pas que je donne son numéro, gémit l'infirmière.

— Préférez-vous que j'avertisse le shérif ?

Jennifer essuya une larme d'un geste rageur.

— Très bien. Une seconde.

Elle prit son téléphone, fit défiler ses contacts et cita une série de chiffres.

— Quel lien a-t-elle avec Erie ?

— Erie… je crois qu'elle a dit qu'une de ses amies vivait là.

— Elle n'a jamais parlé d'y aller ?

Jennifer secoua la tête.

— Je ne sais rien d'autre.

Elle se tourna vers Shayla.

— Je suis désolée. Je ne m'attends pas à ce que vous me gardiez.

— Vous comprenez vite, ironisa Shayla.

— Je suis vraiment désolée, répéta la jeune femme.

— Je vais appeler l'agence, déclara Shayla. Vous avez abusé de ma confiance et ma mère a besoin d'une autre infirmière.

— Comme vous voudrez.

Jennifer se dirigea vers la porte. Ils l'entendirent prendre ses affaires et ressortir presque aussitôt. Shayla fut tentée de la suivre, mais à quoi bon ?

Tavis mit une main sur son bras. Elle leva les yeux vers lui.

— Tu as dit que Jenae et toi n'aviez jamais été proches. Mais penses-tu qu'elle puisse te haïr à cause de ce qui est arrivé à Hayley et Jonathan ? Cette infirmière est venue chez toi sur ses instructions. Et ses réponses ne m'ont pas convaincu. Maintenant, Jenae s'est volatilisée. Peut-être qu'elle te blâme pour la tragédie. Qu'elle a vu une occasion de se venger et l'a saisie.

Shayla frissonna.

— Il faut qu'on la trouve. Et le plus tôt sera le mieux.

14

Tavis n'était pas sûr d'avoir eu raison de laisser l'infirmière s'en aller, mais il avait tout de même pris la précaution de noter le modèle de sa voiture et son numéro d'immatriculation. Si besoin était, il aurait le moyen de la localiser à l'avenir.

Une idée surgit soudain dans son esprit.

— Shayla, dit-il doucement.

Elle était assise sur le canapé, le regard perdu dans le vague.

— Tu sais que rien de tout ça n'est ta faute, n'est-ce pas ?

— Non ? répondit-elle, sceptique, en levant les yeux. Je l'ai introduite ici. Je l'ai autorisée à prendre soin de ma mère.

— Mais tu ne pouvais pas deviner ses intentions. Leur plan était excellent. Comment aurais-tu pu les soupçonner ? Oui, Jennifer s'est occupée de ta mère, mais tu ne peux pas te faire de reproches pour quelque chose que personne n'aurait pu prévoir.

— J'aurais pu prévoir que mon retour ici allait exposer ma mère au danger. Ma cousine.

Tavis se leva et alla s'asseoir à côté d'elle sur le canapé. Il enroula un bras autour de ses épaules.

— Ne te torture pas ainsi.

Il lui caressa les cheveux tendrement, et elle se pelotonna

contre lui. Il songea soudain qu'il aurait pu rester là pour toujours, tenir Shayla dans ses bras, veiller à ce qu'elle se sente en sécurité.

Que lui arrivait-il ?

Il s'éclaircit la voix, s'efforçant de ne plus penser qu'elle était ravissante, et infiniment désirable.

— Tu as dit que Lucas t'avait demandé de quitter la ville avec lui.

— Oui.

Shayla inclina la tête pour rencontrer son regard.

— Et les remarques de Jennifer m'ont fait penser à autre chose. Je suis sûre qu'il a dit qu'il avait de l'argent liquide et une… une police d'assurance ? Je ne savais pas ce qu'il voulait dire par là, sauf qu'il avait de l'argent et que nous pourrions vivre avec après notre départ. Mais maintenant, je me demande s'il parlait d'autre chose.

— Dans ce cas, il y a bel et bien quelque chose à trouver. Je ne sais pas ce que c'est, mais plusieurs personnes t'ont interrogée à ce sujet. Lucas a dû laisser quelque chose quelque part, en effet.

— Mais où ? Pas ici, murmura Shayla. Jennifer a dit qu'elle avait regardé dans mes affaires.

Elle frissonna de nouveau et Tavis sut qu'elle songeait à l'infirmière qui s'était immiscée dans sa vie privée.

— Où donc ? répéta-t-elle.

— Chez lui. Chez son oncle et sa tante.

— Tu crois ?

— Cela vaut le coup d'essayer, non ? Tout ce que je sais, c'est que, quand Lucas a disparu, son oncle et sa tante ont été en butte à l'hostilité de la ville. Peut-être le moment est-il venu de les interroger. Peut-être…

La voix de Tavis s'éteignit. Une lueur brillait dans son regard.

— Peut-être que Lucas avait peur. Qu'il avait des informations compromettantes pour quelqu'un…

— À quoi penses-tu au juste ?

— Je ne sais pas, avoua Tavis avec une grimace. Pendant toutes ces années, nous avons cru qu'il était coupable. Mais s'il n'avait été que témoin ?

Il était résolu à éclaircir l'affaire. Si le moindre indice concernant une police d'assurance existait bel et bien, il devait se trouver chez l'oncle et la tante de Lucas.

Il se rendit chez les Carr, qui occupaient une maison modeste au centre-ville. À peine avait-il toqué à la porte que celle-ci s'ouvrit, comme si Andrew l'avait vu arriver. Le vieil homme le considéra avec méfiance.

— Bonjour, dit Tavis. Je me demandais si vous accepteriez de répondre à quelques questions au sujet de Lucas.

Rosita apparut derrière son mari.

— Nous n'avons rien à dire, affirma-t-elle, sur la défensive. Tout le monde l'a condamné voilà des années. N'en avez-vous pas encore assez ?

— Justement, soupira Tavis. Je m'interrogeais… Lucas n'était peut-être pas le meurtrier. Peut-être n'était-il qu'un témoin.

— Pourquoi ce revirement ? s'enquit Andrew sur un ton peu amène.

À l'évidence, il ne faisait pas confiance à Tavis.

— Il s'est produit certains incidents qui m'ont amené à tout remettre en question. Certaines choses n'ont aucun sens.

— Accuser Lucas n'avait aucun sens, observa Andrew. Nous avons essayé d'arguer cela dès le début. Nous savions qu'il n'aurait fait de mal à personne. On ne nous a pas crus.

— Puis-je entrer ? Je vous promets d'écouter tout ce que vous avez à dire. Si personne ne vous a écoutés jusqu'à maintenant, j'en suis désolé. Mais je suis prêt à vous entendre à présent.

Shayla aurait voulu accompagner Tavis, mais elle avait dû attendre l'arrivée de la remplaçante de Jennifer. À vrai dire, c'était sûrement une bonne chose. Elle commençait à trop s'habituer à sa présence. Chaque fois qu'elle était bouleversée, il était là pour la soutenir. Lui offrir un refuge dans la tourmente.

Il était clair qu'elle n'arriverait pas à surmonter cette crise sans lui. Mais que se passerait-il ensuite ? Voilà ce qu'elle redoutait déjà. Comment pourrait-elle retourner à sa vie d'avant maintenant qu'elle avait partagé des moments aussi précieux avec lui ? Peut-être n'y avait-il pas attaché d'importance, mais elle ne les oublierait jamais.

L'arrivée de la nouvelle infirmière, Kathy, l'obligea à chasser temporairement Tavis de ses pensées. Âgée d'une cinquantaine d'années, la silhouette rondelette, Kathy semblait à la fois agréable et pétrie de bon sens.

Shayla lui expliqua la situation de sa mère.

— Enfin, j'imagine que vous avez toutes ces informations dans son dossier, conclut-elle.

— Oui, bien sûr. Ne vous inquiétez pas. Je vais prendre soin d'elle de mon mieux. Veiller à ce qu'elle se lève et fasse un peu d'exercice. L'aider à se rétablir.

— Merci beaucoup.

Pendant que la nouvelle infirmière faisait connaissance avec sa mère, Shayla téléphona à sa cousine.

— Comment vas-tu, Deedee ?

— Plutôt bien, pour quelqu'un qui ne devrait pas être en vie, répondit sa cousine avec humour.

— Ne plaisante pas avec ça.

— Je me sens en pleine forme. Je veux dire, j'ai un

peu mal ici et là, mais rien de grave. Et bien sûr, ma mère me dorlote. J'ai sûrement pris deux kilos en deux jours.

— Tant mieux. Je suis heureuse de l'apprendre.

Elle expliqua à sa cousine ce qui s'était passé avec Jennifer, et les liens de celle-ci avec Jenae.

— Elle est persuadée que Lucas m'a laissé quelque chose, une sorte de preuve. Mais de quoi, je l'ignore.

— C'est ce qu'elle a dit ?

— Oui. D'après elle, c'est quelque chose qui pourrait aider Jenae, mais je ne vois pas en quoi. Et il n'y a rien chez moi.

— C'est franchement bizarre.

— C'est le moins que l'on puisse dire. Mais tu sais, cela m'a fait réfléchir. Lucas paraissait un peu nerveux avant les meurtres. Comme s'il avait peur. Il ne m'a pas dit de quoi, mais il m'avait demandé si j'accepterais de partir avec lui. Et il a parlé d'avoir de l'argent et une espèce de police d'assurance… je n'ai pas compris à l'époque, mais Tavis se demande s'il n'a pas réellement laissé quelque chose ici. S'il était seulement un témoin, et non le meurtrier.

— Toute cette histoire me donne mal à la tête, soupira Deedee. Tu ne crois pas que Lucas est de retour… que c'est lui qui nous a percutées ?

— S'il a réussi à échapper à la police pendant tout ce temps, pourquoi serait-il revenu ? Tavis se demande plutôt si Jenae est à l'origine de notre accident. Honnêtement, je n'en sais rien. Mais ce qui est dingue, c'est que Jennifer n'a plus de nouvelles de Jenae depuis plus d'une semaine. D'après Tavis, on aurait signalé sa disparition. Mais tu as parlé à quelqu'un qui l'a contactée, non ?

— Oui. Je vous ai transmis le message tel qu'il m'a été donné.

Comment se faisait-il que sa cousine ait pu entrer en

contact avec Jenae alors que ses propres parents n'avaient pas réussi à la joindre ?

— Qui était l'intermédiaire ?

— Comment ?

— Tu as dit que tu avais fait passer un message à Jenae par le biais d'une relation que vous avez en commun. Qui était-ce ?

Une exclamation indignée s'éleva à l'autre bout du fil.

— Où veux-tu en venir, Shayla ?

— C'est une simple question.

— On dirait que tu ne me fais pas confiance.

— Il s'est passé autre chose, soupira Shayla. Je ne t'en ai pas parlé avant parce que Tavis préférait que cela reste entre nous. Mais Lucas m'a appelée – ou quelqu'un qui prétendait être Lucas – et m'a donné rendez-vous à une adresse à Buffalo. J'y suis allée dans l'espoir d'obtenir des réponses. Au lieu de quoi, Tavis et moi avons été la cible de coups de feu. Dans une maison où Jenae a vécu. Par conséquent, si tu as un moyen de la joindre par l'intermédiaire d'un ami commun, tu comprends que j'aie besoin de le savoir.

— Oh ! Shayla, je suis vraiment désolée. Oh ! Mon Dieu… Écoute, ne sois pas fâchée. Je n'ai parlé à personne qui connaisse Jenae. Je voulais juste que tu renonces à tout ça, parce que je m'inquiétais à ton sujet.

— Tu as menti ?

— Pour te protéger. Oui.

Ainsi, Tavis avait vu juste dès le début. Deedee n'avait pas dit la vérité.

— Me protéger de quoi ?

— Tu viens de me dire qu'on a tiré sur toi. Peut-être que si tu cesses de mettre ton nez dans cette affaire, que tu oublies le passé, celui qui te veut du mal ira de l'avant aussi.

— Si seulement c'était une certitude ! Quoi qu'il en soit,

Tavis est allé chez les Carr. Il pense que Lucas a peut-être laissé quelque chose là-bas.

— Ce serait encore là après tout ce temps ?

— Cela vaut la peine de vérifier. Toute cette affaire est un mystère. Tant qu'elle n'aura pas été éclaircie, je ne saurai pas qui m'en veut. Et il est vital que nous le découvrions. Pour rien au monde je ne voudrais que ma mère coure un danger. Ou toi.

— Tiens-moi au courant, soupira Deedee.

— Bien sûr.

— Lucas est venu vivre avec nous parce qu'il avait eu des ennuis à Buffalo, expliqua Rosita. Ma belle-sœur ne savait plus à quel saint se vouer. Elle pensait qu'il avait besoin de changer d'air.

— C'est pourquoi nous avons accepté de l'accueillir, ajouta Andrew.

— Lucas n'était pas un meneur, mais il était influençable, admit Rosita. C'était le genre d'adolescent qui voulait avoir l'air dur. Il suivait les autres, faisait comme eux, mais l'idée qu'il puisse tuer quelqu'un, surtout pour une sottise comme le résultat d'un concours de danse, était complètement ridicule. Je savais que ce n'était pas vrai.

— Il revendait de la drogue, non ?

— Si oui, c'étaient de petites quantités, affirma Rosita. Il n'était pas un trafiquant.

Tavis se demanda si Rosita pouvait en être sûre. Les adolescents impliqués dans des activités illégales étaient rarement honnêtes avec leur famille.

— Il a eu des problèmes ici ? Il fréquentait des jeunes un peu louches ? Il avait des amis que vous ne connaissiez pas ?

— Il était souvent avec certains camarades de lycée. Ils ne me plaisaient pas, surtout les fils Thompson. Ils sortaient jusque tard dans la nuit, buvaient de l'alcool et fumaient des joints. D'après Lucas, ils cherchaient toujours de mauvais tours à jouer. Je lui avais conseillé de les éviter, mais il était attiré par les fauteurs de troubles. Et Jonathan aussi. Ils étaient toujours ensemble.

Tavis réfléchit un instant. Chase et Alex en savaient-ils plus long qu'ils ne l'avaient admis ? Ils avaient assisté à la soirée, mais à en croire leur témoignage, ils étaient partis avant qu'une dispute éclate.

Du moins, c'était ce qu'ils avaient affirmé.

— Avez-vous remarqué une différence chez Lucas les jours précédant le meurtre ?

— Non.

Andrew regarda sa femme.

— Nous étions absents. Partis en croisière, ajouta-t-il en baissant la tête. C'est un de nos plus grands regrets. Si nous avions été à la maison, Lucas n'aurait jamais organisé cette fête. Et ce qui est arrivé ne serait jamais arrivé.

Tavis fouilla dans sa mémoire.

— L'équipe de l'identité judiciaire n'a jamais pu trouver la preuve que les meurtres avaient été commis ici, n'est-ce pas ? Il n'y avait pas de sang, pas de douilles. Rien.

— En effet, confirma Andrew. Ils ont pensé que Lucas avait ramené Hayley et Jonathan chez eux, mais qu'il s'était passé quelque chose en route et qu'il les avait conduits au collège et tués là-bas. C'est la théorie de la police. Et ensuite, il aurait pris la fuite. On n'a jamais retrouvé de voiture.

— Tout ce que nous savons, c'est que Lucas a disparu, et qu'on l'a accusé d'avoir commis les meurtres. Mais plus j'y songe, plus je me dis qu'il aurait pu s'en aller parce qu'il avait peur, précisa Rosita.

— Pourquoi dites-vous cela ?

— Je ne sais pas. C'est juste une intuition que j'avais. Quand nous sommes partis pour la croisière, il était plus affectueux que d'habitude. À son arrivée ici, ce n'était pas pareil. Il n'aimait pas nos règles. Mais avant notre départ, il nous a dit combien il nous appréciait, nous a étreints. J'ai eu l'impression… et Andrew le pense aussi maintenant… qu'il nous disait au revoir.

Tavis arqua les sourcils.

— Au revoir ? Vraiment ? Vous croyez qu'il projetait de s'en aller ?

Cela concordait avec ce que lui avait raconté Shayla.

— Je ne sais pas, avoua Rosita. Tout ce que je sais, c'est que je ne peux pas croire qu'il ait fait ce dont on l'accuse. Mais qu'il ait été témoin de meurtres et qu'il soit parti parce qu'il avait peur, cela me paraît possible.

Les parents d'un meurtrier ne voulaient jamais croire le pire, songea Tavis. Il fallait toujours considérer leurs témoignages avec ce fait à l'esprit. Malgré tout, il était intrigué que Rosita ait eu, comme Shayla, le sentiment que Lucas était troublé avant les meurtres.

— Je présume que la police a fouillé votre domicile à l'époque, commença-t-il prudemment, mais je me demande s'il ne pourrait pas y avoir quelque chose ici qui puisse aider Lucas. Une preuve, peut-être ? Un objet qu'il aurait laissé ?

— Sa chambre a été passée au peigne fin, affirma Andrew. La police n'a rien trouvé et nous non plus.

— Est-ce que vous verriez un inconvénient à ce que je jette un coup d'œil ?

Rosita et Andrew échangèrent un regard. Peut-être parce que c'était la première fois que quelqu'un s'adressait à eux en s'inquiétant pour Lucas, leur comportement avait changé du tout au tout depuis qu'ils lui avaient ouvert la porte. La colère et la tension avaient disparu sur leurs traits, cédant la place à une curiosité sincère.

— Non, répondit Andrew. Suivez-moi.

Il conduisit Tavis à la chambre qu'avait occupée Lucas.

Elle était meublée d'un lit recouvert d'une courtepointe blanche, d'une penderie et d'une commode. Des posters de Kanye West, Jay-Z et Eminem étaient punaisés aux murs.

— Nous avons laissé ses affaires telles quelles, au cas où il reviendrait. Mais il n'est jamais revenu.

Tavis ouvrit les tiroirs. Chaussettes. Sous-vêtements. Tee-shirts. Il y avait aussi des cahiers d'école, qu'il feuilleta sans rien remarquer d'intéressant. Après avoir inspecté la commode, il reporta son attention sur la penderie. Il passa en revue les jeans, les vêtements suspendus à des cintres et, à la vue du sac de sport posé sur le sol, crut avoir trouvé le gros lot. Malheureusement, le sac ne contenait que des affaires de sport, un classeur et quelques romans de science-fiction.

En somme, une chambre d'adolescent typique.

Songeur, se demandant s'il avait négligé quelque chose, Tavis se redressa et baissa les yeux sur le plancher. Une lame face à lui semblait un soupçon plus haute que celles qui l'entouraient. La différence était à peine visible.

Et pourtant…

Une cachette secrète ?

Peut-être s'accrochait-il à des chimères, mais il s'accroupit malgré tout et tenta de soulever le bord. Celui-ci ne bougea pas. Il sortit ses clés et persista. Quelques secondes plus tard, la lame se souleva en effet.

— Mon Dieu ! s'écria Rosita.

Tavis se hâta de prendre une photo, puis plongea la main dans la cavité et en sortit un carton à chaussures. Quand il l'ouvrit, ses yeux s'écarquillèrent à la vue d'un revolver et d'une liasse de billets.

— Un revolver ! s'étrangla Rosita. Il est là depuis tout ce temps ?

— Vous ne l'avez jamais vu ?

Elle secoua la tête.

— Non. Bien sûr que non.

— Nous ne savions pas qu'il avait une arme, murmura Andrew.

Rosita se blottit contre son mari, horrifiée, une main plaquée sur sa bouche.

Tavis prit d'autres photos. Ensuite, il se servit d'un T-shirt pour sortir le revolver.

— Il n'a pas tué ces enfants, gémit Rosita, bouleversée. Il n'a pas pu faire une chose pareille.

— S'il l'a fait, ce n'était pas avec cette arme, observa Tavis.

Elle ouvrit des yeux ronds.

— Comment le savez-vous ?

— Ceci est un revolver. L'arme qui a tué Hayley et Jonathan était un pistolet.

Il contempla la liasse de billets, qui était entourée d'un élastique. Des billets de cent dollars.

— Et je dirais qu'il y a environ cinq mille dollars ici.

— Vous ne pouvez pas parler au shérif de tout ça, intervint Andrew. Vous avez beau dire ce que vous voulez à propos du type d'arme utilisé, il trouvera un moyen de l'associer aux meurtres.

— Ça ne marche pas comme ça, assura Tavis. La police a rassemblé des indices et des pièces à conviction. Si cette arme ne correspond pas…

— Vous croyez que nous faisons confiance à la police ? coupa Rosita.

— Lucas pourrait être innocenté, lui fit-il remarquer.

— On l'accuserait d'un autre crime, répliqua Andrew. Nous vous avons autorisé à fouiller sa chambre pour l'aider, pas pour l'incriminer.

Tavis se leva, réfléchissant à toute allure. Le pistolet avait-il servi lors d'un autre incident ? Quoi qu'il en soit, la question principale était de comprendre pourquoi Lucas avait quitté la ville sans emporter l'arme ni l'argent.

— Je pense que vous devriez parler au shérif de tout cela, déclara-t-il, mais je vais vous laisser réfléchir. Puis-je vous appeler demain ?

Cette somme était-elle la police d'assurance à laquelle Lucas avait fait allusion ?

— Vous pouvez nous appeler demain, répondit Andrew, mais je suis assez sûr que nous n'aurons pas changé d'avis. Les gens de cette ville ont déjà diabolisé Lucas. Nous n'avons pas besoin de leur fournir des munitions supplémentaires.

Quand Tavis lui relata ce qui s'était passé, Shayla eut du mal à en croire ses oreilles.

— Un pistolet et une liasse de billets ?

— Oui. Je sais que je devrais avertir le shérif, mais les Carr ne veulent pas en entendre parler. Ils ont peur que le nom de Lucas ne soit davantage traîné dans la boue. Si j'étais encore dans la police, je n'aurais pas d'autre choix que de faire un rapport, mais… ce n'est pas le cas. Ils m'ont autorisé à inspecter la chambre dans l'espoir que je trouve quelque chose qui innocenterait leur neveu, pas le contraire. Et puis… si ce pistolet avait été impliqué dans un autre crime ?

— Il n'y a pas beaucoup de violence ici, objecta Shayla.

— Ici, non, mais à Buffalo. Encore que…

La voix de Tavis s'éteignit.

— À quoi penses-tu ?

— Tu te souviens de l'été précédant les meurtres ? Un vieil homme avait été abattu en ville. Dans Elm Street.

— C'est vrai. On n'a jamais su qui était le coupable ?

— Jamais. Il s'appelait Norman Harris. Il n'avait pas d'ennemis connus, aucune raison d'être pris pour cible. Il était veuf. Il avait plus de soixante-dix ans mais il faisait une longue marche tous les matins pour rester en forme.

— Je me souviens de lui. Il avait deux petites-filles, des jumelles. Elles étaient en seconde au lycée.

— Les pistes n'ont mené nulle part. Par le passé, je me suis parfois demandé si les trois meurtres n'étaient pas liés, mais le meurtre de Harris semblait tout à fait gratuit. Pour Haylet et Jonathan, on a pensé qu'ils avaient été tués après une dispute, à propos de ce concours de danse ou d'un incident qui s'était produit pendant la soirée.

— Deux affaires complètement distinctes, résuma Shayla.

— Je vais fouiner un peu, voir ce que je peux découvrir, quelle arme a été utilisée pour tuer Harris. J'imagine que Thompson va faire de la résistance. Il veut des solutions simples et quand il n'en trouve pas, il n'insiste pas. Il faudra que je me renseigne dans son dos, mais s'il s'avère que Harris a été abattu par un revolver… enfin, je réfléchis à voix haute.

— Je suis sûre que le shérif voudra élucider cette affaire.

— Tu le connais moins bien que moi. Et si c'est moi qui lui en parle, il va presque certainement m'ignorer.

— Pourquoi ? demanda Shayla, surprise.

— Ça va te paraître idiot, et mesquin, mais c'est vrai. C'est à cause de sa femme. De son ex-femme.

— Que veux-tu dire ?

— Elle travaillait au standard du 911, je la connaissais. On était en bons termes. C'était à l'époque où le shérif et elle avaient des problèmes de couple. Je n'étais pas au courant, mais elle a commencé à me draguer. Elle m'a même engagé comme garde du corps. Quand j'ai compris ce qui se passait, je lui ai fait comprendre que l'attraction n'était pas réciproque. Mais le shérif a pensé que j'avais essayé de lui voler sa femme. Je n'ai pas pu le convaincre du contraire. Voilà pourquoi il m'en veut. À ses yeux, c'est moi qui suis responsable de leur rupture.

— C'est insensé, commenta Shayla. Et complètement immature de la part du shérif d'ignorer ce que tu as découvert au sujet d'un meurtre à cause de cette vieille rancune.

— Tout à fait. Mais c'est comme ça. Par conséquent, je vais me renseigner discrètement sur le meurtre d'Elm Street. Ensuite, je retournerai voir les Carr et j'essaierai de les faire changer d'avis. C'est le mieux que je puisse faire.

15

Shayla se hâta d'appeler Deedee pour la mettre au courant.

— C'est incroyable, mais Tavis a trouvé une arme chez Rosita et Andrew. Et écoute bien : ce n'est pas celle qui a tué Hayley et Jonathan.

— Comment le sait-il ?

— C'est un revolver. Hayley et Jonathan ont été abattus avec un pistolet. Et ce n'est pas tout… il se demande si cette arme a pu être utilisée pour commettre un autre crime. Tu te rappelles qu'un vieil homme a été tué l'été d'avant et que personne n'a jamais su qui était le coupable ? Dans Elm Street.

— Oui. M. Harris. Je m'en souviens. Tu crois que c'est Lucas qui l'a tué ?

— Je… Ce serait affreux de le penser. Ça voudrait dire que je le connaissais encore moins bien que je ne le croyais. Enfin, ce ne sont que des conjectures. Peut-être que ce revolver n'a aucun rapport avec l'affaire.

— Et cette histoire de police d'assurance ? Tavis a trouvé quelque chose ?

— C'est l'argent, à son avis. Mais quelque chose le taraude et moi aussi. Si Lucas a quitté la ville, pourquoi laisser cinq mille dollars derrière lui ? Et le revolver ? C'est absurde.

— Je ne sais pas. Mais peut-être que tu devrais arrêter

tout ça. Je ne sais pas où ça va te mener. Lucas est parti. Il n'est jamais revenu. C'est lui qui a tué Hayley et Jonathan. Et le fait qu'on a trouvé une arme chez lui prouve qu'il était plus dangereux que nous ne l'avons pensé. Tu ne crois pas ? Peut-être qu'il a dû partir précipitamment après les meurtres et que c'est pour cela qu'il n'a pas emporté l'argent.

C'était une possibilité, Shayla ne pouvait le nier. Tout de même… Elle ne savait que penser, mais le fait que Jenae était à la recherche d'une preuve l'incitait à penser que Tavis avait fait une découverte de taille.

— Shayla, il faut que tu arrêtes de te mêler de tout ça. Tout de suite. Quelqu'un te veut du mal. Si c'est en rapport avec le meurtre d'Elm Street, tiens-tu vraiment à fouiner au point de te faire tuer ?

Shayla fit une grimace.

— Tu dis ça comme si c'était le cas. Mais comment pourrais-tu le savoir ?

Deedee hésita.

— Je ne prétends pas savoir quoi que ce soit. Je suis juste… c'est trop. Tavis ne cesse de fouiner, tu ne cesses de poser des questions et tu vas mettre quelqu'un en colère. C'est du bon sens.

— Quelqu'un était en colère avant que je commence à poser des questions. Avant même que j'arrive ici.

— Shayla, je t'aime. Mais tu es trop têtue. Il faut que tu arrêtes. À quoi bon remuer le passé ainsi ?

Shayla mit fin à la communication, en se demandant pourquoi la suggestion de sa cousine sonnait comme un avertissement.

Deedee lui cachait-elle quelque chose ?

Le lendemain matin, Griffin étant garé devant chez elle et sa mère avec l'infirmière, Shayla décida d'aller rendre visite à Rosita et Andrew. Elle pourrait évoquer Lucas avec eux, entendre leur point de vue.

À peine s'était-elle engagée dans la rue qu'elle aperçut les camions de pompiers et le nuage de fumée qui s'élevait dans l'air.

Était-ce… ?

La gorge nouée, elle s'approcha davantage. Et fit face à l'épouvantable réalité.

La maison de Rosita et d'Andrew n'existait plus. Elle avait brûlé de fond en comble.

Tavis décrocha à la première sonnerie.

— Tavis ! cria Shayla avant qu'il ait eu le temps de parler. Ils ont incendié la maison des Carr. Elle a brûlé.

Tavis se redressa d'un bond dans son lit.

— Brûlé ? répéta-t-il, abasourdi.

— Je viens d'arriver chez eux. Je voulais leur parler. La maison n'est plus qu'un tas de ruines. Je ne sais même pas s'ils sont sains et saufs !

— Où es-tu ?

— Devant chez eux.

— Et Griffin ?

— Derrière moi. Il m'a suivie.

Tavis tendit la main vers le T-shirt posé sur la chaise à côté du lit.

— Retourne chez toi, Shayla. J'arrive.

Il ne pouvait s'agir d'une coïncidence. Tavis avait découvert la cachette sous le plancher. Et avant même qu'il ait eu le temps d'alerter la police ou de lui remettre ses trouvailles, la maison avait été incendiée.

Cela signifiait que quelqu'un savait quelque chose. Mais qui ? Shayla était la seule personne à qui il avait parlé de sa visite aux Carr.

Elle sortit à sa rencontre, visiblement secouée. Il ouvrit la portière et elle grimpa sur le siège passager.

— Comment cela a-t-il pu arriver ? demanda-t-elle. Et pourquoi maintenant ?

— Voilà justement ce que je veux savoir. Ce n'est pas une simple coïncidence. Qui aurait pu savoir que j'étais allé chez eux ?

Shayla hésita une fraction de seconde, puis murmura :

— Je n'ai parlé qu'à Deedee. Mais elle sait garder un secret.

— Deedee, répéta Tavis, serrant les dents. Tu en as parlé à Deedee ?

— Oui.

— Tu lui as dit ce que j'avais trouvé ?

— Oui. Mais Deedee est ma cousine… elle a failli mourir dans l'accident. Pourquoi ne lui aurais-je rien dit ?

Une veine se mit à tressauter sur la tempe de Tavis. D'abord, il y avait eu le prétendu message de Jenae. Maintenant, Deedee était la seule autre personne à avoir su ce que Tavis avait découvert chez les Carr.

Et la maison n'était plus qu'un tas de cendres.

— Quelque chose cloche, là. À moins que tu n'aies parlé à quelqu'un d'autre, nous devons en conclure que c'est Deedee qui l'a fait.

— Non ! Elle n'aurait pas fait ça.

— Dans ce cas, comment expliques-tu cet incendie ? Tu crois que c'est une coïncidence, le lendemain du jour où j'ai trouvé des pièces à conviction ? Des pièces à conviction que je ne vais jamais pouvoir remettre à la police ? S'il y avait un lien entre cette arme et le meurtre d'Elm Street, il s'est évanoui en fumée.

— Deedee a conscience de ce qui est en jeu. Essaies-tu de me dire qu'elle est impliquée là-dedans ?

— Appelle-la. Demande-lui si elle a parlé à quelqu'un d'autre.

Shayla le dévisagea, sidérée.

— Tu veux que je lui téléphone et, en gros, que je l'accuse d'avoir saboté ton enquête ? Tu crois qu'elle me veut du mal aussi ? C'est absurde !

— Appelle-la.

Shayla composa le numéro et pressa sur la touche du haut-parleur.

— Salut, lança Deedee.

— Deedee, je suis avec Tavis. La maison des Carr a brûlé cette nuit. Tu es la seule personne à qui j'ai parlé de ce qui avait été trouvé là-bas. Et je me demande…

La voix de Shayla s'éteignit. Elle fit une moue, puis reprit :

— Tu m'as dit hier de laisser tomber cette affaire. De ne plus fouiner. Que voulais-tu dire ?

Tavis arqua les sourcils. Ainsi, Deedee savait bel et bien quelque chose.

— Pourquoi me demandes-tu ça ?

— Deedee, intervint Tavis, si tu sais quoi que ce soit, c'est le moment de parler.

— Que voudrais-tu que je sache ? rétorqua-t-elle, d'une voix suraiguë qui ne fit que renforcer les soupçons de Tavis.

— Pourquoi m'as-tu dit d'arrêter tout ça ? insista Shayla. Si tu as des informations, je t'en prie, dis-le-nous.

— C'est… c'est du bon sens, rien de plus, marmonna enfin sa cousine. J'ai failli être tuée, souviens-toi. Plus tu fais de vagues, plus il y a de chances que tu contraries quelqu'un. Je… je ne veux pas qu'il t'arrive malheur, c'est tout.

— Tu as répété ta conversation avec Shayla à quelqu'un ? reprit Tavis.

Deedee hésita un minuscule instant.

— Non. Bien sûr que non.

Elle mentait. Il ne pouvait le prouver, mais il le sentait au fond de lui.

Shayla prit congé de sa cousine et se tourna vers lui.

— Tu vois ? Ma cousine n'aurait pas fait une chose pareille. On dirait que tu penses qu'elle est capable d'aider celui qui me veut du mal.

— J'essaie de comprendre. Deedee est la seule personne à qui tu aies parlé de tout cela – à moins qu'il n'y ait quelqu'un d'autre et que tu ne me l'aies pas dit.

L'espace d'un instant, la douleur se lut dans les magnifiques yeux marron de Shayla.

— Tu crois vraiment ça ? Après tout ce que j'ai traversé, tu penses que je ne dirais pas la vérité ?

— Il fallait que je te pose la question.

Elle mit la main sur la poignée de la portière et l'actionna.

— Bien sûr. Parce que, quoi qu'il soit arrivé, tu ne me fais pas confiance. Tu ne m'as jamais fait confiance.

Sur quoi elle descendit du véhicule et partit à grands pas vers la maison.

À peine avait-elle franchi le seuil que son téléphone émit un sifflement, indiquant qu'elle avait reçu un texto.

C'était Deedee.

Arrête de fouiner au sujet de cette affaire. Je ne peux pas te dire comment je le sais, mais ils sont furieux. Tu seras en danger si tu persistes.

Le choc percuta Shayla avec la violence d'un raz-de-marée. Deedee savait quelque chose !

Elle appela aussitôt sa cousine.

— Deedee, qu'est-ce que tu es en train de me dire ?

— Je ne veux pas en parler au téléphone. Sache seulement que… tu es en danger. Il faut que tu laisses tout tomber. En fait… je crois que je vais partir d'ici pour quelques jours.

— Deedee, tu ne peux pas t'en tenir là. Il faut que tu me parles.

— Si tu as le moindre grain de bon sens, tu arrêteras de poser des questions. Si tu fais ça, je pense qu'ils n'iront pas plus loin. Mais tu continues…

— Deedee, je suis ta cousine. Tu ne peux pas… tu ne peux pas me laisser en suspens comme ça !

Tavis avait eu raison, songea-t-elle amèrement. Deedee lui avait caché quelque chose.

— Bon. Écoute-moi. Lucas… Lucas est mort. Ce n'est pas lui qui t'a donné rendez-vous à Buffalo. Il est mort la nuit des meurtres. Il n'y a pas eu que deux victimes ce soir-là. Il y en a eu trois. Hayley, Jonathan et Lucas.

Shayla était abasourdie. Neuf années durant, sa cousine lui avait caché cela. Comment avait-elle pu ?

— Comment se fait-il qu'on n'ait jamais retrouvé son corps ?

— Parce qu'il fallait que ce soit lui qui soit blâmé pour la mort de Hayley et de Jonathan. Je ne veux pas en dire davantage au téléphone.

— Où est son corps ?

Il y eut un bref silence.

— Dans un endroit où personne ne pourra le trouver, répondit enfin sa cousine.

— Comment ça ?

— Pas à moins de savoir où chercher. Des dizaines de jeunes ont dû aller là-bas sans se rendre compte de rien.

— Attends. Que dis-tu là ?

— J'en ai dit assez. Trop, en fait. Arrête, je t'en prie. Arrête de chercher des ennuis. Lâche prise.

Deedee raccrocha sans attendre la réponse. Shayla se laissa tomber sur le canapé, comme assommée. Elle avait encore du mal à assimiler les révélations que sa cousine venait de lui faire.

Lucas était mort. Il avait été une victime de plus.

Il fallait qu'elle informe Tavis. Elle sortit de la maison et se dirigea vers son véhicule. Quand il vit son expression, l'inquiétude se peignit sur ses traits.

— Qu'y a-t-il ? demanda-t-il alors qu'elle montait dans la voiture.

— Je crois que tu avais raison. À propos de Deedee. Elle… elle…

Shayla avait du mal à parler tant sa poitrine était comprimée.

— Calme-toi, dit-il gentiment. Respire à fond.

Elle obéit, et sentit qu'elle s'apaisait peu à peu.

— Deedee m'a dit que… Lucas était mort. Depuis la nuit des meurtres. Elle a dit aussi qu'il était une victime. Exactement comme Hayley et Jonathan.

— Rappelle-la.

Shayla s'exécuta. Peine perdue. Deedee ne répondit pas.

— Bien sûr, marmonna Tavis. C'est parfaitement logique. Pas étonnant que Lucas soit resté introuvable. Qu'il n'y ait eu aucun signe de lui en neuf ans.

— Je n'arrive pas à le croire, murmura Shayla.

— Si Deedee t'a révélé ça, elle sait qui a commis les crimes. Tu crois… tu crois qu'elle est impliquée ?

— Absolument pas. Ma cousine ne ferait pas…

Elle s'interrompit. Que savait-elle, au fond ? Mais non. Deedee n'aurait jamais pu participer à un meurtre. Elle avait dû découvrir la vérité autrement, et maintenant elle avait peur pour sa vie.

Shayla décida de rappeler. Une fois de plus, la boîte vocale se déclencha.

— Elle t'ignore à présent, conclut Tavis.

— Elle m'a suppliée d'arrêter de poser des questions parce que, je cite, « ils sont furieux ». Elle a dit que, si je persistais, ma vie serait réellement en danger.

— Ta vie est déjà en danger.

— Elle est effrayée, Tavis. Au point d'envisager de quitter la ville pendant quelques jours.

Tavis la dévisagea, une lueur sceptique dans le regard.

— Je pense que tu peux découvrir où est ta cousine. Et quand ce sera fait, il faudra que tu me le dises.

— Je vais continuer à essayer de la joindre, mais je ne peux rien te promettre.

Plusieurs heures plus tard, toujours sans nouvelles de Deedee, Shayla appela Tavis et lui avoua son échec.

— Je crois que tu la protèges, déclara-t-il. Elle me ment depuis le début, elle ne veut pas que je sache où elle est, et tu la protèges.

Atterrée, Shayla comprit alors combien elle avait eu tort de se tourner vers lui.

— Après tout ce qui s'est passé, tout ce que je t'ai dit, tu penses que je la protégerais.

— Elle est impliquée, Shayla. Tu le sais. Mais c'est ta cousine. Les familles vont très loin pour protéger les leurs, même s'ils ont commis des crimes épouvantables.

— Par conséquent, tu penses que Deedee est responsable des meurtres et que je la couvre, résuma-t-elle, bouillonnant de colère et de déception. Tu crois peut-être aussi que nous avons simulé l'accident où Deedee a failli mourir ?

— Peut-être que Deedee l'a simulé. Et que les choses ont mal tourné.

— Je n'arrive pas à croire que tu viens de me dire une chose pareille ! Deedee n'aurait pas pris le risque de mourir. Et sûrement pas celui de me tuer.

Elle raccrocha, anéantie. Elle avait cru avoir gagné la confiance de Tavis depuis son retour en ville. Elle avait même été assez stupide pour faire l'amour avec lui, parce qu'elle s'imaginait qu'un lien nouveau était né entre eux.

Elle s'était trompée. La seule chose qui comptait aux yeux de Tavis était d'éclaircir le meurtre de Hayley. Elle n'avait été qu'un instrument pour lui.

Désormais, elle allait prendre les choses en main. Elle avait compté sur Tavis pour élucider l'affaire, mais la vie de sa cousine était en jeu. Il était temps qu'elle s'adresse aux vraies forces de l'ordre.

Le lendemain matin, elle tira de son sac la carte de visite que le shérif lui avait donnée, puis composa le numéro.

— Shérif Thompson ? J'ai du nouveau pour vous.

16

Le lendemain matin, Tavis alla toquer à la porte de Shayla avant de s'en aller. Il lui demanda si elle avait eu des nouvelles de Deedee, et elle lui répondit que non, mais d'une voix si impersonnelle, si brève, qu'il n'était pas certain de la croire.

Elle protégeait sa cousine, il en était convaincu.

À l'évidence, Deedee en savait plus long qu'elle ne l'avouait. Pourtant, elle aimait Shayla comme une sœur, alors pourquoi ne lui donnait-elle que des bribes de réponses ? Pourquoi restait-elle si vague ?

Pour se protéger elle-même ?

Peut-être Shayla l'avait-elle deviné, ce qui expliquait son silence.

Laissant Griffin devant la maison, Tavis alla rendre visite à Rosita et Andrew, temporairement hébergés dans un hôtel.

Les Carr lui relatèrent leur terrible expérience. Ils avaient été réveillés par le crépitement des flammes, et n'avaient réussi que de justesse à échapper au brasier. Apparemment, la maison avait été aspergée d'essence, et des vitres avaient été cassées dans le but d'en répandre aussi à l'intérieur. C'était un miracle qu'ils en aient réchappé indemnes.

— Et les pièces à conviction ? Elles étaient toujours dans la chambre de Lucas ?

— Nous avions tout laissé en place. Il n'y a plus rien maintenant.

En prenant congé des Carr, Tavis appela l'adjoint Jenkins.

— Où es-tu ? demanda-t-il sans préambule.

— Chez Molly, en train de boire un café. Pourquoi ?

— Je peux te voir ? C'est urgent.

— Je t'attends ici. Tu en as pour longtemps ?

— Donne-moi cinq minutes.

Quand Tavis arriva, Jenkins était debout à côté de sa voiture de patrouille. Il bavardait avec un couple d'âge moyen. Dès que les gens se furent éloignés, Tavis le rejoignit.

— On devrait peut-être s'asseoir dans la voiture, suggéra-t-il.

Quand ils furent installés, il reprit la parole :

— Tu as appris que la maison des Carr avait été incendiée, bien sûr.

— Oui, c'est affreux. Un incendie criminel.

— Ce n'est pas une coïncidence, affirma Tavis. Il a un rapport avec Lucas et les meurtres.

— Allons, Tavis ! Qu'est-ce que tu vas chercher ?

— Je suis allé chez eux avant-hier. Et j'ai découvert quelque chose dans la chambre de Lucas. Une boîte en carton contenant un revolver et une liasse de billets. Il y avait un compartiment secret sous le plancher. Personne n'en connaissait l'existence. Les enquêteurs ne l'ont pas vu à l'époque. Bref, quelqu'un a dû entendre parler de ma trouvaille. Et a mis le feu à la maison.

L'adjoint paraissait sceptique.

— Allons, tu es flic, lança Tavis. Tu sais que les coïncidences n'existent pas.

Jenkins émit un soupir.

— Tavis, pourquoi les choses se compliquent-elles toujours dès que tu t'en mêles ?

— Épargne-moi les commentaires à la Thompson.

Cette situation empire parce que quelqu'un sait que je touche au but.

Il marqua une pause, son regard s'arrêtant sur une jeune mère qui traversait la rue avec ses deux enfants. Sheridan Falls était une bourgade idyllique. Mais elle abritait aussi un noir secret, qui devait enfin être exposé au grand jour.

Il se tourna de nouveau vers l'adjoint.

— J'ai pris des photos du revolver et de l'argent. Mais je songeais au meurtre d'Elm Street, qui n'a jamais été éclairci. Je me demandais quel genre d'arme avait été utilisé pour tuer Norman Harris. Parce que si c'était un revolver…

— Si c'en était un, nous ne saurons jamais si c'était celui qui se trouvait chez les Carr.

— Écoute-moi. Il y a trois meurtres qui ont besoin d'être élucidés dans cette ville, et je sais que tu n'es pas comme le shérif. J'ai toujours pensé que c'étaient sûrement des jeunes qui avaient tué Harris, peut-être parce qu'ils étaient ivres. Ou pour une espèce de rite d'initiation. D'après Rosita et Andrew, Lucas traînait avec Alex et Chase, et Jonathan. Pour eux, les fils Thompson avaient une mauvaise influence sur leur neveu. Je me dis maintenant qu'ils en savent peut-être plus long qu'ils ne l'ont admis.

L'adjoint Jenkins jeta un regard autour de lui, comme pour s'assurer que personne ne pouvait les entendre bien qu'ils soient à l'intérieur de la voiture.

— Ce n'est pas moi qui t'ai dit ça, mais à l'époque, des rumeurs ont circulé. Certains prétendaient que Chase et Alex étaient impliqués dans ce crime.

— Sans blague ?

— Les bruits ont été étouffés très vite. Personne ne voulait penser que les fils du shérif aient pu commettre un geste aussi épouvantable.

L'estomac de Tavis se noua. Le revolver, la liasse de

billets… étaient-ils la fameuse police d'assurance de Lucas ? C'était logique.

— Enfin, reprit l'adjoint, rien ne prouve que c'était vrai. Et tu viens de me dire que tu as trouvé un revolver dans la chambre de Lucas. Quand il est arrivé dans cette ville, il avait la réputation d'être un petit délinquant. Il est possible qu'il ait tué Hayley et Jonathan, et M. Harris aussi.

— Il y a autre chose, avoua Tavis. Et pour le moment, je voudrais que ça reste entre nous. Quelqu'un m'a dit que Lucas était mort. Qu'il avait été tué la nuit où Hayley et Jonathan ont été tués. Si c'est vrai, ce n'est pas lui qui les a tués. C'est quelqu'un d'autre.

Alex et Chase ?

Jenkins le dévisageait, incrédule.

— Qui t'a dit ça ?

— Je ne peux pas te le révéler tout de suite. Mais si tu peux te renseigner pour savoir quelle arme a été utilisée pour tuer M. Harris, toutes les pièces du puzzle finiront peut-être par se mettre en place.

— Je n'ai pas besoin de consulter le dossier, soupira Jenkins. Norman Harris a été abattu par un revolver.

Tavis hocha la tête.

— Merci. Je vais élucider cette affaire. Je sais que je suis tout près du but.

Shayla savait qu'elle allait avoir du mal à quitter la maison sans que Griffin insiste pour la suivre. Par conséquent, elle prit les devants et alla le voir.

— Bonjour, dit-elle en se forçant à sourire. Je vais faire un saut au supermarché. J'en ai pour dix minutes, un quart d'heure maximum. Je vous serais vraiment reconnaissante de rester ici pour surveiller la maison, parce que je me fais du souci pour ma mère. Tavis vous l'a peut-être dit, mais nous avons eu un problème avec la première infirmière et, même si je fais confiance à la nouvelle, je préférerais que quelqu'un soit ici en mon absence. En fait, je préférerais que vous alliez à l'intérieur.

Comme Griffin hésitait, l'air un peu inquiet, Shayla s'obligea à verser une larme.

— Je ne pourrais jamais me le pardonner s'il lui arrivait quelque chose à cause de moi, murmura-t-elle d'une voix émue. Je vous en prie, restez dans la maison jusqu'à mon retour. Veillez sur ma mère. Je n'en ai que pour un quart d'heure tout au plus.

Griffin capitula.

— Très bien. À condition que vous m'appeliez en cas de besoin.

— Oui, bien sûr.

Elle se tamponna les yeux et lui décocha un sourire reconnaissant.

— Merci.

Elle le conduisit à l'intérieur, le présenta à l'infirmière, et puis se hâta vers sa voiture.

Le shérif Thompson attendait devant son bureau quand Shayla se gara sur le parking. Il agita la main et lui sourit.

— Bonjour, shérif, dit-elle en descendant du véhicule. Merci d'avoir pris le temps de me recevoir.

— Pas de problème. Tu as quelque chose d'important à me dire, c'est ça ?

— En effet.

Elle émit un soupir saccadé.

— Quelqu'un m'a dit quelque chose, et je crois que c'est logique. Lucas Carr serait mort.

Le shérif ouvrit des yeux ronds.

— Mort ?

Shayla acquiesça.

— Apparemment, il aurait été assassiné aussi. La même

nuit que Hayley et Jonathan. Et si c'est vrai, cela signifie qu'il n'a pas pu les tuer. Que quelqu'un d'autre est coupable.

— Mon Dieu ! murmura le shérif. Tu sais où est le corps ?

— Pas vraiment, avoua Shayla, mais j'ai eu une idée cette nuit. Il y a une vieille grange à la sortie de la ville. Quand on était adolescents, on se retrouvait souvent là-bas pour faire la fête. C'était l'endroit idéal parce que la propriété était à l'abandon. Si quelqu'un voulait se débarrasser d'un corps, il aurait pu l'enterrer là.

— Tu peux m'y conduire ?

— Je… je suppose que oui. Mais je ne suis pas sûre que le corps soit là.

— Allons vérifier quand même, insista le shérif. Tu as peut-être mis le doigt sur quelque chose.

Le téléphone de Shayla se mit à sonner. Le nom et le numéro de Tavis s'affichèrent à l'écran. Elle rejeta l'appel.

— Prête ? s'enquit Thompson. Indique-moi le chemin, je vais conduire.

Shayla hocha la tête. Elle désirait tout autant que le shérif obtenir des réponses.

— Entendu.

Tavis fronça les sourcils. Son appel à Shayla venait d'être immédiatement transféré sur la boîte vocale. Il tenta de la rappeler. La même chose se produisit.

Rejetait-elle ses appels ?

Il comprenait qu'elle soit en colère contre lui, mais il avait besoin de lui parler.

Tout prenait sens maintenant. Alex et Chase étaient coupables. Ils étaient les seuls à être encore en vie. Ils avaient abattu Norman Harris. Peut-être Lucas et Jonathan avaient-ils été impliqués aussi. Quoi qu'il en soit, les frères

Thompson avaient fini par tuer leurs deux amis. Pour ne pas laisser de témoins, peut-être ?

Il rappela Shayla. Une fois de plus, l'appel fut dirigé sur la boîte vocale. En désespoir de cause, il lui envoya un texto.

Appelle-moi. C'est important.

— C'est Tavis ? demanda le shérif en voyant Shayla refuser la communication.

– Oui.

– Je ne sais pas quelle mouche l'a piqué, celui-là. Il ne reste jamais tranquille, ne lâche jamais prise.

– J'en sais quelque chose, murmura Shayla.

– Tu as bien fait de t'adresser à moi. Je suis le shérif. Si ce que tu dis est vrai, nous allons trouver le corps de Lucas et je te promets d'enquêter jusqu'au bout pour déterminer ce qui lui est arrivé.

– Merci. Si nous pouvons découvrir qui essaie de me nuire, je serai enfin libre.

Elle composa un texto rapide à l'intention de Tavis.

Suis avec le shérif. Allons chercher le corps de Lucas. Je t'appelle plus tard.

Et puis elle éteignit son téléphone.

Le cœur manqua à Tavis quand il lut le message de Shayla. Il s'empressa de rappeler, en vain. La boîte vocale se déclencha aussitôt. Il voulut renvoyer un texto, lui dire de n'aller nulle part avec le shérif, mais elle ne répondit pas. Il rappela de multiples fois, sans résultat.

Il devait la trouver. Avec le shérif, elle était en danger. Car pour échapper à la justice autrefois, Alex et Chase avaient forcément été aidés. Et qui était mieux placé pour cela que leur père, le shérif de la ville ?

Tavis avait été confronté à cette situation des dizaines de fois par le passé. Des parents prêts à tout pour protéger leurs enfants. Même s'ils portaient un badge.

Jusqu'où le shérif irait-il pour faire en sorte que ses fils échappent aux conséquences de leurs actes ?

Tavis n'avait pas envie de le découvrir.

Il appela Deedee, et le téléphone sonna dans le vide. Il se rendit chez elle, y trouva ses parents qui lui confirmèrent ce que Shayla lui avait dit la veille. Deedee était partie. Elle avait déclaré avoir besoin de changer d'air pendant quelques jours. Ils ne savaient pas pourquoi.

— Si vous savez où elle est, j'ai besoin que vous me le disiez.

Les parents de Deedee échangèrent un regard soucieux.

— De quoi s'agit-il ?

— C'est une question de vie ou de mort. Je m'inquiète pour Shayla et je crois que Deedee est la seule à pouvoir m'aider.

— Elle nous a ordonné de ne révéler à personne où elle était.

— Dans ce cas, rendez-moi service. Si vous savez comment la joindre, appelez-la. Dites-lui de m'appeler immédiatement. Dites-lui que je pense que Shayla est en danger de mort, et que j'ai besoin de son aide.

Dix minutes plus tard, le téléphone de Tavis sonnait.

— C'est Deedee.

— Deedee, peu importe ce que tu m'as caché jusqu'à maintenant. La seule chose qui m'intéresse, c'est de trouver Shayla. Je crois qu'elle est en danger. Elle est partie avec le shérif.

Deedee étouffa un cri, confirmant les soupçons de Tavis.

— Où sont-ils ?

— Shayla a parlé d'aller chercher le corps de Lucas.

Tavis marqua une pause.

— Raconte-moi tout. Je sais que tu sais ce qui s'est passé. Et tu es ma seule chance de trouver Shayla.

— Si elle est avec le shérif, elle est en danger. Ils ne cessent de m'avertir depuis son retour. Ils ont peur qu'elle ne s'approche trop de la vérité.

— Alex et Chase ?

— Oui. Jonathan et Lucas étaient dans la voiture quand Alex et Chase ont tué ce vieil homme sur Elm Street. Après, Alex et Chase étaient paranos. Ils avaient peur qu'un des autres ne déballe tout.

— Où le shérif a-t-il pu l'emmener ?

— La seule idée qui me vienne, c'est que Shayla ait pu deviner à quel endroit le corps a été enterré. Je le lui ai laissé entendre, mais en restant vague. Tu te souviens de la vieille grange abandonnée à la sortie de la ville ? On avait l'habitude de se retrouver là-bas, quand on était ados.

— Oui, je me rappelle. Merci, Deedee.

— Trouve-la, supplia-t-elle. Trouve-la avant qu'il soit trop tard.

Tavis s'empressa d'appeler Jenkins.

— Écoute-moi, dit-il dès que ce dernier eut décroché. Shayla est partie avec le shérif. Et je crois qu'elle est en danger.

— Allons, Tavis !

— Écoute-moi, répéta Tavis, avant de résumer rapidement les propos de Deedee. Son témoignage est crédible. Ce qu'elle dit se tient parfaitement. Réfléchis. Tu as admis toi-même qu'Alex et Chase avaient été soupçonnés du meurtre d'Elm Street, mais que l'affaire avait été étouffée. Tu ne trouves pas logique que le shérif ait couvert leur crime ? Il n'allait pas les laisser condamner pour meurtre.

— J'espère que tu te trompes, marmonna l'adjoint.

— Apparemment, le shérif et Shayla sont en route pour une grange abandonnée à la sortie de la ville. J'y vais. Et je compte sur toi pour me soutenir. Je crois qu'il lui veut du mal.

— Bon sang, quel gâchis !

— Je peux compter sur toi ?

L'adjoint exhala son souffle d'un coup sec.

— Oui.

Le shérif se gara dans la longue allée qui menait à la vieille grange et coupa le moteur.

— Où au juste aviez-vous l'habitude de vous retrouver ? demanda-t-il alors qu'ils descendaient du véhicule.

Shayla regarda autour d'elle. L'endroit était exactement tel que dans ses souvenirs. La peinture rouge qui s'écaillait. Les vitres cassées, les bardeaux manquants.

— En général, c'était dans la grange, mais parfois on était dehors. Quand j'y repense, on était inconscients. L'escalier qui monte au premier étage était complètement mangé par les vers, mais ça ne nous empêchait pas de grimper là-haut.

Elle marqua une pause.

— Mais Lucas n'aurait pas été enterré dans la grange. Peut-être à côté du brasero.

Elle se dirigea vers l'arrière du bâtiment.

— On faisait griller de la guimauve ici, se remémora-t-elle. C'était l'endroit idéal pour passer un bon moment à la sortie du lycée. On savait que personne ne nous surprendrait.

— Et où est le corps de Lucas ?

Shayla se retourna vers lui.

— Je ne sais pas. Je suppose qu'il est quelque part dans ce champ, ajouta-t-elle en promenant son regard sur les environs. Mais si vous faites venir des chiens…

Sa voix s'éteignit alors qu'elle pivotait vers lui de nouveau.

L'espace d'un instant, son cerveau refusa d'assimiler ce qu'elle voyait.

Avant de s'y résoudre. Le shérif tenait un pistolet braqué sur elle.

— Que… que faites-vous ?

Le sourire de Thompson s'était effacé, remplacé par une expression haineuse.

— Tu aurais dû lâcher prise.

Shayla resta bouche bée, s'efforçant de comprendre. C'était le shérif qui voulait la tuer ?

— Vous… voulez m'éliminer ?

— Ce n'est pas que je veuille le faire. Mais je n'ai pas le choix. Tu te rapprochais trop. Tu posais trop de questions. Ça allait finir par être un problème.

— Je… je ne comprends rien à ce qui se passe ici.

— Oh ! Je crois que si.

Gardant son arme pointée sur elle, le shérif s'approcha de sa voiture, ouvrit le coffre et en sortit une pelle. Puis il revint vers Shayla et lui lança l'outil. Celui-ci atterrit à ses pieds.

— Ramasse-la ! aboya-t-il.

Shayla se hâta d'obéir.

— Bien. Maintenant, avance.

Comme elle restait immobile, il lui enfonça le canon du pistolet dans le creux du dos et la poussa.

— Avance ! Vers le puits.

Elle s'exécuta, l'esprit paralysé. Quand ils eurent dépassé le puits de quelques mètres, le shérif reprit la parole :

— Ça suffit. Arrête-toi ici.

Elle obéit, et jeta un coup d'œil vers lui par-dessus son épaule. Son cœur battait à tout rompre.

— Commence à creuser.

— C'est ici que Lucas est enterré ? demanda-t-elle d'une voix rauque, à peine audible.

Le shérif lâcha un rire mauvais.

— Oh ! Tu es futée, hein ? Mais puisque tu as l'air décidée à jouer les innocentes, je vais être clair. Tu vas creuser une tombe. La tienne.

17

Tavis roula à tombeau ouvert en direction de la sortie de la ville, le cœur cognant dans sa poitrine. Tout était sa faute. Une fois de plus, il avait été trop dur avec Shayla, si bien qu'elle s'était tournée vers le shérif pour lui demander de l'aide.

Elle n'avait plus confiance en lui.

S'accablant de reproches, il se promit que, si la possibilité lui en était donnée, il ferait tout pour se racheter. Plus jamais il ne la décevrait.

Deedee l'avait trompée. Il saurait plus tard le détail des événements qui s'étaient déroulés cette fameuse nuit, mais il avait été trop prompt à accuser Shayla.

Il n'avait pas eu l'intention de la blesser. Il avait désespérément voulu savoir la vérité. Élucider le meurtre d'une personne disparue depuis neuf ans, au lieu de chérir un être qui était en vie, et qui avait besoin de sa protection.

Si elle mourait aux mains du shérif, ce serait par sa faute. Il serait responsable.

Griffin s'était confondu en excuses, mais Tavis ne le blâmait en rien. C'était à cause de sa propre attitude que Shayla s'était adressée au shérif.

Parce qu'elle ne pouvait pas compter sur lui.

Il avait échoué à la protéger.

— Tiens bon, Shayla, murmura-t-il. J'arrive.

Il écrasa la pédale d'accélérateur.

Shayla creusait, le front dégoulinant de sueur. Elle ne comprenait pas pourquoi le shérif voulait la tuer. Et si elle devait mourir là, elle tenait à savoir pourquoi.

— Pourquoi faites-vous ça ? répéta-t-elle.

— Tu allais découvrir la vérité tôt ou tard, parce que ta cousine aurait fini par cracher le morceau. Je ne pouvais pas laisser mes fils aller en prison. Tu comprends ? Personne ne voulait tuer Hayley. Elle était au mauvais endroit au mauvais moment, voilà tout. Mais Lucas et Jonathan ? Ils voulaient dénoncer mes garçons.

— Les dénoncer pour quoi ?

— Pour le meurtre d'Elm Street, évidemment. Ils n'auraient pas dû tuer le vieux Harris, c'est vrai, mais c'était une erreur. Ils ne méritaient pas que leur vie soit gâchée pour ça. Il avait vécu sa vie, après tout.

Shayla l'écoutait, stupéfaite. Ainsi, Alex et Chase avaient tué le vieil homme ! Quel rôle Jenae avait-elle joué dans tout cela ? Était-elle au courant ? Sans doute, comme Deedee. Était-ce pour cette raison qu'elle avait pris la fuite ? Était-elle encore en vie ?

Soudain, la lumière se fit dans son esprit. Jenae et Deedee sortaient avec les fils Thompson au moment des meurtres.

— Vous avez tué Jenae aussi ?

— Si elle a le moindre grain de bon sens, elle ne remettra jamais les pieds ici. Et elle se taira. Tu vas servir d'exemple à ceux qui s'imaginent que parler les mènera quelque part. Ils se trompent. C'est moi qui fais la loi dans cette ville.

— Vous n'êtes pas obligé de me tuer. Je ne dirai rien, je vous le promets.

— Non, parce que tu seras six pieds sous terre.

— Mais si Lucas est mort, qui a essayé de me tuer à Buffalo ?

Le shérif ricana.

— Alex a raté son coup. Ç'aurait été parfait, pourtant. Jenae avait essayé de se cacher, mais il avait découvert où elle vivait. Tu étais censée mourir là, et tout le monde aurait pensé qu'elle t'avait tuée. Une fois accusée, elle aurait cessé d'être un problème pour nous. Creuse !

Shayla enfouit la pelle dans la terre, réfléchissant à toute allure. Et si elle prenait son élan et le frappait à la tête avec l'outil ? Pourrait-elle l'assommer, le désarmer ? Ou l'abattrait-il avant même qu'elle ait accompli son geste ?

— Je sais ce que tu penses, lâcha-t-il. N'essaie même pas. Si tu m'obliges à te tuer, je te garantis que tu mourras à petit feu. En revanche, si tu creuses ta tombe, je te tuerai proprement, d'une seule balle. Tu ne sentiras rien du tout.

— Et ma mère ? murmura-t-elle. Vous allez m'arracher à elle au moment où elle a le plus besoin de moi ?

Le shérif hésita, comme s'il se débattait avec sa conscience.

— J'aurais préféré ne pas en arriver là. Mais ce qui arrive est ta faute, Shayla.

— Je vous promets de ne rien dire.

Les traits du shérif se durcirent.

— Creuse.

Tavis ralentit à l'approche de la grange. Pour rien au monde il ne voulait avertir le shérif de sa présence par un crissement de pneus ou un ronflement de moteur.

Il se gara sur la route, et repéra presque aussitôt la voiture de patrouille dans l'allée. Il descendit, l'arme au poing, et coupa à travers les mauvaises herbes pour se diriger vers le bâtiment. Il longea le côté, tendant l'oreille.

Rien.

Comme il approchait de l'arrière de la grange, il scruta

le champ qui s'étendait autour, et les aperçut non loin du puits. Shayla, une pelle à la main. Le shérif qui braquait son arme sur elle.

Tavis avisa un bosquet sur la droite. Il pouvait tenter de s'approcher sans être vu, mais d'abord, il ouvrit l'appareil-photo de son téléphone et zooma sur la scène. Il prit la photo et l'envoya immédiatement à Jenkins.

Je suis sur les lieux. Le shérif paraît sur le point d'abattre Shayla.

Cela fait, il contourna le bâtiment et se faufila vers les arbres.

— Tu peux accélérer le mouvement ? grommela le shérif. Je n'ai pas que ça à faire.

Shayla bouillait de colère. Si seulement elle pouvait l'assommer ! Comment osait-il la forcer à creuser sa propre tombe ? Peut-être la meilleure chose à faire était-elle de tenter sa chance après tout. Quelle autre solution avait-elle ?

Elle se sentait si stupide à présent de ne pas avoir fait confiance à Tavis ! Il avait été le seul à veiller sur elle. Même sa cousine l'avait trahie. Quoi que Deedee ait su, elle aurait dû le lui révéler voilà des années.

Personne n'allait la retrouver ici, en partie parce qu'elle avait été assez idiote pour éteindre son téléphone. Et qu'elle ne pouvait pas le rallumer sans attirer l'attention du shérif.

Une fois de plus, elle tenta de plaider sa cause.

— Vous n'êtes pas obligé de me tuer, répéta-t-elle. Je ne dirai rien. Tout ça, c'est de l'histoire ancienne. Plus personne n'a besoin de s'en soucier.

— Peut-être, mais deux précautions valent mieux qu'une. Je sais que ton copain Tavis ne va pas lâcher prise. Je suis désolé, mais je n'ai pas le choix.

— Shérif Thompson !

Shayla se redressa, sous le choc. Son imagination lui jouait-elle un tour cruel ? Elle regarda vers la droite, dans la direction de la voix, et son cœur se mit à tambouriner dans sa poitrine. Tavis était là.

Un pistolet à la main.

— Tavis Saunders, lâcha le shérif avec un rire sans joie. J'aurais dû savoir que tu finirais par arriver. Mais tu sais quoi ? C'est bien. C'est encore mieux que ce que j'avais prévu.

— Abaissez votre arme, ordonna Tavis.

— Sans blague ? Tu donnes des ordres au shérif, maintenant ? Pas question. Mais c'est une bonne chose que tu sois venu rejoindre ta copine. Parce que, quand elle va mourir, je serai là pour que justice soit faite. Je dirai que tu la blâmais pour la mort de Hayley et que tu l'as tuée. Malheureusement, je n'ai pas eu d'autre choix que de t'abattre.

— C'est fini, shérif, affirma Tavis sans s'émouvoir.

Le regard de Shayla allait de l'un à l'autre. Enfin, elle sentait l'espoir renaître en elle.

— Laisse tomber ton arme, Tavis. Sinon, ta copine va passer un mauvais quart d'heure.

Tavis brandit son téléphone. L'espace d'un instant, Shayla fut perplexe. Puis il s'expliqua.

— J'ai déjà envoyé à l'adjoint Jenkins une photo de vous tenant une arme braquée sur Shayla, dit-il froidement. D'ici à la fin de la journée, toute la ville saura que vous êtes corrompu jusqu'à la moelle, et prêt à commettre un meurtre pour couvrir les crimes de Chase et d'Alex. C'est beau, la technologie, ajouta Tavis avec un petit rire.

Le visage du shérif s'était décomposé. Shayla le regarda, se demandant s'il allait la tuer. Il pointait toujours son arme vers elle, mais il pivota brusquement vers Tavis.

— Tu as envoyé une photo ? murmura-t-il, serrant les dents.

— C'est fini, répéta Tavis. Vous n'allez pas tuer quelqu'un d'autre pour protéger deux enfants gâtés que vous n'avez pas su contrôler.

Au loin, des sirènes s'élevèrent. Les genoux de Shayla se dérobèrent et elle faillit s'effondrer tant elle était soulagée. Tavis l'avait sauvée.

Le shérif Thompson écarquilla les yeux. Sous le regard sidéré de Shayla, il cessa de pointer son arme sur Tavis et enfonça le canon dans sa bouche.

Et puis, il appuya sur la détente.

Shayla hurla. Tavis courut à elle et l'enveloppa de ses bras. Elle se cramponna à lui, et lui à elle tandis qu'elle sanglotait. Elle était en vie. Il était arrivé à temps. Le soulagement déferlait en lui tel un raz-de-marée.

— Oh ! Mon Dieu, Tavis !

— Ma chérie, murmura-t-il, inspirant le parfum de ses cheveux, juste pour s'assurer qu'il ne rêvait pas.

— Il m'aurait tuée. J'ai cru que j'allais mourir.

— Je t'ai promis de prendre soin de toi. Je n'ai pas été à la hauteur hier, et je le regrette. Mais je suis là maintenant.

Il s'écarta légèrement d'elle et essuya les larmes qui roulaient sur ses joues, puis captura ses lèvres et l'embrassa avec passion. Shayla était saine et sauve, au creux de ses bras.

Il aurait voulu ne jamais la lâcher.

Deux jours plus tard, le calme revenu et la ville désormais informée de ce qui s'était passé neuf ans plus tôt, Shayla assimilait peu à peu la réalité.

Alex et Chase avaient été arrêtés. Leur père disparu, ils allaient enfin payer pour leurs crimes.

Deedee ne cessait de lui demander pardon. Elle était venue voir Shayla pour tout lui expliquer.

— J'avais peur. Que puis-je dire de plus ? Je pensais que mon silence te protégerait, et me protégerait aussi. Mais ils étaient terrifiés à l'idée que tu sois de retour et que tu retrouves les preuves que Lucas avait laissées.

— Pourquoi ne m'as-tu rien dit ? Tu ne me pensais pas capable de garder un secret ?

— Ils m'avaient dit que, si je révélais la vérité à quiconque, ils me tueraient et tueraient mes parents. Je les avais vus à l'œuvre. J'étais sûre qu'ils n'hésiteraient pas à recommencer.

— Je n'aurais jamais trahi ta confiance. Tu le sais.

— Je sais. J'ai cru faire pour le mieux.

— Tu es allée voir Chase en prison ?

Sa cousine avait promis de le faire avant de venir la voir. Pour obtenir des réponses quant aux attaques dont elle avait été l'objet.

— C'est Alex qui a volé le 4x4 et qui nous a percutées sur la route, expliqua Deedee. Il nous a suivies quand nous sommes parties de la veillée pour nous rendre au cimetière. Il espérait faire d'une pierre deux coups. Ne plus avoir à craindre que je parle.

Shayla regarda sa cousine. Il s'était passé tant de choses qu'elle avait encore du mal à y croire.

— Je suis désolée, murmura Deedee d'une voix étranglée.

Shayla passa un bras autour des épaules de sa cousine et l'étreignit.

— Je sais. Je t'aime, Deedee. Je ne t'en veux pas.

Elles restèrent blotties l'une contre l'autre, submergées de soulagement à la pensée que leur vie n'était plus menacée.

Au bout de deux autres jours, Tavis se rendit chez Shayla. Il n'avait pas eu de ses nouvelles, et son silence le rongeait. Elle avait traversé des moments éprouvants, et il savait qu'elle aurait besoin de temps pour aller de l'avant. Malgré tout, il mourait d'envie de la voir.

Elle ouvrit la porte et leva vers lui ses magnifiques yeux marron. La surprise se lut sur ses traits ravissants.

— Bonjour, Shayla.

— Bonjour.

— Je sais que tu es peut-être encore fâchée contre moi. Je voulais te dire à quel point je suis désolé. J'ai été injuste envers toi. Je t'ai mal jugée et j'ai eu tort.

— Ce n'est rien.

Cependant, son regard était empreint de tristesse.

— J'ai eu tort, répéta-t-il, et je te demande pardon. Penses-tu que… enfin, pourrais-tu me donner une autre chance ?

— Je te serai toujours reconnaissante de m'avoir sauvée, mais je sais que ce qui s'est passé entre nous… eh bien, disons que nous avons été emportés par les événements. J'en ai conscience.

— Je crois qu'il y a quelque chose de plus profond entre nous, Shayla. Tu le sais, non ?

Elle détourna les yeux.

— Je ne sais pas ce que je vais faire. Sans doute retourner en Floride. Nous ne sommes pas obligés d'avoir une conversation à propos de tout ça. La situation est ce qu'elle est, et je l'accepte. Je suis soulagée que l'affaire ait été résolue et que nous puissions tous les deux aller de l'avant.

Tavis eut l'impression d'avoir reçu un coup de poing à l'estomac. La nuit qu'ils avaient passée ensemble ne signifiait-elle rien à ses yeux ? À vrai dire, il ne savait pas très bien ce qu'elle signifiait pour lui. Ce qu'il savait, en revanche, c'est qu'il voulait la revoir. Explorer leur relation.

— J'aimerais qu'on en reparle, suggéra-t-il. Quand tu seras prête.

— Si tu y tiens, mais je ne vois pas…

Elle se tut. Comme il ne répondait pas, elle reprit :

— Je vais retourner au chevet de ma mère.

Ses yeux s'emplirent de larmes.

— Elle va très mal.

— Shayla, je suis vraiment désolé.

— Merci.

Elle referma la porte. Tavis s'éloigna, le cœur lourd, redoutant le pire.

Épilogue

Deux semaines plus tard, le soleil brillait et un vol d'oies traversait le ciel quand la petite congrégation acheva de chanter le cantique préféré de la mère de Shayla. Celle-ci se pencha sur le cercueil et y déposa une rose jaune.

— Adieu, maman.

La gorge nouée, elle se laissa étreindre par sa cousine. Sa mère n'aurait pas voulu qu'elle s'abandonne au chagrin. Elle avait déjà versé assez de larmes.

Car ces derniers jours, Shayla avait dû se résoudre à accepter l'amère réalité : sa mère était gravement malade, et la fin était proche. Elle devrait chérir les souvenirs et les heures qu'elles avaient passées ensemble depuis son retour à Sheridan Falls. Rattraper les années perdues était impossible, mais elle savait que sa mère était en paix maintenant.

Et qu'elle serait toujours dans son cœur.

Son oncle et sa tante la serrèrent dans leurs bras, imités par d'autres connaissances. Nombre de résidents de la ville étaient venus accompagner Michelle Phillips à sa dernière demeure. Ç'avait été une belle cérémonie.

Shayla leva les yeux vers le ciel immaculé, et sentit un espoir nouveau l'envahir. Le mystère était éclairci. Son nom avait été lavé. Sa mère reposait en paix. Son avenir ne serait plus obscurci par la peur.

Accompagnée de Deedee, elle s'éloignait de la tombe quand elle vit une silhouette familière se diriger vers elle.

Jenae !

— Deedee, Shayla.

Shayla ravala sa salive. Elle ne savait pas si elle était heureuse de voir Jenae ou pas. À vrai dire, elle avait craint que la jeune femme n'ait été tuée.

— Je suis désolée pour ta mère, dit celle-ci, la tristesse peinte sur ses traits.

— Merci.

— Je voulais juste que tu saches que je regrette ce qui s'est passé. Mais j'avais peur. Tu connais toute l'histoire à présent, j'en suis sûre, ajouta-t-elle en jetant un coup d'œil en direction de Deedee. J'étais mariée à Alex et je savais parfaitement à quel point il était dangereux. Quand je l'ai quitté, j'ai changé de nom pour être en sécurité, mais ces meurtres n'ont jamais cessé de peser sur moi. J'avais peur qu'il me tue parce que je savais la vérité.

Elle marqua une pause.

— Avant qu'ils le tuent, Lucas avait dit quelque chose à propos d'une assurance. Nous avons fouillé partout en vain, et j'ai fini par penser qu'il t'avait donné cet objet, quel qu'il soit. C'est pour cela que j'ai envoyé l'infirmière chez toi. Je voulais une preuve de la culpabilité d'Alex, pour être enfin en sécurité. Je n'ai jamais voulu te faire de mal.

— Je comprends. Dieu merci, tu as réussi à échapper à Alex. J'ai encore du mal à croire que son père…

La voix de Shayla s'éteignit.

— Le shérif Thompson a été arrêté à temps, murmura Jenae. C'est l'essentiel.

— Je sais.

Les deux femmes s'étreignirent.

— Maintenant, je peux avoir une vie normale, souffla Jenae. J'espère que toi aussi.

Shayla acquiesça.

— J'en ai l'intention.

Jenae s'éloigna, et Shayla serra sa cousine contre elle.

— Tu as eu des nouvelles de Tavis ? s'enquit Deedee.

— Non. Écoute, je sais qu'il a été gentil pour moi par devoir. Il ne voulait pas qu'il m'arrive malheur et il m'a sauvé la vie. Je lui suis reconnaissante, mais il n'y a rien de plus entre nous.

— Tu en es sûre ? demanda Deedee, dubitative.

— Certaine. Il ne m'a jamais aimée. Nous avons eu… une aventure sans lendemain.

Deedee regarda au loin, et Shayla retint son souffle à la vue de Tavis adossé à un arbre. Vêtu d'un complet sombre, portant des lunettes noires, plus séduisant que jamais.

— Je crois que tu te trompes, déclara Deedee, un sourire sur les lèvres.

L'instant d'après, elle s'éloignait à son tour.

Le cœur battant à tout rompre, Shayla observa Tavis qui s'approchait.

Il lui décocha un grand sourire.

— C'est bon de te voir, Shayla.

— C'est bon de te voir aussi, répondit-elle, les joues en feu.

Il redevint grave.

— Je suis désolé pour ta mère.

— Merci.

— Je ne me suis pas manifesté, parce que je savais que tu traversais des moments douloureux… et que tu étais en colère contre moi.

— Cela n'a plus d'importance maintenant, Tavis.

— Si. Je ne sais pas quels sont tes projets, mais tu n'es plus en danger à Sheridan Falls. Cette ville a toujours été ton chez-toi. Tu as mentionné que tu avais une boutique en ligne, alors j'espère… que tu vas envisager de rester.

— J’y ai songé, avoua-t-elle, sincère.

Lindsay pouvait continuer à travailler pour elle à distance. Il y aurait des détails à régler, mais c’était faisable. Elle avait passé tellement de temps à fuir, et elle ne s’était jamais vraiment sentie chez elle en Floride. Tandis qu’elle avait de merveilleux souvenirs de sa vie à Sheridan Falls avec sa mère.

— Ou peut-être que tu pourrais ouvrir une école de danse, suggéra-t-il.

— On dirait que tu as tout prévu, commenta Shayla.

— Je veux que tu restes, déclara-t-il franchement.

Shayla le regarda, la gorge nouée. Il lui ouvrait son cœur.

— Shayla, il y a quelque chose de spécial entre nous, non ? Tu ne le sens pas ?

— Si, admit-elle, presque incapable de respirer.

Pourtant, elle avait passé ces deux dernières semaines à essayer de se persuader du contraire. À se dire que rien n’était possible entre eux. Que Tavis n’éprouvait rien pour elle.

C’était plus facile que de voir ses espoirs anéantis.

Il enroula un bras autour de sa taille et l’attira contre lui.

— Reste à Sheridan Falls. Reste avec moi.

Sa voix grave résonna dans tout le corps de Shayla. Une bouffée de bonheur la submergea. Elle avait toujours eu un faible pour lui. Et maintenant, ce faible s’était mué en un sentiment plus fort…

— Tu parles sérieusement ?

— Je suis on ne peut plus sérieux. Je veux que tu restes. Que tu sois dans ma vie.

Comme pour renforcer ses paroles, il se pencha et captura ses lèvres pour lui donner un baiser. Un baiser doux et tendre qui prouvait le lien qui les unissait.

Un lien qui valait la peine de rester.

Retrouvez prochainement,
dans votre collection
BLACK ROSE

Et le passé resurgit, de R. Barri Flowers - N°772

ENQUÊTES DANS LE PACIFIQUE – 3/4

Submergé par les souvenirs, Lance réfléchit à l'enquête qu'on vient de lui confier. Une enquête à la fois complexe et douloureuse, car la vague de crimes qui ébranle Honolulu présente de troublantes similitudes avec le meurtre de sa sœur, vingt ans plus tôt. Une enquête qui, décidément, est liée à son passé car il va devoir collaborer avec Caroline Yashima, son ex dont il est encore épris…

Je te protégerai toujours, de Juno Rushdan

Fuir ! Échapper à l'inconnu qui la poursuit… Perdue dans le blizzard, Lynn court pour sauver sa peau. Mais qui est-il, cet homme qui la traque depuis qu'elle a abattu un forcené dans son cabinet de psychothérapeute ? Et soudain, en se retournant, elle aperçoit une ombre derrière le tueur et reprend espoir. Nash l'a retrouvée ! Nash avec qui elle vient de rompre mais qui a juré de ne jamais l'abandonner…

Enquête à Dark River, de Delores Fossen - N°773

Un meurtre a été commis au ranch de Cullen Brodie… Appelée sur les lieux, Leigh Mercer, élue depuis peu shérif de Dark River, refuse de se fier aux apparences. Car elle ne croit pas à la culpabilité de Cullen. Et le fait qu'ils aient vécu autrefois une courte histoire d'amour n'est pour rien dans cette conviction. Une conviction renforcée le jour où Cullen et elle sont tous deux victimes d'une tentative de meurtre…

Au piège des souvenirs, de Cassie Miles

Quelle menace inconnue l'a poussée à se réfugier dans cette cabane perdue au fond des bois ? Pour Caroline, qui ne sait plus qui elle est, le mystère s'épaissit d'heure en heure. D'autant que le corps d'un vieil homme a été découvert dans le chalet où elle se trouvait et que tout l'accuse. Seul espoir dans sa détresse : John, l'adjoint du shérif, qui croit en son innocence et veut l'aider à recouvrer la mémoire…

Retrouvez prochainement,
dans votre collection

BLACK ROSE

Innocente et menacée, de B.J. Daniels - N°774

Complice d'un braquage ! Jamais Carla n'aurait imaginé qu'on puisse l'accuser ainsi après l'attaque de la banque où elle travaille. Mais, alors qu'elle ne sait comment prouver son innocence et sent une menace diffuse peser sur elle, une rencontre lui redonne espoir. Davy Colt, son amour de jeunesse, est de retour en ville. Il est devenu détective et semble prêt à tout pour la secourir…

Quand le danger nous rapproche, de Barb Han

Pour les agents Ree Sheppard et Quinton Casey, l'heure du repos n'a pas encore sonné. En effet, une fois de plus ils vont être obligés de jouer au couple d'amoureux pour démanteler une organisation criminelle. Une couverture qui ressemble de moins en moins à un jeu, car plus leurs vies sont menacées, plus ils se sentent proches l'un de l'autre…

Un père en mission, de Lisa Childs - N°775

CÉLIBATAIRES ET GARDES DU CORPS – 3/4

En voyant Nick Rus entrer dans sa chambre d'hôpital, Annalise sent son cœur s'accélérer… Pourtant, elle a toutes les raisons de ne pas vouloir lui parler. D'abord parce qu'il l'a quittée sans explication, il y a six mois, après une nuit d'amour. Ensuite, parce qu'à cause de lui – et parce qu'il est agent du FBI – elle vient de se faire agresser. Enfin parce qu'elle hésite à lui dire qu'elle porte son enfant…

Une mariée sous protection, de Lisa Childs

CÉLIBATAIRES ET GARDES DU CORPS – 4/4

Incapable de prononcer un mot, Gage dévisage Megan. Avec sa robe de soie et ses boucles auburn, elle est encore plus belle que dans son souvenir. Pourtant, même s'il souhaite plus que tout la protéger, il va refuser la mission qu'on veut lui confier : en aucun cas il ne sera le garde du corps de Megan le jour de son mariage avec un autre que lui…

Retrouvez prochainement, dans votre collection

BLACK ROSE

Au secours d'un enfant, de Jennifer Morey - N°776

En arrivant à Anchorage, Brycen Cage maudit l'agence qui l'a envoyé enquêter en Alaska où il a tant de mauvais souvenirs. Pourtant, lorsqu'il fait la connaissance de Drury, dont le mari a été assassiné un an plus tôt, sa colère tombe. Séduit par la beauté de la jeune femme, il révise son jugement : il va faire la lumière sur cette affaire. Et il les protégera, elle et son fils, ce petit garçon au regard si triste...

Le secret de Grizzly Pass, d'Elle James

Que se passe-t-il à Grizzly Pass ? Comment cette bourgade du Wyoming est-elle devenue le théâtre d'une série d'événements criminels ? Avec l'arrivée de la police, la tension monte, et Olivia Dawson, qui vient d'être victime d'un accident de la route suspect, sent la peur la gagner. Se pourrait-il qu'elle soit, sans le savoir, au centre de ce puzzle infernal ?

VOTRE COLLECTION PRÉFÉRÉE DIRECTEMENT CHEZ VOUS

Vous souhaitez découvrir nos collections ? Une fois votre 1er colis à prix mini reçu, si vous souhaitez continuer à recevoir nos livres, cela se fera automatiquement. Vous n'avez aucune obligation d'achat et cette offre est sans engagement de durée !

Dans votre 1er colis, 2 livres au prix d'un seul
+ en cadeau le 1er tome de la saga *La couronne de Santina*.
8 tomes sont à collectionner !

☛ COCHEZ la collection choisie et renvoyez cette page au
Service Lectrices Harlequin – CS 20008 – 59718 Lille Cedex 9 – France

Collections	Prix 1er colis	Réf.	Prix abonnement (frais de port compris)
❑ **AZUR**	4,75€	AZ1406	6 livres par mois 31,49€
❑ **BLANCHE**	7,40€	BL1603	3 livres par mois 25,15€
❑ **PASSIONS**	7,90€	PS0903	3 livres par mois 26,79€
❑ **BLACK ROSE**	8,00€	BR0013	3 livres par mois 27,09€
❑ **HARMONY***	5,99€	HA0513	3 livres par mois 20,76€
❑ **LES HISTORIQUES**	7,40€	LH2202	2 livres tous les deux mois 17,69€
❑ **SAGAS***	8,10€	SG2303	3 livres tous les 2 mois, 29,46€
❑ **VICTORIA**	7,90€	VI2115	5 livres tous les 2 mois 42,59€
❑ **GENTLEMEN***	7,50€	GT2022	2 livres tous les 2 mois 17,95€
❑ **NORA ROBERTS***	7,90€	NR2402	2 livres tous les 2 mois prix variable**
❑ **HORS-SÉRIE***	7,80€	HS2812	2 livres tous les 2 mois 18,65€

*livres réédités / **entre 18,75€ et 18,95€ suivant le prix des livres

F23PDFM

N° d'abonnée Harlequin (si vous en avez un) |_|_|_|_|_|_|_|_|_|

Mme ❑ Mlle ❑ Nom : ______________________

Prénom : ______________________ Adresse : ______________________

____

Code Postal : |_|_|_|_|_| Ville : ______________________

Pays : ______________________ Tél. : |_|_|_|_|_|_|_|_|_|_|

E-mail : ____

Date de naissance : ______________________

Date limite : 31 décembre 2023. Vous recevrez votre colis environ 20 jours après réception de ce bon. Offre soumise à acceptation et réservée aux personnes majeures, résidant en France métropolitaine, dans la limite des stocks disponibles. Prix susceptibles de modification en cours d'année. Vous pouvez demander à accéder à vos données personnelles, à les rectifier ou à les effacer. Il vous suffit de nous écrire en nous indiquant vos nom, prénom et adresse à : Service Lectrices Harlequin CS 20008 59718 LILLE Cedex 9. Service Lectrices disponible du lundi au vendredi de 9h à 17h : 01 45 82 47 47.